U0107068

沈从文（1902—1988）

长河

沈从文

集

北京出版集团

北京十月文艺出版社

目录

主　妇

　　碧碧睡在新换过的净白被单上，一条琥珀黄绸面薄棉被裹着个温暖暖的身子。长发披拂的头埋在大而白的枕头中，翻过身时，现出一片被枕头印红的小脸，睡态显得安静和平。眼睛闭成一条微微弯曲的线。眼睫毛长而且黑，嘴角边还酿了一小涡微笑。

　　家中女佣人打扫完了外院，轻脚轻手走到里窗前来，放下那个布帘子，一点声音把她弄醒了。睁开眼看看，天已大亮，并排小床上绸被堆起像个小山，床上人已不见（她知道他起身后到外边院落用井水洗脸去了）。伸手把床前小台几上的四方表拿起，刚六点整。时间还早，但比预定时间已迟醒了二十分。昨晚上多谈了些闲话，一觉睡去直到同房起身也不惊醒。天气似乎极好，人闭着眼睛，从晴空中时远时近的鸽子嗯哨可以推测得出。

　　她当真重新闭了眼睛，让那点声音像个摇床，把她情感轻轻摇荡着。

　　一朵眩目的金色葵花在眼边直是晃，花蕊紫油油的，老在变动，无从捕捉。她想起她的生活，也正仿佛是一个不可把握的幻影，时刻在那里变化。什么是真实的，什么是最可信的，说不清楚。她很快乐。想起今天是个希奇古怪的日子，她笑了。

　　今天八月初五。三年前同样一个日子里，她和一个生活全不相同性格也似乎有点古怪的男子结了婚。为安排那个家，两人坐车从东城跑到西城，从天桥跑到后门，选择新家里一切应用东西，从卧房床铺到厨房碗柜，一切都在笑着、吵着、商量埋怨着，把它弄到屋里。从上海来的姊姊，从更远南方来的表亲，以及两个在学校里念书的小妹妹，和三五朋友，全都像是在身上钉了一根看不见的发条，忙得轮子似的团团转。

纱窗，红灯笼，赏下人用的红纸包封，收礼物用的洒金笺谢帖，全部齐备后，好日子终于到了。正同姊姊用剪子铰着小小红双喜字，预备放到糕饼上去，成衣人送来了一袭新衣。"是谁的？""小姐的。"拿起新衣跑进新房后小套间去，对镜子试换新衣。一面换衣一面胡胡乱乱的想着：

……一切都是偶然的，彼一时或此一时。想碰头大不容易，要逃避也枉费心力。一年前还老打量穿件灰色学生制服，扮个男子过北平去读书，好个浪漫的想象！谁知道今天到这里却准备扮新娘子，心甘情愿给一个男子作小主妇！

电铃响了一阵，外面有人说话，"东城陈公馆送礼，四个小碟子。"新郎忙匆匆的拿了那个礼物向新房里跑，"来瞧，宝贝，多好看的四个小碟子！你在换衣吗？赶快来看看，送力钱一块吧。美极了。"院中又有人说话，来了客人。一个表姊；一个史湘云二世。人在院中大喉咙嚷，"贺喜贺喜，新娘子隐藏到那里去了？不让人看看新房子，是什么意思？有什么机关布景，不让人看？""大表姊，请客厅坐坐，姊姊在剪花，等你帮帮忙！""新人进房，媒人跳墙；不是媒人，无忙可帮。我还有事得走路，等等到礼堂去贺喜，看王大嬢跳墙！"花匠又来了。接着是王宅送礼，周宅送礼；一个送的是瓷瓶，一个送的是陶俑。新郎又忙匆匆的抱了那礼物到新房中来，"好个花瓶，好个美人。碧碧，你来看！怎么还不把新衣穿好？不合身吗？我不能进来看看吗？""嗨，嗨，请不要来，不要来！"另一个成衣人又送衣来了。"新衣又来了。让我进来看看好。"

于是两人同在那小套间里试换新衣，相互笑着，埋怨着。新郎对于当前正在进行的一件事情，虽热心神气间却俨然以为不是一件真正事情，为了必需从一种具体行为上证实它，便想拥抱她一下，吻她一下。"不能胡闹！""宝贝，你今天真好看！""唉，唉，我的先生，你别碰我，别把我新衣揉皱，让我好好的穿衣。你出去，不许在这里捣乱！""你完全不像在学校里的样子了。""得了得了。不成不成。快出去，有人找你！得了得了。"外面一片人声，果然又是有人来了。新郎把她两只手吻吻，笑着跑了。

当她把那件浅红绸子长袍着好，轻轻的开了那扇小门走出去时，新郎正在窗前安放一个花瓶。一回头见到了她，笑眯眯的上下望着，"多美丽的宝贝！简直是……""唉，唉，我的大王，你两只手全是灰，别碰我，别碰我。谁送那个瓶子？""周三兄的贺礼。""你这是什么意思？顶喜欢弄这些容易破碎的东西，自己买来不够，还希望朋友也买来送礼。真是古怪脾气！""一点不古怪！这是我的业余兴趣。你不欢喜这个青花瓶子？""唉，唉，别这样。快洗手去再来。你还是玩你的业余宝贝，让我到客厅里去看看。大表姊又嚷起来了。"

一场热闹过后，到了晚上。几人坐了汽车回到家里，从××跟踪来的客人陆续都散尽了。大姊姊表演了一出昆剧《游园》，哄着几个小妹妹到厢房客厅里睡觉去了。两人忙了一整天，都似乎十分疲累，需要休息。她一面整理衣物，一面默默的注意到那个朋友。朋友正把五斗橱上一对羊脂玉盒子挪开，把一个青花盘子移到上面去。

像是赞美盘子，又像是赞美她："宝贝，你真好！你累了吗？一定累极了。"

她笑着，话在心里："你一定比我更累，因为我看你把那个盘子搬了五次六次。"

"宝贝，今天我们算是结婚了。"

她依然微笑着，意思像在说："我看你今天简直是同瓷器结婚，一时叫我作宝贝，一时又叫那盘子罐子作宝贝。"

"一个人都得有点嗜好，一有嗜好，总就容易积久成癖，欲罢不能。收藏铜玉，我无财力，搜集字画，我无眼力，只有这些小东小西，不大费钱，也不是很无意思的事情。并且人家不要的我来要……"

她依然微笑着，意思像在说："你说什么？人家不要的你要……"

停停，他想想，说错了话，赶忙补充说道："我玩盘子瓶子，是人家不要的我要。至于人呢，恰好是人家想要而得不到的，我要终于得到。宝贝，你真想不到几年来你折磨我成什么样子？"

她依然笑着，意思像在说："我以为你真正爱的，能给你幸福的，还是那些容易破碎的东西。"

他不再说什么了，只是莞尔而笑。话也许对。她可不知道他的嗜好原来别有深意。他似乎追想一件遗忘在记忆后的东西，过了一会，自言自语说："碧碧，你今年二十三岁，就作了新嫁娘！当你二十岁时想不想到这一天？甜甜的眉眼，甜甜的脸儿，让一个远到不可想象的男子傍近身边来同过日子。他简直是飞来的。多希奇古怪的事情！你说，这是个人的选择，还是机运的偶然？若说是命定的，倘若我不在去年过南方去，会不会有现在？若说是人为的，我们难道真是完全由自己安排的？"

她轻轻的呼了一口气。一切都不宜向深处走，路太远了。昨天或明天与今天，在她思想中无从联络。一切若不是命定的，至少好像是非人为的。此后料不到的事还多着哪。她见他还想继续讨论一个不能有结论的问题，于是说："我倦了。时间不早了。"

日子过去了。

接续来到两人生活里的，自然不外乎欢喜同负气，风和雨，小小的伤风感冒，短期的离别，米和煤价的记录，搬家，换厨子，请客或赴宴，红白喜事庆吊送礼。本身呢，怀了孕又生产，为小孩子一再进出医院，从北方过南方，从南方又过北方。一堆日子一堆人事倏然而来且悠然而逝。过了三年。寄住在外祖母身边的小孩子，不知不觉间已将近满足两周岁。这个从本身分裂出来的幼芽，不特已经会大喊大笑，且居然能够坐在小凳子上充汽车夫，知道嘟嘟嘟学汽车叫吼。有两条肥硕脆弱的小腿，一双向上飞扬的眉毛，一种大模大样无可不可的随和性情。一切身边的都证明在不断的变化，尤其是小孩子，一个单独生命的长成，暗示每个新的日子对人赋予一种特殊意义。她是不是也随着这川流不息的日子，变成了另外一个人呢？想起时就如同站在一条广泛无涯的湖边一样，有点茫然自失。她赶忙低下头去用湖水洗洗手。她爱她的孩子，为孩子笑哭迷住了。因为孩子，她忘了昨天，也不甚思索明天。母性情绪的扩张，使她显得更实际了一点。

当她从中学毕业，转入一个私立大学里作一年级学生时，接近她的同学都说她"美"。她觉得有点惊奇，不大相信。心想：什么美？少所见，多所怪罢了。有作用的阿谀不准数，她不需要。她于是谨慎又小心的回避同那些阿谀她的男子接近。到后她认识了他。他觉得她温柔甜蜜，聪明而朴素。到可以多说点话时，他告她他好像爱了她。话还是和其余的人差不多，不过说得稍稍不同罢了。当初她还以为不过是"照样"的事，也自然照样搁下去。人事间阻，使她觉得对他应特别疏远些，特别不温柔甜蜜些，不理会他。她在一种谦退逃遁情形中过了两年。在这些时间中自然有许多同学不得体的殷勤来点缀她的学生生活。她一面在沉默里享用这分不大得体的殷勤，一面也就渐成习惯，用着一种期待，去接受那个陌生人的来信。信中充满了谦卑的爱慕，混合了无望无助的忧郁。她把每个来信从头看到末尾，随后便轻轻的叹一口气，把那些信加上一个记号，收藏到一个小小箱子里去了。毫无可疑，那些冗长的信是能给她一点秘密快乐，帮助她推进某种幻想的。间或一时也想回个信，却不知应当如何措词。生活呢，相去太远；性情呢，不易明白。说真话，印象中的他瘦小而羞怯，似乎就并不怎么出色。两者之间，好像有一种东西间隔，也许时间有这种能力，可以把那种间隔挪开，那谁知道。然而她已慢慢的从他那长信习惯于看到许多微嫌鲁莽的字眼。她已不怕他。一点爱在沉默里生长了。她依然不理睬他，不曾试用沉默以外任何方式鼓励过他，很谨慎的保持那个距离。她其所以这样作，与其说是为他，不如说是为另外一些不相干的人。她怕人知道，怕人嘲笑，连自己姊姊也不露一丝儿风。然而这是可能的吗？

自然是不可能的。她毕了业，出学校后便住在自己家里，他知道了，计算她对待他应当不同了一点，便冒昧乘了横贯南北的火车，从北方一个海边到她的家乡来看她。一种十分勉强充满了羞怯情绪的晤面，一种不知从何说起的晤面。到临走时，他问她此后作何计划。她告他说得过北京念几年书，看看那个地方大城大房子。到了北京半年后，他又从海边来北京看她。依然是那种用微笑或沉默代替语言的晤面。临走时，他又向她说，生活是有各种各样的，各有好处也各有是处的，此后是不是还值得考虑一下？看她自己。一个新问题来到了她的脑子里，此后是到一个学校里去还是到一个家庭里去？她感觉徘徊。末了她想：一切是机会，幸福若照例是孪生的，昨天碰头的事，今天还会碰头。三年都忍受了，过一年也就不会飞，不会跑；——且搁下吧。如此一来当真又搁了半年。另外一个新的机会使她和他成为一个学校的同事。

同在一处时，他向她很蕴藉的说，那些信已快写完了，所以天就让他和她来在一处作事。倘若她不十分讨厌他，似乎应当想一想，用什么方法使他那点痴处保留下来，成为她生命中一种装饰。一个女人在青春时是需要这个装饰的。

为了更谨慎起见，她笑着说，她实在不大懂这个问题，因为问题太艰深。倘若当真把信写完了，那么就不必再写，岂不省事？他神气间有点不高兴，被她看出了。她随即问他，为什么许多很好看的女人他不麻烦，却老缠住她。她又并不是什么美人。事实上她很平凡，老实而不调皮。说真话，不用阿谀，好好的把道理告给她。

他的答复很有趣，美是不固定无界限的名词，凡事凡物对一个人能够激起情绪引起惊讶感到舒服就是美。她由于聪明和谨慎，显得多情而贞洁，容易使人关心或倾心。他觉得她温和的眼光能驯服他的野心，澄清他的杂念。他认识了很多女子，征服他，统一他，惟她有这种魔力或能力。她觉得这解释有意思。不十分诚实，然而美丽，近于阿谀，至少与一般阿谀不同。她还不大了解一个人对于一个人狂热的意义，却乐于得人信任，得人承认。虽一面也打算到两人再要好一点，接近一点，那点"惊讶"也许就会消失，依然同他订婚而且结婚了。

结婚后她记着他说的一番话，很快乐的在一分新的生活中过日子。两人生活习惯全不相同，她便尽力去适应。她一面希望在家庭中成一个模范主妇，一面还想在社会中成一个模范主妇。为人爱好而负责，谦退而克己。她的努力，并不白费，在戚友方面获得普遍的赞颂和同情，在家庭方面无事不井井有条。然而恰如事所必至，那贴身的一个人，因相互之间太密切，她发现了他对她那点"惊讶"，好像被日常生活在腐蚀，越来越少，而另外一种因过去生活已成习惯的任性处，粗疏处，却日益显明。她已明白什么是狂热，且知道他对她依然保有那种近于童稚的狂热，但这东西对日常生活却毫无意义，不大需要。这狂热在另一方面的滥用或误用，更增加她的戒惧。她想照他先前所说的征服他，统一他，实办不到。于是间或不免感到一点幻灭，以及对主妇职务的厌倦。也照例如一般女子，以为结婚是一种错误，一种自己应负一小半责任的错误。她爱他又稍稍恨他。他看出两人之间有一种变迁，他冷了点。

这变迁自然是不可免的。她需要对于这个有更多的了解，更深的认识。明白"惊讶"的消失，事极自然，惊讶的重造，如果她善于调整或控制，也未尝不可能。由于年龄或性分的限制，这事她作不到。既昧于两性间在情绪上自然的变迁，当然就在欢乐生活里搀入一点眼泪。因此每月随同周期而来短期的悒郁，无聊，以及小小负气，几乎成为固定的一分。她才二十六岁，还不到能够静静的分析自己的年龄。她为了爱他，退而从容忍中求妥协，对他行为不图了解但求容忍。这容忍正是她厚重品德的另一面。然而这有个限度，她常担心他的行为有一时会溢出她容忍的限度。

他呢，是一个血液里铁质成分太多，精神里幻想成分太多，生活里任性习惯太多的男子。是个用社会作学校，用社会作家庭的男子。也机智，也天真。为人热情而不温柔，好事功，却缺少耐性。虽长于观察人事，然拙于适应人事。爱她，可不善于媚悦她。忠于感觉而忽略责任。特别容易损害她处，是那个热爱人生富于幻想忽略实际的性格，那分性格在他个人事业上能够略有成就，在家庭方面就形成一个不可救药的弱点。他早看出自己那毛病，在预备结婚时，为了适应另外一个人的情感起见，必需改造自己。改造自己最具体方法，是搁下个人主要工作，转移嗜好，制止个人幻想的发展。他明白玩物丧志，却想望收集点小东小西，因此增加一点家庭幸福。婚后他对于她认识得更多了一点，明白她对他的希望是"长处保留，弱点去掉"。她的年龄，还不到了解"一个人的性格，在某一方面是长处，于另一方面恰好就是短处"。他希望她对他多有一分了解，与她那容忍美德更需要。到后他明白这不可能。他想：人事常常得此则失彼，有所成必有所毁，服从命定未必是幸福，但也未必不幸。如今既不能超凡入圣，成一以自己为中心的人，就得克制自己，尊重一个事实。既无意高飞，那必需剪除翅翼。三年来他精神方面显得有点懒惰，有点自弃，有点衰老，有点俗气，然而也就因此，在家庭生活中显得多有一点幸福。

她注意到这些时，听他解释到这些时，自然觉得有点矛盾。一种属于独占情绪与纯理性相互冲突的矛盾。她相信他解释的一部分。对这问题思索向深处走，便感到爱怨的纠缠，痛苦与幸福平分，十分惶恐，不知所向。所以明知人生复杂，但图化零为整，力求简单。善忘而不追究既往，对当前人事力图尽责。删除个人理想，或转移理想成为对小孩关心。易言之，就是尽人力而听天命，当两人在熟人面前被人称谓"佳偶"时，就用微笑表示"也像冤家"的意思；又或从人神气间被目为"冤家"时，仍用微笑表示"实是佳偶"的意思。在一般人看来她很快乐，她自己也就不发掘任何愁闷。她承认现实，现实不至于过分委曲她时，她照例是愉快而活泼，充满了生气过日子的。

过了三年。他从梦中摔碎了一个瓶子，醒来时数数所收集的小碟小碗，已将近三百件。那是压他性灵的沙袋，铰他幻想的剪子。他接着记起了今天是什么日子，面对着尚在沉睡中的她，回想起三年来两人的种种过去。因性格方面不一致处，相互调整的努力，因力所不及，和那意料外的情形，在两人生活间发生的变化。且检校个人在人我间所有的关系，某方面如何种下了快乐种子，某方面又如何收获了些痛苦果实。更无怜悯的分析自己，解剖自己，爱憎取予之际，如何近于笨拙，如何仿佛聪明。末后便想到那种用物质嗜好自己剪除翅翼的行为，看看三年来一些自由人的生活，以及如昔人所说"跛者不忘履"，情感上经常与意外的斗争，脑子渐渐有点糊涂起来了。觉得应当离开这个房间，到有风和阳光的院子里走走，就穿上衣，轻轻的出了卧房。到她醒来时，他已在院中水井边站立一点钟了。

他在井边静静的无意识的觑着院落中那株银杏树，看树叶间微风吹动的方向。辨明风向那方吹，应向那方吹，俨然就可以借此悟出人生的秘密。他想，一个人心头上的微风，吹到另外一个人生活里去时，是偶然还是必然？在某种人常受气候年龄环境所控制，在某种人又似乎永远纵横四溢，不可范围。谁是最合理的？人生的理想，是情感的节制恰到好处，还是情感的放肆无边无涯？生命的取予，是昨天的好，当前的好，还是明天的好？

注目一片蓝天，情绪作无边岸的游泳，仿佛过去未来，以及那个虚无，他无往不可以自由前去。他本身就是一个抽象。直到自觉有点茫然时，他才知道自己原来还是站在一个葡萄园的井水边。他摘了一片叶子在手上，想起一个贴身的她，正同葡萄一样，紧紧的植根泥土里，那么生活贴于实际。他不知为什么对自己忽然发生了一点怜悯，一点混合怜悯的爱。"太阳的光和热给地上万物以生命悦乐，我也能够这样作去，必需这样作去。高空不是生物所能住的，我因此还得贴近地面。"

躺在床上的她稍稍不同。

她首先追究三年来属于物质环境的变迁，因这变迁而引起的轻微惆怅与轻微惊讶。旋即从变动中的物质的环境，看出有一种好像毫不改变的东西。她觉得希奇（似乎希奇）。原来一切在寒暑交替中都不同了，可是个人却依然和数年前在大学校里读书时差不多。这种差不多的地方，从一些生人熟人眼色语言里可以证明，从一面镜子中也可以证明。

她记起一个朋友提起关于她的几句话，说那话时朋友带着一种可笑的惊讶神气。"你们都说碧碧比那新娘子表妹年纪大，已经二十六岁，有了个孩子。二十六岁了，谁相信？面貌和神气，都不像个大人，小孩子已两岁，她自己还像个孩子！"

一个老姑母说的笑话更有意思："碧碧，前年我见你，年纪像比大弟弟小些；今年我看你，好像比五弟弟也小些。你作新娘子时比姊姊好看，生了孩子，比妹妹也好看了。你今年二十六岁，我看只是二十二岁。"

想起这些话，她觉得好笑。人已二十六岁，再过四个足年就是三十，一个女子青春的峰顶，接着就是那一段峻急下坡路；一个妇人，一个管家婆，一个体质日趋肥硕性情日变随和的中年太太，再下去不远就是儿孙绕膝的老祖母。一种命定的谁也不可避免的变化。虽然这事在某些人日子过得似乎特别快，某些人又稍慢一些，然而总得变化！可是如今看来，她却至少还有十个年头才到三十岁关口。在许多人眼睛里因为那双眼睛同一张甜甜的脸儿，都把她估计作二十二到二十四岁。都以为她还是在大学里念书。都不大相信她会作了三年主妇，还有了个两岁大孩子。算起来，这是一个如何可笑的错误！这点错误却俨然当真把她年龄缩小了。从老岳母戏谑里，从近身一个人的狂热里，都证明这错误是很自然的，且将继续下去的。仿佛虽然岁月在这个广大人间不息的成毁一切，在任何人事上都有新和旧的交替，但间或也有例外，就是属于个人的青春美丽的常驻。这美丽本身并无多大意义，尤其是若把人为的修饰也称为美丽的今日。好处却在过去一时，它若曾经激动过一些人的神经，缠缚着一些人的感情，当前还好好保存，毫无损失。那些陌生的熟习的远远近近的男子因她那青春而来的一点痴处，一点卤莽处，一点从淡淡的友谊而引起的忧郁或沉默，一点从微笑或一瞥里新生的爱，都好好保存，毫无损失。她觉得快乐。她很满意自己那双干净而秀气浅褐颜色的小手。她以为她那眉眼耳鼻，上帝造作时并不十分马虎。她本能的感觉到她对于某种性情的熟人，能够煽起他一种特别亲切好感，若她自愿，还可给予那些陌生人一点烦恼或幸福（她那对于一个女子各种德性的敏感，也就因为从那各种德性履行中，可以得到旁人对她的赞颂，增加旁人对她的爱慕）。她觉得青春的美丽能征服人，品德又足相副，不是为骄傲，不是为虚荣，只为的是快乐；美貌和美德，同样能给她以快乐。

其时她正想起一个诗人所说的"日子如长流水逝去，带走了这世界一切，却不曾带走爱情的幻影，童年的梦，和可爱的人的笑和颦"。有点害羞，似乎因自己想象的荒唐处而害羞。他回到房中来了。

她看他那神色似乎有点不大好。她问他说：

"怎么的？不记得今天是什么日子了吗？为什么一个人起来得那么早，悄悄跑出去？"

他说："为了爱你，我想起了许多我们过去的事情。"

"我呢，也想起许多过去的事情。吻我。你瞧我多好！我今天很快乐，因为今天是我们两个人最可纪念的一天！"

他勉强微笑着说："宝贝，你是个好主妇。你真好，许多人都觉得你好。"

"许多人，许多什么人？人家觉得我好，可是你却不大关心我，不大注意我。你不爱我！至少是你并不整个属于我。"她说的话虽挺真，却毫无生气意思。故意装作不大高兴的神气，把脸用被头蒙住，暗地里咕咕笑着。

一会儿猛然把绸被掀去，伸出两条圆圆的臂膀搂着他的脖子，很快乐的说道："宝贝，你不知道我如何爱你！"

一缕新生忧愁侵入他的情绪里。他不知道自己应当如何来努力，就可以使她高兴一点，对生活满意一点，对他多了解一点，对她自己也认识清楚一点。他觉得她太年青了，精神方面比年龄尤其年青。因此她当前不大懂他，此后也不大会懂他。虽然她爱他，异常爱他。他呢，愿意如她所希望的"完全属于她"，可是不知道如何一来，就能够完全属于她。

廿五年作于北平
廿六年五月改

本篇发表于1937年3月15日《月报》第1卷第3期。署名沈从文。作者以《主妇》为篇名写过多篇小说，这是其中之一。

王谢子弟

　　七爷等信信不来，心里着急，在旅馆里发脾气。房中地板上到处抛得有香烟头，好像借此表示要不负责一切不负责的意思。

　　算算日子，已经十九，最末一个快信也寄了七天，电报去了两天。盼回信还无回信。七爷以为家中妇人女子无见识，话犹可说，男子可不该如此。要办事就得花钱，吝啬应当花的钱，是缺少常识，是自私。

　　"什么都要钱！什么都要钱！这鬼地方那比家乡，住下来要吃的，捉一只肥鸡杀了，就有汤喝。闷气时上街走走，再到万寿宫公益会和老道士下一盘棋，一天也就过去了。这是天津！一走动就得花钱，怕走坐下来也得花钱，你就不吃不喝躺到床上去，还是有人伸手向你要钱！"

　　七爷把这些话写在信上，寄给湖北家里去，也寄给杭州住家的两个堂兄，都没有结果，末了只好拿来向跟随茅大发挥。

　　其时茅大在七爷身边擦烟嘴，顺口打哇哇说："可不是！好在还亏七爷，手捏得紧紧的，花一个是一个，从不落空。若换个二爷来，恐怕早糟了。"

　　七爷牢骚在茅大方面得了同情后，接口说："我知道我凡事打算，你们说不得一背面就会埋怨我（学茅大声气）：'得了，别提我家七爷吧，一个钉子一个眼，一个钱一条命。要面子，待客香烟五五五，大炮台，不算阔，客一走，老茅，哈德门！真是吝啬鬼！'我不吝啬怎么办。钱到手就光，这来办事什么不是钱。大爷三爷好像以为我是在胡花，大家出钱给我个人胡花，大不甘心似的。真是狗咬吕洞宾，不识好人心。"

　　"他们那知道七爷认真办事，任劳任怨的苦处。可是我昨天打了一卦，算算今天杭州信不来，家里信会来。"

　　"会来吗？才不会来！除了捏紧荷包，他们什么都不知道。若不是为祖上这一点产业，作子孙的不忍它不明不白断送掉，我不舒舒服服在家里作老太爷，还愿意南船北马来到这鬼地方憋穷气？"

茅大说："他们不体谅七爷，殊不知这事没有七爷奔走，谁办得了？也是七爷人好心好，换谁都不成！"

七爷苦笑着，一面剥格剥格捏着手指骨，一面说："这是我自己讨来的，怪不得谁。我不好事，听它去，就罢了。祖上万千家业有多少不是那么完事？我家那些大少爷，不受过什么教育，不识大体，爱财如命，说是白说。"

"我可不佩服那种人，看财奴。"

七爷耳朵享受着茅大种种阿谀，心里仿佛轻松了一点。话掉转了方向："老茅，我看你那神气，一定和二美里史家老婊子有一手。你说是不是？"

茅大又狡猾又谦虚摇着手，好像深恐旁人听见的样子："七爷，你快莫乱说，我那敢太岁头上动土！我是个老实人！"

"你是老实人？我不管着你，你才真不老实！我乱说，好像我冤枉你做贼似的，你敢发誓说不摸过那老婊子，我就认输！"

茅大不再分辩了，做出谄媚样子，只是咕咕的笑。

七爷又说："老婊子欢喜你，我一眼就看明白了，天下什么事瞒得过我这双眼睛！"

"那是真的，天下什么事瞒得过七爷？"

"他们还以为我为人不老成，胡来乱为。"

"他们知道个什么？足不出门，不见过世界，那能比七爷为人精明。"

茅大知道七爷是英雄无钱胆不壮，做人事事不方便。这次来天津办交涉，事情一拉开了，律师，市政府参事，社会局科长，某师长，某副官长，一上场面应酬，无处不是钱。家里虽寄了八百，杭州来了一千，钱到手，哗喇哗喇一开销，再加上无事时过二美里"史湘云"处去坐坐，带小娟妇到中原公司楼上楼下溜一趟，一瓶法国香水三十六元，一个摩罗哥皮钱包二十八元，半打真可可牌丝袜三十元，一件新衣料七十五元，两千块钱放在手边，能花个多久？钱花光了，人自然有点脾气。不说几句好话送他上天，让他在地面上盘旋找岔子，近身的当然只有吃亏。

七爷为人也怪，大处不扣扣小处，在场面上做人，花钱时从不失格，但平常时节却耐心耐气向茅大算零用账，发信，买纸烟，买水果，都计算得一是一，二是二，毫不马虎。在他看来这倒是一种哲学，一种驾驭婢仆的哲学。他以为小人女子难养，放纵一点点必糟。所以不能不谨严。能恩威并用仆人就怀德畏刑，不敢欺主。茅大摸着了七爷脾气，表面上各事百依百随，且对金钱事尤其坦白分明。买东西必比七爷贱一点，算账时还常常会多余出钱来，数目虽小都归还给七爷。七爷认为这就是他平时待下人严而有恩的收获，因此更觉得得意。常向人说："你们花十八块钱雇当差的，还不得其用；我花五块钱，训练有方，值十五块！"至于这位茅大从史湘云处照例得到的一成回扣，从另外耗费上又得了多少回扣，七爷当然不会知道。

七爷真如他自己所说，若不是不忍心祖上一点产业白白丢掉，住在家乡原很写意，不会来到天津旅馆里受罪。

七爷家住在×州城里，是很有名气的旧家子弟。身属老二房。本身原是从新二房抱过老二房的，过房自然为的是预备接收一笔遗产。过房时年纪十七岁，尚未娶妻。名下每年可收租谷五千石到六千石，照普通情形说来，这收入不是一个小数目，除开销当地的各种捐项，尽经租人的各种干没①，母子二人即或成天请客吃馆子，每月还雇一伙戏班子来唱戏，也不至于过日子成问题。

不过族大人多，子弟龙蛇不一。穷叔辈想分润一点，三石五石的借贷，还可望点缀点缀，百八十石的要索，势不可能。于是就设计邀约当地小官吏和棍徒，从女色和赌博入手，来教育这个贤小阮。结果七爷自然和许多旧家子弟一样，在女人方面得了一些有趣的经验，一身病，在

---

　　① 干没，不付代价地轻易捞取。

赌博方面却负欠了一笔数目不小的债务。先是把两件事隐瞒着家长，事到头来终于戳穿了，当家的既是女流之辈，各方面都要面子，气得头昏昏的，把七爷叫来，当着亲长面前哭骂一顿，还是典田还债。一面在老表亲中找媳妇，把媳妇接过了门，拘管着男的，以为如此一来，就可以拘管着男的。子弟既不肖，前途无望，人又上了点年纪，老当家的便半病半气的死掉了。七爷有了一点觉悟，从家庭与社会两方面刺激而来的觉悟。一面是自忏。一面是顾全面子，在死者身上也大大的来花一笔钱。请和尚道士作了七七四十九天水陆道场，素酒素面胀得这些闲人废人失神失智。定扎上无数纸人纸屋纸车马，到时一把火烧掉。听穷叔辈在参预这次丧事中，各就方便赚了一笔"白财"。心愿完了，同时家业也就差不多耗掉一半。但未尝无好处，从此以后七爷可不至于再在女色赌博上上人的当了。他想学好，已知道"败家子"不是个受用的名词。结婚五年后，女人给他生育了三个孩子，虽管不住他，却牵绊得住他。丈人老是当地律师，很有名，所以大阮辈也不敢再来沾光，他就在×州城里作少爷，吃租谷过日子。间或下乡去看看，住十天半月，找个大脚白屁股乡下女人玩玩，一切出之小心谨慎，不发生乱子。在亲族间，还算是个守门户的子弟。

七爷从这种环境里，自然造成一种性情，一分脾气，——中国各地方随处可见的大少爷性情脾气。爱吃好的，穿好的。照相机，自来水笔，床上的毯子，脚上的鞋子，都买价钱顶贵的。家中订了一份上海报纸，最引起他兴趣的是报上动人广告。随身一根手杖，一个打簧表，就是看广告从上海洋行买来的。人算是已经改邪归正，亲近了正人君子。虽不会作诗，可时常参加当地老辈的诗会，主要的义务是请客，把诗人请到家中吃酒，间或老辈从他家中拿去一点字画，也不在意，所以人缘还好。为人不信鬼神，但关于打坐练气，看相卜课，却以为别有神秘，不可思议。不相信基督教，但与当地福音堂的洋人倒谈得来，原因是洋人卖给过他一个真正米米牌的留声机，又送过他两瓶从外国运来的洋酒。并不读什么书，新知识说不上，可是和当地人谈天时，倒显得是个新派，是个进步知识阶级，极赞成西洋物质文明，且打算将来把大儿子学医。但他也恰如许多人一样，觉得年青人学外国，谈自由恋爱，社会革命，对于中国旧道德全不讲究，实在不妥。对人生也有理想，最高理想是粮食涨价，和县城里光明照相馆失火：若前者近于物质的，后者就可说是纯粹精神的。照相馆失火对他本人毫无好处，不过因为那照相馆少老板笑他吃过女人洗脚水，这事很损害他的名誉。七爷原来是懂旧道德也爱惜名誉的。若无其他变故，七爷按着身份的命定，此后还有两件事等待他去作，第一是纳妾，第二是吸鸦片烟。

但时代改造一切，也影响到这个人生活。国民革命军占了武汉时，×州大户人家都移家杭州和苏州避难，七爷作了杭州寓公。家虽住杭州，个人却有许多理由常往上海走走。上海新玩意儿多，哄人的，具赌博性质的，与男女事相关的，多多少少总经验了一下。嗜好多一点，耗费也多一点。好在眼光展宽了，年纪大了，又正当军事期间，特别担心家乡那点田土，所以不至于十分发迷。

革命军定都南京后，新的机会又来了，老三房的二爷，在山东作了旅长，还兼个什么清乡司令，问七爷愿意不愿意作官。他当然愿意，因此过了山东。在那革命部队里他作的是中校参谋，可谓名副其实。二爷欢喜骑马，他陪骑马。二爷欢喜听戏，他陪听戏。二爷欢喜花钱，在一切时髦物品上花钱，他陪着花钱。二爷兴致太好了，拿出将近两万块钱，收了一个鼓姬，同时把个旅长底缺也送掉了，七爷只有这件事好像谨慎一点，无多损失。二爷多情，断送了大有希望的前程，七爷却以为女子是水性杨花，逢场作戏不妨，一认真可不成。这种见解自然与二爷不大相合，二爷一免职下野，带了那值两万元的爱情过南京去时，七爷就依然回转杭州，由杭州又回×州。

回家乡后他多了两种资格，一是住过上海，二是作过军官。在这两重资格下，加上他原有那个大小资格，他成了当地小名人。他觉得知识比老辈丰富些，见解也比平常人高明些。忽然对办实业热心起来，且以为要中国富强，非振兴实业不可。热心的结果是在本地开了个洋货铺，仿上海百货公司办法，一切代表文明人所需要的东西，无一不备。代乳粉，小孩用的车子(还注明英国货)，真派克笔，大铜床，贵重糖果……开幕时还点上煤气灯，请县长演说！既不注意货物销场，也不注意资本流转。一年后经理借办货为名，带了二千现款跑了，清理账目，才明白赔蚀本金将近一万块钱，唯一办法又是典田完债。

这种用钱方法正如同从一个缸里摸鱼，请客用它，敬神用它，送礼也用它，消耗多，情形当然越来越不济事。办实业既失败了，还得想法。南京祠堂有点附带业产，应分归老二房和新大房的大爷，三爷，三股均分。地产照当时情形估价两万。

七爷跑到杭州去向两个哥哥商量办法：

"我想这世界成天在变，人心日坏，世道日非。南京地方前不久他们修什么马路牛路，拆了多少房子，划了多少地归公？我们那点地皮，说不定查来查去，会给人看中，不想办法可不成！"

大爷说："老七，这是笑话！我们有凭有据，说不得人家还会把我们地方抢去！"

七爷就做成精明样子冷冷的说："抢倒不抢，因为南京空地方多着。只是万一被他们看中了，把祠堂挖作池塘，倒会有的。到那时节祖先牌位无放处，才无可奈何！"

三爷为人聪明而忠厚，知道七爷有主张，问七爷："老七，你想有什么办法？"

七爷说："我也没有什么办法，不过是那么想着罢了。照分上说我年纪小，不能说话。我为祠堂设想，譬如说，我们把这块地皮卖了，在另外不会发生问题的地方，买一块地皮，再不然把钱存下来生利息，留作三房子弟奖学金，大爷以为如何？"

大爷心实，就说："这使不得。一切还是从长计议。"

三爷知道七爷来意了，便建议："地产既是三房共有的，老七有老七的理由。人事老在变动，祠堂既从前清官产划出来的，如今的世界，什么都不承认，谁敢说明天这地皮不会当作官产充公？不过变卖祠堂给人家听到时是笑话，不知道的人还说王家子孙不肖，穷了卖祠堂。并且一时变卖也不容易。不如我和大爷凑七千块钱给七爷，七爷权利和义务就算完事。至于七爷把这笔钱如何处置，我们不过问。不知大爷赞不赞同。"

大爷先是不同意，但无从坚持，只好答应下来。

七爷在文件上签了字，把钱得到手后，过上海打了一个转，又回南京住了一阵子，在南京时写信给三爷，说是正预备把五千块钱投资到个顶可靠顶有希望事业上去，作将来儿女教育经费。事实上七爷回×州时，还剩下三千块钱，其余四千，全无下落。

为紧缩政策，七爷又觉悟了，就从×州城里迁往乡下田庄上去住，预备隐居。写信汇款到青岛去买苹果树，杭州去买水蜜桃树，苏州去买大叶桑树，又托人带了许多草种，花种，菜种，且买了鸡，兔子，此外还想方设法居然把城里福音堂牧师那只每天吃橘子的淡黄色瑞士母羊也牵到乡下来。七爷意思以为经营商业不容易，提倡农业总不甚困难。两年后，果然有了成绩，别的失败，所种的洋菜有收成了。不过乡下人照例不吃洋菜，派人挑进城，来回得走五十里路，卖给人又卖不去，除了送亲戚，只有福音堂的洋人是唯一主顾。但七爷却不好意思要洋人的钱。七爷的成功是因此作了县农会的名誉顾问，当地人看成一个"专家"，自己也以为是个"专家"。

如今来天津，又是解决祠堂的产业。不过天津情形比南京复杂，解决不容易。因为祠产大部分土地在十年前早被军阀圈作官地拍卖了，剩余的地已不多，还有问题。七爷想依照南京办法，大爷，三爷又不肯承受。七爷静极思动，自以为很有把握，自告奋勇来天津办理这件事。

中国事极重人情，这事自然也可以从人情上努力。二爷军队上熟人多，各方面都有介绍信。门路打通了，律师也被找着了，重要处就是如何花钱，在花钱上产生人情的作用。七爷就坐在天津花钱。

至于用钱，那是事先说好，三房各摊派一千元，不足时或借或拉，再平均分摊。解决后也作三股均分，另外提出一成作七爷酬劳。三爷为人厚道，先交一千块钱给七爷。大爷对七爷能力怀疑，有点坐观成败的意思，虽答应寄钱，却老不寄来。

七爷在此地已差不多两个月，钱花了两千过头，事情还毫无头绪。

案件无解决希望，想用地产押款又办不到。写信回家乡要钱，不是经租的作鬼，就是信被老丈人扣住了，付之不理。

律师，一个肚子被肉食填满，鼻子尖被酒浸得通红的小胖子。永远是夹着那只脏皮包，永远好像忙匆匆的，永远说什么好朋友中风了，自己这样应酬多，总有一天也会忽然那么倒下不再爬起，说到这里时差不多总又是正当他躺到七爷房中那沙发上去时。

律师是个敲头掉尾巴的人，一双小眼睛瞅着七爷，从七爷神气上就看得出款子还不来。且深深知道款子不来，七爷着急不是地产权的确定，倒是答应二美里史湘云的事不能如约实行。这好朋友总装成极关心又极为难的神气。

"七爷，我又见过了×副官长，×参事，都说事情有办法。何况二爷还是保定同学！……杭州那个还不来吗？"

七爷像个小孩子似的，敲着桌子边说话：

"我们王家人你真想不到是个什么脑筋。要钓大鱼，又舍不得小鱼。我把他们也莫可奈何。我想放弃了它，索性一个大家不理，回家乡看我农场去！"

律师以为七爷说的是真话，就忙说：

"七爷，这怎么能放弃？自己的权利总得抓住！何况事情已有了八分，有凭据，有人证，功亏一篑，岂不可惜。我昨天见处长，我还催促他：处长，你得帮点忙！七爷是个急性人，在旅馆中急坏了。处长说：当然帮点忙！七爷为人如此豪爽，不交朋友还交谁？我在想法！我见师长也说过。师长说：事情有我，七爷还不放心吗？七爷性子太急，你想法邀七爷玩玩，散散心，天津厌烦了，还可到北平去，北平有多少好馆子！……"

律师添盐着醋把一些大人物的话转来转去说给七爷听，七爷听来心轻松松的，于是感慨系之向律师说：

"朋友都很容易了解我，只有家里人，你真难同他们说话。"

"那是他们不身临其境，不知甘苦。"

"你觉得我们那事真有点边吗？"

"当然。"律师说到这里，把手作成一个圆圈，象征硬币，"还是这个！我想少不了还是这个！'风雪满天下，知心能几人？'他们话虽说得好，不比你我好朋友，没有这个总不成！我们也不便要朋友白尽义务，七爷你说是不是？"

七爷说："那当然，我姓王的，不是只知有己的人。事办得好，少不得大家都有一点好处。只是这时无办法。我气不过，真想……"

律师见七爷又要说"回去"，所以转移问题到"回不去"一方面来。律师装作很正经神气放低声音说："七爷，我告你，湘云这小孩子，真是害了相思病，你究竟喂了她什么迷药，她对你特别有意思！"

七爷作成相信不过的样子："我有什么理由要她害相思病？一个堂子里的人，见过了多少男子，会害相思病？我不信。"

律师说："七爷，你别说这个话。信不信由你。你懂相术，看湘云五官有那一点像个风尘中人。她若到北京大学去念书，不完完全全是个女学生吗？"

七爷心里动了感情，叹一口气。过一会儿却自言自语的说："一切是命。"

律师说："一切是命，这孩子能碰到你就是一个转机，她那么聪明，读书还不到三个月，懂得看《随园诗话》，不是才女是什么。若有心提携她，我敢赌一个手指，说她会成女诗人！"

"可是我是个学农的。"

律师故意嚷着说："我知道你是学农的，学农也有农民诗人！"又轻声说，"七爷，说真话，我羡慕你！妒嫉你！"

七爷对那羡慕他的好朋友笑着，不再开口。律师知道七爷不会说走了，于是再换话题，来和七爷商量，看有何办法可以催款子。且为七爷设计，把写去的信说得更俨然一点。好像钱一来就有办法，且必需早来，若迟一点，说不定就失去了机会，后悔不迭。又说因为事在必需，已向人借了两千块钱，约期必还，杭州无论如何得再寄两千来才好。并且律师竟比七爷似乎还更懂七太太的心理，要七爷一面写信，一面买三十块钱衣料寄给七太太去，以为比信更有用处。

末了却向七爷说："人就是这个样子，心子是肉作的，给它热一点血就流得快一些，冷一点血就流得慢一些。眼睛见礼物放光，耳朵欢喜听美丽谎话，要得到一个人信任，有的是办法！"

律师走后，七爷不想想律师为什么同他那么要好，却认定律师是他的唯一的好朋友。且以为史湘云是个正在为他害相思病的多情女人，待他去仗义援救。他若肯作这件事，将来一定留下一个佳话。只要有钱做好人太容易了。

七爷等信，杭州挂号信居然来了。心里开了花，以为款项一定也来了。裁开一看，原来是大爷用老大哥资格，说了一片在外面作人要小心谨慎，莫接近不可靠朋友的空话，末了却说，听闻天津地产情形太复杂，恐所得不偿所失，他个人愿意放弃此后权利，也不担负这时义务，一切统由七爷办理，再不过问。

照道理说，大爷的表示放弃权利，对七爷大有好处，七爷应当高兴。可是却毁了他另外一个理想，他正指望到大爷分上出的那一笔钱，拿六百送史湘云填亏空，余下四百租小房子办家私和史湘云同居，祠产事有好朋友帮忙解决，就住在天津，一面教育史湘云，一面等待解决。无办法，他带了新人回家种菜！

七爷把那个空信扭成一卷，拍打着手心，自言自语说："大爷也真是大爷，陷入到这地方为难！没有钱，能作什么事？你放弃，早就得说个明白！把人送上滑油山，中途抽了梯子，好坏不管，不是作孽吗？"

茅大知道七爷的心事，就说："七爷，杨半仙卦真灵，他说有信就有信。他说的是有财，我猜想，家里钱一定不久会来的，你不用急！"

七爷说："我自己倒不急，还有别人！"

茅大懂七爷说的"别人"指谁，心中好笑，把话牵引到源头上来："七爷，你额角放光，一定要走运。"

"走运？楚霸王身困在乌江上，英雄无用武之地，有什么运可走。大爷钱不来，我们只有去绑票，不然就得上吊！"

"今天不来明天也会来，七爷你急是白急，怎不到××去散散心？

戏也不看？今天中国有程砚秋的戏都说是好戏。"

"自己这台戏唱不了，还有心看戏？"

"大爷信上说什么？"

"……"

七爷不作声，从贴身衬衫口袋里取出了小钱夹子，点数他的存款，数完了忽然显出乐观的样子，取出一张十元头票子给茅大，要茅大去中国戏院定个二级包厢，定妥了送到二美里去。又吩咐茅大："老茅，老婊子探你口气问起这里打官司的事情，别乱说，不要因为老婊子给了你一点点好处，就忘形不检点！"

茅大认真严肃的说："七爷，放心！老茅不是混蛋，吃七爷的饭，反帮外人，狗彘不如。"

"好，你去吧，办好了就回来。不用废话了。"

茅大去后，七爷走到洗脸架边去，对镜子照自己，因为律师朋友说的话，还在心里痒痒的。倒真又想起回去，为的是亲自回家，才可以弄两千块钱来，救一个风尘知己。又想收了这个家里那一个倒难打发，只好不管。于是取出保险剃刀来刮胡子，好像嘴边东西一刮去，一切困难也就解除了。

茅大回来时才知道戏票买不着，凑巧史湘云那娘也在买戏票。茅大告给她，她就说，七爷不用请客，晚上过来吃晚饭吧，炖得有白鱼。茅大把话传给七爷。七爷听过后莞尔而笑，顾彼说此："好，我就到二美里去吃一顿白鱼。我一定去。"

当晚老婊子想留他在那里住下，七爷恐怕有电报来，所以不能住下，依然要回旅馆。事实上倒是三十块钱的开销，似乎大不与他目前经济情形相合，虽愿意住下也不能不打算一下。

史湘云因为七爷要回去，装作生气躺在床上不起身，两手蒙着脸，叫她娘："娘，娘，你让他走吧，一个人留得住身留不住心，委屈他到这里，何苦来？"

七爷装作不曾听到这句话，还是戴了他的帽子。那老婊子说："七爷，你真是……"躺在床上那一个于是又说："娘，娘，算了吧。"说完转身向床里面睡了。七爷心中过意不去，一面扣马褂衣扣一面走过床边去："你是聪明人，怎么不明白我。我事情办不了，心里不安。过十天半月，我们不就好了吗？"

娟妇装作悲戚不过声音说："人的事谁说得准，我只恨我自己！"

七爷心里软款款的，伏身在她耳边说："我明白你！你等着看！"

娟妇说："我不怨人怨我的命。"于是呜咽起来了。

老婊子人老成精，看事明白，知道人各有苦衷，想走的未必愿走，说住的也未尝真希望留住，所以还是打边鼓帮七爷说了几句话，且假假真真骂了小娟妇几句，把七爷送出大门，让他回旅馆。

凑巧半夜里，当真就来了电报，×州家里来的，简单得很，除姓名外只两句话，"款已汇，望保重。"七爷看完电报，有一丝儿惭愧在心上生长，而且越长越大，觉得这次出门在外边的所作所为，真不大对得起家中那个人。但这也只是一会儿事情，因为钱既汇来了，自然还是花用，不能不用的。应考虑的是这钱如何分配，给律师拿去作运动费？还是给史湘云填亏空，让这个良心好命运坏的女孩子逃出火坑？理欲交战，想睡睡不成，后悔不该回旅馆，因为这样一通空空电报，使他倒麻烦起来。反不如在二美里住下，得到一觉好睡。不过七爷却不想，若没有这通电报，在二美里如何能够安心睡下。

直到快要天明才勉强眯着了，糊糊涂涂做梦，梦身在杭州西湖饭店参加一个人的文明结婚典礼，六个穿红衣服的胖子，站在天井中吹喇叭，其中一个竟极像律师，看来看去还是律师。自己又像是来客，又像是主人，独自站在礼堂正中。家里小毛兄弟二人却跨脚站在楼梯边看热闹，吃大喜饼，问他们："小毛，你娘在什么地方？"两兄弟都不作声，只顾吃那喜饼。花轿来了，大铜锣铛铛的响着，醒来才知道已十一点，墙上钟正铛铛响着。

中午见律师时，七爷忍不住咕喽咕喽笑，手指定律师说："吹喇叭的，吹喇叭的！"

律师心虚，以为七爷笑他是"吹牛皮的"，一张大脸儿烧得绯红，急嚷着说："七爷，七爷，你怎么的！朋友是朋友……"

七爷依然顽皮固执的说："你是个吹喇叭的！"

家中汇来一千四百块钱，分三次寄，七爷倒有主意，来钱的事虽瞒不了人，他却让人知道只来一千块钱，甚至于身边人茅大也以为只来一千。钱来后，律师对他更要好了一点，二美里那史湘云送了些水果来，不提要他过去，反而托茅大传话说，七爷事忙，好好的把正经事办完了，再玩不迟。事实上倒是因为张家口贩皮货的老客人来了，摆台子玩牌忙个不休，七爷不上门反而方便些。不过老婊子从茅大方面得到了消息，知道律师老缠在七爷身边，加之对于卖皮货的客人，以为是老江湖不如七爷好侍候，两人比比还是七爷可靠。所以心中别有算计，借故来看七爷。

一见七爷就说："七爷，你印堂发光，一定有喜庆事。"

七爷知道老婊子不是什么好人，说话有用意，但并不讨厌这种凑趣的奉承。并且以为不管人好坏，湘云是她养大的，将来事情全盘在她手上，说不得还要认亲戚！因此也很和气的来应接老婊子。老婊子问七爷是不是拿定了主意，他就支支吾吾，拉到旁的事上去。

老婊子好像面前并不是七爷，不过一个亲戚："湘云那孩子痴，太忠厚了，我担心她会受人欺侮。"

七爷说："一个人有一个人的命运，担心也是白担心。"

"所以一切就看起头，事先弄个明白，莫太轻易相信人。"

七爷笑着说："她不会看人，你会帮她选人！"

老婊子也笑着："可不是。她有了依靠不正是我有倚靠？我老了，世界见够了，求菩萨也只望她好，将来天可怜活着有碗饭吃，死后有人烧半斤纸。"

"老娘，你老什么？人老心不老。我看你才真不老！你打扮起来，还很好看，有人发迷！"

"七爷，你真是在骂我。我什么事得罪了你？"

"我不骂你，我说的是真话！"七爷想起茅大，走到叫人电铃边去按了一下铃，预备叫茅大。这佣人却正在隔壁小房间里窃听两人说话，知道七爷要开玩笑，人不露面。七爷见无人来就说："一吃了饭就跑，吃冤枉饭的东西。"

老婊子短兵相接似的说："七爷，我不喝茶，我要走。我同你说句真心话，七爷，你要办的事得乘早。'莫道行人早，还有早行人。'心里老拿不稳，辜负人一片心！"

七爷说："我不懂你这话是什么意思，也不想懂。我是来办事的，办好了事，心里宽舒了，我自然会……"

老婊子说："七爷办事是正经……"

正说到这里，还想用苦肉计来吓吓七爷，保驾的律师却来了。

律师一见老婊子在七爷房里，就知道两人谈的是什么事。律师向七爷眽眽眼睛笑眯眯的说："我是吹喇叭的。快用得着我吹喇叭了吧。"说了又回头向老婊子笑着，"七爷前些日子做梦梦里见我是吹鼓手，参加他的喜事！"

老婊子知道律师在帮忙，便装作懵懂说："可不知谁有这种好运气，被七爷看上，得七爷抬举。"

律师说："我知道七爷心事。有一个人想念他睡不着觉，他不忍辜负人，正想办法。"

老婊子又装作糊涂，问这人是谁。律师看看七爷，不即说下去，七爷就抢口说："唉，唉，先生，够了。你们作律师的，天生就好像派定是胡说八道的！"

老婊子故意装懵懂，懵懂中有了觉悟，拍手呵呵笑说："作律师的当真是作孽，因为证婚要他，离婚也要他。"

七爷虽明白两人都是在做戏，但却相信所提到的另外一个人，把这件事看得极认真。

老婊子虚情假意和律师谈了几件当地新闻，心想再不走开，律师会故意说已约好什么人，邀七爷出门，所以就借故说还得上公司买布，回家去了。人走去后，律师拍着前额向七爷笑嘻嘻的说："老家伙一定是为一个人来作红娘，传书递简，如不是这件事，我输这颗脑袋。"

七爷笑着，不作声，到后又忽然说："你割下这个'三斤半'吧。

可是我们正经事总还得办，莫急忙输你这颗脑袋也好。"

律师装作相信不过神气："我输不了脑袋，要吃喜酒！七爷，你不要瞒我，许多事你都还瞒着我！湘云一定做得有诗送你，你不肯把我看，以为我是粗人俗人，不懂风雅。"

"得了吧，我瞒你什么？家中寄了一千块钱来，我正不知道用在那一方面去。"

"七爷，你让我作张子房吗？"

"什么张子房李子房！说真话，帮我作参谋，想想看。"

事情倒当真值得律师想想，因为钱在七爷手上，要从七爷手上取出来，也不是很容易的事。并且只有一千块钱。是应当让妇人捉着他好，还是让地产希望迷住他好？律师拿不定主意，想了一阵无结果，因此转问七爷，意思如何？且自以为不配作张子房，不能扶助刘邦。

七爷也想了一下，想起二爷的教训，意思倒拿定了，告给律师，说是先办正经事，别的且放下莫提。这种表示律师求之不得。不过又不愿意老婊子疑心他从中捣鬼，所以倒拘拘泥泥，模棱两可，反着实为史湘云说了些好话，把她比作一个才女，一个尤物，一个花魁。说到末了是从七爷手中拿去了两百元，请七爷到三十一号路去吃馆子，说是住天津十多年，最新才发现这个合乎理想的经济小馆子。所谓经济的意义，就是末了不必付小费。七爷欢喜这种办法，以为简便得多，事实上也经济得多。

茅大得过律师的好处，把一张《风月画报》递到七爷眼睛边："七爷，你瞧这个不知是谁把湘云相片上了报，说她是诗人，还说了许多趣话！"

七爷就断定是律师作的，但看那文章，说和湘云相好的是个翩翩浊世之佳公子，又说是个大实业家，大理想家，心里也很受用。一见律师就笑着说："少作点孽，你那文章我领教了！"

律师对这件事装作莫名其妙："怎么怎么，七爷，我作了什么孽？犯法也得有个罪名！"

七爷把那画报抛到律师头上去："这不是你还有谁？"

律师忍不住笑了："我是君子成人之美，七爷莫多心。我还想把湘云和你我三人，比作风尘三侠！"

用钱问题一时还是不能解决。七爷虽说很想作件侠义事，但是事实倒也不能不考虑考虑。就因为地产交涉解决迟早不一定，钱的来源却有个限度。杭州方面无多希望了，家里既筹了一千四百，一时也不会再有款来。若一手给老婊子八百，再加上上上下下下的开销，恐得过千，此后难以为继。

茅大虽得到老婊子允许的好处，事成了酬半成，拿四十喝酒，但看看七爷情形，知道这一来此后不是事，所以也不敢再加油。律师表面上虽串掇其成，但也担心到当真事成了，此后不好办，所以常常来报告消息，总以为调查员已出发，文件有人见过了，过不久就会从某参事方面得到办法。

忠厚的三爷接到七爷的告急信，虽不相信七爷信上办交涉前途乐观的话，却清楚七爷办事要钱，无钱办不了事，钱少了事办得也不容易顺手。因此又汇了六百来。这笔款项来得近于意外，救了七爷也害了七爷。钱到了手后，七爷再不能踌躇了，于是下了决心，亲手点交八百块钱给老婊子，老婊子写了红字，画了押，律师还在证人名下也画了一个押。另外还花了两百块钱，买了一套卧房用具，在法租界三十二号路租了个二楼，放下用具，就把史湘云接过来同住了。

事办成后，大家各有所得，自然都十分快乐。尤其是七爷，竟像完成了一种高尚理想，实现佳话所必需的一节穿插。初初几天生活过得很兴奋，很感动。

这件事当然不给家中知道，也不让杭州方面知道。

一个月后家中来信告七爷，县里新换了县长，知道七爷是"专家"，想请七爷作农会会长，若七爷愿意负责，会里可设法增加经费，城乡还可划出三个区域来供七爷作"实验区"，以便改良农产。七爷回信表示农会当然愿意负责，因为一面是为桑梓服务，一面且与素志相合。不过单靠县里那点经费，恐办不了什么事，一年经费买两只荷兰种猪也不够，那能说到改良？他意思现在既在这里办地产交涉，一面就想在北方研究天津著名的白梨，丰台的苹果，北平的玫瑰香葡萄等等果品和浆果的种植法，且参观北方各农场，等待地产交涉办好了，再回家就职，还愿意捐款五千元，作本地农会改进各种农产物的经费，要七太太把这点意见先告给县里人知道。

七爷当真就在天津一面办事一面打量将来回本县服务的种种。租界上修马路草地用的剪草机，他以为极有用处，大小式样有多少种，每具值得多少钱，都被他探听出来了。他把这类事情全记载到一个小手册上去，那手册上此外又还记得有关水利的打井法，开渠法，制造简单引水灌溉风车的图说。又有从报纸常识栏里抄下的种除虫菊法和除虫药水配合方式。另外还有一个苏俄集体农场的生产分配表格，七爷认为这是新政策，说不定中国有一天也要用它。至于其中收藏白梨苹果的方法，还是从顶有实际经验顶可靠的水果行商人处请人教得来的。这本手册的宝重，也就可想而知了。

史湘云虽说想读书，接过来同居后，七爷特意买一部《随园诗话》，还买了些别的书，放在梳妆台上给她看。并且买了一本《灵飞经》和一套文房四宝，让她写字。女人初来时闲着无事可作，也勉强翻翻书，问问七爷生字，且拿笔写了几天字帖。到后来似乎七爷对于诗词并无多大兴趣，所以就不怎么认真弄下去。倒是常常陪七爷上天祥市场听落子，七爷不明白处，她能指点。先是有时七爷有应酬，她就在家里等着，回来很晚还见她在沙发上等，不敢先睡。七爷以为自己办事有应酬，不能陪她，闷出毛病来不是事，要她自己去看戏。得到这种许可后，她就打扮得香喷喷的，一个人出去看戏，照例回来得很迟。一回来必上便所去，收拾好一阵才上床。七爷自然不疑心到别的事上去(茅大懂的事多一点，但他也有他的问题，不大肯在这件事情上说话。因为老婊子给了他一分礼物，欲拒绝无从拒绝，他每天得上医院。自己的事已够麻烦了)。

两个月以后，七爷对于这个多情的风尘知己认识得多一点，明白风尘三侠还只是那么一会事，好像有点厌倦，也不怎么希望她作女诗人了。可是天津事情一时办不完，想回去不能回去。那个律师倒始终能得七爷的信托，不特帮他努力办地产交涉，并且还带他往××学校农场和一个私人养狐场去参观。当七爷发现了身上有点不大妥当，需要上医生处去看看时，又为介绍一个可靠的医生。直到这律师为别一案件被捕以前，七爷总还以为地产事极有希望一解决就可向银行办理押款，到安利洋行去买剪草机，播种机，和新式耕田农具回本地服务。

七爷就是七爷，有他的性格。也同许多人一样，对他的事只能负一半责任，另一半还得制度去负。

本篇发表于1937年5月17日《国闻周报》第14卷第19期。署名沈从文。

贵　生

　　贵生在溪沟边磨他那把镰刀，锋口磨得亮堂堂的。手试一试刀锋后，又向水里随意砍了几下。秋天来溪水清个透亮，活活的流，许多小虾子脚攀着一根草，在水里游荡，有时又躬着个身子一弹，远远的弹去，好像很快乐。贵生看到这个也很快乐。天气极好，正是城市里风雅人所说"秋高气爽"的季节，贵生的镰刀如用得其法，就可以过一个有鱼有肉的好冬天。秋天来遍山土坎上芭茅草开着白花，在微风里轻轻的摇，都仿佛向人招手似的说："来，割我，乘天气好磨快了你的刀，快来割我，挑进城里去，八百钱一担，换半斤盐好，换一斤肉也好，随你的意！"贵生知道这些好处。并且知道五担草就能够换个猪头，揉四两盐腌起来，那对猪耳朵，也够下酒两三次！一个月前打谷子时，各家田里放水，人人用鸡笼在田里罩肥鲤鱼，贵生却磨快了他的镰刀，点上火把，半夜里一个人在溪沟里砍了十来条大鲤鱼，全用盐揉了，挂在灶头用柴烟熏。现在磨刀，就准备割草，挑上城去换年货。正像俗话说的：两手一肩，快乐神仙。村子里住的人，几年来城里东西样样贵，生活已大不如从前，可是一个单身汉子，年富力强，遇事肯动手，又不胡来乱为，过日子总还容易。

　　贵生住的地方离大城廿里，离张五老爷围子两里。五老爷是当地财主，近边山坡田地大部分归五老爷管业，所以做田种地的人都与五老爷有点关系。五老爷要贵生做长工，贵生以为做长工不是住围子就得守山，行动受管束，大不愿意。自己用镰刀砍竹子，剥树皮，搬石头，在一个小土坡下，去溪水不远处，借五老爷土地砌了一幢小房子，帮五老爷看守两个种桐子的山坡，作为借地住家的交换。住下来他砍柴割草为生。春秋二季农事当忙时，有人要短工帮忙，他邻近五里无处不去帮忙

（食量抵两个人，气力也抵两个人）。逢年过节村子里头行人捐钱扎龙灯上城去比赛，他必在龙头前斗宝，把个红布绣球舞得一团火似的，受人喝彩。春秋二季答谢土地，村中人合伙唱戏，他扮王大嬢补缸的补缸匠，卖柴扒的程咬金。他欢喜喝一杯酒，可不同人酗酒打架。他会下盘棋，可不像许多人那样变棋迷。间或也说句笑话，可从不用口角伤人。为人稍微有点子憨劲，可不至于傻相。有时到围子里去，五老爷送他一件衣服，一条裤子，或半斤盐，他心中不安，必在另外一时带点东西去补偿。他常常进城去卖柴卖草，就把钱换点应用东西。城里尚有个五十岁的老舅舅，给大户人家作厨子，不常往来，两人倒很要好。进城看望舅舅时，他照例带点礼物，不是一袋胡桃，一袋栗子，就是一只山上装套捕住的黄鼠狼，或是一只野鸡。到城里有时住在舅舅处，那舅舅晚上无事，必带他上河沿天后宫去看夜戏，消夜时还请他吃一碗牛肉面。

在乡下，远近几里村子上的人，都和他相熟，都欢喜他。他却乐意到离住处不远桥头一个小生意人铺子里去。那开杂货铺的老板是浦市人，本来飘乡作生意，每月一次，挑货物各个村子里去和乡下人讲买卖，吃的用的全卖。到后来看中了那个桥头，知道官路上往来人多，与其从城里打了货四乡跑，还不如在桥头安个家。一面作各乡生意，一面搭个亭子给过路人歇脚，就近作过路人买卖。因此，就在桥头安了家。住处一定，把老婆和一个十三岁的小女孩也接来了。浦市人本来为人和气，加之几年来与附近各村子各大围子都有往来，如今来在桥头开铺子，生意发达是很自然的。那老婆照浦市人中年妇女打扮，头上长年裹一块长长的黑色绉绸首帕，把眉毛拔得细细的。见男的必称大哥，女的称嫂子，待人特别殷勤。因此不到半年，桥头铺子不特成为乡下人买东西地方，并且也成为乡下人谈天取乐地方了。夏天桥头有三株大青树，特别凉爽，冬天铺子里土地上烧得是大树根和油枯饼，火光熊熊——真可谓无往不宜。

贵生与铺子里人大小都合得来，那杂货铺老板娘待他很好，他对那个女儿也很好。山上多的是野生瓜果，栗子榛子不出奇，三月里他给她摘大莓，六月里送她地枇杷，八九月里还有出名当地，样子像干海参，瓤白如玉如雪的八月瓜，尤其逗那女孩子欢喜。女孩子名叫金凤。那老板娘一年前因为回浦市去吃喜酒，害蛇钻心病[1]死掉了，杂货铺充补了个毛伙，全身无毛病，只因为性情活跳，取名叫作癞子。

贵生不知为什么总不大欢喜那癞子，两人谈话常常顶板，癞子老是对他嘻嘻笑。贵生说："癞子，你若在城里，你是流氓；你若在书上，你是奸臣。"癞子还对他笑。贵生不欢喜癞子，那原因杂货铺老板倒知道，因为贵生怕癞子招亲，从帮手改驸马。

贵生其时正在溪水边想癞子会不会作"卖油郎"，围子里有人搭口信来，说五爷下乡了，要贵生去看看南山桐子，熟了没有。看过后去围子里回话。

贵生听了信，即刻去山上看桐子。

贵生上了山，山上泥土松松的，一下脚，大而黑的油蚯蚓，小头尖尾的金蛉子，各处乱蹦。几个山头看了一下，只见每株树枝都被饱满坚实的桐木油果压得弯弯的。好些已落了地，山脚草里到处都是。因为一个土塍上有一片长藤，上面结了许多颜色乌黑的东西，一群山喜鹊喳喳的叫着，知道八月瓜已成熟了，赶忙跑过去。山喜鹊见人来就飞散了，贵生把藤上八月瓜全摘下来，装了半斗笠，预备带回去给桥头人吃。

贵生看过桐子，晚半天天气还早，就往围子去禀告五爷。

到围子时，见院里搁了一顶轿子，几个脚夫正闭着眼蹲在石碌碡上吸旱烟管。贵生一看知道城里另外来了人，转身往仓房去找鸭毛伯伯。鸭毛伯伯是五老爷围子里老长工，每天坐在仓房边打草鞋。仓房不见人，又转往厨房去，才见着鸭毛伯伯正在小桌边同几个城里来的年青伙子坐席，用大提子从黑色瓮缸里舀取烧酒，煎干鱼下酒。见贵生来就邀他坐下，参加他们的吃喝。原来新到围子的是四爷，刚从河南任上回城，赶来看五爷，过几天又得往河南去。几个人正谈到五爷和四爷在任上的种种有趣故事。

一个从城里来的小秃头，老军务神气，一面笑一面说：

"人说我们四老爷实缺骑兵旅长是他自己玩掉的。一个人爱玩，衣

---

① 蛇钻心病，胆道蛔虫病的俗称。

禄上有一笔账目，不玩销不了账，死后下一生还是玩。上年军队扎在汝南地方，一个月他玩了八个，把那地方尖子货全用过了，还说：这是什么鬼地方，女人都是尿脬做成的，要不得。一身白得像灰面，松塌塌的，一点儿无意思，还装模作态，这样那样。你猜猜花多少钱。四十块一夜，除王八外快不算数。你说，年青人出外胡闹不得，我问你，我们想胡闹，成不成？一个月七块六，伙食三块三除外还剩多少？不剃头，不洗衣，留下钱来一年还不够玩一次，我的伯伯，你就让我胡闹我从那里闹起！"

另一高个儿将爷说：

"五爷人倒好，这门路不像四爷乱花钱。玩也玩得有分寸，一百八十随手撒，总还定个数目。"

鸭毛伯伯说：

"牛肉炒韭菜，各人心里爱。我们五爷花姑娘弄不了他的钱，花骨头可迷住了他。往年同老太太在城里住，一夜输二万八，头家跟五爷上门来取话，老太太爱面子，怕五爷丢丑，以后见不得人，临时要我们从窖里挖银子，元宝一对一对刨出来，点数给头家。还清了债，笑着向五爷说，不要紧，手气不好，莫下注给人当活元宝唷，说张家出报应！"

"别人说老太太是怄气病死的。"

"可不是。花三万块钱挣了一个大面子，明明白白五爷上了人的当，怎不生气？病了四十天，完了，死了。"

"可是五爷为人有义气，老太太死时，他办丧事做了七七四十九天道场，花了一万六千块钱，谁不知道这件事。都说老太太心好命好，活时享受不尽，死后还带了万千元宝锞子，四十个丫头老妈子照管箱笼，服侍她老人家一直往天西，热闹得比段老太太出丧还人多，执事挽联一里路长。有个孝子尽孝，死而无憾。"

鸭毛伯伯说：

"五爷怕人笑话，所以做面子给人看。因为老太太爱面子，五爷又是过房的，一过来就接收偌大一笔产业，老太太如今归天了，五爷花钱再多也应该。花了钱，不特老太太有面子，五爷也有面子。人都以为五爷傻，他才真不傻！若不是花骨头迷心，他有什么可愁的。"

"不多久在城里听说又输了五千，后来想冲一冲晦气，要在潇湘馆给那南花湘妃挂衣，六百块钱包办一切，还是四爷帮他同那老婊子说妥的。不知为什么，五爷自己临时变卦，去美孚洋行打那三抬一的字牌，一夜又输八百。六百给那'花王'开苞他不干，倒花八百去熬一夜，坐一夜三顶拐轿子，完事时给人开玩笑说：谢谢五爷送礼。真气坏了四爷。"

"花脚狗不是白面猫，各有各的脾气。银子到手哗喇哗喇花，你说莫花，这那成！钱财是命里带来的；命里注定它要来，门板挡不住；命里注定它要去，索子链子缚不住。王皮匠捡了锭银子，睡时搂到怀里睡，醒来银子变泥巴。你我的命和黄花姑娘无缘，和银子无缘，就只和酒有点缘分，我们喝完了这碗酒，再喝一碗吧。贵生，同我们喝一碗，都是哥子弟兄，不要拘拘泥泥。"

贵生不想喝酒，捧了一大包板栗子，到灶边去，把栗子放在热灰里煨栗子吃。且告给鸭毛伯伯，五爷要他上山看桐子，今年桐子特别好，过三天就是白露，要打桐子也是时候。那一天打，定下日子，他好去帮忙。看五爷还有不有话吩咐，无话吩咐，他回家了。

鸭毛伯伯去见五爷禀白："溪口的贵生已经看过了桐子，山向阳，今年霜降又早，桐子全熟了，要捡桐子差不多了。贵生看五爷还有什么话告他。"

五爷正同城里来的四爷谈卜术相术，说到城里中街一个杨半痴，如何用哲学眼光推人流年吉凶和命根贵贱，把个五爷说的眉飞色舞。听说贵生来了，就要鸭毛叫贵生进来有话说。

贵生进院子里时，担心把五爷地板弄脏，赶忙脱了草鞋，赤着脚去见五爷。

五爷说："贵生，你看过了我们南山桐子吗？今年桐子好得很，城里油行涨了价，挂牌二十二两三钱，上海汉口洋行都大进，报上说欧洲整顿海军，预备世界大战，买桐油漆大战舰，要的油多。洋毛子欢喜充面子，不管国家穷富，军备总不愿落人后。仗让他们打，我们中国可以大发洋财！"

贵生一点不懂五爷说话的用意，只是呆呆的带着一点敬畏之忧站在堂屋角上。

鸭毛伯伯打圆儿说："五爷，我们什么时候打桐子？"

五爷笑着："要发洋财得赶快，外国人既等着我们中国桐油油船打仗，还不赶快一点？明天打后天打都好。我要自己去看看，就便和四爷打两只小毛兔玩；贵生，今年南山兔子多不多？趁天气好，明天去吧。"

贵生说："五爷，您老说明天就明天，我家里烧了茶水，等五爷四爷累了歇个脚。没有事我就走了。"

五爷说："你回去吧。鸭毛，送他一斤盐两斤片糖，让他回家。"

贵生谢了谢五爷，正转身想走出去，四爷忽插口说："贵生，你成了亲没有？"一句话把贵生问得不知如何回答，望着这退职军官把头摇着，只是呆笑。他心中想起几句流行的话语："婆娘婆娘，磨人大王，磨到三年，嘴尖毛长。"

鸭毛接口说："我们劝他看一门亲事，他怕被女人迷住了，不敢办这件事。"

四爷说："贵生，你怕什么？女人有什么可怕？你那样子也不是怕老婆的。我和你说，看中了什么人，尽管把她弄进屋里来。家里有个妇人对你有好处，你不明白。尽管试试看，不用怕！"

贵生还是呆笑，因为记起刚才在厨房里几个人的谈话，所以轻轻的说："一个人有一个人的命，勉强不来。"随即缩着肩膀同鸭毛走了。

四爷向五爷笑着说："五爷，贵生相貌不错，你说是不是？"

五爷说："一个大憨子，讨老婆进屋，我恐怕他还不会和老婆做戏！"

贵生拿了糖和盐回家，绕了点路过桥头杂货铺去看看，到桥头才知道当家的已进城办货去了，只剩下金凤坐在酒坛边纳鞋底。见了贵生，很有情致的含着笑看了他一眼。贵生有点不大自然，站在柜前摸出烟管打火吸烟，借此表示从容，"当家的快回来了？"

金凤说："贵生，你也上城了吧，手里拿的是什么？"

"一斤盐，两斤糖，五老爷送我的。我到围子里去告他们打桐子。"

"你五老爷待人好。"

"城里四老爷也来了，还说明天要来山上打兔子……"

贵生想起四爷说的一番话，咕咕的笑将起来。

金凤不知什么好笑，问贵生"四爷是个什么样人物"。

"一个军官，欢喜玩耍，听说做过军长，司令官，欢喜玩，把官也玩掉了。"

"有钱的总是这样过日子，做官的和开铺子的都一样。我们浦市源昌老板，十个大木簰从洪江放到桃源县，一个夜里这些木簰就完了。"

贵生知道这个故事，男的说起这个故事时，照例还得说是木簰流进妇人"孔"里去的。所以贵生失口说："都是女人。"

金凤脸绯红，向贵生瞅着："怎么，都是女人！你见过多少女人！女人也有好坏，和你们男子一样，不可一概而论！"

其时，正有三个过路人，过了桥头到铺子前草棚下，把担子从肩上卸下来，取火吸烟，看有什么东西可吃。买了一碗酒，三人共同喝酒。贵生预备把话和金凤接下去，不知如何说好。三个人不即走路，他就到桥下去洗手洗脚。过一阵走上来时，见三人正预备动身，其中一个顶年青的，很多情似的，向金凤瞟着个眼睛，只是笑。掏钱时故意露出扣花抱肚上那条大银链子，且自言自语说："银子千千万，难买一颗心。易求无价宝，难得有情郎。"三人走后，金凤低下头坐在酒坛上出神，一句话不说。贵生想把先前未完的话接续说下去，无从开口。

到后看天气很好，方说："金凤，你要栗子，这几天山上油板栗全爆口了。我前天装了个套机，早上去看，一只松鼠正拱起个身子，在那木板上嚼栗子吃，见我来了不慌不忙的一溜跑去，好笑。你明天去捡栗子吧，地下多得是！"

金凤不答理他，依然为先前过路客人几句轻薄话生气。贵生不大明白。于是又说："你记不记得在我砂地上偷栗子，不是跑得快，我会打断你的手！"

金凤说："我记得我不跑。我不怕你！"

贵生说："你不怕我我也不怕你！"

金凤笑着："现在你怕我。"

贵生好像懂得金凤话中的意思，向金凤眯眯笑，心里回答说："我不怕。"

毛伙割了一大担草回来了，一见贵生就叫唤："贵生，你不说上山割草吗?"

贵生不理会，却告给金凤，在山上找得一大堆八月瓜，她想要，明天自己去拿。因为明天打桐子，他得上山去帮忙，五爷四爷又说要来赶兔子，恐怕没空闲。

贵生走后毛伙说："金凤，这憨子，人大空心小。"

金凤说："莫乱说，他生气时会打死你。"

毛伙说："这种人不会生气。"

第二天，天一亮，贵生带了他的镰刀上山去。山脚雾气平铺，犹如展开一片白毯子，越拉越宽，也越拉越薄。远远的看到张家大围子嘉树成荫，几株老白果树向空挺立，更显得围子里家道兴旺。一切都像浮在云雾上头，缥缈而不固定，他想围子里的五爷四爷，说不定还在睡觉做梦!

可是一会儿田塍上就有马项铃幌嘟嘟嘟响，且闻人语嘈杂，原来五爷四爷居然赶早都来了。贵生慌忙跑下坡去牵马。来的一共是十六个长工，十二个女工，四个跟随，还有几个捡荒的小孩。大家一到地即刻就动起手来，从顶上打起，有的爬树，有的用竹竿巴巴的打，草里泥里到处滚着那种紫红果子。

四爷五爷看了一会儿，就厌烦了，要贵生引他们到家里去。家里灶头锅里的水已沸了，鸭毛给四爷五爷冲茶喝。四爷见斗笠里那一堆八月瓜，拿起来只是笑。

"五爷，你瞧这像个什么东西。"

"四爷，你真是孤陋寡闻，八月瓜也不认识。"

"我怎么不认识? 我说它简直像女人的小……"

贵生因为预备送八月瓜给金凤，耳听到四爷说了那么一句粗话，心里不自在，顺口说道：

"四爷五爷欢喜，带回去吃吧。"

五爷取了一枚，放在热灰里煨了一会儿，拣出来剥去那层黑色硬壳，挖心吃了。四爷说那东西腻口甜不吃，却对于贵生家里一支钓鱼竿称赞不已。

四爷因此从钓鱼谈起，溪里，河里，江里，海里，以及北方芦田里钓鱼的方法，如何不同，无不谈到。忽然一个年轻女人在篱笆边叫唤贵生，声音又清又脆。贵生赶忙跑出去，一会儿又进来，抱了那堆八月瓜走了。

四爷眼睛尖，从门边一眼瞥见了那女的白首帕，大而乌光的发辫，问鸭毛"女人是谁?"鸭毛说："是桥头上卖杂货浦市人的女儿。内老板去年热天回娘家吃喜酒，在席面上害蛇钻心病死掉了，就只剩下这个小毛头，今年满十六岁，名叫金凤。其实真名字倒应当是'观音'! 卖杂货的大约看中了贵生，又憨又强一个好帮手，将来承继他的家业。贵生倒还拿不定主意，等风向转。白等。"

四爷说："老五，你真是宣统皇帝，住在紫禁城傻吃傻喝，围子外什么都不知道。山清水秀的地方一定地贵人贤，为什么不……"

鸭毛搭口说："算命的说女人八字重，克父母，压丈夫，所以人都不敢动她。贵生一定也怕克……"正说到这里，贵生回来了，脸庞红红的，想说一句话可不知说什么好，只是搓手。

五爷说："贵生，你怕什么?"

贵生先不明白这句话意思所指，茫然答应说："我怕精怪。"

一句话引得大家笑将起来，贵生也笑了。

几人带了两只瘦黄狗，去荒山上赶兔子，半天毫无所得。晌午时又回转贵生家过午。五爷问长工今年桐子收多少，知道比往年好，就告给鸭毛，分五担桐子给贵生酬劳，和四爷骑了马回围子去了。回去本不必从溪口过身，四爷却出主意，要五爷同他绕点路，到桥头去看看。在桥头杂货铺买了些吃食东西，和那生意人闲谈了好一阵，也好好的看了金凤几眼，才转回围子。

回到围子里四爷又嘲笑五爷，以为在围子里作皇帝，不知民间疾苦。话有所指，五爷明白。

五爷说："四爷你真是，说不得一个人还从狗嘴里抢肉吃。"

四爷在五爷肩头打了一掌说："老五，别说了，我若是你，我就不像你，一块肥羊肉给狗吃。"

五爷只是笑，再不说话。一个人有一个人的分定，五爷欢喜玩牌，自己老以为输牌不输理，每次失败只是牌运差，并非功夫不高。五爷笑四爷见不得女人，城市里大鱼大肉吃厌了，注意野味。

这方面发生的事贵生自然全不知道。

贵生只知道今年多得了五担桐子，捡荒还可得三四担，家里有八担桐子，一个冬天夜里够消磨了。

日月交替，屋前屋后狗尾巴草都白了头在风里摇。大路旁刺梨一球球黄得像金子，已退尽了涩味，由酸转甜。贵生上城卖了十多回草，且卖了几篮刺梨给官药铺，算算日子，已是小阳春的十月了。天气转暖了一点，溪边野桃树有开花的。杂货铺一到晚上，毛伙就地烧一个树根，火光熊熊，用意像在向邻近住户招手，欢迎到桥头来，大家向火谈天。在这时节畜牲草料都上了垛，谷粮收了仓，红薯也落了窖，正好大家休息休息的时候，所以日里晚上都有人在那里。晚上尤其热闹，因为间或还有告假回家的兵士和大兴场贩朱砂的客人，到杂货铺来述说省里新闻，天上地下说来无不令众人神往意移。

贵生到那里照例坐在火旁不大说话，一面听他们说话，一面间或瞟金凤一眼。眼光和金凤眼光相接时，血行就似乎快了许多。他也帮杜老板作点小事，也帮金凤作点小事。落了雨，铺子里他是唯一客人时，就默默的坐在火旁吸旱烟，听杜老板在美孚灯下打算盘滚账，点数余存的货物。贵生心中的算盘珠也扒来扒去，且数点自己的家私。他知道城里的油价好，十五斤油可换六斤棉花，两斤板盐。他今年有八担九担桐子，真是一注小财富！年底鱼呀肉呀全有了，就只差个人。有时候那老板把账结清了，无事可做，便从酒坛间找出一本红纸面的文明历书，来念那些附在历书下的酬世大全，命相神数。一排到金凤八字，必说金凤八字怪，斤两重，不是"夫人"就是"犯人"，克了娘不算过关，后来事情多。金凤听来只是抿着嘴笑。

或者正说起这类事，那杂货铺老板会突然发问："贵生，你想不想成家，你要讨老婆，我帮你忙。"

贵生瞅着向上的火焰说："你说真话假话？谁肯嫁我！"

"你要就有人。"

"我不相信。"

"谁相信天狗咬月亮？你尽管不信，到时天狗还是把月亮咬了，不由人不信。我和你说，山上竹雀要母雀，还自己唱歌去找。你得留点心！"

话把贵生引到路上来了，贵生心痒痒的，不知如何接口说下去。

毛伙间或多插一句嘴，金凤必接口说："贵生，你莫听癞子的话，他乱说。他说会装套捉狸子，捉水獭，在屋后边装好套，反把我猫儿捉住了。"金凤说的虽是毛伙，事实却在用毛伙的话岔开那杜掌柜提出的问题。

半夜后贵生晃着个火把走回家去，一面走一面想："卖杂货的也在那里装套，捉女婿。"不由得咕咕笑将起来。一个存心装套，一个甘心上套，事情看来也就简单。困难不在人事在人心。贵生和一切乡下人差不多，心上也有那么一点儿迷信。女的脸儿红中带白，眉毛长，眼角向上飞，是个"克"相；不克别人得克自己，到十八岁才过关！因这点迷信他退后了一步，杂货商人装的套不成功了。可是一切风总不会老向南吹。

一天落大雨，贵生留在家里搓了几条草绳子，扒开床下沤的桐子看看，色已变黑，就倒了半箩桐子剥，一面剥桐子一面却想他的心事。不知那一阵风吹换了方向，想起事情有点儿险。金凤长大了，毛伙随时都可以变成金凤的人。此外在官路上来往卖猪的浦市人，上贵州省贩运黄牛收水银的辰州客人，都能言会说，又舍得花钱，在桥头过身，有个见花不采？闪不知把女人拐走了，那才真是"莫奈何"！人总是人，要有个靠背，事情办好大的小的就都有了靠背了。他想的自然简单一点，粗俗一点，但结论却得到了，就是热米打粑粑，一切得趁早，再耽误不得。

他预备上城去同那舅舅商量商量。

贵生进城去找他的舅舅，恰好那大户人家正办席面请客，另外请得有大厨子掌锅，舅舅当了二把手，在门板上切腰花。他见舅舅事忙，就留在厨房帮同理葱剥毛豆。到了晚上，把席撤下时，已经将近二更，吃了饭就睡了。第二天那家主人又要办什么婆婆粥，鱼呀肉呀煮了一锅，又忙了一整天，还是不便谈他的事情。第三天舅舅可累病了。贵生到测字摊去测字，为舅舅拈的是一个"爽"字，自己拈了一个"回"字。测字的说，人逢喜事精神爽，若问病，有喜事病就会好。又说回字喜字一半，吉字一半，可是言字也是一半。要办的事赶早办好，迟了恐不成。他觉得话有道理。

回到舅舅身边时，就说他想成亲了，溪口那个卖杂货的女儿可以做他的媳妇。她帮他喂猪割草好，他帮她推磨打豆腐也好。只要他愿意，有一点钱就可以乘年底圆亲，多一个人吃饭，也多一个人补衣捏脚，有坏处，有好处，特来和舅舅商量商量。

那舅舅听说有这种好事，岂有不快乐道理。他连年积下了二十块钱，正拿不定主意，不知道把它预先买付棺木好，还是买几只小猪托人喂好。一听外甥有意接媳妇，且将和卖杂货的女儿成对，当然一下就决定了主意，把钱"投资"到这件事上来了。

"你接亲要钱用，我帮你一点钱。"厨子把存款全部从床脚下泥土里掏出来后，就放在贵生面前，"你要用，拿去用，将来养了儿子，有一个算我的小孙子。逢年过节烧三百钱纸，就成了。"

贵生吃吃的说："我不要那么些钱，开铺子的不会收我财礼的！"

"怎么不要？他不要你总得要。说不得一个穷光棍打虎吃风，没有吃时把裤带紧紧。你一个人草里泥里都过得去，两个人可不成！人都有个面子，讨老婆就得养老婆，不能靠桥头杜老板，让人说你吃裙带饭。

钱拿去用，舅舅的就是你的。"

两人商量好了，贵生上街去办货物。买了两丈官青布，三斤粉条，一个猪头。又买了些香烛纸张，一共花了将近五块钱。东西办好，贵生带了东西回溪口。

出城时碰到两个围子里的长工，挑了箩筐进城，贵生问他们赶忙进城有什么要紧事。

"五爷不知为什么心血来潮，派我们办货！好像接媳妇似的，一来就是一大堆！"

贵生说："五爷也真是五爷，人好手松，做什么事都不想想。"

"真是的，好些事都不想就做。"

"做好事就成佛，做坏事可教别人遭殃。"

长工见贵生办货不少，带笑说："贵生，你样子好像要还愿，莫非快要请我们吃喜酒了。"

另一个长工也说："贵生，你一定到城里发了洋财，买那么大一个猪头，会有十二斤吧。"

贵生知道两人是打趣他，半认真半说笑的回答道："不多不少一个猪头三斤半，正预备焖好请哥们喝一杯！"

分手时一个长工又说："贵生，我看你脸上气色好，一定有喜事不说，瞒我们。"

几句话把贵生说的心里轻轻松松的。

贵生到晚上下了决心去溪口桥头找杂货铺老板谈话，到那里才知道杜老板不在家，有事去了。问金凤父亲什么地方去了，什么时候回来，金凤神气淡淡的说不知道。转问那毛伙，毛伙说老板到围子里去了，不知什么事。贵生觉得情形有点怪，还以为也许两父女吵了嘴，老的走了，所以金凤不大高兴。他依然坐在那矮条凳上，用脚去拨那地炕的热灰，取旱烟管吸烟。

毛伙忽然失口说："贵生，金凤快要坐花轿了！"

贵生以为是提到他的事情，眼瞅着金凤说："不是真事吧。"

金凤向毛伙盯了一眼："癞子，你胡言乱语，我缝你的嘴。"

毛伙萎了，向贵生蔫笑着："当真缝了我的嘴，过几天要人吹唢呐可没人。"

贵生还以为金凤怕难为情，把话岔开说："金凤，我进城了，在我那舅舅处住了三天。"

金凤低着个头说："城里可好玩！"

"我去城里有事情。我……"他不知怎么说下去好，转口向毛伙，"围子里五爷又办货要请客人。"

"不止请客……"

毛伙正想说下去，金凤却借故要毛伙去瞧瞧那鸭子栅门关好了没有。

贵生看风头不大对，话不接头。默默的吹了几筒烟，只好走了。

回到家里从屋后搬了一个树根，捞了一把草，堆地上烧起来，捡了半篓桐子，在火边用小剜刀剥桐子。剥到深夜，总好像有东西咬他的心。

第二天正想到桥头去找杂货商人谈话，一个从围子里来的人告他说，围子里有酒吃，五爷纳宠，是桥头浦市人的女儿，看好了日子，今晚进门，要大家杀黑前去帮忙，抬桥子接人！听过这消息，贵生好像头上被一个人重重的打了一闷棍，呆的转不过气来。

那人走后他还不大相信，一口气跑到桥头杂货铺去，只见杜老板正在用红纸封赏号。

那杂货铺商人一眼见是贵生，笑眯眯的说："贵生，你到什么地方去了？好几天不见你，我们还以为你当兵去了。"

贵生心想："我真要当兵去。"

杂货铺商人又说："你进城看戏了吧。"

贵生站在外边大路上结结巴巴的说："大老板，大老板，听人说你家有喜事，是真的吧。"

杜老板举起那些小包封说："你看这个。"

贵生听桥下有人捶衣，知道金凤在桥下洗衣，就走近桥栏杆边去，看见金凤头上孝已撤除，一条乌光辫子上簪了一朵小小红花，正低头捶衣。贵生知道一切都是真的，自己的事情已吹了，完了，一切完了，再说不出话，对那老板看了一眼，拔脚走了。

晚半天，贵生依然到围子里去。

贵生到围子里时，见五老爷穿了件蓝缎子夹马褂，正在院子里督促工人扎喜轿，神气异常高兴。五爷一见贵生就说："贵生，你来了，吃了没有？厨房里去喝酒吧。"又说，"你生庚属什么？属龙晚上帮我抬轿子，过溪口桥头上去接人。属虎属猫就不用去，到时避一避！"

贵生呆呆怯怯的说："我属虎，八月十五寅时生，犯双虎。"说后依然如平常无话可说时那么笑着，手脚无放处，看五爷分派人作事，扎轿杆的不当行，走过去帮了一手忙。到后五爷又问他喝了没有，他不作声。鸭毛伯伯换了一件新毛蓝布短衣，跑出来看轿子，见到贵生，拉着他向厨房走。

厨房里有五六个长工坐在火旁矮板凳上喝酒，一面喝一面说笑。因为都是派定过溪口上接亲的人，其中有个吹唢呐的，脸喝得红嘟嘟的，说："杜老板平时为人慷慨大方，到那里时一定请我们吃城里带来的嘉湖细点，还有包封。"

另一长工说："我还欠他二百钱，怕见他。"

鸭毛伯伯接口打趣他："欠的账那当然免了，你抬轿子小心点就成了。"

一个毛胡子长工说："你们抬轿子，看她哭多远，过了大青树还像猫儿那么哭，要她莫哭了，就和她说，大姊，你再哭，我抬你回去！她一定不敢再哭。"

"她还是哭你怎么样？"

"我当真抬她回去。"

所有人都哄然大笑起来。

吹唢呐的会说笑话，随即说了一个新娘子三天回门的粗糙笑话，装成女子的声音向母亲诉苦："娘，娘，我以为嫁过去只是伏侍公婆，承宗接祖，你那想到小伙子人小心坏，夜里不许我撒尿！"

大家更大笑不止。

贵生不作声，咬着下唇，把手指骨捏了又捏，看定那红脸长鼻子，心想打那家伙一拳。不过手伸出去时却端起了土碗，咽嘟嘟喝了半碗烧酒。

几个长工打赌，有的以为金凤今天不会哭，有的又说会哭，还说看那一双水汪汪的眼睛就是会哭的相。正乱着，院中另外那几个扎轿子的也来到厨房，人一多话更乱了。

贵生见人多话多，独自走到仓库边小屋子里去。见有只草鞋还未完工，坐下来搓草编草鞋玩。心里实在有点儿乱，不知道怎么好。身边还有十六块钱，紧紧的压在腰板上。他无头无绪想起一些事情。三斤粉条，两丈官青布，一个猪头，有什么用？五斛桐子送到姚家油坊去打油，外国人大船大炮到海里打大仗，要的是桐油。卖纸客人做眉弄眼，易求无价宝，难得有情郎。四老爷一个月玩八个辫子货，还说妇人身上白得像灰面，无一点意思……

看看天已快夜了。

院子里人声嘈杂，吹唢呐的大约已经喝个六分醉，把唢呐从厨房吹起，一直吹到外边大院子里去。且听人喊燃火把放炮动身，两面铜锣镗镗的响着，好像在说，我们走，我们走，我们快走！不一会儿，一队人马果然就出了围子向南走去了。去了许久还可听到一点唢呐呜咽声音。贵生过厨房去看看，只见几个女的正在预备汤果，鸭毛伯伯见贵生就说："贵生，我还以为你也去了。帮我个忙挑几担水吧。等会儿还要水用。"

贵生担起水桶一声不响走出去。院子里烧了几堆油柴，正屋里还点了蜡烛，挂了块红。住在围子里的佃户人家妇女小孩都站在院子里，等新人来看热闹。贵生挑水走捷径必从大门出进，却宁愿绕路，从后门走。到井边挑了七担水，看看水平了缸，才歇手过灶边去烘草鞋。

阴阳生排八字女的属鼠，宜天断黑后进门，为免得与家中人不合，凡家中命分上属大猫小猫到轿子进门时都得躲开。鸭毛伯伯本来应当去打发轿子接人的。既得回避，因此估计新人快要进围子时，就邀贵生往后面竹园子去看白菜萝卜，一面走一面谈话。

"贵生，一切真有个命定，勉强不来。看相的说邓通是饿死的相，皇帝不服气，送他一座铜山，让他自己造钱，到后还是饿死。城里王财主，挑担子卖饺饵营生，气运来了，住身在那个小庙里，墙倒坍了，两夫妇差点儿压死，两人从泥灰里爬出来一看，原来墙里有两坛银子，从此就起了家……不是命是什么。桥头上那杂货铺小丫头，谁料到会作我们围子里的人？五爷是读书人，懂科学，平时什么都不相信，除了洋鬼子看病，照什么'挨挨试试'光，此外都不相信。上次进城一输又是两千，被四爷把心说活了。四爷说，五爷，你玩不得了，手气瘟，再玩还是输。找个'原汤货'来冲一冲运气看，保准好。城里那些毛母鸡，谁不知道用猪肠子灌鸡血，到时假充黄花女。乡下有的是人，你想想看。五爷认真了，凑巧就看上了那杂货铺女儿，一说就成，不是命是什么。"

贵生一脚踹到一个烂笋瓜上头，滑了一下，轻轻的骂自己："鬼打岔，眼睛不认货！"

鸭毛伯伯以为话是骂杜老板女儿，就说："这倒是认货不认人！"

鸭毛伯伯接着又说："贵生，说真话，我看杂货铺杜老板和那丫头先前对你倒很注意，旁观者清，当局者迷，你还不明白。其实只要你好意思亲口提一声，天大的事定了。天上野鸭子各处飞，捞到手的就是菜，你不先下手，怪不得人！"

贵生说："鸭毛伯伯，你说的是笑话。"

鸭毛伯伯说："不是笑话！一切是命，十天以前，我相信那小丫头还只打量你同她俩在桥头推磨打豆腐！"说的当真不是笑话，不过说到这里，为了人事无常，鸭毛伯伯却不由得不笑起来了。

远远的已听到唢呐呜呜咽咽的声音，且听到炮竹声，就知道新人的轿子来了。围子里也骤然显得热闹起来。火炬都燃点了，人声杂逐。一些应当避开的长工，都说说笑笑跑到后面竹园来，有的还爬上大南竹去眺望，看人马进了围子没有。

唢呐越来越近，院子里人声杂乱起来了，大家知道花轿已进营盘大门，一些人先虽怕冲犯，这时也顾不及了，都赶过去看热闹。

三大炮放过后，唢呐吹"天地交泰"吹完了，火把陆续熄了，鸭毛伯伯知道人已进门，事已完毕，拉了贵生回厨房去，一面告那些拿火把的人小心火烛。厨房里许多人都在解包封，数红纸包封里的赏钱，争着倒热水到木盆里洗脚，一面说起先前一时过溪口接人，杜老板发亲时如何慌张的笑话。且说杜老板和毛伙一定都醉倒了，免得想起女儿今晚上挨痛事情难受。鸭毛伯伯重新给年青人倒酒把桌面摆好，十几个年青长工坐定时，才发现贵生已溜了。

半夜里，五爷正在雕花板床上细麻布帐子里拥了新人做梦，忽然围子里所有的狗都狂叫起来。鸭毛伯伯起身一看，天角一片红，远处起了火。估计方向远近，当在溪口边上。一会儿有人急忙跑到围子里来报信，才知道桥头杂货铺烧了，同时贵生房子也走水烧了。一把火两处烧，十分蹊跷，详细情形一点不明白。

鸭毛伯伯匆匆忙忙跑去看火。先到桥头，火正壮旺，桥边大青树也着了火。人只能站在远处看。杜老板和毛伙是在火里还是走开了，一时不能明白。于是又赶过贵生处去，到火场近边时，见有好些人围着看火，谁也不见贵生，烧死了还是走了说不清楚，鸭毛用一根长竹子向火里捣了一阵，鼻子尽嗅着，人在火里不在火里，还是弄不出所以然。他心中明白这件事，知道火是怎么起的，一定有个原因，转围子时，半路上正碰着五爷和那新姨。五爷说："人烧坏了吗？"

鸭毛伯伯结结巴巴的说："这是命，五爷，这是命。"见金凤哭了，心中却说，"丫头，一索子吊死了吧，哭什么？"

几人依然向起火处跑去。

二十六年三月作五月改作——北平

本篇发表于1937年5月1日《文学杂志》第1卷第1期（创刊号）。署名沈从文。

大小阮

学校打更人刘老四，在校后小更棚里喝完了四两烧酒，凭他的老经验，知道已十二点，就拿了木梆子沿校墙托托托敲去。一面走一面想起给他酒喝几个小哥儿的事情，十分好笑。十年前每晚上有一个年青小哥儿从裱画铺小寡妇热被里逃出，跑回学校来，爬过学校围墙时，这好人还高高的提起那个灯笼照着，免得爬墙那一个跌落到墙内泥沟里去。他原欢喜喝一杯酒，这种同情和善意就可得到不少酒喝。世界成天变，袁世凯，张勋，吴佩孚，张作霖，轮流占据北京城，想坐金銮宝殿总坐不稳。学校呢，人事上也不大相同，除了老校长其余都变而又变。那爬墙头小哥儿且居然从外国回来作训育主任了。世界虽然老在变，有一件事可不曾变，就是少数学生爬墙的行为还好好保存下来。不过这件事到用着巡夜的帮助时，从前用的是灯笼，如今用的是手电筒罢了。他心想，一个人有一个人的衣禄，说不准簿籍上自己名分下还有五十坛烧酒待注销，喝够了才会倒下完事。

打更的走到围墙边时，正以为今晚上未必有人爬墙，抬头一瞧，墙头上可恰好正骑了两个黑影子。他故意大声的询问：

"谁人？"

黑影之一说："老刘，是我。你真是。"从声音上他听得出是张小胖。

"张少爷，你真吓了我一跳。我以为是两个贼，原来是——"

其中之另一个又说："你以为是贼，这学校会有贼？不是贼，是两瓶酒，你可不用吓了。把你那电筒照照我。不许告给谁。我们回来取点东西，等会儿还得出去，你在这儿等着我们！"声音也怪熟，是小阮。两个年青小哥儿跳下了墙，便直向宿舍奔去。

打更的望着这两个年青小哥儿黑影子只是笑，当真蹲在那儿等候他们。

他算定这等候对他有好处。他无从拒绝这种好处！

小阮与张小胖分手后，小阮走进第八宿舍，宿舍中还有个同学点上洋烛看小说。便走到一个正睡着做梦，梦中吃鸽子蛋的学生床边，咬耳朵叫醒了那学生。两人原来是叔侄，睡觉的一个是小叔叔，大家叫他大阮。

"七叔，帮我个忙，把你那一百块钱借给我，我得'高飞远——'我出了事情，三十六计走为上计，不走不成！"

"为什么？你又在学校里胡闹了？"

"不是在学校里打架。我闯了祸，你明天会知道的。赶快把那一百块钱借给我吧，我有用处！"

"不成，我钱有别的用处！我得还大衣账，还矮脚虎二十元，用处多咧。"

"你好歹借我八十，过不久会还你，家里下月款来算的。我急要钱，有钱才好走路！有八十我过广东，考黄埔军官学校去。不然也得过上海，再看机会。我不走不成！"

"你拿三十够了吧。我义兴和欠款不还，消费社总得结结账！"

"那就借六十给我。我不能留在学校，即刻就得走路！"

大阮被逼不过，一面又十分需要睡眠，勉勉强强从床里边摸出了那个钱皮夹，数了十张五元头的钞票给小阮。小阮得过钱后，从洋服裤袋里掏出了一件小小黑东西，塞到大阮枕头下去，轻轻的说：

"七叔，这个是十五号房张小胖的，你明天给他还他吧。我走了。你箱子里我存的那个小文件，一早赶快烧了它，给人搜出可不是玩的。"因为那个看小说的同学已见着了他，小阮又走到那小说迷床边去说，"兄弟，对不起，惊吵你。再见！"

近视眼忙说："再见再见。"

小阮走出宿舍后，大阮觉得枕下硬硬的梗住头颈，摸出来一看才明白原来是支小手枪。猜出小阮一定在一点钟前就用这手枪闯祸，说不定已打死了人，明早晨学校就要搜查宿舍。并且小阮寄存那个文件，先告他只是一些私信，临走时却要他赶紧烧掉，自然也是一种危险。但把两件事多想想，就使大阮安心了。枪是张小胖所有物，学校中大家都知道，张小胖是当地督办的儿子，出乱子决不会成问题。文件一烧了事，烧不及也不会牵涉到自己头上来。当真使大阮睡不着觉的还是被小阮借去了那五十块钱。小阮平时就很会玩花样，要钱用时向家里催款，想得出许多方法。这次用钱未必不是故作张皇把钱骗去作别的用途。尤其糟的是手边钱小阮取了五十，日前作好的预算完全被打破了。

至于小阮呢，出了宿舍越过操场到院墙边时，见打更的还在那墙边候着，摸出一张钞票，塞在打更的手心里：

"老刘，拿这个喝酒吧。不许说我回来过，说了张少爷会一枪铳了你。"

"张少爷不出去吗？"

"不出去了。"

"您不回来吗？"

"我怎么不回来？我过几年会回来的！"

小阮爬墙出去后，打更的用手电灯光看看手中的钞票，才知道原来是五块钱，真是一个大利市。他明白他得对这事好好保守沉默。因为这个数目差不多是三十斤烧酒的价钱。把钞票收藏到裤腰小口袋里去，自言自语的说：

"一个人当真有一个人的衣禄，勉强不来。"

他觉得好笑，此后当真闭口不谈这件事情。

早上六点钟，一阵铃声把所有学生从迷糊睡梦里揪回现实人间。

事务员跟着摇铃的校役后面，到每个宿舍前边都停一停，告给学生早上八点周会，到时老校长有话说，全体学生都得上风雨操场去听训。老校长训话不是常有的事，于是各宿舍骤然显得忙乱起来。都猜想学校发生了事情，可不知发生什么事情。大阮一骨碌爬起来，就拿了小阮昨夜给他那个东西走到宿舍十五号去，见张小胖还躺在床上被窝里。送给他那东西时，张小胖问也不问，好像早知道是小阮交还的，很随意的把它塞到枕头下，翻过身去又睡着了。大阮赶忙又回去烧那文件。事作完拿了毛巾脸盆到盥洗室洗脸，见同学都谈着开会事情。一个和张小胖同房和大阮同组的瘦个儿二年级学生，把大阮拉到廊下去，咬耳朵告大阮，昨晚上张小胖出外边去，不知为什么事，闹了大乱子，手臂全被打青了，半夜里才回转宿舍。听说要到南方去，不想读书了。

大阮才明白还枪给张小胖时张小胖不追问的理由。大阮心中着急，跑到门房去，找早报看，想从报上得到一点消息，时间太早，报还不来。七点半早报来了，在社会新闻版上还是不能发现什么有关系的消息。一个七十岁的老头子穷病自杀了，一个童养媳被婆婆用沸水烫死了，一个人醉倒了，大骂奸臣误国，这类消息显然不是小阮应当负责的。

周会举行时，老校长演说却是学生应当敬爱师长一类平平常常的话。周会中没有张小胖，也不见小阮。散会后训育主任找大阮到办公楼去，先问大阮，知不知道小阮出了事。大阮说不知道。训育主任才告给大阮，小阮为一个女人脱离了他们一个秘密组织，开枪打伤了市立中学一个历史教员。那教员因别有苦衷，不敢声张，但却被邻居告到区里，有办案的人到那人家问话，盘诘被伤理由，说不定要来学校找人。若小阮已走了，看看他宿舍里有什么应当烧的，赶快烧掉。原来这主任就是个××，当时的××原是半公开的，在告大阮以前，先就把自己应烧的东西处理过了。至于那位绰号张小胖的大少爷呢，躺在床上养伤，谁也不会动他，因为区里办事的吃的正是他爸爸的饭，训育主任早就知道的。

大阮回转宿舍，给他那住合肥城里的堂兄(小阮的父亲)写信——

大哥，你小三哥昨天在这里闹了乱子，差点儿出了人命案件，从学校逃走了。临走时要钱用，逼我借钱。我为他代向同学借了五十元(这是别人急着付医院的款项，绝不能延误不还)，连同我先前一时借他的共约百元。我那个不算数，转借别人的务请早为寄来，以清弟之手续。同学中注重信用，若不偿还，弟实对不起人也。

小三哥此次远扬，据他说有一百元就可以往广东，钱不多到上海时住下看机会。他往广东意思在投考黄埔军官学校，据说此校将来大有出息，不亚于保定军官团。弟思我家胡鲁四爷，现在北京陆军大学读书，是家中已有一军事人材，不必多求。且广东与北京政府对立，将来不免一场大战，叔侄对垒，不问谁胜谁败，吾宗都有损失，大不合算。故借款数目，只能供给其到沪费用，想吾兄亦必以弟此举为然也。学校对彼事极包涵，惟彼万不宜冒险回校。弟意若尽彼往日本读书，将来前途必大有希望。彼事事富于革命精神，如孙中山先生。孙先生往昔亦曾亡命日本，历史教员在班上曾详言其事。惟小三哥性太猛，气太盛，不无可虑，要之是吾宗一人材也。

大阮把信写成后看看，觉得写得不错。又在"款系别人所有"话旁加了几个小圈，就加封寄发了。他的主要目的是把那五十块钱索还，结果自然并不失望。至于小阮的命运，倒当真与他这次借款的数目大有关系。如果当时小阮的钱够往广东，到后来革命军北伐，这个人也许死了，便成为革命烈士，也许活着，会成为军中少壮派要人，此后的种种都得全盘重造了。

大阮小阮两人在辈分上是叔侄，在年龄上像弟兄，在生活上是朋友，在思想上又似乎是仇敌。但若仅仅就性情言来呢，倒是"差不多"。都相当聪明，会用钱。对家中长辈差不多一致反对，对附于旧家庭的制度的责任和义务差不多同样一致逃避，对新事物差不多同样一致倾心，对善卖弄的年青女人差不多一致容易上当。在学校里读书呢，异途同归，由于某种性情的相同，差不多都给人得到一个荒唐胡闹的印象，所不同处只是荒唐胡闹各有方式罢了。

两人民国十二年夏季考入这个私立高级中学。

有机会入这中学读书的，多半是官家子弟和比较有钱的商人地主子侄，因此这学校除了正当体育团体演说团体文学艺术团体以外，还有两个极可笑的组织，一个叫君子会，一个叫棒棒团。君子会注重的是穿衣戴帽，养成小绅士资格。虽学校规矩限制学生在校出外都得穿着制服，在凡事一律情形上，这些纨绔子弟大有英雄无用武之叹，然而在鞋袜方面（甚至于袜带）依然还可别出心裁。此外手表，自来水笔，平时洗脸用的胰子，毛巾，信封信笺，无一不别致讲究。其中居多是白面书生，文雅，懦弱，聪明，虚浮，功课不十分好，但杂书却读得很多，学问不求深入，然而常识倒异常丰富。至于棒棒团，军人子弟居多，顾名思义，即可知其平常行径。寻衅打架是他们主要工作。这些学生不特在本校打架，且常常出校代表本校打架。这两个组织里的学生增加了学校不少麻烦，但同时也增加了学校一点名誉。因为它的存在，代表一种社会，一种阶级，就是我们平时使用它时意义暧昧，又厌恶又不能不尊重的所谓上等社会，统治阶级。学校主持者得人，加之学校走运，不知如何一来又意外得了一个下野军阀一笔捐款，数目将近五十万块钱，当局用这笔钱来补充了几座堂堂皇皇的建筑物，添购了些图书仪器，学校办下去，自然就越来越像个学校。因此在社会上的地位，比旁的学校都好。纳费多，每年来应考的学生，常常超过固定额数十来倍。

大小阮原是旧家子弟，喜事好弄是旧家子弟共通的特性。既考入了这个中学校，入学不久，两人就分别参加了两个组织，叔侄二人从所参加的组织，说明两人过去的环境，当前的兴味，以及未来的命运。

五四运动来了，疯狂了全国年青人。年青人的幻想，脱离一切名分或事实上制度习惯的幻想，被杂志书报加以扩大。要求自由解放成为大小都会里年青人的唯一口号和目的。×中学位置在长江中部一个省分里，教书的照例是北京师大、北大出身的优秀分子，老校长又是个民国初元的老民党，所以学校里的空气自然是很良好的。各事都进步改良了，只差一着，老校长始终坚持，不肯让步，且由于他与学校的关系，人望，以及性情上那点固执，不许男女同学。以为学校是为男子办的，女子要读书，另有女学校可进。这种主张同时得到有势力的当局支持，所以学生想反对无从反对。五四运动过了几年，风气也略转了一点，这学校因为不开放女禁，且更为多数人拥护了。关于这一点看来似乎无多大关系的事情，无形中倒造就了一些年青人此后的命运。因为年青人在身心刚发育到对女人特别感觉行动惊奇和肉体诱惑时，在学校无机会实证这种需要。欲望被压抑扭曲，神经质的青年群中，就很出了几个作家，多血质的青年群中，就很出了几个革命者。这种作家和革命者尚未露头角时，大多数是在学校那两个特别组织里活动的。

小阮自从离开他的学校，当真就跑到上海，恰如当时许多青年一样，改了一个名字，住在一个小弄堂的亭子间里，一再写挂号信给乡下收租过日子的老父亲，催款接济。且以为自己作的是人类最神圣最光荣事业的起始，钱不能按时照数寄来，父亲不认识他的伟大，便在信上说出一些老人看来认为荒唐糊涂的话语。父亲断定儿子是个过激派，所指望的款当然不会寄来了。然而此外亲戚和朋友，多少尚有点办法。亲戚方面走了绝路，朋友(同样在大都市里混的朋友)却在一种共同机会上，得到共同维持的利益。换句话说就是有"同志"互助。物质上虽十分艰窘，精神上倒很壮旺。没有钱，就用空气和幻想支持生活，且好像居然可以如此继续支持下去。到后来自然又承受机会所给他的那一分，或成龙，或成蛇，或左，或右，或关入牢狱，或回家为祖宗接亲养儿子，在乡下做小绅士。

世界恰如老更夫说的在"变"，小阮不知如何一来，得到一个朋友的帮助，居然到了日本，且考进一个专门学校念书。学的是一般人要学的，政治。家中一方面虽断绝了联系，照规矩在国内外大学读书时，都可以得到本族公款的补助。小阮用文件证实了他的地位，取得那种权利一年。可是本人在日本不到半年，北伐军队已克服了武汉。这消息对他不是个坏消息。既然工作过来的人，回国当然有出路，他回了国。搭江轮上行到汉口，找那母校训育主任，因为训育主任那时已是党中要人。出路不久就得到了——汉口市特别党部党委。在职务上他当然作的有声有色，开会发言时态度加倍的热诚，使同志感觉他富于战斗性。他嘲笑保守，轻视妥协，用往日在学校在上海两地方生活的方式，从一个新环境里发展下去。计划打倒这个，清除那个。一面还写信给那个考入北京大学一年级学生大阮，表示他在新事业上的成功和自信。写信给家乡族中公积金保管人，主张保管人应当有年青人参加，改善补助金的办法。写信给家中父亲，要他寄钱，简简单单，要他赶快寄钱。清党事变发生时，他差一点点给同伴送掉性命。很幸运他逃出了那个人血搅成的政治漩涡，下行到九江，随同一部分实力派过南昌，参加南昌的暴动。失败后又过广州，作了些无可稽考的工作。不久广州事变，他又露了面。广州大暴动与第×方面军不合作又失败了，工运老总（也就是那个训育主任）坐了机器脚车到总工会去开会，在总工会门前被人用机关枪打掉了。到会三百五十个干部，除少数因事不克参加的分子侥幸逃脱外，将近三百二十个青年，全被拘留在一个戏院里，听候发落。当时市区正发生剧烈混战，一时难决定胜负。各处有巷战，各处有房子被焚烧。年青人的屠杀更在一种疯狂和报复行为中大规模举行。拘押在戏院里的小阮胸有成竹，打算又打算：老总已倒下完了，这混战继续下去，即或一两天××方面会转败为胜，可望夺回市中心区，在转移之间，被扣住的一群，还是不免同归于尽。与其坐以待毙，倒还是乘机会冒险跑路，这么办总还可望死里逃生。

其时戏院门前已用铁丝网围上，并且各处都安放着机关枪，但近于奇迹似的，小阮和另外两个同伴，居然在晚上从窗口翻到另外一个人家屋瓦上，从一个屋上打盹的哨兵身后脱出了那个戏院，逃到附近一个熟人家里。第二天一早，那三百个同伴，被十二辆大汽车押送到珠江河堤边去，编成三队，用机关枪扫射了。二十一天后某个晚上九点钟左右，北京大学东斋大阮的宿舍里，却来了一个不速之客，客人就是小阮。

其时大阮一面在北大外国文学系读书，一面已作了一家晚报评戏讲风月的额外编辑，因他的地位，在当地若干浮华年青学生，逛客，和戏子娼妓心目中，已成为一个小名人。所住的宿舍里墙壁上和桌子上全是名伶名花明星相片，另外还挂了某名伶一副对联。同房住的是个山东籍历史系的三年级学生，这学生平时除读书外毫无他务，一自本学期和大阮同住后，竟变成一个不折不扣的"戏迷"了。

大阮见小阮忽然出现在他面前，出乎意外，大大吃了一惊。他还以为小阮不是在南方过日子，就是在南方死掉了。

"呀，小三哥，原来是你！你居然还好好的活在这个人间！"

小阮望着衣履整洁的大阮，只是笑。时间隔开了两个人，不知如何，心里总有点轻视这位小叔。以为祖宗虽给了他一份产业，可是并不曾给他一个好好的脑子。所有小聪明除了适于浪费祖宗留下来那点遗产别无用处。成天收拾得标致致的，同妇人一样，全身还永远带着一点香气，这一切努力，却为的是供某种自作多情的浮华淫荡女人取乐，媚悦这种女人！生存另一目的就是吃喝，活下来是醉生梦死，世界上这种人有一个不多，无一个也不少。

大阮只注意小阮脸上的气色，接着又说：

"你不是从广东来的吗？你们那里好热闹呀！"

小阮依然笑着，轻轻的说：

"真是像你说的好热闹。"

小阮见那山东大个子把头发梳得油光光的，正在洗脸，脸洗过后还小心小心把一种香料涂抹到脸上去，心里觉得异常嫌恶。就向大阮示意，看有什么方便地方可以同他单独谈谈。大阮明白这意思，问那同房：

"密司忒侯，你听戏去？"

那不愿自弃的山东学生，一面整理头发一面装模作态微带鼻音说：

"玉霜这次戏可不能不听听。"说了才回过头来，好像初初见到房中来客，"这位客人请教是……"

大阮正想介绍小阮给同房，小阮却抢口答说："敝姓刘，草字深甫，做小生意。"说后便不再理会那山东学生，掉头向壁间看书架上书籍去了。大阮知道小阮的脾气，明白他不乐意和生人谈话，怕同房难为情，所以转而向山东学生闲聊，讨论一些戏文上的空泛问题。山东学生倒还知趣，把头脸收拾停当，出门去了。刚走过后，小阮就说："这家伙真是个怪物。"

大阮说："小三爷，你脾气真还是老样子，一点不改。你什么时候姓刘了？做什么生意？来，坐下来，我们谈谈你的经验！说老实话一听到'清'我以为你早整到武汉，被人缚好抛到大江里喂鱼吃了。后来从大姑信上知道你已过广东，恰好广东又来一个地覆天翻，你纵有飞天本领也难逃那个劫数。可是你倒神通广大，居然跑到北京来了。我羡慕你几年来的硬干精神。"

小阮一面燃起一支纸烟狂吸，一面对大阮望着。似真似讽的说："七叔，你这几年可活得很有意思。你越发漂亮了。你样子正在走运。"

大阮只明白话中意思一半，又好像有意只听取那话中一半，混合了谦虚与诚实说："我们可说是混日子，凡事离不了一个混字。进这学校就重在可以混毕业，在新闻界服务为的是混生活，在戏子里混，在酒肉里混，在女人中混。走的是什么运，还得问王半仙排八字算算命。可是我是个受科学洗礼的人，不相信瞎子知道我的事情。"他见小阮衣着显得有点狼狈，就问小阮到了北京多久，住在什么地方，并问他吃不吃过晚饭。且从别一件事说起，转入家境大不如前一类情形上去。用意虽不在堵塞这位贤侄向他借钱的口，下意识却暗示到小阮，要开口也有个限度。但他的估计可错了。

小阮说："我想在北京住下来，不知道这地方怎么样。"

"前一阵可不成，公寓查得紧，住公寓大不方便。现在无事了。你想住东城西城？"

"你有什么熟地方可以搬去住我就去住。不用见熟人。说不定不久还得走路，我想到东北去！"

大阮想了一会儿，以为晚上看房子不方便，且待明天再说。问明白小阮住在前门外客店里，就同小阮回到客店，两人谈了一整夜的话，互相知道了几年来两人生活上的种种变化。大阮知道这位侄大人身边还富裕，就放心了许多。至于小阮的出生入死，种种冒险经过，他却并不如何引起兴趣。他说他不懂什么叫"革命"，因为他的心近来已全部用在艺术方面去了。他已成为一个艺术批评家，鉴赏家，将来若出洋就预备往英国去学艺术批评。他熟识了许多有希望的艺员，除了鼓励他们，纠正他们，常常得写文章外，此外还给上海杂志写点小品文，且预备办一刊物。说到这些话时，神气间的成功与自信，恰恰如小阮前一时写信给大阮情景一样。从这种谈话中，把两人的思想隔阂反而除去了，小阮因此显得活泼了点，话多了一点。到后来甚至于男女事情也谈过了。由客气转而为抬扛，把往年同在学校读书时的友谊完全恢复了。

第二天两人在北大附近一个私人寄宿舍里，用大阮名义看好了一间房子，又大又清净，把行李取来，添置了一些应用东西，小阮就住下了。在那新住处两叔侄又畅畅快快谈了一个整天，到分手时，大阮对小阮的印象，是神秘。且认为其所以作成这种神秘，还依然是荒唐。今昔不同处，不过是行为理想的方式不同而已。既有了这种印象，使他对小阮的前途，就不能不抱了几分悲观，以为小阮成龙成蛇不可知，总而言之是一位危险人物。但两人既生活在一个地方，小阮囊中似乎还充裕，与大阮共同吃喝看戏，用钱总不大在意，大阮因之对小阮的荒唐，渐渐的也能原谅而且习惯了。

两人同在一处每天语言奋斗的结果，似乎稍稍引起了大阮一点政治趣味，不是向左也不是向右，只是向他自己。

住了一个月，小阮忽然说要走了，想到唐山去。大阮看情形就知道小阮去唐山的意思。半玩笑半认真说出他的意见："小三哥，你不要去好。那地方不是个地方，与你不合宜。"

小阮说："你以为我住在这里，每天和你成天看戏说白话，就合宜吗？"

"我不以为什么是合宜。你想到唐山去玩，那里除了钻进煤洞里短期活埋无可玩。你想作点什么事，那里没有什么事可作。"

"你怎么知道没有什么可作的？一个要作事的人，关在黑牢里也还有事作！如其你到那儿去，一定无事可作。你最相宜的地方就是你现在的地方，因为有一切你所熟习的。花五十元买一瓶香水送给小玫瑰，又给女戏子写文章收回十块钱。离开了这个大城，你当然无事可作了。"

"可是如今是什么世界，我问你。君子不立乎岩墙之下，你到唐山去不是跳火坑吗？"

"先生，要世界好一点，就得有人跳火坑。"

"世界如果照你所说的已经坏透了，一切高尚动机或理想都不再存在，一切人都是狗矢，是虫豸，人心在腐烂，你跳下火坑也依然不会好！你想想，这几年你跳了多少次火坑，是不是把世界变好一点？另外有多少人腐烂在泥土里，对于这个世界又有多少好处?!"

"对多数当然有好处。至于对你个人，不特好像无好处，并且实在无意义。可是革命成功后，你就会知道对你是什么意义了。第一件事是没收你名下那三千亩土地，不让你再拿佃户的血汗来在都市上胡花。第二件事是要你们这种人去抬轿子，去抹地板，改造你，完全改造你，到那时节看看你还合宜不合宜。这一天就要来的。自然会来的!"

"自然会来，那还用得着你去干吗?"

"七叔，你简直不可救药。你等着吧。"

"小三哥，不是说笑话，不可救药的我，看你还是去唐山不得，那地方不大稳当。××是对你们所谓高尚理想完全不能了解，对你们这种人不大客气，碰到了他们手上就难幸免。你一去那里，我断定你会糟。在这地方出事我还多少有点办法，到唐山可不成。你纵有三头六臂，依然毫无用处。"

话谈得同另一时两人谈话情形差不多，僵无可僵，自然不能不结束了。

小阮说："好，谢谢你的忠告，我们不用谈这个。"

小阮似乎自己已变更了态度，特意邀大阮去市场喝酒。大阮担心是计策，以为小阮知道他家中新近寄来了五百块钱，喝了酒还是跟他借钱，便推说已有约会不能去。小阮只好一人去。到了晚上，大阮正在华乐戏院包厢里听戏，小阮却找来了，送给大阮一个信件，要大阮看。原来是香港汇给小阮的两千块钱通知。

小阮说："我还是即刻要走路。这款项不便放在身上，你取出来，留在你手边，到我要用时再写信告你，我若死了，这钱望你寄把在上海的八弟。"说完这话，不待大阮开口，拍拍大阮肩膊就走了。

大阮以为小阮真中了毒，想作英雄伟人的毒。

半月后平津报纸载出消息，唐山矿工四千人要求增加工资大罢工。接着是六个主持人被捕，且随即被枪决了，罢工自然就完全失败，告一结束。在枪决六个人中，大阮以为小阮必在场无疑。正想写信把小阮事告知那堂兄，却接堂兄来信，说有人在广州亲眼见小阮业已在事变中牺牲。既有了这种消息，大阮落得省事，就不再把小阮逃过北京等等情形告给堂兄。

对于小阮的失败，大阮的感想是："早已料定。"小阮有热情而无常识，富于热情，所以凡事有勇气去做，但缺少常识，做的事当然终归失败。事不过三次，在武汉侥幸逃脱，在广州又侥幸逃脱，到了第三次可就终难免命运注定那一幕悲剧。虽然也觉得很悲伤，但事前似乎很对他尽了忠告，无如不肯接受这种忠告，所以只有付之一叹。费踌躇的倒是小阮名分下这一笔钱，到底是留在手边好，还是寄过上海好？末了他却考虑到堂兄那一方面，以为若把钱寄过上海，告明白这钱来源，小阮八弟必把小阮最近在北方的事告给他父亲，两次凶耗除了增加老人的哀痛别无意义。若不即寄去，且等等一年半载，事情或者反而较好。至于他决定了这个办法，是不是还有另外一个理由，那可不用提了。

过了一年，小阮尚无消息。在所有亲友中都以为小阮一定死了。大阮依然保留那笔钱在手边。

因为这笔钱保留在大阮手中，倒另外完成了一件大事，出版了一个小刊物。

大阮的性情，习惯，以至于趣味，到决定要成家时，似乎不可免会从女伶和娼妓中挑选一个对手。但他并不是傻子，他明白还有更重要的东西，想起了此后的家业。几年荒唐稍稍增加了他一点世故，他已慢慢的有种觉醒，不肯作"报应"了。更有影响的或者还是他已在学校里被称为"作家"，新的环境有迫他放弃用《疑雨集》体写艳情诗，转而来用新名词写新诗的趋势。恰好这一年学校有意多收了三十个女学生，大阮写诗的灵感自然而然多起来。结果他成了诗人，并且成了学校中一个最会装饰的女学生的情人。到女的一方面知道大阮是合肥大地主的独生子，大阮也问明白了女的父亲是南京新政府一个三等要人，订婚事很容易就决定了。

订过婚，大阮生活全变了。虽不做官，已有了些官样子。虽不是国民党员，但对党同情可越来越多了。

大阮毕了业，凭地主，作家，小要人的乘龙佳婿三种资格，受欢迎回到母校去作训育主任。到学校见一切都好像变了样子，老校长仿佛更老了一点，讲堂家具仿佛更旧了一点，教书的同事大多数是昔时的老同学。大家谈起几年来的人事变迁，都不免感慨系之。训育主任早死了，张小胖到×国做××去了，一个音乐教员做和尚去了，这个那个都不同了。世界还在变！

大阮心想，一定还有什么不变的东西。恰恰如早已死去那个前训育主任，他记起了那打更的刘老四。到校舍背那排小房子去找寻这个人，原来当真还是老办法，正在墙边砌砖头，预备焖狗肉下酒！老更夫见大阮时，竟毫不表示惊讶，只淡淡漠漠似的说：

"大先生，你又回来了吗？你教书还是做主任？"

大阮说："老刘，这里什么都变了，只有你还不变。"

打更的却笑着说："先生，都得变，都得变。世界不同，狗肉也不容易烂了，不是它不烂，是我牙齿坏了。"

大阮觉得打更的倒有点近于许多旧读书人找寻的"道"，新读书人常说的"哲学味"。

民国二十×年十一月二十七，在天津第二监狱里有个运动军队判了八年徒刑的匪犯，编号四十八，因为要求改善监狱待遇，和另外一个姓潘的作家绝食死了。这匪犯被捕是在数年前唐山矿工大罢工一个月以后的事，用的是刘深甫姓名。将近年底时大阮接到一个无名氏写寄北京大学辗转送来的一封信，告给大阮这个消息。内容简而古怪，姓刘的临死前说大阮是他的亲戚，要这个人转告大阮一声，此外无话。写信的人署名四十九，显然是小阮在狱中最接近的难友。得到这古怪的信件后，大阮想去想来总想不出姓刘的究竟是谁，怎么会是他的亲戚。两天以后无意中记起小阮到北京找他时对那山东同学说的几句话，才了悟刘深甫就是小阮，原来小阮的真正死耗还是一个月以前的事。他相信这一次小阮可真完事了，再不会有什么消息了。这种信对大阮的意义，不是告给他小阮的死耗，却近于把一个人行将忘却的责任重复提起。他的难受是本题以外的。大阮想作点什么事纪念一下这个人，想去想来不知作什么好。到后想起那个打更人，叫来问明白了他的酒量后，答应每月供给这打更的十斤烧酒，才像完了一种心愿。

大阮从不再在亲友面前说小阮的糊涂，却用行为证明了自己的思想信仰是另外一路。他还相信他其所以各事遂意，就为的是他对人生对社会有他的正确信仰。他信仰的是什么，没有人询问他，他自己也不大追究个明白。

他很幸福，这就够了。这古怪时代，许多人为找寻幸福，都在沉默里倒下，完事了，另多一些活着的人，却照例以为活得很幸福，尤其是像大阮这种人。

二十四年四月十四日

本篇发表于1937年6月1日《文学杂志》第1卷第2期。署名沈从文。

生　存

青年吴勋坐在会馆里南屋一个小房子的窗前，借檐口黄昏余光，修整他那未完成的画稿。一不小心，一点淡黑水滴在纸角上，找寻吸水纸不得，担心把画弄坏了，忙伏在纸上用口去吸吮那墨水，一面想："真糟，真糟，不小心就出乱子!"完事时去看那画上水迹，好在画并未受损失。他苦笑着。

天已将夜。会馆里院子中两株洋槐树，叶子被微风刷着，声音单调而无意义，寂寞而闷人，正象征这青年人的生活，目前一无所有，希望全在未来。

再过十天半月，成球成串的白花，就会在这槐树枝叶间开放，到时照例会有北平特殊的挟砂带热风，无意义的吹着，香味各处送去，蜂子却被引来了。这些小小虫子终日营营嗡嗡，不知它从何处来，又飞往何处。院中一定因此多有了一点生气。会馆大门对街的成衣铺小姑娘，必将扛了芦竹竿子，上面用绳子或铁丝作成一个圈儿，来摘树上的花，一大把插到洋酒瓶里去，搁在门前窗口边作装饰(春光也上了窗子，引起路人的注意)。可是这年青人的希望，到明天会不会实现? 他有不有个光明的未来? 这偌大一个都会里，城圈内外住上一百五十万市民，他从一个人所想象不到的小地方，来到这大都会里住下，凭一点点过去的兴趣和当前的方便，住下来学习用手和脑建设自己，对面是那么一个陌生、冷酷、流动的人海。生活既极其穷困，到无可奈何时，就缩成一团躺到床上去，用一点空气和一点希望，代替了那一顿应吃而不得吃的饭食。近于奇迹似的，在极短期间中，画居然进步了，所指望的文章，也居然写出而且从友人手中送过杂志编辑手中去了。但这去"成功"实在还远得很，远得很，他知道的。然而如此一来，空气和希望似乎也就更有用，更需要了。因为在先前一时，他还把每天挨饿一次当成不得已的忍受，如今却自觉的认明白了这么办对于目前体力的损害并不大，当成习惯每天只正餐一顿，把仅有的一点点钱，留下来买画笔和应用稿纸了。

这时节看看已不宜于再画，放下了笔，把那未完成的画钉到墙壁上去。他心想："张大千也是个人！征服了许多人的眼睛，集中了许多人的兴味，还是他那一只手。高尔基也是那一只手！"他站在院中那槐树下，捏捏自己两只又脏又瘦的手，那么很豪气的想着。且继续想起一个亲戚劝勉他的话语，把当前的困难忘掉了。听会馆中另外有人在说"开饭"，知道这件事与他无分，就扣了门，上街散步。

会馆那条街西口原接着琉璃厂东口。他上街就是去用眼睛吃那些南纸店，古玩店，裱画铺，笔墨铺，陈列在窗前的东东西西。从那些东西形体颜色上领略一点愉快。尤其是晚上，铺子里有灯光，他更方便。他知道这条街号称京城文化的宝库，一切东西都能增长他的见识，润泽他的心灵。可是事实上任何一家的宝藏当前终无从见到，除了从窗口看看那些大瓶子和一点平平常常的字画外，最多的还是那些店铺里许多青衣光头势利油滑的店伙。他像一个乡下人似的，把两只手插在那件破呢裤口袋里，一家一家的看去(有时还停顿在那些墨盒铺刻字铺外边许久，欣赏铺子里那些小学徒的工作)。一直走到将近琉璃厂西口，才折身回头，再一家一家看去。

他有时觉得很快乐，这快乐照例是那些当代画家的劣画给他的。因为他从这些作品上看出了自己未来的无限希望。有时又觉得很悲哀，因为他明白一切成功都受相关机会支配，生活上的限制，他无法打破。他想学，无从跟谁去学。他想看好画，看不着。他想画，纸、笔、墨，都要不得，用目前能够弄到手的工具，简直无从产生好作品。同时，还有那个事实上的问题，一个人总不能专凭空气和希望活下去呀！要一个人气壮乐观，他每天总得有点什么具体东西填到消化器里去，不然是不成的。在街头街尾有的是小食铺，长案旁坐下了三五个车夫，咬他的切糕和大面条，这也要子儿的，他不能冒昧坐拢去。因此这散步有时不能不半途而止，回住处来依然是把身子缩成一团，向床上躺去。吸嗅着那小房中湿霉味，石灰味，以及脏被盖上汗臭味。耳朵边听着街头南边一个包子铺小伙用面杖托托托托敲打案板，一面锐声唱喊，和街上别的声音混杂。心里就胡胡乱乱的想：这是个百五十万市民的大城，至少有十万学生，一万小馆子，一万羊肉铺，二十万洋车，十万自行车，五千公寓和会馆……末了却难受起来。因为自己是那么渺小，消失到无声无息中。每天看小报，都有年青人穷困自杀的消息。在记者笔下，那些自杀者衣装、神情、年龄，就多半和自己差不多，想来境遇也差不多，在自杀以前理想也差不多。但是却死了。跳进御河里淹死的，跑到树林子里去解裤腰带吊死的，躺在火车轨道上辗死的，在会馆、公寓、小客店吃鸦片红矾毒死的。这些人生前都不讨厌这个世界的。活着时也一定各有志气，各有欲望，且各有原因来到个大城市里，用各种方法挣扎过，还忍受过各种苦难和羞辱。也一定还有家庭，一个老父，一个祖母，或一个小弟妹，同在一起时十分亲爱关切，虽不得已离开了，还是在另外一个地方，把心紧紧系着这个远人，直到死了的血肉消解多年，还盼望着这远行者忽然归来。他自己就还有个妻，一个同在小学里教过书，因为不曾加入党，被人抢去那个职务，又害了痨病，目前寄住在岳家养病，还不知近来如何的可怜人。

年青人在黑暗中想着这些那些。眼泪沿着脸颊流下来。另一时那点求生勇气好像完全馁尽了。觉得生活前途正如当前房中，所有的只是一片黑暗。虽活在一个四处是扰扰人声的地方，却等于虫豸，甚至于不如虫豸。要奋斗，终将为这个无情的社会所战败，到头是死亡，是同许多人一样自己用一个简单方法来结束自己。

于是觉得害怕起来，再也不能忍受了，就起来点上了灯。但是点上灯，对那未完成的画幅照照，在那画幅上他却俨然见出了一线光明。他心情忽然又变了。他那成功的自信，用作品在这大城中建树自己的雄心，回到身边来了。

于是来在灯光下继续给那画幅勾勒润色，工作直到半夜。有时且写信给那可怜的害痨病的妻子，报告一切，用种种空话安慰那可怜妇人。为讨好她起见，还把生活加上许多文学形容词，说一到黄昏，就在京城里一条最风雅的街上去散步！

这一次就是这样散步回来时，他才知道大学生陆尔全来看他，放下个从他转交的挂号信。并留下字条说："老吴，你家中来信了，会是汇票，得了钱，来看看我们吧。这里有三个朋友从陕西边地回来，一个病倒了，躺在公寓发热，肠子会烧断的！要十五块钱才给进医院，想不出办法，目前大家都穷得要命！"

年青人看看信封，是从家乡寄来的，真以为是钱来了。把信裁开，见信是寄住在岳家的妻写的。

> 哥哥，我得你三月十二的信，知道你在北京生活，刀割我的心，我就哭了。你是有志气的人，我希望你莫丧气。你会成功，只要你肯忍受眼前的折磨，一定会成功。我听说你常常不吃饭，我饭也吃不下去。我又不能帮你忙。哥哥，刀真是割我心子！
> 你问我病好不好些，我不能再隐瞒你，老老实实告你，我完了。我知道我快要死了。晚上冷汗只是流（月前大舅妈死时，我摸过她那冷手，汗还是流）。上月咳血不多，可是我知道我一定要死。前街杨伯开方子无效，请王瞎子算命，说犯七，用七星经禳，要十七块七毛办法事。我借了十三块钱，余下借不出，挪不动。问五嫂借，五嫂说，卖儿女也借不来。我托人问王瞎子，十三块钱将就办，不成吗？王瞎子说，人命看得儿戏，这岂是讲价钱事情，少一个不干。你不禳，难过五月五。……哥哥，不要念我，不要心急。人生有命，要死听它死去。我和王瞎子打赌，我要活过五月五。我钱在手边无用处，如今寄十块来（邮费汇费七毛三）。你拿用。身体务要好好保重，好好保重！你我夫妇要好，来生有缘，还会再见！（本想照一相给哥哥，照相馆人要我一元五角，相不照来。）玉芸拜启。

又我已托刘干妈赊棺木，干妈说你将来发财，还她一笔钱，不然她认账。干妈人心好，病中承她情帮忙不少，你出头了不要忘她。芸又及。

信中果然附有一张十元汇票，还是用油纸很谨慎包好的。看完信时年青人心中异常纷乱，印象中浮出个寄住在岳家害痨病的妻子种种神情。又重新在字里行间去搜寻妻的话外的意思，读了又读。眼睛潮湿了。两手揪着自己的短发，轻轻的嚷叫："天呀，天呀，我什么事得罪了你，我得到的就是这些！"又无伦无次的说，"我要死的，我要死的。"他觉得很伤心很伤心，像被谁重重的打了一顿。这时唯一办法是赶回去。回去既无能力，并且一回到那小县城，抱着那快要死去的人哭一场，此后又怎么办？回去办不到，就照信上说的在此奋斗，为谁奋斗，纵成功了，有何意义？越想心中越乱。且想起写信的人五月六月就会要死去，勉强再去画画，也画不下去。又想写一封信回家，写去写来也难写好。末了还是上街。在街上乱走了一阵，看看一个铺子里钟还只九点，就进城去找他的朋友。到 × 大学宿舍见到了朋友陆尔全，正在写信。

姓陆的说："老吴，你见我留下那封信了，是不是？"

他说："我见到了那个信。"

"是不是有汇款？"

"有十块钱！你要用，明天取来你拿一半！"

"好极了，我们正急得要命，好朋友 ×× 回来就病倒了住在忠会公寓里，烧得个昏迷不醒。我们去看看他去。这是我们朋友中最好的最能干的一个，不应当这样死去。"

年青人心想："许多人都不应当死去！"

两人到得那公寓里，只见四五个年青人正围在桌边谈话，其中只有一个人在陆尔全宿舍里见过，其余都面生。靠墙硬板床上躺着一个长个子，很苦闷的样子把头倾侧在床边。两人站在床边，病人竟似乎一点不知道。陆尔全摸摸那病人头额，同火一样灼手。就问另外一个人："怎么样？"

另外一个年青人就说："怎么样？还不是一样的！明天再不进医院，实在要命！可是在路上一震动，肠子也会破的。"

陆尔全说："我们又得了五块钱。"且把吴勋介绍给那人，"这是好朋友吴勋，学艺术的。他答应借我们五块钱。"

"那好极了，明天就决定进医院！"

吴勋却插口说："钱不够，我还有多的，拿八块也成。"

陆尔全说："还是拿五块吧，你也要钱用！这里应当差不多了。"

"五块够了，我们已经有了十二块！"

大家于是抛开病人来谈陕西近事，几个青年显然都是从那边才回来的。说到一个朋友在那边死去时，病人忽然醒了，轻轻的说："死了的让他死去，活下的还是要好好的活！"大家眼睛都向病人呆着。到了十点，两人回到学生宿舍，吴勋把那汇票取出来交给陆尔全，信封也交给他，只把信拿在手中。

陆尔全说："是你家信吗？你那美丽太太写来的吗？"

他咬着下唇不作声，勉强微笑着。

陆尔全又说："我看你画进步得真快，努力吧，过两年一定成功！"

他依然微笑着。

陆尔全似乎不注意到这微笑里的悲哀，又说："你那木刻我给×看了，都觉得好。你做什么都有希望，只要努力，大家各在自己分上努力，这世界终究是归我们年青人来支配的，来创造的。"

他依然微笑着。

看看时候已不早了，就离开他的朋友回转会馆去。在路上记起病人那两句话："死了的让他死去，活着的好好的活。"且因为已把病妻寄来的钱一部分借给这个陌生病人，好像自己也正在参加另外一种生活，精神强旺多了。到得会馆时已快近十一点。

坐在自己那个床边，重新取出那个信来在灯光下阅看，重新在字里行间去寻觅那些看不见的悲哀，和隐忍不言的希望。想起两人在教书时的种种，结婚的种种，以及在学校里忽然被人撤换，一个病倒，一个不能不离开家乡，向五千里外一个大都市撞去，当前的种种。心里重新纷乱起来，不知如何是好。

那个明知快要死去的妻说的话——

……哥哥，我知道你在北京的生活，刀割我的心子！……你是个有志气的人，我希望你莫丧气！……身体务要好好保重，好好保重！

那个虽要死去却不愿意死去的人说的话——

……死的让他死去，活着的要好好活下去！

那个凡事热心的好朋友陆尔全说的话——

……你做什么都有希望，只要努力……世界终归是年青人来支配的，来创造的！

一些话轮流在耳边响着。心里还是很乱，很软弱。他想，我一定要活下来奋斗！我什么都不怕。我要作个人，我要作个人！

可是，临到末了，他却忍不住哭了。

他把身子缩在一团，侧身睡在床上，让眼泪不知羞耻的流到那脏枕头上去。

五月十五日北平

本篇发表于1937年6月15日《文丛》第1卷第4号。署名沈从文。原为牺牲于抗日战争中的表弟聂长荣而作。

小 砦

引 子

天上正落小雨，河面一片烟雾。河下一切，都笼罩在这种灰色雨雾里，漾漾胧胧。

远远的可听到河下游三里那个滩水吼着。且间或还可听到上游石峡谷里弄船人拍桨击水呼口号声音，住在河街上的人，从这种呼号里可知道有一只商船快拢码头。这码头名□村，属□□府管辖，位置在酉水流域中部。下行二百余里到达沅陵，就是酉水与沅水汇流的大口岸。上行二百里到达茶峒，地在川湘边上，接壤酉阳。茶峒和酉阳，应当就是读书人所谓"探二酉之秘笈"的地方。

中国读书人对酉水这个名称，照例会发生一种心向往之情绪，因为二酉洞穴探奇访胜可作多数读书人好奇心的尾闾。但事实上这种大小洞穴，在边地上虽随处可以发现，除了一些当地乡下人，按时携带粮食家具冒险走进洞穴深处去煎熬洞硝，此外就很少有人过问。正因为大多数洞穴内奇与险平分，内中且少不了野兽长虫，即使是乡下人，也因为险而裹足，产生若干传说和忌讳，把它看成一个神或魔鬼寄身的窟宅。只有濒河一带石壁上的大小洞穴，却稍微不同一点。虽无秘笈可寻，还有人烟。住在那些天然洞穴里的，多是一些似乎为天所弃却不欲完全自弃的平民。有些是单身汉子，俨然过的是半原始生活，除随身有一点生活所恃的简单工具，此外别无所有。有些却有妻儿子女和家畜。住在这种洞穴的人，从石壁罅缝间爬上爬下，上可在悬崖间以及翻过石梁往大岭上去采药猎兽，下就近到河边，可用各种方法钓鱼捕鱼（孩子们不小心也会从崖上跌到水中去喂鱼）。把草药采来晒干后，带到远隔六十里路的县城中去，卖给当地官药铺，得钱换油盐和杂粮回家。兽皮多卖给当地收山货的坐庄人。进一次县城来回奔走一百二十里路，有时还得不到一块钱，在他们看来，倒正如其余许多人事一样，十分平常。下河捕鱼钓鱼，就把活鱼卖给来往船只上的客商。或掠在崖石上晒干，用细篾贯串起来，另一时向税关上的办事人去换一点点盐(这种干鱼，办事人照例会把它托人捎回家乡，孝敬亲长，或献给局长的)。地方气候极好，风景美丽悦目。一条河流清明透澈，沿河两岸是绵延不绝高矗而秀拔的山峰。善鸣的鸟类极多，河边黛色庞大石头上，晴朗朗的冬天里，还有野莺和画眉鸟，以及红头白翅鸟，从山中竹篁里飞出来，群集在石头上晒太阳，悠然自得啭唱着它们悦耳的曲子。直到有船近身时，方从从容容欢噪着一齐向竹林飞去。码头是个丁字街，沿河一带房屋，并不很多，多数是船上人住的。另外一条竖街，凭水倚山，接瓦连椽堆叠而上，黑瓦白粉墙，不拘晴雨，光景都俨然如画。离码头一里路河上游那一带石壁，五彩斑驳，在月下与日光下，无时不像两列具有魔性的屏障，在一只魔手作弄中，时时变换色彩。并且住家在那石壁上洞穴石罅间的，还养鸡，养狗，在人语中夹杂鸡犬的鸣吠，听来真可说有仙家风味。可是事实上这地方人却异常可怜。住洞穴的大多数人生活都极穷苦，极平凡，甚至于还极愚蠢，无望无助活下去。住码头街上的，除了几个庄头号上的江西籍坐庄人，和税关上的办事员司，其余多是作小生意人。这些人卖饮食供人吃喝，卖鸦片烟，麻醉人灵魂也毁坏人身体。卖下体，解除船上人疲乏，同时传播文明人所流行的淋病和梅毒。食物中害天花死去的小猪肉，发臭了的牛内脏，还算是大荤。鸦片烟多标明云土川土，其实只是本地货，加上一半用南瓜肉皮等物熬炼而成的料子。至于身体买卖的交易，妇女们四十岁以上，还有机会参加这种生活竞争。女孩子一到十三四岁，就常常被当地的红人，花二十三十，叫去开苞，用意不在满足一种兽性，得到一点残忍的乐趣，多数却是借它来冲一冲晦气，或以为如此一来就可以把身体上某种肮脏病治愈。比较起来住在洞穴里的人生活简单些，稳定些，不大受外来影响。住码头上的人生活却宽广得多，同时也堕落得多。

这地方商业和人民体力与道德，都似乎在崩溃，向不可救药的一方滑去。关于这个问题，应当由谁来负责？是必然的还是人为的？若说是人为的，是人民本身还是统治人民的地方长官？很少人考虑过。至于他们自己呢？只觉得世界在变，不断的变。变来变去究竟成个什么样子，不易明白，但知道越下去买东西越贵，混日子越艰难。这变动有些人不承认是《烧饼歌》里所早已注定的，想把它推在人事上去，所以就说一切都是"革命"闹成的。话有道理，自从辛亥革命以来，这小地方因为是一条河流中部的码头，并且是一条驿道所经过的站口，前后已被焚烧过三次。因大军过道，和兵败后土匪的来去，把地方上一点精华，吮剥的干干净净，所有当地壮丁，老实的大多数已被军队强迫去充夫役，活跳的也多被土匪裹去作喽啰。剩下一点老弱渣滓，自然和其他地方差不多，活在这个小小区域里，拖下去，挨下去等待灭亡和腐烂。上年纪的一面诅咒革命，以为一切不幸都应当由革命来负责，同时一面却也幻想着，六十年一大变，二十年一小变，世界或许过不久又会居然变好起来。所谓变好，当然是照过去样子一一恢复转来；京师朝廷里有个皇帝，有个军机大臣，省里有个督抚，县里有个太爷(太爷所作的事是坐在公堂上审案，派粮房催科，或坐轿下乡给乡绅点主)。皇帝管大官，大官管小官，小官管百姓，百姓耕田织布作生意，好好过日子。此外庙里还有几多神，官管不了的事情统归神管。还有佛菩萨，笑眯眯的坐在莲花宝座上，听人许愿，默认。念阿弥陀佛吃长斋的人，都可以在死后升往西天，那里有五色莲花等待这些信士去坐。人人胸腔子里都有个良心，借贷的平时必出利息，到还账时不赖债。心肠坏的人容天不容，作好事必有好报应。偷人鸡吃生烂嘴疮，不孝父母糟蹋米粮会被雷公打死。至于年纪较轻的，明白那个"过去"只是一个故事，一段老话，世界一去再也不回头了，就老老实实从当前世界学习竞争生存的方法。生活中无诅咒，无幻想，只每日各在分上做人。学习忍受强暴，欺凌懦弱，与同辈相互嫉视，争夺，在弄钱事情上又虚伪诡诈，毫无羞耻。过日子且产生一个邻于哲人与糊涂虫之间的生死观；活着，就那么活。活不下去，要死了，尽它死，倒下去，躺在土里，让它臭，腐烂，生蛆，化水，于是完事。一切事在这里过细一看，令人不免觉得惊奇惶恐，因为都好像被革命变局扭曲了，弄歪了，全不成形，返回过去已无望，便是重造未来也无望。地方属于自然一部分，虽好像并未完全毁去，占据这地方的人，却已无可救药。但然而不然。

生命是无处不存在的东西。一片化石有一片化石的意义，我们从它上面可以看出那个久经寒暑交替日月升降的草木，当时是个什么样子。这里多的却是活人，生命虽和别地方不同一点，还是生命。凡是生命就有它在那小地方的特殊状态，又与别一地方生命还如何有个共同状态。并且凡是生命照例在任何情形中有它美好的一面。丑恶，下流，堕落，说到头来还是活鲜鲜的"人生"（一片脏水塘生长着绿霉，蒸发着臭气，泛着无数泡沫，依然是生命）。人就是打从这儿来的。这里所有的情形，是不是在这个国家另外一片土地上同样已经存在或将要产生的？另外地上所有的，在这一个小小区域里是不是也可能发生？想想看就会明白。日光之下无新事，我们先得承认这一点。

就譬如说这倒霉的雨，给人的意义，照例是因人而不同的，在这地方也就显然因之有了人事的忧乐。税关办事人假公济私，用公家款项囤买的十石粮食，为这场雨看涨已无希望。山货庄管事为东家收买的二十五张牛皮，这场雨一落，每张牛皮收湿气加重三斤，至少也可以增加七十五斤的分量。住在洞穴里的山民，落了雨可就不便采药，只好闷坐在洞口边，如一只黄羊一样对雨呆看。住在码头上横街的小娼妇，可给雨帮忙把个盐巴客留住了，老娘为了媚这个"财神"，满街去买老母鸡款待盐巴客，鸡价由客人出，还可从中落个三两百钱放进荷包里去作零用。

第一章

税关上办事人同山货庄管事，在当地原代表一个阶级；所谓上等阶级。与一般人不特地位不同，就是生活方式也大不相同。表现这不同处是弄钱方便，用钱洒脱，钱在手中流转的数目既较多，知识或经验也因之就在当地俨然丰富得多而又高人一等。

这些人相互之间日常必有"应酬"，换言之，就是每天不是这些大老板到局上吃喝，就是大老板接局长和驻防当地的省军副营长，连长，到庄号上去吃喝。吃喝并不算是主要的事情，吃喝以前坐在桌边的玩牌，吃喝以后躺在床上去烧烟，好像都少不了。直到半夜，才点灯笼送客。军官照例有一个勤务兵，手持长约两尺的大手电筒，乱摇着那个代表近代文明的东西走去。局长却点了一盏美孚牌桅灯，一个人提着摇摇晃晃回他的税局。"应酬"既已成为当地几个有身份的人成天发生的事情，所以输赢二十三十，作局长的就从不放在心上。倒是一种凑巧的好牌，冒险的怪牌，不管是他人手上的还是自己的，却很容易把它记着，加以种种研究。说真话，这局长不特对于牌道大有研究，便是对于其他好些事情，也似乎都富于研究性，懂得很多。尤其是本行上的作伪舞弊，挪此填彼，大有本领。这小局卡本来只是复查所性质，办事员正当月薪不过二十五元，连津贴办公费也不过五十元上下，若不是夺弄多方，单凭这笔收入，那能长久"应酬"下去？

这局长在这个小地方，既是个无形领袖，为人又长袖善舞，职位且增加他经营生活的便利，若非事出意外，看情形将来就还会起发的。今年才三十一岁，真是前程远大！

其时约上午九点钟样子，照当地规矩普通人都已吃过了早饭，上工作事了。这当地大人物却刚刚起床不久，赤着脚，趿着一双扣花拖鞋，穿着一套细白布短裤褂，用老虎牌白搪瓷漱口罐漱口，用明星牌牙刷擦牙，牙粉却是美女老牌。一面站在局所里屋廊下漱口刷牙，一面却对帘口的细雨想起许多心事。这雨落下去，小虽小，到辰州就会成为"半江水"，泊在辰州以上百十里河面的木簰，自然都得趁水大放流，前前后后百十个木簰集中在乌宿木关前时，会忙坏了办事人，也乐坏了办事人。但这些事对彼不相干。那个关上员司因涨水而来的一个好处，他无福分享受。他担心却是和当地一个字号上人，共同作的一笔生意。万千浮在大河中的木头，其中有三根半沉在水中的木头，中心镂空装了两挑川货，冒险偷关，若过了关，他便稳稳当当赚了六百个袁头，若过不了

74

关，那他就赌输将近一千块钱了。他想起李吉瑞唱的《独木关》。漱过口后他用力唰达唰达把那支牙刷在瓷罐中搅着，且把水用力倒到天井中去。问小公丁：

"黑子，我白木耳蒸好了吗？"

黑子其时正在房门边一张条凳上拭擦局长的烟具。盘子，灯，小罐儿，铁签儿，一块豆腐干式的打火石，一块圆打火石，此外还有那把小茶壶，还有两支有价值的烟枪(枪上有包银的装璜老象牙咀)。一一的拭擦着。

那小子刚害过水鼓病，愈后不久，眼皮肿肿的，头像一个三角形，颈脖细细的。老是张着个嘴，好像下唇长了一点，吊不上去；又好像从小就没有得到一次充足的睡眠，随时随地都想打盹，即或在作事情，也一面打盹。但事实上他却一面擦烟具一面因雨想起那个业已改嫁给船夫的母亲，坐了那条三舱桐油船，装满了桐油向下游漂去的情形。也许船正下滩，一条船在白浪里钻出钻进，舱板上全是水，三五个水手弯着腰用力荡桨，那船夫口含旱烟管，两只多毛露筋的大手，把着白檀木舵把，大声吼着，和水流争斗。母亲呢，蹲在舱里缸罐边淘米烧水。……因此局长叫他时他不作声。

于是局长生了气，用着特有的词令骂那小子：

"黑子，黑子，你耳朵被×弄聋了吗？我说话你怎么老不留心。你想看水鸭子打架去了，是不是？你做事摩摩挲挲真像个妇人。小米大事情半天也做不好，比绣花还慢，末了还得把我的宝贝打碎。"

黑子被骂后着忙去整理烟具，忙中有错，差点儿把那小盒里烟膏泼翻。局长一眼瞥见了。

"祖宗，杂种，你怎不小心一点？你泼了我那个，你赔得起？把你熬成膏子也无用处。熬成膏子不到四两油，最多值一毛钱。你真是个吃冤枉饭的东西……"

黑子知道局长的脾气，骂虽骂，什么希奇古怪的话都说得出口，为人心倒很好，待下属并不刻薄。骂人似乎只是一种口技的训练，一种知识的排泄，有利于己而无害于人。有时且因为听到他那种巧妙的骂人语言，引起笑乐，觉得局长为人大有意思。唯其如此，局长的话给黑子听来倒常常是另外一种意义了。

被骂的黑子把下唇吊着，聆受局长的训诲，话越骂越远，倒亏听到厨房有猫儿叫了一声，才想起炖在锅中的白木耳。赶忙把那全副烟具端进房中去，取白木耳给局长补神。事实上到得白木耳入口时，局长已将近把那碗白木耳的力量，全支付在骂那小子话语上了。

河街某处有鸭子大声呷呷的叫着，局长想起自己的鸭子，知道黑子又忘了喂那个白蛀木虫粉给斗鸭时，又是一番排泄，把小子比作种种吃饭不工作的鸟兽虫鱼，结果却要他过上街一个专门贩卖鸭子的人家去，看那老板是不是来了好货。自己动手喂鸭子。

黑子戴了一个斗笠，张着嘴，缩着个肩膊，向外面跑。局长还把话向黑子抛去。

"早回来点，不要又在三合义看下棋。人家下棋你看，狗在街上联亲你也看，你什么戏都看，什么都有分，只差不看你妈和划船的唱戏，因为那个你无分。"

黑子默默的出了局门，却自言自语说：

"什么都看，你全知道，你伏在楼板上，看三合义闺女洗澡，你自己好像不知道，别人倒知道！"

黑子年纪只十二岁，样子像个半白痴，心里却什么事都明白，什么事都懂。

××地方人家，也正如其余小地方差不多，每家必蓄养几只鸡鸭，当作生产之一部门，又当作娱乐之一种。养鸡的母鸡用处多是生蛋孵小鸡，或炖汤吃(白毛乌骨的且为当地阔老当补品)。公鸡用作司晨，辟邪，啄蜈蚣虫蚁。临到年底，主人就把它捉来，不客气的用刀割断了它的喉管，拔下那个金色眩目的颈毛或背部羽毛，一撮撮蘸上热鸡血贴到门楣上，灶坎上，床梁上和船头上和一切大件农具上，用意也是辟邪。且把它整个身子白煮了，献给家神祖先。有时当地人上山采药打猎，入洞熬硝，也带那么一只活雄鸡，据说迷了路大有用处。至于用它来战斗，因习惯不同，倒只是当地小孩子玩的事情了。近大河边人家因地利宜于蓄鸭，当地人因之也把鸭子的斗性，加以训练，变成一个有韧性的战士，用来赌博。一只上好的绿头花颈脖的雄鸭，价值也就很高。平时被人关在笼子里，喂养各种古怪食品，在水边打架时，船上人和住家人便各自认定其中一只，放下赌注，猜测胜负，赌赛输赢。只有母鸭才十分自由，大清早各放出来，到大河里聚齐，在平潭中去找虾米和浮食吃，到天晚才各自还家。落了雨，不再下大河，就三三五五在横街头泥水里摇着短短的尾巴，盘散来去，有所寻觅，仿佛异常快乐。街中两家豆腐作坊前，照例都积下一片脏水，泛着白沫，水中还有不少红丝虫蠕动着，被这群母鸭发现时，便如发现了一个宝库，争着把一个淡红色的扁嘴壳插进脏水中去唼喋。至于这时节那些公鸡母鸡呢，却多躲藏在家中桌椅下和当地小摊子下横木上，缩敛着身子，看街头鸭子群游戏。间或把头偏着望望天，轻轻的咕喽一声，好像说："这是天气，到明天会放晴的。"因为天一放晴，鸭子就得下河，一条街便依然为鸡所专有了。

黑子到了养鸭子的老东西处，望了一下鸭子，随便说了几句闲话，就走过上街头去看染坊。看碾工踹石硪碾布，一个工人在半空中左右宕着，布在滚子下光滑滑的，觉得大有意思。同时还有河下横街两个脏小孩子，也在那门前泥水中站定，看那个玩意儿，黑子原本同他们都极熟习，就说笑话，叫其中之一浑名作"鼻涕虫"，胡扯乱说，以为鼻涕虫若碾在石滚子下，必不免如申公豹被孙悟空一金箍棒打成稀糊子烂，成一片水不复人形。

鼻涕虫明白黑子根本来源，虾米螃蟹同样是水里长的，分不出谁高谁低，就说：

"黑子，我不经压你经压，你试试去看，压不出水一定压出油，压出三两油点灯，照你娘上清秋路！"

黑子说："你娘嫁给卖油的，你的油早被榨完了，所以瘦得像个地底鬼。你是个实心油瓶。"

鼻涕虫被人提到心窝子里事情，轮眨着他双凸出大眼睛，狠狠的望着黑子说："你娘嫁撑船的，檀木舵把子和竹篙子都剚到你娘的×心子上。你就是被那撑船的割出来的。你娘才真正经压！"

黑子因为新近作了公务员，吃公家饭，虽在税局里时时刻刻被打被骂，可是比起同街小子，总觉得身份已高了一着，可以凭身份唬人。平时到小摊子买桃李水果，讲价钱时就总有点不讲道理，倚势强人。价钱说好了，还挑三拣四，拈斤播两。向乡下妇人买辣子豆荚，交易办好，临走时，还会伸手到篮子里去多抓一把，使得妇人发急扯着他的衣袖不放，就说"我又不是抢人欠债，你一个妇人女子，清天白日抓我是什么意思！"故意引起旁人的笑乐。在官家方面有势力的人，买东西照例发官价，欢喜送多少把多少，但这是过去的事，革命后就不成了。虽说如今作局长的好处还多，随时可收受一点小生意人当令的蔬果孝敬，采药打猎人遇到大头的何首乌，大蛇皮，也必先把它拿来献给局长。局中公丁在执行公务时，尚有好些小便宜可占，但到底今不如古，好处也不过是连抢带骗，多抓一把辣椒之类罢了。但在另外一件事情上，譬如同道闹嘴舌，无形中自然大家都得让一手，年纪长一点的因之也有被黑子骂倒过的。于是这公务人也就骄傲了一些，大意了一些。现在不意钢对钢碰了头。鼻涕虫身世被黑子掘出后，气愤不过，也就不顾一切，照样还口。

　　黑子不把鼻涕虫看在眼里，就走近他身边去，打了鼻涕虫一拳。那小子踉跄了一下，回过头来说：

　　"黑子，君子动口不动手，你怎么打人？"

　　黑子以为鼻涕虫怕他，不理会这句话，赶过去又是一拳。且打且说："我打扁你这个狗杂种，你怎么样？"

　　鼻涕虫一面用手保护头部，一面用脚去踢黑子。

　　另一个小子原同鼻涕虫一伙，见两人打起来了，就一面劝架，一面嘶着个嗓子说："不许打架，不许打架，君子动口不动手，有话好说！"因为两只手抱着了黑子膀子，黑子便被鼻涕虫迎面猛的打了三拳。接着几人就滚丸子似的在泥水中滚起来了。

　　街户中人听着有人打架，即刻都活跃起来了，大家都从烟盘边或牌桌边离开，集中到街前来看热闹。本来是两人相打，已变成三人互殴，黑子双拳难敌四手，虽压住了鼻涕虫，同时却也为人压住。三人全身都是脏泥。看热闹的都说好打好打，认不清谁是谁非，正因为照习惯一到了这种情形，也就再无所谓是非。

正当一个小子从污泥中摸着一个拳头大鹅卵石，捏在手中向黑子额角上砸去时，一个老妇人锐声大喊一声："狗×的小杂种，你干什么！"一手捞着了那小子细瘦的膀子，救了黑子。可是救了黑子却逃了母鸡，原来这时节另一胁下挟着那只老母鸡，却逃脱了，在泥水中乱扑，把泥水扇的四溅。大家都笑嚷着。

"好热闹，好热闹！"

几个劣小子的架被其余人劝开了，老妇人赶忙去泥水中捕捉她的老母鸡。把鸡擒着后大声骂着：

"你这扁毛畜生，以为会飞到天上去！"

有人插嘴问："老娘，多少钱，这只肥鸡？"

老娘看了那人一眼，把一张瘦瘪瘪的嘴扁着，作成发笑的样子，一面用手抹鸡尾上泥水，一面说："这年头，什么东西都贵得要人命。杨氏养鸡好像养儿女，三斤半毛重，要我七角钱，真是吃高丽参。"

料不到这个杨氏正在人丛中观战，就接口说："老娘，你说什么高丽参洋参？你有钱，我有货，作生意两相情愿，我难道抢你不成？儿花花女花花嘴角不干不净，你是什么意思……"

老娘过意不去，不好回嘴。可是当众露脸，面子上大不光彩，正值那母鸡挣扎，就重重的打了那母鸡一巴掌，指冬瓜骂葫芦道："你这扁毛畜生，也来趁火打劫！"且望着帮同打架的那小子说，"还不回家我打断你的狗腿！别人打架管你什么事，打出人命案你来背！"一面骂那小子，一面推搡着那小子，就走开了。

杨氏说："扁毛畜生谁不是养它吃它。哪像你，养儿养女让人去玩，大白天也只要人有钱就关上房门，不知羞耻，不是前三辈子造孽？"

老娘虽明知道杨氏还在骂她，却当作不听见，顾自走了。那杨氏也知道老娘已认屈，恶狗不赶上墙人，经过大家一劝，就不再说什么。

三个打架小子走了一个，另两个其时已被拉开，虽还相互悻悻的望着，已无意再打。旁边一个解围的中年男子，刚过足烟瘾，精神充足，因此调弄那小公务人黑子说：

"黑子，你局长看你这样会打架，赶明天一定把喂鸭子的桂圆枸杞汤给你喝，补得你白白胖胖，好在你身上下注！你下次上圈，我当裤子也一定在你名下赌三角钱！"说得大家都笑起来。

另一个退伍兵就说："若不亏老婊子大吼一声，你黑子不带花见红，你才真是黑子。"

黑子说："她那侄子打破我的头，我要搋掉他的家神牌子。"

退伍兵说："她有什么家神牌子？她家里有的是肉盾牌，你这样小孩子去，老婊子放一泡热尿，也会冲你到洞庭湖！"

黑子悻悻的望着那退伍兵士，退伍兵士为人风趣而随和，就说："黑子，你难道要同我打一架吗？我打不过你，我怕你——我领过教！"

烟客就说："黑子，算了吧，快回局里去换衣，你局长知道你打架，又会赏你吃'笋子炒肉'，打得你像猪叫。"

"局长没有烟吃，发了烟瘾，才同你一样像猪哼！"

黑子说完，拔脚就走。到下坎时一个趔趄差点儿滑倒，引得人人大笑。

黑子走后，退伍兵士因为是鼻涕虫的表叔，所以嘲笑他说："鼻涕虫，你打架本领真好，全身滑滑的，我也不是你的对手，何况小黑子。以后你上圈和他打架时，我一定赌你五百。"

鼻涕虫说："小黑子狗仗人势，以为在局里当差，就可欺凌人，我才不怕他！"

"这年头谁不是狗仗人势？你明天长大了当兵去，三枪两炮打出个天下，作了营长连长，局长那件紫羔袍子，就会给你留下，不用派人送上保靖营部了。大鱼吃小鱼，小鱼吃虾米，你得立志！"

鼻涕虫不知"立志"为何物，只知道做了营长就可以胡来乱为，作许多无法无天的事情。局长怕他县长也怕他。要钱用时把商会总办和乡下团总提到营里来就有钱用。要钱作什么用？买三炮台纸烟，把纸烟嵌在长长的象牙骨烟管里去，一口一口吸打。审案时一面吸烟，一面叫人打板子。生气时就说："你个狗×的，我枪毙了你！"于是当真就派卫队绑了这人到河边石滩上去一枪打了。营长的用处，在鼻涕虫看来，如此而已。退伍兵士年纪大一点，见识多一点，对营长看法自然稍稍不同。不过事实上一个营长，在当地的威风，却只能从这些事上可以看出，别的是不需要的。

鼻涕虫说："我一定要立志做营长。"

老娘好事，信口开河说了本街杨氏两句坏话，谁知反受杨氏屈辱一番，心中大不舒畅，郁郁积积回到河街家里，拉开腰门，把那只老母鸡尽力向屋中地下一掼，拍着手说："人背时，偏偏遇到你这畜生！"老母鸡喔的喊了声，好像说："这管我什么事？你这个人，把我出气！"

小娼妇桂枝，正在里房花板床上给盐客烧烟，一面唱《十想郎》《四季思想》等等小曲子逗盐客。听鸡叫声，知道老娘回来了，就高声和她干娘说话。

"娘，娘，鸡买来了吗？肥不肥？"

老娘余气未尽，进屋里到水缸边去用水瓢舀水洗手，一面自言自语："怎不肥？一块钱吃大户，还不肥得像个大蜘蛛？"话本来还是指卖鸡高抬价钱的杨氏。桂枝听到上句听不到下句，就说："怎么一块钱？娘。"她意思是鸡为什么这样贵，话里有相信不过的神气。

老娘买鸡花七角，本想回来报八角，扣一角钱放进自己贴身荷包里。现在被杨氏一气，桂枝问及，就顺口念经："怎么不是一块钱？你不信你去问。为这只扁毛畜生，像找寻亲舅舅，我那里不找到。杨氏把这只鸡当成八宝精，要我一块钱，少一个不成交易。我落一个钱拿去含牙齿。"

桂枝见老娘生了气，知道老娘的脾气，最怕人疑心她落钱，忙赔笑脸把话说开了。出得房来两只手擒着了那肥母鸡，带进房中去给盐客过目。口中却说："好肥鸡，好肥鸡。"

盐客只是笑，不开口。两人的对白听得清清楚楚。

盐客年纪约摸三十四五，穿一身青布短褂，头上包着一条绉绸首巾，颈脖下扎有三条红记号，一双眼睛亮光光的，脸上吊着高高的两个颧骨，手腕上还戴了一只风藤包银的手镯，一望而知是会在生意买卖上捞钱，也会在妇女身上花钱的在行汉子。从×村过身，来到这小娼妇家和桂枝认相识还是第一回。只住过一夜，就咬颈脖赌了一片长长的咒，以为此后一定忘不了，丢不下。事实上倒亏雨落得凑巧，把他多留了一天。这盐客也就借口水大抛了锚，住下来，和桂枝烧烟谈天。早上说好要住下时，老娘就说："姐夫，人不留客天留客，人留不住天帮忙把你留住了，我要杀只鸡招待你，炖了鸡给你下酒，我陪你喝三杯，老命不要也陪你喝。"

盐客因为老婊子称他作姐夫，笑嘻嘻的说："老娘，你用不着杀鸡宰鹅把我当稀客待，留着你那老命吧。我们一回生，二回熟。我不久还得来。我一个人吃得多少？不用杀鸡。"

老娘也笑着："烧酒水酒一例摆到神面前，好歹也是尽尽我一番心！姐夫累了，要补一补。"

盐客拗不过这点好意，所以自己破钞，从麂皮抱兜里掏出一块洋钱，塞到老娘手心里，说是鸡价。老娘虽一面还借故推辞，故意大声大气和桂枝说："瞧，这算什么！那有这个道理，那有这个道理，要姐夫花钱？"

盐客到后装作生气神气说："老娘，得了，你请客我请客不是一样吗？我这人心直，你太婆婆妈妈，我不高兴的。"

好像万不得已，到后才终于把它收下拿走了。

老娘虽吃的是这么一碗肮脏饭，年纪已过四十五岁，还同一个弄船的老水手交好，在大街上追着那水手要关门钱。前不久且把一点积蓄买过一对猪脚，送给个下行年青水手，为的是水手答应过她一件事。对于人和人做的丑事虽毫不知羞耻，可是在许多人和人的通常关系上，却依然同平常人一样，也还要脸面，有是非爱恶，换言之就是道德意识不完全泯灭。言语和行为要他人承认，要他人赞美。生活上必需从另一人方面取得信任或友谊，似乎才能够无疚于心的活下去。人好利而自私，习惯上礼法仍得遵守，照当地人说法，是心还不完全变黑。

桂枝年纪还只十八岁，已吃了将近三年码头饭，同其他吃这碗饭的人一样，原本住在离此地十多里地一个小乡里，头发黄黄的，身子干干的，终日上山打猪草，挖葛根，干一顿稀一顿拖下来。天花，麻疹，霍乱，疟疾，各种厉害的传染病，轮流临到头上，木皮香灰乱服一通，侥幸都逃过了。长大到十三岁时，就被个送公事的团丁，用两个桃子诱到废碉堡里玷污了。自然是先笑后眺，莫名其妙。可是得了点人气后，身心方面自然就变了一点，长高了些，苗条了些，也俨然机伶了些。到十五岁家里估计应当送出门了，把她嫁给一个孤身小农户，收回财礼二十吊，数目填写在婚书上，照习惯就等于卖绝。桂枝哭啼啼离开了自己那个家，到了另外一个人家里，生活除了在承宗接祖事情上有点变化，其余一切还是同往常一样。终日上山劳作，到头还不容易得到一饱。挨饿挨冷受自然的虐待，挨打挨骂受人事的折磨。孕了一个女儿，不足月就小产掉了。到十六岁时，小农户忍受不了，觉得不想办法实在活不下去。正值省里招兵，委员到了县里，且有公事行到乡长处，乐意去的壮丁不少。那农户就把桂枝送到×村一个远亲家里来寄住，自己当兵去了。丈夫一走，寄住在远亲家吃白食当然不成，总得想办法弄吃的。虽说不唇红齿白，身材俏俊，到底年纪轻，当令当时，俗话说十七八岁的姑娘，再丑到底是一朵花。就是喇叭花，也总不至于搁着无人注意。老娘其时正逃走了一个养女，要人补缺，找帮手不着，就认桂枝作干女儿，两人合作，来立门户。气运好，一上手就碰着一个庄号上的小东家，包了三个月，有吃有穿，且因此学了好些场面规矩。小老板一走，桂枝在当地土货中便成红人了。但塞翁失马，祸福同至，人一红，不久就被当地驻军一个下级军官霸占了。这军官赠给她一身脏病，军队移防命令一到，于是开拔了。一来一往三年的经验，教育了这个小娼妇，也成全了这个小娼妇。在当前，河街上吃四方饭的娘儿们中，桂枝已是一个老牌子，沿河弄船的青年水手，无人不知。尤其是东食西宿的办法，生活收入大半靠过路客商，恩情却结在当地一个傻小子身上，添了人一些笑话，也得到人一点称赞。

本地吃码头饭的女子，多数是有生意时应接生意，无生意时照例有个当地光棍，或退伍什长，或税关上司事一类人，由熟客成为独占者，终日在身边烧烟谈天。这种阘茸男子当初一时也许花了些钱到女人身上，后来倒多数是一钱不出，有的人且吃女的，用女的，不以为耻。平时住在女的家里犹如自己家里，客来时才走开。这种人大多是被烟毒熏得走了型，毫无骨气，但为人多懦而狡，有的且会周张，遇屠头客人生事闹乱子，就挺身出面来说理，见客人可以用语言唬诈时，必施小做作，借此弄点钱。有时花了眼睛，认错了人，讹人反被人拿住了把柄，就支支吾吾逃开，来不及时又即刻向人卑屈下流的求饶。挨打时或沉默的忍受，或故意呻吟，好像即刻要重伤死去的样子，过后却从无向人复仇的心思。为人俨然深得道家"柔则久存"的妙旨，对人对己都向抵抗极小的一方面滑去。碰硬钉子吃了亏，就以为世界变了，儿子常常打老子，毫无道理，也是道理。但这种鼻涕似的人生观，却无碍于他的存在。他还是吃，喝，睡，兴致好时还会唱唱。自以为当前的不如意正如往年的薛仁贵，秦琼，一朝时来运来，会成为名闻千古的英雄。唱《武家坡》，唱《卖马》，唱到后来说不定当真伤起心来了，必嘶着个嗓子向身边人嚷着说："这日子逼死了英雄好汉，拖队伍去，拖队伍去！"其中自然也就有当真忍受不了，上山落草，跑了几趟生意，或就方便作坐地探子，事机不密，被驻军捉去，经不住三五百板子，把经过一五一十供出，牵到场坪上去示众，临刑时已昏头昏脑，眼里模模糊糊见着看热闹的妇女，强充好汉，勉强叫着："同我相好的都来送终，儿女都来送终！"沾点口上便宜，使得妇女们又羞又气，连声大骂："刀砍的，这辈子刀砍你，二辈子刀还是砍你！"到后便当真跪在河边，咔嚓挨那一刀，流一摊血，拖到万人坑里用土掩了完事。

桂枝别有眼睛，选靠背不和人相同，不找在行人却找憨子。憨子住在河边石壁洞穴里，身个子高高的，人闷闷的，两个膀子全是黑肉，每天到山上去挖掘香附子和其他草药，自食其力，无求于人。间或兴子来时，就跟本地弄船的当二把纤，随船下辰州桃源县。照水上规矩下行弄船只能吃白饭，不取工钱。憨小子搭船下行时，在船头当桨手，一钱不名，依然快快乐乐，一面呼号一面用力荡桨，毫不含糊。船回头时，便把工钱预先支下，在下江买了礼物，戴合记的香粉，大生号的花洋布，带回来送给桂枝。因为作人厚道，不及别的人敲头掉尾，所以大家争着叫他憨子，憨子便成为这青年人的浑名。憨子不离家，也不常到河街成天黏在小娼妇身边，不过上山得到了点新鲜山果时，才带到河街来给桂枝，此外就是桂枝要老娘去叫来的。人来时常常一句话不说，见柴砍柴，见草挽草，不必嘱咐也会动手帮忙。无事可作就坐在灶边条凳上，吸他那支老不离身的罗汉竹旱烟管。一面吸烟一面听老娘谈本街事情。本来说好留在河街过夜，到了半夜，不凑巧若有粮子上副爷来搭铺过夜，憨子得退避，就一声不响，点燃一段废缆子，独自摇着那个火炬回转洞穴去，从不抱怨。时间一多，倒把老娘过意不去，因此特别对他亲切。桂枝也认定憨子为人心子实，有包涵，可以信托，紧贴着心。

盐客昨晚上在此留宿，事先就是预先已约好了憨子，到时又把憨子那么打发回去的。

老娘烧了锅水，把鸡宰后，舀开水烫过鸡身，坐在腰门边，用小钳子拔鸡毛。正打量着把鸡身上某部分留下。又想起河中涨水，三门滩打了船，河中一定有人发财。又想起憨子，知道天落雨，憨子不上山，必坐在洞中望雨，打草鞋搓草绳子消磨长日。老娘自言自语说，"憨人有憨福"，不由得咕咕笑将起来。

桂枝正走出房门，见老娘只是咕咕笑。就问："娘你笑什么？"

老娘说："我笑憨子，昨天他说要到下江去奔前程，发了洋财好回来养我的老。他倒人好心好，只是我命未必好。等到他发洋财回来时，我大腿骨会做棒槌打鼓了。"说了自己更觉得好笑，就大笑起来。

桂枝不作声，帮同老娘拔鸡毛。好像想起心事，吁了一口气。

老娘不大注意，依然接口说下去："人都有一个命，生下来就在判官簿籍上注定了，洗不去，擦不脱。像我们吃这碗饭的人，也是命里排定的，你说不吃了，干别的去，不是做梦吗？"

桂枝说："娘，你不干，有什么不成？活厌了，你要死，抓把烟灰一碗水吞下肚里去，不是两脚一伸完事？你要死，判官会说不许你死。"

"你真说得好容易。你那知道罪受不够的人，寻短见死了，到地狱里去还是要受罪。"

"我不相信。"

"你那能相信？你们年轻人什么都不相信，也就是什么都不明白。'清明要晴，谷雨要雨'，我说你又不信。'雷公不打吃饭人'，我说你又不信……"

老娘恰同中国一般老辈人相似，记忆中充满了格言和警句，一部分生活也就受这种字句所熏陶，所支配。桂枝呢，年纪轻，神在自己行动里，不在格言警句上。

桂枝说："那么，你为什么不相信鲤鱼打个翻身变成龙？"

老娘笑着说："你说憨子会发洋财，中状元，作总司令，是不是？鲤鱼翻身变成龙，天下龙王只有四位，鲤鱼万万千，河中涨了水，一网下来就可以捉二十条鱼！万丈高楼从地起，总得有块地！"

憨子住的是洞窟，真不算地。但人好心地好，老娘得承认。老娘其实同桂枝一样，盼望憨子发迹，只是话说起来时，就不免如此悲观罢了。桂枝呢，对生活实际上似乎并无什么希望，尤其是对于憨子。她只要活下去，怎么样子活下去就更有意思一点，她不明白。市面好，不闹兵荒匪荒，开心取乐的大爷手松性子好，来时有说有笑，不出乱子，就什么都觉得很好很好了。至于憨子将来，男子汉要看世界，各处跑，当然走路。发财不发财，还不是"命"？不过背时走运虽说是命，也要尽自己的力，尽自己的心。凡事胆子大，不怕难，做人正派，天纵无眼睛人总还有眼睛。憨子做人好，至少在她看来，是难得的。只要憨子养得起她，她就跟了他。要跑到远处去，她愿意跟去。

有只商船拢了码头，河下忽然人声嘈杂起来，桂枝到后楼去看热闹，船上许多水手正在抽桨放到篷上去，且一面向沿河吊脚楼窗口上熟人打招呼。老娘其时也来到窗边，看他们起货上岸。后舱口忽然钻出一个黑脸大肩膊青年水手，老娘一眼瞥见到了，就大声喊叫：

"秋生，秋生，你回来了！我以为你上四川当兵打共产党去了！"

那水手说："干娘，我回来了，红炮子钻心不是玩的。光棍打穷人，硬碰硬，谁愿意去？"

桂枝说："你前次不是说三年五载才回来吗？"

那青年水手快快乐乐的说:"我想起娇娇,到龚滩就开了小差。"

桂枝说:"什么娇娇肉肉,你想起你干妈。"

这水手不再说什么,扛了红粉条一捆,攀船舷上了岸,桂枝忙去灶边烧火,预备倒水为这水手洗脚。

盐客听桂枝说话,问:"是谁?"

老娘答话说:"是秋生。"

秋生又是谁?没有再说及。因为老娘想到的是把鸡颈鸡头给秋生,所以又说:"姐夫,这鸡好肥!"

(未完)

本篇发表于1937年7月5日、19日、26日,8月2日、9日《国闻周报》第14卷第26期,第28—31期。署名沈从文。篇末"(未完)"为发表时原有。据《国闻周报》编入。

乡　城

　　□□服务团一行八十多人，到了□□县，其时正在上午九点钟左右。这些年青男男女女，很热情很兴奋的下乡宣传。在城门边贴了些红绿标语，且把县衙门附近大戏台也打扫收拾起来，准备演戏。街头演讲分三组举行，借了茶馆的板凳站在上面演说。慰问组出城向附近村子找保甲问话。代出征家属写家信的，就到处去打听出征家属，在茶馆前当众写信。小县城统共不过四百户人家，于是忽然显得活泼起来。大家都不知不觉忙乱而兴奋，尤其是县公署上下执事人员，要办招待，准备整十桌酒席，百十人茶水，不是儿戏。地方小，又不是赶街子日期，本城向例卖小菜有供求相应情形，来人太多了，从那里来这么多东东西西吃喝？县长为人忠厚而热忱，觉得来者是客，得尽宾主之谊，不能不想办法。因此发动县公署一切力量，向附近乡下打主意，照市价匀买菜蔬鸡鸭。自己就在会客室中接待"团长"，谈点地方建设教育情形，抗战征兵故事。一面谈一面心中不免稍稍着急，因为听说这些学生当天下午就得回城，恐怕十二点办不好中饭，妨碍"宣传"。而且来了那么多人，十桌酒食，费用也不是儿戏。

　　建设局长穿了件灰布大衫，带了个保安队兵走到离城一里远近康街子首富王家去，找王老太太商量买几只鸡。王老太太正坐在院廊下簸荞麦，从荞麦中剔除小小石子，身旁三只肥大母鸡，只想乘隙扑拢来啄荞麦。王老太太一面抵抗一面想心事。侧屋有两个漆匠，正在给王老太太新合的百年寿材上漆，工作得比一般工作更从容不迫。人还活着，事情有什么可忙的？蹲在门限上吸一回烟，看一看这值八百块中央票子的金丝楠木的寿材款式，两个工人笑了。即物起兴，谈起当前事情。

　　"老师傅，洋人死了听说用玻璃棺材，你到过城里，城里有不有？"

"城里洋人寿年长，老而不死。城里寿木一个样。四合头好的值两千块!"

"这个也长价了?"

"怎不长价? 这年头不用说人活不了，死也死不了! 像(他把嘴向正屋长廊下努努)老娘子有福气，怕不要五千块钱才能够打发上山!"

"有钱总好办。你我可死不得。伸了脚，真不好办。"

"有什么不好办? 你我死了一铺席子卷上山，两锄头土一浇，埋了，腐了，烂了，蛆虫蚂蚁吮个饱。省得活到世界上吃贵米粮!"

"老婆孩子呢?"

"嫁人去!"

院中黑狗汪汪叫将起来，建设局长进了屋，手扬起高高的叱"死狗，死狗。"

王老太太赶忙放下簸箕，耳朵边两个一寸长的翠玉耳环只是晃荡，走下阶砌去招呼客人。"局长，局长。"局长眼睛却正盯着那几只抢啄荞麦的肥母鸡。

王老太太赶忙又去撵鸡:"你个死扁毛畜生，一有空，你就抢。胀饱了你，杀你清炖红焖吃。"虽那么说得凶狠，语气中却充满了爱抚。因为三只鸡都正在下蛋，每天生三个大鸡蛋，照市价值三毛钱。老太太家当虽有三十万，但一屋子屯的煤油，三个仓房屯的青盐，几箱子田地和房屋纸契，对于她似乎都不大相干。这些家业尽管越累越多，都并不能改造她的人生观或生活方式。尤其是不能改变那个老财主的人生观和对待她的生活方式。老财主带了个姨太太住在同村另外一所大房子里过日子，要老太太当家，一切权利都是抽象的，只有义务具体。照习惯她生活中只有"忙"，按节令忙来忙去，按早晚忙来忙去。忙到老，精力不济事，便死了。死后儿女便给她换上老衣，把她抬进那口搁在侧屋髹漆新合成的楠木寿材里去，照规矩念十天半月经，做做法事，请县长点主，石匠打碑记下生卒年月，一切就完事了。人还不完事，对她生存有点意义的，就是猪生小猪鸡下卵。卧房中黑黑的，放下十来个大小不一的坛瓮，贮装干粮干果，另外靠近床边，一个大扁罐，里面有些糠皮，贮装鸡蛋。她把每个鸡蛋都做上一个记号，一共已有了四十二个。她正预备到下月孵鸡雏，还不决定孵三窝孵两窝，很费踌躇。局长一来，问题简单明朗化了。

王老太太恐怕有别的事，问局长要不要找老官官来。局长把头拨浪鼓一般摇着。

"老太太，今天怎不进城去看热闹，省里来了上百学生，男的女的一起来，要宣传唱文明戏，捉汉奸。"

老太太有点糊涂了："我们这地方那有汉奸捉？"

"演戏！戏上有卖国奸臣毛延寿。汪精卫就是个毛延寿，是个汉奸！"

"谁把汪精卫捉住了来？"

"假的，老太太，假的！看看去就会明白。还有女学生唱歌，穿一色同样子衣服，排队唱抗战歌；轰炸机，轰炸机，声音很好听，你去听听看。县长说大家都要去。"

"有飞机吗？真是我们炮队打下来的吗？"

很显然，老太太和建设局长说去说来总不大接头。局长触景生情，因此转口说：

"老太太，你这几只鸡真肥，怕有四五斤一只吧。"

"扁毛畜生讨厌！……你又来抢我，黄鼠狼咬你不要叫人救驾。"老太太已回到廊下，把簸箕高高举起，预备放到过堂门高条桌上去。但鸡是个会飞的东西，放得再高也不济事。还未把荞麦放上去，有一只鸡已经跳上案桌了。局长眼看到这种情形，正好进言，就说：

"老太太，我无事不登三宝殿。今天省里学生来得人多，县长办招待，临时要预备十桌酒席。这海碗大城里，怎么预备？要我来买几只鸡，你这鸡卖把我可好？"

老太太还不及听明白问题，局长就拍着腰边皮板带，表示一切现买现卖："老太，我们照市价买，过一过秤，决不亏你。县长人公道，你明白的。"

老太把话听明白后吃了一大惊，摇着两只手，好像抵拒一件压力很重的东西："不成，不成。局长，我鸡不卖！鸡正生蛋，我要孵小鸡，不能杀它。"

"你不是讨厌它？诅黄鼠狼子吃了它？公家事，县长办招待，不能说不卖！大家凑和凑和，来的是客人，远远的走来，好意思挨饿。"

"你到街上去买刘保长鸡，他家鸡多。我这鸡不能卖。"

"刘保长家还待说？他为人慷慨大方，急公好义，听说县长请客，一定捐五只鸡，我们就要去捉的。你鸡肥，我们出钱买，有斤算斤，有两算两。"

保安队兵同漆匠过不久都加入了这种语言战争。末了自然是"公事"战胜了"私欲"，把鸡捉去了两只，留下那只毛色顶好看的笋壳色母鸡，陪老太太。局长临走时，放了八元钱到条凳上，恐风吹去，用个小石子压住。向漆匠吩咐说：

"你们在这里做什么工？学生来宣传，你赶快去听！"

漆匠咕噜咕噜笑着，对老太太望着："老太放不放我们去看戏？局长说……"

王老太太怪不高兴，气冲冲的说："局长要你听，你今天不算工你就听去。我一天还死不了，不忙进棺材。你们就去，啃鸡骨头去！"

漆匠搭搭讪讪走过寿材边去，心中还是笑着。局长带着两只鸡走了。可是不到一会儿，县里又有人来传话，要人去听宣传，把漆匠叫走了。老太太捏了几张钞票走回卧房，把票子放到枕头下。翻开箩子数了一会鸡卵，心中很懊恼。出卧房时无心再在簸箕边做事，眼看那只鸡啄荞麦也不过问。蹲到侧屋去看自己百年寿材，又拿起漆匠用的排笔来刷了两下，见一个苍蝇正粘在漆上，口中轻轻的说着，"你该死！"她好像听到鸡叫，心想一定是局长在刘保长家捉鸡。记起局长说的刘保长"慷慨大方，急公好义"，心中不大服气，正拟走出到村子头去看看，是不是当真捐五只鸡。老财主回家来了。

老财主走后，把那八块钱也带走了。老的说，鸡吃的是王家谷子长大的，卖鸡得了钱，不能算私房留下。同老太太吵了两句，老太太争论不过，还是只好让他把钱拿走。老太太非常怄气，饭也不吃。可是事不相干，媳妇们和小孙子谁也不曾注意到这件事。因为吃过饭，大家都进城看"宣传"，赶热闹去了。

下午三点左右，宣传队就骑了县署代雇的八十来匹马，离开了小县城，一行人马浩浩荡荡向东站走去了。县长在城门处送走宣传队后，到街上去看看，茶馆老板拿了三个信送给县长看，说是宣传队今天替出征家属写给前线家里人的，一共三封。既不知道收信人军队番号，也不知道驻防地点，不好付邮，请县长作主。县长看看那个信，写的是：

> 我忠勇的健儿，时代轮子转动了，帝国主义末日已到，历史的决定因素不可逃避。在前方，你们流血苦战，在后方，宣传人员流汗工作，全民一致争取最后的胜利已经来到……

县长看来看去不大懂，看不下去，把眉头皱皱，心想，这是城里学生作的白话文，乡下人不会懂的。乡下人也用不着，为什么不说说庄稼雨水大黄牛同小猪情形？把信袖了就向衙里走去。衙署前贴了许多标语，写的是"美术字"，歪歪斜斜，不大认识。县长轻轻的叹了一口气，自言自语的说："美术字，怎么回事？怎么不写何子贞柳公权？"其时几个保安队兵士正抬了从民家借来的桌椅板凳，从衙署出来，就告他们不许弄错，要一一归还。

同样时间康街村里小学生看热闹回来，大家学会了一个抗敌歌，有个师范生带领孩子们高高兴兴的大声唱着新学会的歌曲，村前村后游行。油漆匠正回到王老太太侧屋来收拾家伙。王老太站在大院中，一见两个油漆匠，就说："姓曾的，你回来了！今天可不算账，你要钱，到县长那里告我去。"听到歌声，想起建设局长说的话，接着又说，"轰炸机，轰炸机，油炸八块鸡，你们吃了我的鸡做了些什么事！水桶大炸弹从半天上掉下来，你们抱了炸弹向河里跳？"两个油漆匠咕咕笑着，不知说什么好。

老太太又说："你们看戏了，是不是？我说真话，今天可不算工钱。"

"不要紧，老太太。你百万家当，好意思不把钱？老先生说明天请我们喝酒，答应一个人喝半斤。"

提起老官官，老太气得开口不来。拾石子追逐那只笋壳色母鸡打着："你个扁毛畜生，你明天发瘟死了好，活下来做什么？"

第二天城里上了报，说起这次下乡宣传，把做戏、演讲、慰劳访问并代出征军人家属写信，各样事情都用宣传口吻很热烈的叙述到了，却不曾提及把个小县长忙得什么样子，花了多少钱。王老太太失鸡事小，自然更不会提起。

　　大家都说"下乡宣传"，这件事自然很好。可是宣传并不只是靠"热情"，需要知识似乎比热情多一些。想教育乡下人，或者还得先跟乡下人学学，多明白一点乡下是什么，与城里有多少不同地方。我眼看到一个私人服务团下乡，就中还有一个小亲戚，很热心的随同这个组织下乡，担任写信工作，写了上面那类信。并且向我说，那次下乡很有"趣味"。我还看到县长，看到那老太太。心中实在很觉得悲哀。我们一切行为若背后推动的是热忱，希望的是效果，乡村有些什么，的确应当多知道些，值得多知道些。这里所写虽只是西南省分一小县中情形，说不定还可作许多下乡的朋友参考！

　　　　　　　　　　　　　　　　　　刘季附记

　　本篇发表于1940年6月24日香港《大公报·文艺》第867期。署名刘季。据《大公报·文艺》编入。

虹 桥

一九四一年十月十七，云南省西部，由旧大理府向××县入藏的驿路上，运砖茶、盐巴、砂糖的驮马帮中，有四个大学生模样的年青人，各自骑着一匹牲口，带了点简单行李，一些书籍、画具和满脑子深入边地创造事业的热情梦想，以及那点成功的自信，依附队伍同行，预备到接近藏边区域去工作。就中有三个从国立美术学校出身，已毕业了三年。刚入学校作一年级新生时，战事忽然爆发，学校所在地的北平首先陷落，于是如同其他向后方流注转徙的万千青年一样，带着战争的种种痛苦经验，以及由于国家组织上弱点所得来的一切败北混乱印象，随同学校退了又退，从国境北端一直退到南部最后一省，才算稳定下来。学校刚好稳定，接着又是太平洋各殖民地的争夺，战争扩大到印缅越南。敌人既一时无从再进，因之从空间来扰乱，轰炸接续轰炸，几个年青人即在一面跑警报一面作野外写生情形中毕了业。战争还在继续进行中，事事需人工作，本来早已定下主意，一出学校就加入军队，为国家做点事。谁知军队已过宣传时期，战争不必再要图画文字装点，一切都只像是在接受事实，适应事实，事实说来也就是社会受物价影响，无事不见出腐化堕落的加深和扩大。因此几个人进入了一个部队不到三个月，不能不失望退出，别寻生计。但是后方几个都市，全都在疲劳轰炸中受试验，做不出什么事业可想而知。既已来到国境南端不远，不如索性冒险向更僻区域走走。一面预备从自然多学习一些，一面也带着点儿奢望，以为在那个地方，除作画以外终能为国家做点事。几个年青人于是在一个地图上画下几道记号，用大理作第一站，用××作第二站，决定一齐向藏边跑去。三年前就随同一个马帮上了路，可是原来的理想虽同，各人兴趣却不一致，正因为这个差别，三个人三年来的发展，也就不大相同，各自在这片新地上，适应环境克服困难，走了一条不同的路，有了点不同的成就。就中那个紫膛脸、扁阔下额、肩膊宽厚，身体结实得如一头黑熊，说话时带点江北口音，骑匹大白骡子的，名叫夏蒙，算是一行四人的领队。本来在美术学校习图案画，深入边疆工作二年，翻越过三次大雪山，经过数回职业的变化，广泛的接触边地社会人事后，却成了个西南通。现在是本地武装部队的政治顾问，并且是新近成立的边区师范学校负责人之一。另外一个黑而瘦小、精力异常充沛，说话时有中州重音，骑在一匹蹦来跳去的小黑叫骡背上的，名叫李粲。二年前来到大雪山下，本预备好好的作几年风景画。到后不久即明白普通绘画用的油蜡水彩颜料，带到这里实毫无用处。自然景物太壮伟，色彩变化太复杂，想继续用一支画笔捕捉眼目所见种种恐近于心力白用，绝不会有什么惊人成就。因此改变了计划，用文字代替色彩，来描写见闻，希望把西南边地徐霞客不曾走过的地方全走到，不曾记述过的山水风土人情重新好好叙述一番。那么工作了一年，到写成的《西南游记》，附上所绘的速写，在国内自由区几个大报纸上刊载，得到相当成功后，自己方发现，所经历见闻的一切，不仅用绘画不易表现，即文字所能够表现的，也还有个限度。到承认这两者都还不是理想工具时，才又掉换工作方式，由描绘叙述自然的一角，转而来研究在这个自然现象下生存人民的爱恶哀乐，以及这些民族素朴热情表现到宗教信仰上和一般文学艺术上的不同形式。在西南边区最大一个喇嘛庙中，就曾住过相当时日，又随同古宗族游牧草地约半年。这次回到省中，便是和国立博物馆负责人有所接洽，拟回到边区去准备那个象形文字词典材料搜集工作的。还有一个年青人，用牧童放牛姿式，稳稳的伏在一匹甘草黄大骟马后胯上，脸庞比较瘦弱，神气间有点隐逸味，说话中有点洛下书生味，与人应对时有点书呆子味，这人名叫李兰。在校时入国画系，即以临仿宋元人作品擅长。到大雪山勾勒画稿一年后，两个同伴对面前景物感到束手，都已改弦更张，别有所事，唯有他倒似乎对于环境印象刚好能把握得住，不仅未失去绘画的狂热，还正看定了方向，要作一段长途枯寂的探险。上月带了几十幅画和几卷画稿，到省中展览，得到八分成功后，就把所有收入全部购买了纸张绢素笔墨颜色，打量再去金沙江上游雪山下去好好的画个十年，给中国山水画开个崭新的学习道路。第四个年纪最轻，一眼看去不过二十二三岁，身材颀长挺拔，眉眼间却带点江南人的秀气。这人离开学生生活不过两个月，同伴都叫他"小周"。原本学了二年社会学，又转从农学院毕业。年事既极轻，入世经验也十分浅，这次向西部跑且系初次，因之志向就特别荒唐和伟大。虽是被姓夏的朋友邀来教书，在他脑子里，打量到的却完全近于一种抒情诗的生活梦。一些涉及深入边地冒险开荒的名人传记，和一些美国电影故事，在他记忆中综合而成的气氛，扩大加深了他此行奇遇的期待。他的理想竟可说不仅只是到边区去作知识开荒工作，还准备要完成许多更大更困难的企图。一行中三个人既都能作画，对风景具高度鉴赏力，几个人一路谈谈笑笑，且随时随处都可以停留下来画点画，领头的夏蒙，又因一种特殊身份，极得马帮中的信仰，大家生活习惯，又能适应这个半游牧方式，更重要的是雨季已到尾声，气候十分晴朗，所以上路虽有了四天，大家可都不怎么觉得寂寞辛苦。照路程算来，还要三天半，他们才能达到第二个目的地。

时间约摸在下午三点半钟，一行人众到了××县属一个山冈边，地名"十里长松"。那道向西斜上的峻坂，全是黑色磐石的堆积。从石罅间生长的松树，延缘数里，形成一带茂林。峻坂逐渐上升，直到岭尽头，树木方渐渐稀少，旧驿路即延缘这个长坂，迎着一道干涸的沟涧而上，到达分水岭时方折向北行，新公路却在冈前即转折而东绕山脚走去。当二百个马驮随着那匹负毦带铃领队大黑骡，迤逦进入松林中，沿涧道在一堆如屋如坟奇怪兀磐石间盘旋，慢慢的上山时，紫膛脸阔下巴的夏蒙，记忆中忽重现出一年前在此追猎黄麂的快乐旧事，鞭着胯下的白骡，离开了队伍，从斜刺里穿越松林，一直向那个山冈最高处奔去。到上面停了一会儿，举目四瞩，若有所见，随即用着马帮头目"马锅头"制止马驮进行的招呼声……

站，站，站，咦……呷！制止那个队伍前进。那个领队畜牲，一听这种熟习呼声，就即刻停住不再走动，张着两个大毛耳朵等待其他吩咐。照习惯，指挥马驮责任本来完全由"马锅头"作主，普通客人无从越俎代庖。但这位却有个特别原因。既是当地知名某司命官的贵客，又是中央机关的委员，更重要处是他对当地凡事都熟习，不仅上路规矩十分在行，即过国境有些事得从法律以外办点特别交涉的，他也能代为接头处理。几个同伴既得随地留连，因此几天来路上的行止，就完全由他管理。马锅头正以能和委员对杯喝酒为得意，路上一切不过问，落得个自在清闲，在马背上吹烟管打盹，自己放假。其时队伍一停止，这头目才从半睡盹中回醒。看看大白骡已离群上了山，赶忙追到上面去，语气中带着一分抗议三分要好攀交亲神情：

"委员，你可又要和几个老师画风景？这难道是西湖十景，上得画了吗？我们可就得在这个松树林子大石堆堆边过夜？地方好倒好，只是天气还老早啊！你看，火炉子高高的挂在那边天上，再走十里还不害事！"

话虽那么说，这个头目真正意思倒像是："委员，你说歇下来就歇下来，你是司令官，一切由你。你们拣有山有水地方画画，我们就拣地方喝酒，松松几根穷骨头。树林子地方背风，夜里不必支帐篷，露天玩牌烧烟，不用担心灯会吹熄！"

夏蒙却像全不曾注意到这个，正把一双宜于登高望远的黄眼睛，凝得小小的，从一株大赤松树老干间向西南方远处望去。带着一种狂热和迷惑情绪，又似乎是被陈列在面前的东西引起一点混和妒嫉与崇拜的懊恼，微微的笑着，像预备要那么说：

"嘻，好呀！你个超凡入圣的大艺术家，大魔术家，不必一个观众在场，也表演得神乎其神，无时无处不玩得兴会淋漓！"

又若有会于心的点点头，全不理会身边的那一位。随即用手兜住嘴边，向那几个停顿在半山松石间的同伴大声呼喊：

"大李，小李，密司武周，赶快上山来看看，赶快！这里有一条上天去的大桥，快来看！"

三匹坐骑十二个蹄子，从松林大石间一阵子翻腾跑上了山冈。到得顶上时，几个人一齐向朋友指点处望去，为眼目所见奇景，不由得不同声欢呼起来：

"嗐，上帝，当真是好一道桥！"

呼声中既缺少宗教徒的虔信，却只像是一种艺术家的热情和好事者的惊讶混和物。那个马帮头目，到这时节，于是也照样向天边看看，究竟是什么桥。

"嗐，我以为什么桥，原来是一条扁担形的短虹，算那样！"

可是知道这又是京城里人的玩意儿，这一来，不消说必得在此地宿营了。对几个年青人只是笑着，把那个蒲扇手伸出四个指头，向天摇着："少见多怪！四季发财。你们好好画下来，赶明天打完了仗，带到北京城里去，逗人看西洋景！"接着也轻轻的叫了一声"耶稣"，意思倒是"福音堂的老米，耶稣大爹我认得"！借作对于那声不约而同的"上帝"表示理会与答复。不再等待吩咐，吐一撮口沫在手上搓一搓，飞奔跑下了山冈，快快乐乐的去指挥同伙卸除马驮上的盐茶货物，放马吃草，准备宿营去了。

四个年青人骑在马背上，对着那近于自然游戏，唯有诗人或精灵可用来作桥梁的垂虹，以及这条虹所镶嵌的背景发怔时，几个人真不免有点儿呆相。还是顶年青活泼快乐的小周，提醒了另外三个。

"你们要画下来，得赶快！你看它还在变化！"

几个人才一面笑着一面忙跳下马，从囊中取出速写册子和画具，各自拣选一个从土石间蟠屈而起的大树根边去，动手勾勒画稿。年青的农学士无事可作，看见大石间那些紫茸茸的苔类植物，正开放白花和蓝花，因此走过去希望弄点标本。可是不一会，即放弃了这个计划，傍近同伴身边来了。他看看这一个构图，看看那一个傅彩，又从朋友所在处角度去看看一下在变化中的山景，作为对照。且从几个朋友神色间，依稀看出了同样的意见：

"这个那能画得好？简直是毫无办法。这不是为画家准备的，太华丽，太幻异，太不可思议了。这是为使人沉默而皈依的奇迹。只能产生宗教，不会产生艺术的！"于是离开了同伴，独自走到一个大松树下去，抱手枕头，仰天躺下，面对深蓝的晴空，无边际的泛思当前的种种，以及从当前种种引起的感触。

"这不能画，可是你们还在那么认真而着急，想捕捉这个景象中最微妙的一刹那间的光彩。你即或把它保留到纸上，带进城里去，谁相信？城市中的普通人，要它有什么用？他们吃维他命丸子，看美国爱情电影，等待同盟国装备中国军队，从号外听取反攻胜利消息，就已占据了生命的大部分。凡读了些政治宣传小册子的，就以为人生只有'政治'重要，文学艺术无不附属于政治。文学中有朗诵诗，艺术中有讽刺画，就能够填补生命的空虚而有余，再不期待别的什么。具有这种窄狭人生观的多数灵魂，那需要这个荒野、豪华而又极端枯寂的自然来滋润？现代政治唯一特点是嘈杂，政治家的梦想即如何促成多数的嘈杂与混乱，因之而证实领导者的伟大。第一等艺术，对于人所发生的影响，却完全相反，只是启迪少数的伟大心灵，向人性崇高处攀援而跻的勇气和希望。它虽能使一个深沉的科学家进一步理解自然的奥秘与程序，可无从使习惯于嘈杂的政治家以及多数人，觉得有何意义。因之近三十年来，从现代政治观和社会观培育出来的知识分子，研究农村，认识农村，所知道的就只是农村生活贫苦的一面。一个社会学者对于农村言改造，言重造，也就只知道从财富增加为理想。一个政治家也只知道用城市中人感到的生活幸或不幸的心情尺度，去测量农民心情，以为刺激农民的情感，预许农民以土地，即能引起社会的普遍革命。全想不到手足贴近土地的生命本来的自足性，以及适应性。过去宗教迷信对之虽已无多意义，目前政治预言对之也无从产生更多意义。农民的生活平定感，心与物实两相平衡。增加财富固所盼望，心安理得也十分重要。城市中人既无望从文学艺术对于人生作更深的认识，也因之对农民的生命自足性，以及属于心物平衡的需要，永远缺少认识。知识分子需要一种较新的觉悟，即欲好好处理这个国家的多数，得重新好好的认识这个多数。明白他们生活上所缺乏的不够，并需明白他们生活上还丰富的是些什么。这也就是明日真正的思想家，应当是个艺术家，不一定是政治家的原因。政治家的能否伟大，也许全得看他能否从艺术家方面学习认识'人'为准……"

无端绪的想象，使他自己不免有点吓怕起来了。其时那个紫膛脸的夏蒙，也正为处理面前景物感到手中工具的拙劣，带着望洋兴叹的神气，把画具抛开，心想：

　　"这有什么办法？这那是为我们准备的？这应当让世界第一流音乐作曲家，用音符和旋律来捉住它，才有希望！真正的欣赏应当是承认它的伟大而发呆，完全拜倒，别无一事可以做，也别无任何事情值得做。我若向人说，两百里外雪峰插入云中，在太阳下如一片绿玉，绿玉一旁还镶了片珊瑚红，鞑靼紫，谁肯相信？用这个远景相衬，离我身边不到两里路远的松树林子那一头，还有一截被天风割断了的虹，没有头，不见尾，只直杪杪的如一个彩色药杵，一匹悬空的锦绮，它的存在和变化，都无可形容描绘，用什么工具来保留它，才能够把这个印象传递给别一个人？还有那左侧边一列黛色石坎，上面石竹科的花朵，粉红的、深蓝的、鸽桃灰的、贝壳紫的，完全如天衣上一条花边，在午后阳光下闪耀，阳光所及处这条花边就若在慢慢的燃烧起来，放出银绿和银红相混的火焰。我向人去说，岂不完全是一种疯话或梦话？"

　　小周见到夏蒙站起身时，因招呼他说：

　　"夏大哥，可画好了！成不成功？"

　　夏蒙一面向小周处走来，一面笑笑的回答说：

　　"没有办法，不成功！你看这一切，那是为我们绘画准备的？我正想，要好好表现它，只是找巴哈或悲多汶来，或者有点办法。可是几个人到了这里来住上半年，什么事不曾做，倒只打量到中甸喇嘛庙去作和尚，也说不定——巴哈的诚实和谦虚，很可能只有走这条路，因为承认输给自然的伟大，选这条路表示十分合理。至于那个大额角竖眉毛的悲多汶，由于骄傲不肯低头，或许会自杀。因为也只有自杀，方能否定个人不会被自然的庄丽和华美征服。至于你我呢？我画不好，简直生了自己的气，所以两年前即放弃了作大画家的梦，可是间或还手痒痒的，结果又照例付之一叹而完事！你倒比我高明，只是不声不响用沉默表示赞叹！"

　　"你说我？我想得简直有点疯！我想到这里来，表示对于自然的拜倒，不否认，不抵抗，倒不一定去大庙中做喇嘛出家，最好还是近人情一点，落一个家，有了家，我还可以为这片土地做许多事！'认识'若有个普遍的意义，居住在这地方的人，受自然影响最深的情感，还值得我们多留点心！我奇怪，你到了这里那么久，熟人又多，且预备长远工作下去，怎不选个本地女人结婚？"

"哈哈，那你倒当真是更进一步，要用行动来表示了。机会倒多的是，不过也不怎么容易！因为这不止需要克服自己的勇气，还要一点别的。"

"你意思是不是说对于他人的了解？我刚才一个人就正在胡思乱想，想到中国当前许多问题。中国地方实在太大，人口虽不少，可是分布到各地方，就显得十分隔离。这个地域的隔离还不怎么严重，重要的还是情绪的隔离。学政治经济的，简直不懂得占据这大片土地上四万万手足贴近泥土的农民，需要些什么，并如何来实现它，得到它。由于只知道他们缺少的是什么，全不知道他们充足的是什么，一切从表面认识，表面判断，因此国家永远是乱糟糟的。三十年革命的结果，实在只作成一件事，即把他们从田中赶出，训练他们学习使用武器，延长内战下去，流尽了他们的血，而使他们一般生活更困难，更愚蠢。我以为思想家对于这个国家有重新认识的必要。这点认识是需要从一个生命相对原则上起始，由爱出发，来慢慢完成。政治家不能做到这一点，一个文学家或一个艺术家必需去好好努力。"

"老弟，你年龄比我们小，你理想可比我们高得多！理想的实证，不是容易事。可是我相信是能用行为来实证理想的。到有一天你需要我帮忙时，我一定用行为来拥护你！"

"好，我们拍个巴掌。说话算数。"

另外两个还在作画的，其中一个李粲，本来用水彩淡淡的点染到纸上山景，到头来不能不承认失败，只好放下这个拙劣的努力，回转身对松林磐石黑绿错杂间卸除马驮的眼前景象，随意勾几幅小品，预备作游记插图。但是这个工作平日虽称擅长，今天却因为还有那个马串铃在松林中流宕的情韵，感到难于措手。听到两人拍手笑语，于是放下画具向两人身边走来。

"不画了，不画了，真是一切努力都近于精力白费！我们昨天赶街子，看到那个乡下妇人，肩上一扇三十斤大磨，找不到主顾，又老老实实的背回家去，以为十分可笑。可是说得玄远一点，那个行为和风景环境都多调和！至于我们的工作？简直比那乡下婆子更可笑。我们真是勉强得很！"

小周说："可是你和小李这次在省里开的写生展览会，实在十分成功，各方面都有极好批评！"

李粲说："这个好批评就更增加我们的惭愧。我们的玩意儿，不过是骗骗城里人，为他们开开眼界罢了。就像当你见到的，我是老早就放弃了作画家的。去年四五月间，我和一群本地人去中甸大庙烧香，爬到山顶上一望，有十个昆明田坝大的一片草原，郁郁青青完全如一张大绿毯子，到处点缀上一团团五色花簇，和牛群羊群。天上一道曲虹如一道桥梁，斜斜的挂到天尽头，好像在等待一种虔诚的攀援。那些进香的本地人，连两个小学校长在内，一路作揖磕头，我先还只觉得可笑，到后才忽然明白一件事情，即这些人比我们活得谦卑而沉默，实在有它的道理。他们的信仰简单，哀乐平凡，都是事实。但那个人接受自然的状态，把生命谐合于自然中，形成自然一部分的方式，比起我们来赏玩风景搜罗画本的态度，实在高明得多！我们到这里来只有四个字可说，即少见多怪。这次到省里，×教授问我为什么不专心画画，倒来写游记文章。文章不好好的写下去，又换了个方向，弄民俗学，不经济！我告他说，×先生，你若到那儿去一年半载，你的美术史也会搁下了。我们引为自夸的艺术，人手所能完成的业绩，比起自然的成就来，算个什么呢？你若到大雪山下看到那些碗口大的杜鹃花，完全如彩帛剪成的一样，粘在合抱粗三尺高光秃的矮桩上，开放得如何神奇，神奇中还到处可见出一点诙谐，你才体会得出'奇迹'二字的意义。在奇迹面前，最聪敏的行为，就只有沉默，崇拜。因为仿拟只能从最简陋处着手，一和自然大手笔对面，就会承认自己能做到的，实在如何渺小不足道了。故宫所藏宋人花鸟极有个性的数林桩，那个卷子可算得是美术史的瑰宝，但比起来未免可笑!"

紫膛脸的夏蒙,见洛下书生还不曾放下他的工作,因此向小周说:"我们都觉得到这里来最好是放弃了作画家的梦,学学本地人把本身化成自然一部分。生活在一幅大画图中,不必妄想白用心力。可是李大哥呢,他先是说颜色不够用,我来写吧,来把徐霞客当年不曾到过的,不曾记下的,补写一本《西南游记》吧。虽承认普遍颜色不够用,可并不知道文字也不大济事!到后来游记也不写了,学考古了。上次到剑山去访古,来回八天,回丽江时,背上扛了个沉甸甸的包袱,告人说是得了宝物。我先也还以为他是到土司处得了个大金碗银藏轮。解开一看,原来是一块顽石!只因为上面刻了一个象形文字的咒语,就扛了这石头跋涉近十天。他的磨些文字词典的工作,就正是从这个经验起始的!这比我们昨天看到那个扛磨石妇人,自然大不相同……至于那位呢,总还不死心。你看他那个神气,就可知一定还在……"

说得三个人都不免笑将起来。在远处的李兰,知道几个人说的话与他必有关,因此舞着手中那个画册子应答说:

"你们又认输了,是不是? 我可还得试一试! 你们要的是成功,所以不免感觉到失败。我倒只想尽可能来从各方面作个试验。"

话虽那么说,但过不多久,走过几个朋友身边时,大家争来看他的画稿,才知道他勾勒的十几幅画稿,还只是一些大树,树林中一些散马,原来那个不着迹象的远景捕捉,他也早放弃了。

大家把先前一时所作的几十幅山景速写整理出来,相互交换欣赏时,认为李兰一幅全用水墨涂抹,只在那条虹上点染了一缕淡红那张小景为最成功。其余凡用色彩表现色彩的,都近于失败。却以为这是他的一种发现,一种创见。

李兰却表示他的意见说:

"这就是我说的经验! 不是发明,是摹仿! 我记得在学校讲南北宗时,××先生总欢喜称引旧话,以为画鬼容易,画人难。画奇禽异兽容易,画哈巴狗和毛毛虫难。写天宫梦境容易,写日常事物困难。人人都说××先生是当代论画权威,都极相信他的意见。若带他来这地方逛一年，他的讲义可就得完全重写：因为他会觉得所见到的事事物物，都完全不能和画论相合。若写实，反而都成了梦境，更可知道任何色彩的表现都有个限度。而限度还异常狭小，山水中的水墨画，且比颜色反而更容易表现某种超真实的真实印象。当年顾陆王吴号称大手笔，对于墨色的使用，一定即比彩色更多理解，从他们的遗迹上即可见出。都明白色彩的重要，像是不敢和自然争胜，却将色彩节约到吝啬程度，到重要处才使用那么一点儿。顾吴人物的脸颊衣彩那点儿淡赭浅绛，即足证明对于彩色虽不能争胜，还可出奇。以少许颜色点染，即可取得应有效果。我知道摹仿自然已无可望，因此试学吴生画衣缘方法涂抹一线浅红，居然捉住了它……"

洛下书生正把画论谈得津津有味时，小周一面听下去一面游目四瞩，忽然间，看到山冈下面松树林中，扬起一缕青烟，这烟气渐上渐白，直透松林而上，和那个平摊在脚下松林作成的绿海，以及透出海面大小错落的乌黑乱石，两相对比，完全如一种带魔术性的画面，因此突然说：

"你们看这个是什么！一片绿，一团团黑，一线白，一点红，大手笔来怎么办？在画上，可看过那么一线白烟成为画的主题？有颜色的虹，还可有方法表现，没有颜色的虹，可容易画？"

那个出自马帮炊食向上飚起的素色虹霓，先是还只一条，随即是三条五条，大小无数条，负势竞上一直向上升腾，到了一个高点时，于是如同溶解似的，慢慢的在松树顶梢摊成一张有形无质的乳白色氍毹，缘着淡青的边，下坠流注到松石间去。于是白的、绿的、黑的，一起逐渐溶成一片，成为一个狭而长的装饰物，似乎在几个年青人脚下轻轻的摇荡。远近各处都镀上夕阳下落的一种金粉。且逐渐变成蓝色和紫色。日头落下去了，两百里外的一列雪岫上十来个雪峰，却转而益发明亮，如一个一个白金锥，向银青色泛紫的净洁天空上指。

四个人都为这个入暮以前新的变化沉默了下来，尤其是三个论画的青年，觉得一切意见一切成就都失去了意义。

本篇发表于1946年6月1日《文艺复兴》第1卷第5期。署名沈从文。

王　嫂

厨房中忽然热闹起来，问一问，才知道帮工王嫂的女儿来了。年纪十八岁，眼睛明亮亮的。梳一饼大的发髻。脸圆圆的，嘴唇缩小如一个烟荷包。头上搭了一片月蓝布，白腰围裙上绣了一朵大红花，还钉上一些小小红绿镜片。说话时脸就发红，十分羞涩，在生人面前总显得不知如何是好神气。问问王嫂，才知道女儿还刚出嫁五个月，丈夫在乡下做田，住在离昆明府四十里乡下。穿的衣还是新娘子衣服。主人说："王嫂，你大姑娘到这里来是客，炒几个鸡蛋，留她吃饭去！"王嫂就望着那女儿痴笑："太太说留你吃饭，不要走，可好！"女儿也笑着。一家大小知道王嫂有个好女儿，都来看看，都交口称赞王嫂福气好。

王嫂只是笑，做事更热心了一些。王嫂不特有个好女儿，还有个好儿子！儿子十二岁，已到城西区茶叶局服务当差，净挣十五块钱一个月。局里管教严，孩子长得也还干净清秀，穿上一件灰色制服，走路脱脱，见过的人都说他有福气，相并不贱，一定有点出息。王嫂怕他不学好，所以一来就骂，装成生气样子，要孩子赶快回去。孩子虽是唯一宝贝，可并不溺爱成性，行为还守规矩，并且不胡乱花钱。

王嫂因事离开了这家中约五个月，大约在别处主仆之间感情不大好，到后又回转这里来了。在这一家中的工作是洗衣烧饭，间或同卖鸡蛋清毛房的乡下人嚷嚷，一切动机行为无不出于护主。为人性情忠诚而快乐，还知清洁，又惜物不浪费，所以在一家中极得力，受一家重视。这点重视为王嫂感觉到时，引起她的自尊心，凡事便更做得有条理。

有一天，因为另外一个乡下妇人来了，带了些豆子来看王嫂，一面说一面抽抽咽咽。来人去后，问起一年前那个作新媳妇的女儿，才知道已在五个月前死掉了，因为生产，在乡下得不到帮助，孩子生下地两天，女儿血流不止，家里人全下了田，想喝水不得水喝，勉强厨房去喝了些水缸脚沉淀，第二天腹痛就死去了。孩子活了两个月，也死去了。经过这样大变故的王嫂，竟从不提起，还是一切照常，用来稳定她的生命或感情的，原来是古人的"生死有命，富贵在天"八个字。她相信八字。

说起女儿死去情形，她说："他们忙收麦子，大麦裸麦，用车子装满一车一车马拖着走。家里下田去了。我女儿要喝水喝不到，把水缸脚水喝下肚，可怜，她嚷痛也痛，就死了！死了她男人哭不许棺材抬出门。自己可要去做壮丁，抽签到头上，过盘龙寺当兵去，生死有命。"

吃晚饭时，王嫂加上一碗新蚕豆，原来就是白天那亲家送来的。亲家是女儿的婆婆，所以两人说起时，心酸酸的，眼睛湿莹莹的，都想念着儿女。可是女儿早已腐烂了。

王嫂女儿虽死了，儿子却好好的。一个月必来看看她，就便把工薪交上，王嫂另外送他两块钱作零用。

这家里同别的人家一样，有鸡，有狗，有猫儿。这些生物在家中各有一个地位。一切却统由王嫂照料。

把午饭开过。碗盏洗理清楚后，王嫂在大院中喂鸡，看见鸡吃食。若看见横蛮霸道的大公鸡欺侮小母鸡时，好像有点物伤其类情感，就追着那公鸡踢一脚，一面骂着"你个良心不好的扁毛畜生，一天吃多少！我要打死你"。公鸡还是大模大样不在乎，为的是这扁毛畜生已认识了王嫂实在是个"好人"。公鸡是著名哲学教授老金寄养了下来的。每天大清早，家中小黑狗照例精神很好，无伴侣可以相互追逐取乐的，因此一听公鸡伸长喉咙鸣叫，就似乎有点恶作剧，必特意来追逐公鸡玩。这种游戏自然相当激烈，即或是哲学教授的公鸡也受不了的。因此这庄严生物，只好一面逃跑一面咖呵咖呵叫唤，表示对这玩笑并不同意，且盼望有人来援救出险。这种声唤自然引起了一家人的关心，但知道是小狗恶作剧，总不理会，到后真正来援救解围的，照例只有王嫂一人。

那时节王嫂也许已经起床。在厨房烧水了，就舞起铁火钳出来赶狗，同小狗在院中团团打转。也许还未起床，等到被小狗恶作剧闹到自己头上，必十分气愤的，从房中拿了一根长竹竿出来打狗，这枝竹竿白天放在院子中晒晾衣服，晚上还特意收进房中，预备打狗。小狗虽聪明懂事，食料既由王嫂分配，对王嫂也相当敬畏，并且眼见那枝竹竿是王嫂每天打它用的。只是大清早实在太寂寞了，精神兴趣又特别好，必依然折磨折磨大公鸡，自己也招来两下打，因此可好像一个顽皮孩子一般，讨了个没趣后，答答的的跑到墙角去撒一泡尿，再不胡闹。尽管挨骂，挨打，小狗心中还是清楚明白，一家中唯有王嫂最关心它。

王嫂每天照例先喂狗，后喂鸡。狗吃饱后就去廊下睡觉。喂完了鸡，向几只鸡把手拍拍，表示所有东西完了完了，那几只鸡也就走过大油加利树下爬土玩去了。因此来准备开始做自己事情。下半天是她洗衣的时间，天气好，对王嫂更忙。院子有两大盆待洗的衣服：老太爷的，老爷的，先生的，少爷的，太太的，小姐的，还加上自己在茶叶局作小勤务十二岁小儿子的。衣服虽不少，她倒不慌不忙的做去。事情永远作不完，可并不使她懊恼。一面搓衣一面间或还用本地调子唱唱歌，喉咙窄，声调十分悦耳。为主人听到时，要她好好唱下去，就害臊，把个粉脸羞得红红的，决不再开口。唱歌的用意原来只在自己听听，为自己催眠，凭歌声引导自己到一个光明梦境里去。

她目下有十二块钱一个月，儿子却有十五块，两人赚的钱都没有用处，积聚一年可回捎乡下去买一亩二分田地，打仗不讲和，米粮贵，一点收入虽少，利上翻利，五年不动用，会有多少！再过八年儿子长大了，所长保举他进军官学校，接一房媳妇，陪嫁多的不要，只要有十亩地，两头水牯牛，一切事都简单具体，使这个简单的人生活下来觉得健康而快乐，世界虽不断的大变，人心也在变，鸡狗好像都在变，唯有这个乡下进城的农妇人生观和希望，却始终不变。

三月后天气转好，城区常有空袭警报。警报来时，家中主人照例分成两组，一组外出，一组不动。王嫂对外出最匆忙的照例要笑笑，一面笑一面说："先生，来了来了，快走快走！"话说得极少，意思似乎倒很多，有点讽刺，有点爱娇，主要表示倒是她并不怕。飞机到头上也不怕。为什么不怕？孔子遗教在这颗简单的心上有了影响，"生死有命，富贵在天"。还记起一个故事，"黄巢杀人八百万，在劫数的八方有路难逃，不在劫数的，坐下来判官不收你"。两句简单话语和一个简单故事，稳定了这个简单的心，在平时，因此做事很尽力，做人很可靠，在乱时，她不怕，炸到头上机会既不多，炸不到头上她当真不怕。

疏散的出门去后，不出门的照例还是各在房中做事读书，院中静静的，剩下王嫂一个人，却照例还是洗衣，一面洗衣，一面计数空中飞机数目，好等等报告给主人。或遇到什么人来院中时，有点话说。她需要听一两句好话，或是赞美，或表示敬服，听来她都十分高兴。哲学教授老金，照例每天午后四点来看他的大公鸡，来时必带一个大烧饼，坐在檐下石砌上，一面喂鸡一面和王嫂谈谈天。若有警报，或问："王嫂，你怕不怕？"知道她不怕后，就翘起大拇指说："王嫂，王嫂，你是这个。一家人你胆量最好！"王嫂听来带点羞涩神气笑着："咦，金先生你说得好！我不怕，生死有命，富贵在天！"俨然知道对面是教哲学的先生，就援引两句大哲人的话语，表示酬答。哲学教授老金必照样复述那两句话一次，并作个结论。"是哪吗！是哪吗！这是圣人说的！"

王嫂笑着，扬一扬细细眉毛："圣贤说的。那里会错！"

王嫂虽从不出城避空袭，可是这城中也就真如"有命在天"，直到如今还未被炸过第一次。王嫂看到的只是自己飞机三三五五在城空绕圈子，还不曾看到过日机。五月九号天气特别好，照样的了警报，照样有万千人从门前走过疏散，家中也照样有人出门。这一次情形可不同一点，三点左右竟真有二十七架飞机排队从市空飞过，到飞机场投了弹。日机的样子，声音，有关轰炸传说；共同在王嫂脑子中产生一个综合印象。晚饭时把菜汤端上了桌子，站在桌边听新闻。一个客人同她说笑：

"王嫂，你看见了日本飞机？"

"二十七架，高也高！哪，那边高射炮蓬的响了，那边机关枪咯咯咯响了，亭桶，兵桶，飞机场炸了。我不躲，我不怕的。"

"真不怕吗？炸弹有水缸大，这房子经不起！"

"要炸让它炸，生死有命。"

"你命好，几个孩子？大姑娘有一位，一定的。我会看相，你有儿有女有福气。"

王嫂不声不响，走到厨房去了。她怕人提起女儿，心里难受。

这件事也就过去了。第二天到了下午，天气还是很好，并无警报，两点左右，她正一面洗衣一面用眼睛耳朵去搜索高空中自家飞机的方位，小狗忽然狂吠起来。原来那个在茶叶局当差的小儿子来了。

小孩子脸黑黑的，裤子已破裂，要他母亲给缝补缝补。

"福寿，你走那里来？"

孩子说："我从甘美医院来。"

"甘美医院作什么？"

孩子话不对题："妈，这只公鸡好威风，简直是架轰炸机。"

"昨天警报你在那里？"

孩子说："我在河甸营。"

这一来王嫂呆住了。"你怎么到飞机场去。日本飞机不是把河甸营炸平了吗？炸死好多人，你去看热闹！还有什么好看！"

"我有事去。日本飞机来了，丢十二个炸弹，七个燃烧弹，房子烧了，倒了，我前前后后是人手人脚，有三匹马也炸个碎烂。机关枪答答答乱打。最后我也死了，土泥把我埋了。救护队坐车来时，有人摸我心子，还有一点气，汽车装我到甘美医院。九点钟我醒了，他们说好，你醒了，你姓什么？好，王家孩子命真大，回家去吧。怎么，在茶叶局作事，那么，到局里去吧，你妈找你。裤子被车门拉破的，他们当我是个死人！……"

孩子把事情叙述得清清楚楚，毫不觉得可怕，也毫不觉这次经验有何得意处。坐在他母亲洗衣盆边，裤子破了一个大裂口。把手抹抹，瘦瘦的腿子全给裸露出来了。王嫂声哑了："咦，咦，咦，你不炸死。你看到死人？看到房子倒了烧起来？你看到人手人脚朝天上飞？人家抬你到医院去，九点钟才醒？回去主任骂不骂你？来，我看看你裤子。"

小孩子走到她身边去，她把破裤子一拉，在孩子精光光的瘦臀上巴巴的打了三下。"你不怕死？我自己打死你，省得吃日本水缸大炸弹五马分尸！"小孩子却嘻嘻笑着，因为看看母亲的眼睛，已湿莹莹的了。

"妈，我活着，不要紧的？一根汗毛都不伤的。"

"你活着，别人可死去不少。"

孩子说："我不怕日本，我长大了还要当兵去打日本鬼子。"

王嫂一面拉围裙抹眼角，一面盛气的说："好，你当兵去，人家让你豆子大人当兵去。老鸦看你以为是耗子，衔你上天去，你当兵，当个救火兵，每天帮我来灭炉子里的火。"

"日本人我才不怕，我要捉一个活的回来你瞧，一定捉活的，用电线丝绑来，带回家去帮我们做田。"

"你有力量捉灯草人。"

"我要长大的，我赌咒要去打日本。"

这种讨论自然是无结果的，王嫂不再同孩子争辩了，赶忙去取针线给孩子缝裤。把针线取来，坐到小竹椅边时，又拍打了孩子几下，孩子却感到一种爱抚的温情，问他母亲："娘，你怕不怕？"

"咄，我怕什么？天在头上。"

她看看天，天上蓝分分的，有一团团白云镶在空间。恰有三只老鸦飞到院中油加利树高枝上停下来，孩子一拍掌，老鸦又飞去了。王嫂把裤子缝好后，用口咬了那点余线，把针别到头髻上去，打抱不平似的，拉住孩子脏耳朵说："你当兵去，老鸦就擸你到树上去。福寿，你能当兵！"

孩子不作声，只快乐的微笑，他心想："我怎么不能当兵？人长大了，什么都做得了。"

孩子走后，家中人知道了这件事，都以王嫂人好，心好，命好，遇事逢凶化吉，王嫂不作声，只是陪主人笑，到晚上却悄悄的买了些香纸，拿到北门外十字路口去烧化，她想起年纪青青月里死去的女儿，死得太苦了，命可不好！有点伤心，躲在自己房中去哭了好一会，不曾吃晚饭，这件事一家人谁也不知道，因为她怕人知道要笑她，要问她，要安慰她，这一切她都不需要。

本篇1940年5月29日发表于香港《大公报·文艺》第848期。署名沈从文。1942年修改后发表于《文聚》月刊第1卷第2期。1946年10月13日及10月21日分别发表于天津、上海《益世报》。修改后几次发表均署名沈从文。现据上海《益世报·益世副刊文艺版》编入。

看虹录

一个人二十四点钟内生命的一种形式

第一节

晚上十一点钟。

半点钟前我从另外一个地方归来，在离家不多远处，经过一个老式牌楼，见月光清莹，十分感动，因此在牌楼下站了那么一忽儿。那里大白天是个热闹菜市，夜中显得空阔而静寂。空阔似乎扩张了我的感情，寂静却把压缩在一堆时间中那个无形无质的"感情"变成为一种有分量的东西。忽闻嗅到梅花清香，引我向"空虚"凝眸。慢慢的走向那个"空虚"，于是我便进到了一个小小的庭院，一间素朴的房子中，傍近一个火炉旁。在那个素朴小小房子中，正散溢梅花芳馥。像是一个年夜，远近有各种火炮声在寒气中爆响。在绝对单独中，我开始阅读一本奇书。我谨谨慎慎翻开那本书的第一页，有个题词，写得明明白白：

神在我们生命里

第二节

炉火始炽，房中温暖如春天，使人想脱去一件较厚衣服，换上另外一件较薄的。橘红色灯罩下的灯光，把小房中的墙壁、地毯和一些触目可见的事事物物，全镀上一种与世隔绝的颜色，酿满一种与世隔绝的空气。

近窗边朱红漆条桌上，一个秋叶形建瓷碟子里，放了个小小的黄色柠檬，因此空气中还有些柠檬辛香。

窗帘已下垂，浅棕色的窗帘上绘有粉彩花马，仿佛奔跃于房中人眼下。客人来到这个地方，已完全陷入于一种离奇的孤寂境界。不过只那么一会儿，这境界即从客人心上消失了。原来主人不知何时轻轻悄悄走入房中，火炉对面大镜中，现出一个人影子。白脸长眉，微笑中带来了些春天的嘘息。发鬓边蓬蓬松松，几朵小蓝花聚成一小簇，贴在有式样的白耳后，俨若向人招手，"瞧，这个地位多得体，多美妙！"

手指长而柔，插入发际时，那张微笑的脸便略微倾侧，起始破坏了客人印象另一个寂静。

"真对不起，害你等得多闷损！"

"不。我一点不。房中很暖和，很静，对于我，真正是一种享受！"

微笑的脸消失了。火炉边椅子经轻轻的移动，在银红缎子坐垫上睡着的一只白鼻白爪小黑猫儿，不能再享受炉边的温暖，跳下了地，伸个懒腰，表示被驱逐的不合理，难同意，慢慢的走开了。

案桌上小方钟达达响着，短针尖在八字上。晚上八点钟。

客人继续游目四瞩，重新看到窗帘上那个装饰用的一群小花马，用各种姿势驰骋。

"你这房里真暖和，简直是一个小温室。"

"你觉得热吗？衣穿得太厚。我打开一会儿窗子。"

客人本意只是赞美房中温暖舒适，并未嫌太热，这时节见推开窗子，不好意思作声。

窗外正飘降轻雪。窗开后，一片寒气和沙沙声从窗口通入。窗子重新关上了。

"我也觉得热起来了。换件衣服去。"

主人离开房中一会儿。

重新看那个窗帘上的花马。仿佛这些东西在奔跃，因为重新在单独中。梅花很香。

主人换了件绿罗夹衫，显得瘦了点。

"穿得太薄了，不怕冷吗？招凉可麻烦。药总是苦的，纵加上些糖，甜得不自然。"

"不冷的！这衣够厚了。还是七年前缝好，秋天从箱底里翻出，以为穿不得，想送给人。想想看，送谁？自己试穿穿看吧，末后还是送给了自己。"侧面向炉取暖，一双小小手伸出作向火姿势，风度异常优美。还来不及称赞，手一缩回翻翻衣角，"这个夹衣，还是我自己缝的！我欢喜这种软条子罗，重重的，有个分量。"

"是的，这个对于你特别相宜。材料分量重，和身体活泼轻盈对比，恰到好处。"要说的完全都溶解在一个微笑里了。主人明白，只报以微笑。

衣角向上翻转时，纤弱的双腿，被鼠灰色薄薄丝袜子裹着，如一棵美丽的小白杨树，如一对光光的球杖，——不，恰如一双理想的腿。这是一条路，由此导人想象走近天堂。天堂中景象素朴而离奇，一片青草，芊绵绿芜，寂静无声。

什么话也不说，于是用目光轻轻抚着那个微凸的踝骨，敛小的足胫，半圆的膝盖……一切都生长得恰到好处，看来令人异常舒服，而又稍稍纷乱。

仿佛已感觉到这种目光和遐想行旅的轻微亵渎，因此一面便把衣角放下，紧紧的裹着膝部，轻的吁了一口气。"你瞧我袜子好不好？颜色不大好，材料好。"瘦的手在衣下摸着那袜子，似乎还接着说，"材料好，裹在脚上，脚也好看多了，是不是？"

"天气一热，你们就省事多了。"意思倒是"热天你不穿袜子，更好看"。

衣角复扬起一些："天热真省事。"意思却在回答，"大家都说我脚好看，那里有什么好看。"

"天热小姐们鞋子也简单。"（脚踵脚趾通好看。）

"年年换样子，费钱！"（你欢喜吗？）

"任何国家一年把钱用到顶愚蠢各种事情上去，总是万万千千的花。年青女孩子一年换两种皮鞋样子，费得了多少事！"（只要好看，怕什么费钱？一个皮鞋工厂的技师，对于人类幸福的贡献，并不比一个□□厂的技师不如！）

"这个问题太深了，不是我能说话的。我倒像个野孩子，一到海边，就只想脚踢沙子玩。"（我不怕人看，不怕人吻，可是得看地方来。）

"今年新式浴衣肯定又和去年不同。"（你裸体比别的女人更好看。）

这种无声音的言语，彼此之间都似乎能够从所说及的话领会得出，意思毫无错误。到这时节，主人笑笑，沉默了。一个聪明的女人的羞怯，照例是贞节与情欲的混合。微笑与沉默，便包含了奖励和趋避的两种成分。

主人轻轻的将脚尖举举。（你有多少傻想头，我全知道！可是傻得并不十分讨人厌。）

脚又稍稍向里移，如已被吻过后有所逃避。（够了，为什么老是这么傻。）

"你想不出你走路时美到什么程度。不拘在什么地方，都代表快乐和健康。"可是客人开口说的却是，"你喜欢爬山，还是在海滩边散步？"

"我当然欢喜海，它可以解放我，也可以满足你。"主人说的只是，"海边好玩得多。潮水退后沙上湿湿的，冷冷的，光着脚走去，无拘无束，极有意思。"

"我喜欢在沙子里发现那些美丽的蚌壳，美丽真是一种古怪东西。"（因为美，令人崇拜，见之低头。发现美接近美不仅仅使人愉快，并且使人严肃，因为俨然与神对面！）

"对于你，这世界有多少古怪东西！"（你说笑话，你崇拜，低头，不过是想起罢了。你并不当真会为我低头的。你就是个古怪东西，想想许多不端重的事，却从不做过一件失礼貌的事，很会保护你自己。）

"是的，我看到的都是别人疏忽了的，知道的好像都不是'真'的，居多且不同别人一样的。这可说是一种'悲剧'。"（譬如说，你需要我那么有礼貌的接待你吗？就我知道的说来，你是奖励我做一点别的事情的。）

"近来写了多少诗？"（语气中稍微有点嘲讽，你成天写诗，热情消

114

失在文字里去了，所以活下来就完全同一个正经绅士一样的过日子。）

"我在写小说。情感荒唐而夸饰，文字艳佚而不庄。写一个荒唐而又浪漫的故事，独自在大雪中猎鹿，简直是奇迹，居然就捉住了一只鹿。正好像一篇童话，因为只有小孩子相信这是可能的一件真实事情，且将超越真实和虚饰这类名词，去欣赏故事中所提及的一切，分享那个故事中人物的悲欢心境。"（你看它就会明白。你生命并不缺少童话一般荒唐美丽的爱好，以及去接受生活中这种变故的准备。你无妨看看，不过也得小心！）

主人好像完全理解客人那个意思，因此带着微笑说："你故事写成了，是不是？让我看看好。让我从你故事上测验一下我的童心。我自己还不知道是否尚有童心！"

客人说："是的，我也想用你对于这个作品的态度和感想，测验一下我对于人性的理解能力。平时我对于这种能力总觉得怀疑，可是许多人却称赞我这一点，我还缺少自信。"

主人因此低下头，（一朵百合花的低垂。）来阅读那个"荒唐"故事。在起始阅读前，似乎还担心客人的沉闷，所以间不久又抬起头瞥客人一眼。眼中有春天的风和夏天的云，也好受，也好看。客人于是说："不要看我，看那个故事吧。不许无理由生气着恼。"

"我看你写的故事，要慢慢的看。"

"是的，这是一个故事，要慢慢的看，才看得懂。"

"你意思是说，因为故事写得太深——还是我为人太笨？"

"都不是。我意思是文字写得太晦，和一般习惯不大相合。你知道，大凡一种和习惯不大相合的思想行为，有时还被人看成十分危险，会出乱子的！"

"好，我试一试看，能不能从这个作品发现一点什么。"

于是主人静静的把那个故事看下去。客人也静静的看下去——看那个窗帘上的花马。马似乎奔跃于广漠无际一片青芜中消失了。

客人觉得需要那么一种对话，来填补时间上的空虚。

……太美丽了。一个长得美丽的人，照例不大想得到由于这点美

115

观，引起人多少惆怅，也给人多少快乐！

……真的吗。你在说笑话罢了。你那么呆呆的看着我脚，是什么意思？你表面老实，心中放肆。我知道你另外一时，曾经用目光吻过我的一身，但是你说的却是"马画得很有趣味，好像要各处跑去"。跑去的是你的心！如今又正在作这种行旅的温习。说起这事时我为你有点羞惭，然而我并不怕什么。我早知道你不会做出什么真正吓人的行为。你能够做的就只是这种漫游，仿佛第一个旅行家进到了另外一个种族宗教大庙里，无目的的游览，因此而彼，带着一点惶恐敬惧之忱，因为你同时还有犯罪不净感在心上占绝大势力。

……是的，你猜想的毫无错误。我要吻你的脚趾和脚掌，膝和腿，以及你那个说来害羞的地方。我要停顿在你一身这里或那里。你应当懂得我的期望，如何诚实，如何不自私。

……我什么都懂，只不懂你为什么只那么想，不那么做。

房中只两人，院外寂静，唯闻微雪飘窗。间或有松树上积雪下堕，声音也很轻。客人仿佛听到彼此的话语，其实听到的只是自己的心跳。

炉火已渐炽。

主人一面阅读故事，一面把脚尖微触地板，好像在指示客人："请从这里开始。我不怕你。你不管如何胡闹也不怕你。我知道你要做些什么事，有多少傻处，慌慌张张处。"

主人发柔而黑，颈白如削玉刻脂，眉眼妩媚迎人，颊边带有一小小圆涡，胸部微凸，衣也许稍微厚了一点。

目光吻着发间，发光如鬏，柔如丝绸。吻着白额，秀眼微闭。吻着颊，一种不知名的芳香中人欲醉。吻着颈部，似乎吸取了一个小小红印。吻着胸脯，左边右边，衣的确稍厚了一点。因此说道：

"□□，你那么近着炉子，不热吗？"

"我不怕热，我怕怜！"说着头也不抬，咕咕的笑起来。"我是个猫儿，一只好看不喜动的暹罗猫，一到火炉边就不大想走动。平日一个人常整天坐在这里，什么也不想，也不做。"说时又咕咕的笑着。

"文章看到什么地方？"

116

"我看到那只鹿站在那个风雪所不及的孤独高岩上，眼睛光光的望着另一方，自以为十分安全，想不到那个打猎的人，已经慢慢地向它走去。那猎人满以为伸一手就可捉住它那只瘦瘦的后脚，他还闭了一只眼睛去欣赏那鹿脚上的茸毛，正像十分从容。你描写得简直可笑，想象不真。美丽，可不真实。"

"请你看下去！看完后再批评。"

看下去，笑容逐渐收敛了。他知道她已看到另一个篇章。描写那母鹿身体另外一部分时，那温柔兽物如何近于一个人。那母鹿因新的爱情从目光中流出的温柔，更写得如何生动而富有人性。

她把那几页文章搁到膝盖上，轻轻吁了一口气。好像脚上的一只袜子已被客人用文字解去，白足如霜。好像听到客人低声的说："你不以为亵渎，我喜欢看它，你不生气，我还将用嘴唇去吻它。我还要沿那个白杨路行去，到我应当到的地方歇憩。我要到那个有荫蔽处，转弯抹角处，小小井泉边，茂草芊绵，适宜白羊放牧处。总之，我将一切照那个猎人行径做去，虽然有点傻，有点痴，我还是要做去。"

她感觉地位不大妥当，赶忙把脚并拢一点，衣角拉下一点。不敢再把那个故事看下去，因此装着怕冷，伸手向火。但在非意识情形中，却拉开了火炉门，投了三块煤，用那个白铜火钳搅了一下炉中炽燃的炭火。"火是应当充分燃烧的！我就喜欢热。"

"看完了？"

摇摇头。头随即低下了，相互之间都觉得有点生疏而新的情感，起始混入生命中，使得人有些微恐怖。

第二回摇摇头时，用意已与第一回完全不同。不再把"否认"和"承认"相混，却表示唯恐窗外有人。事实上窗外别无所有，唯轻雪降落而已。

客人走近窗边，把窗帘拉开一小角，拂去了窗上的蒙雾，向外张望，但见一片皓白，单纯素净。窗帘垂下时，"一片白，把一切都遮盖了，消失了。象征……上帝！"

房中炉火旁其时也就同样有一片白，单纯而素净，象征道德的极致。

"说你的故事好。且说说你真的怎么捉那只鹿吧。"

"好，我们好好烤火。来说那个故事……我当时傍近了它，天知道我的心是个什么情形。我手指抚摸到它那脚上光滑的皮毛，我想，我是用手捉住了一只活生生的鹿，还是用生命中最纤细的神经捉住了一个美的印象？亟想知道，可决不许我知道。我想起古人形容女人手美如菱荑，如春葱，如玉笋，形容寒俭或富贵，总之可笑。不见过鹿莹莹如湿的眼光中所表示的母性温柔的人，一定希奇我为什么吻那个生物眼睛那么久，更觉得荒唐，自然是我用嘴去轻轻的接触那个美丽生物的四肢，且顺着背脊一直吻到它那微瘦而圆的尾边。我在那个地方发现一些微妙之漩涡，仿佛诗人说的藏吻的窝巢。它的颊上，脸颊上，都被覆上纤细的毫毛。它的颈那么有式样，它的腰那么小，都是我从前梦想不到的。尤其梦想不到，是它哺小鹿的那一对奶子，那么柔软，那么美。那鹿在我身边竟丝毫无逃脱意思，它不惊，不惧，似乎完全知我对于它的善意，一句话不必说就知道。倒是我反而有点惶恐不安，有点不知如何是好。我望着它的眼睛：我们怎么办？我要从它温柔目光中取得回答，好像听到它说：'这一切由你。''不，不，一点不是。它一定想逃脱，远远的走去，因为自由，这是它应有的一点自由。'"

"是的，它想逃走，可是并不走去。因为一离开那个洞穴，全是一片雪，天气真冷。而且……逃脱与危险感觉大有关系，目前有什么危险可言？……"

"你怎么知道它不想逃脱，如果这只鹿是聪明的，它一定要走去。"

"是的，它那么想过了。其所以那么想，就为的是它自以为这才像聪明，才像一只聪明的鹿应有的打算。可是我若像它那么做，那我就是傻子了，我觉得我说的话它不大懂，就用手和嘴唇去作补充解释，抚慰它，安静它。凡是我能做到的我都去做。到后，我摸摸它的心，就知道我们已熟习了，这自然是一种奇迹，因为我起始听到它轻轻的叹息——一只鹿，为了理解爱而叹息，你不相信吗？"

"不会有的事！"

"是的，要照你那么说话，决不会有。因为那是一只鹿！至于一个人呢，比如说——唉，上帝，不说好了。我话已经说得太多了！"

相互沉默了一会儿。

"不热吗？我知道你衣还穿得太多。"客人问时随即为作了些事。也想起了些事，什么都近于抽象。

不是诗人说的就是疯子说的。

"诗和火同样使生命会燃烧起来的。燃烧后，便将只剩下一个蓝焰的影子，一堆灰。"

二十分钟后客人低声的询问："觉得冷吗？披上你那个……"并从一堆丝质物中，把那个细鼠灰披肩放到肩上去，"窗帘上那个图案古怪，我总觉得它在动。"事实上，他已觉得窗帘上花马完全沉静了。

主人一面搅动炉火，一面轻轻的说："我想起那只鹿，先前一时怎么不逃走？真是命运。"说的话有点近于解嘲，因为事情已经成为过去了。

沉默继续占领这个有橘红色灯光和熊熊炉火的房间。

第二天，主人独自坐在那个火炉边读一个信。

□□：我好像还是在做梦，身心都虚飘飘的。还依然吻到你的眼睛和你的心。在那个梦境里，你是一切，而我却有了你，展露在我面前的，不是一个单纯的肉体，竟是一片光辉，一把花，一朵云。一切文字在此都失去了他的性能，因为诗歌本来只能作为次一等生命青春的装饰。白色本身即是一种最高的道德，你已经超乎这个道德名词以上。

所罗门王雅歌说："我的妹子，我的鸽子，你脐圆如杯，永远不缺少调和的酒。"我第一次沾唇，并不担心醉倒。

葡萄园的果子成熟时，饱满而壮实，正象征生命待赠与，待扩张。不采摘它也会慢慢枯萎。

我欢喜精美的瓷器，温润而莹洁。我昨天所见到的，实强过我二十年来所见名瓷万千。

我喜欢看那幅元人素景，小阜平冈间有秀草丛生，作三角形，整齐而细柔，萦回迂徐，如云如丝，为我一生所仅见风景幽秀地方。我乐意终此一生，在这个处所隐居。

我仿佛还见过一个雕刻，材料非铜非玉，但觉珍贵华丽，希有少见。那雕刻品腿瘦而长，小腹微凸，随即下敛，一把极合理想之线，从两股接榫处展开，直到脚踝。式样完整处，如一古代希腊精美艺术的仿制品。艺术品应有雕刻家的生命与尊贵情感，在我面前那一个仿制物，倚据可看到神的意志与庄严的情感。

这艺术品的形色神奇处，也令人不敢相信。某一部分微带一片青渍，某一部分有两粒小小黑痣，某一部分并有若干美妙之漩涡，仿佛可从这些地方见出上帝手艺之巧。这些漩涡隐现于手足关节间，和脸颊颈肩与腰以下，真如诗人所谓"藏热吻的小杯"。在这些地方，不特使人只想用嘴唇轻轻的去接触，还幻想把自己整个生命都收藏到里边去。

百合花颈弱而秀，你的颈肩和它十分相似。长颈托着那个美丽头颅微向后仰。灯光照到那个白白的额部时，正如一朵百合花欲开未开。我手指发抖，不敢攀折，为的是我从这个花中见到了神。微笑时你是开放的百合花，有生命在活跃流动。你沉默，在沉默中更见出高贵。你长眉微蹙，无所自主时，在轻颦薄媚中所增加的鲜艳，恰恰如浅碧色百合花带上一个小小黄蕊，一片小墨斑。……这一切又只像是一个抽象。

第三节

这个记录看到后来，我眼睛眩瞀了。这本书成为一片蓝色火焰，在空虚中消失了。我不知什么时候离开了那个"房间"，重新站到这个老式牌楼下。保留在我生命中，似乎就只是那么一片蓝焰。保留到另外一个什么地方，应当是小小的一撮灰。一朵枯干的梅花，在想象的时间下失去了色和香的生命残余。我只记得那本书上第一句话：神在我们生命里。

我已经回到了住处。

晚上十一点半，菜油灯一片黄光铺在黑色台面上，散在小小的房间中。试游目四瞩，这里那里只是书，两千年前人写的，一万里外人写的，自己写的，不相识同时人写的；一个灰色小耗子在书堆旁灯光所不及处走来走去。那分从容处，正表示它也是个生物，可是和这些生命堆积，却全不相干。使我想起许多读书人，十年二十年在书旁走过，或坐在一个教堂边读书讲书情形。我不禁自言自语的说："唉，上帝，我活下来还应当读多少书，写多少书？"

我需要稍稍休息，不知怎么样一来就可得到休息。

我似乎很累，然而却依然活在一种有继续性的荒唐境界里。

灯头上结了一朵小花，在火焰中开放的花朵。我心想："到火熄时，这花才会谢落，正是一种生命的象征。"我的心也似乎如焚如烧，不知道的是什么事情。

梅花香味虽已失去，尚想从这种香味所现出的境界搜寻一下，希望发现一点什么，好像这一切既然存在，我也值得好好存在。于是在一个"过去"影子里，我发现了一片黄和一点干枯焦黑的东西，它代表的是他人"生命"另一种形式，或者不过只是自己另一种"梦"的形式，都无关系。我静静的从这些干枯焦黑的残余，向虚空深处看，便见到另一个人在悦乐中疯狂中的种种行为。也依稀看到自己的影子，如何反映在他人悦乐疯狂中，和爱憎取予之际的徘徊游移中。

仿佛有一线阳光印在墙壁上。仿佛有青春的心在跳跃。仿佛一切都重新得到了位置和意义。

我推测另外必然还有一本书，记载的是在微阳凉秋间，一个女人对于自己美丽精致的肉体，乌黑柔软的毛发，薄薄嘴唇上一点红，白白丰颊间一缕香，配上手足颈肩素净与明润，还有那一种从莹然如泪的目光中流出的温柔歌呼。肢体如融时爱与怨无可奈何的对立，感到眩目的惊奇。唉，多美好神奇的生命，都消失在阳光中，遗忘在时间后！一切不见了，消失了，试去追寻时，剩余的同样是一点干枯焦黑东西，这是从自己鬓发间取下的一朵花，还是从路旁拾来的一点纸？说不清楚。

试来追究"生命"意义时，我重新看到一堆名词，情欲和爱，怨和恨，取和予，上帝和魔鬼，人和人，凑巧和相左。过半点钟后，一切名词又都失了它的位置和意义。

到天明前五点钟左右，我已把一切"过去"和"当前"的经验与抽象，都完全打散，再无从追究分析它的存在意义了，我从不用自己对于生命所理解的方式，凝结成为语言与形象，创造一个生命和灵魂新的范本，我脑子在旋转，为保留在印象中的造形，物质和精神两方面的完整造形，重新疯狂起来。到末了，"我"便消失在"故事"里了。在桌上稿本内，已写成了五千字。我知道这小东西寄到另外一处去，别人便把它当成"小说"，从故事中推究真伪。对于我呢，生命的残余，梦的残余而已。

我面对着这个记载，热爱那个"抽象"，向虚空凝眸来耗费这个时间。一种极端困惑的固执，以及这种固执的延长，算是我体会到"生存"唯一事情，此外一切"知识"与"事实"，都无助于当前，我完全活在一种观念中，并非活在实际世界中。我似乎在用抽象虐待自己肉体和灵魂，虽痛苦同时也是享受。时间便从生命中流过去了，什么都不留下而过去了。

试轻轻拉开房门时，天已大明，一片过去熟习的清晨阳光，随即进到了房里，斜斜的照射在旧墙上。书架前几个缅式金漆盒子，在微阳光影中，反映出一种神奇光彩。一切都似乎极新。但想起"日光之下无新事"，真是又愁又喜。我等待那个"夜"所能带来的一切。梅花的香，和在这种淡淡香气中给我的一份离奇教育。

居然又到了晚上十点钟。月光清莹，楼廊间满是月光。因此把门打开，放月光进到房中来。

似乎有个人随同月光轻轻的进到房中，站在我身后边："为什么这样自苦？究竟算什么？"

我勉强笑，眼睛湿了，并不回过头去："我在写青凤，《聊斋》上那个青凤，要她在我笔下复活。"

从一个轻轻的叹息声中，我才觉得已过二十四点钟，还不曾吃过一杯水。

三十年七月作
三十二年三月重写

本篇发表于1943年7月15日《新文学》第1卷第1期。署名上官碧。据《新文学》文本编入。

摘星录

第　一

　　五点三十分，她下了办公室，预备回家休息。要走十分钟路，进一个城门，经过两条弯弯曲曲的小街，方能回到住处。进城以前得上一个小小山坡，到坡顶时，凭高远眺，可望见五里外几个绿色山头，南方特有的楠木林，使山头显得胖圆圆的，如一座一座大坟。近身全是一片田圃，种了各样菜蔬，其时正有个老妇人躬腰在畦町间工作。她若有所思，在城墙前山坡上站了一忽儿。天上白云和乌云相间处有空隙在慢慢扩大，天底一碧长青，异常温静。傍公路那一列热带树林，树身高而长，在微风中摇曳生姿，树叶子被雨洗过后，绿浪翻银，俨然如敷上一层绿银粉。入眼风物清佳，一切如诗如画，她有点疲倦，有点渴。心境不大好，和这种素朴自然对面，便好像心中接触了什么，轻轻的叹了一口气。与她一同行走的是个双辫儿女孩，为人天真而憨，向她说：

　　"大姐，天气多好！时间还早，我们又不是被赶去充军，忙个什么？这时节不用回家，我们到公路近边坟堆子上坐坐去。到那里看着天上的云，等到要落雨了，再回家去不迟。风景好，应当学雅人做做诗！"

　　"做诗要诗人！我们是个俗人。是无章句韵节的散文。还是回家喝点水好些，口渴得很！"

　　双辫儿不让她走，故意说笑话："你这个人本身就像一首诗，不必选字押韵，也完完整整。还是同我去好！那里有几座坟，地势高高的，到坟头上坐坐，吹吹风，一定心里爽快，比喝水强多了。看风景也是一种教育！"

　　"像一首诗终不是诗！"她想起另外一件事，另外一种属于灵魂或情感的教育，就说："什么人的坟？"

双辫儿说："不知道什么人的坟。"又说，"这古怪世界，老在变，明天要变成一个什么样子，就只有天知道！这些百年前的人究竟好运气，死了有孝子贤孙，花了一大笔钱来请阴阳先生看风水，找到好地方就请工匠来堆凿石头保坟，还在坟前空地上种树，树长大了让我们在下面歇凉吹风。我们这辈子人，既不会孝顺老的，也不能望小的孝顺，将来死后，恐怕连一个小小土堆子都占不上！"

"你死后要土堆子有什么用？"

"当然有用处！有个土堆子做坟，地方不太偏僻，好让后来人同我们一样，坐到上面谈天说地，死了也不太寂寞！"因为话说得极可笑，双辫儿话说完后，觉得十分快乐，自己便哈哈笑将起来。她年纪还只二十一岁，环境身世都很好，从不知"寂寞"为何物。只不过欢喜读《红楼梦》，有些想象愿望，便不知不觉与书中人差不多罢了。"坟"与"生命"的意义，事实上她都不大明白，也不必需明白的。

"人人都有一座坟，都需要一座坟？"她可想得远一点，深一点，轻轻吁了一口气。她已经二十六岁。她说的意义双辫儿不会懂得，自己却明明白白。她明白自己那座坟将埋葬些什么：一种不可言说的"过去"，一点生存的疲倦，一个梦，一些些儿怨和恨，一星一米理想或幻想，——但这时节实在并不是思索这些抽象问题时节。天气异常爽朗，容易令人想起良辰美景奈何天。

她愿意即早回家，向那双辫儿同伴说："我不要到别人坟堆上去，那没有什么意思。我得回去喝点水，口渴极了。我是只水鸭子！"

双辫儿知道她急于回去另外还有理由，住处说不定正有个大学生，呆着等待她已半点钟。那才真是成天喝水的丑小鸭！就笑着说："你去休息休息吧。到处都有诗，我可要野一野，还得跑一跑路！"恰好远处有个人招呼，于是匆匆走去了。留下她一人站在城墙边，对天上云影发了一会儿痴。她心中有点扰乱，似乎和往常情形不大相同。好像有两种力量正在生命中发生争持，"过去"或"当前"，"古典"和"现代"，"自然"与"活人"，正在她情感上互相对峙。她处身其间，做人不知如何是好。

恰在此时有几个年青女子出城，样子都健康而快乐，头发松松的，脸庞红红的，从她身边走过时，其中之一看了她又看，走过身边后还一再回头来望她。她不大好意思，低下了头。只听那人向另外一个同伴说："那不是××，怎么会到这里来？前年看她在北平南海划船，两把桨前后推扳，神气多潇洒！"话听得十分清楚，心中实在很高兴，却皱了皱眉毛，只她轻轻的自言自语说："什么美不美，不过是一篇无章无韵的散文罢了。"

路沟边有一丛小小蓝花，高原地坟头上特有的产物，在过去某一时，曾与她生命有过一种希奇的联合。她记起这种"过去"，摘了一小束花拿在手上。其时城边白杨树丛中，正有一只郭公鸟啼唤，声音低郁而闷人，雨季未来以前，城外荒地上遍地开的报春花，花朵那么蓝，那么小巧完美，孤芳自赏似的自开自落。却有个好事人，每天必带露采来，把它聚成一小簇，当成她生命的装饰。礼物分量轻意义却不轻！数数日子，不知不觉已过了三个月。如今说来，这些景物人事好像除了在当事者心上还保留下一种印象，便已消失净尽别无剩余了！她因此把那一束小蓝花捏得紧紧的，放在胸腔前贴着好一会。"过去的，都让它成为过去！"那么想着，且追想起先前一时说的散文和诗的意义，勉强的笑笑，慢慢的进了城。

郭公鸟还在啼唤，像逗引人思索些不必要无结果的问题。她觉得这是一种有意的挑逗，偏不去想什么。俨然一切已成定局，过去如此，当前如此，未来还将如此。人应放聪明与达观一点，凡事都不值得固执。城里同样有一个小小斜坡，沿大路种了些杂树木，经过半月的长雨，枝叶如沐如洗，分外绿得动人。路旁芦谷苦蒿都已高过人头，满目是生命的长成。老冬青树正在开花，花朵细碎而淡白，聚成一丛丛的，香气辛而浓。她走得很慢，什么都不想，只觉得奇异，郭公鸟叫的声音，为什么与三月前一天雨后情形完全一样。过去的似乎尚未完全成为过去，这自然很好，她或许正需要从过去搜寻一点东西，一点属于纯诗的东西，方能得到生存的意义。这种愿望很明显与当前疲倦大有关系。

第　二

有人说她长得很美，这是十五年前的旧事了。从十四五岁起始，她便对于这种称誉感到秘密的快乐。到十六岁转入一个高级中学读书，能够在大镜子前敷粉施朱时，她已觉得美丽使她幸福，也能给她小小麻烦。举凡学校有何种仪式，需要用美丽女孩作为仪式装饰时，她必在场有分。在那个情形中，她必一面有点害羞，有点不安，一面却实在乐意从公众中露面，接受多数人带点阿谀的赞颂。为人性格既温柔，眉发手足又长得很完美，结果自然便如一般有美丽自觉女孩子共通命运，于一种希奇方式中，得到很多人的关心。在学校时一个中年教员为了她，发生了问题，职务便被开除了。这是第一次使她明白人生关系的不可解。其次是在学校得到了一个带男性的女友，随后假期一来，便成为这个女友家中的客人，来自女友方面的各种殷勤，恰与从一个情人方面所能得到的爱情差不多，待到父母一死，且即长远成了女友家中的客人。二十岁时，生活中又加入另外一个男子，一个大学一年级，为人不甚聪明，性格却刚劲而自重，能爱人不甚会爱人。过不多久，又在另外机会接受了两分关心，出自友人亲戚兄弟两人。一年后，又来了一个美国留学生，在当地著名大学教书，为人诚实而忠厚，显然是个好丈夫，只是美国式生活训练害了他，热情富余而用不得体。过不久，又来了一个朋友，年纪较大，社会上有点地位，为人机智而热诚，可是已和别人订了婚。这一来，这些各有分际的友谊，在她生活上自然就有了些变化，发生了许多问题。爱和怨，欢乐与失望，一切情形如通常社会所见，也如小说故事中所叙述，一一逐渐发生。个人既成为这个社会小小一群的主角，于是她就在一种崭新的情感下，经验了一些新鲜事情。轻微的妒嫉，有分际的关心，使人不安的传说，以及在此复杂情形中不可免的情感纠纠纷纷，滑稽或误解种种印象。三年中使她接受了一份新的人生教育，生命也同时增加了一点儿深度。来到身边的青年人，既各有所企图，人太年青，控制个人情感的能力有限，独占情绪特别强，到末后，自然就各以因缘一一离开了她。最先是那个大学生，因热情不能控制，为妒嫉中伤而走开了。其次是两个兄弟各不相下，她想有所取舍，为人性格弱，势不可能，因此把关系一同割断。美国留学生见三五面即想结婚，结婚不成便以为整个失败，生命必然崩溃，却用一个简便办法，与别的女子结了婚，减去了她的困难，也算是救了他自己的失恋。

年青男孩子既陆续各自走开了，对于她，虽减少了些麻烦，当然就积压一些情感，觉得生命空虚无聊，带点神经质女孩子必然应有的现象。但因此也增加了她点知识。"爱"，同样一个字眼儿，男女各有诠释，且感觉男子对于这个名词，都不免包含了一些可怕的自私观念。好在那个年纪较长朋友的"友谊"，却因不自私在这时节正扩大了她生存的幻想，使她做人的自信心和自尊心有了抬头机会。且读了些书，书本与友谊同时使生命重新得到一种稳定。也明知这友谊不大平常，然而看清楚事不可能，想把问题简化，因此她就小心又小心缩敛自己，把属于生命某种幻想几乎缩成为一个"零"。虽成为一个零，用客气限制欲望的范围，心中却意识到生命并不白费。她于是从这种谨慎而纯挚的友谊中，又经验了些事情。另外一种有分际的关心，人为的淡漠，以及由此而来的轻微得失忧愁。一切由具体转入象征，一份真正的教育，培养她的情感也挫折她的情感。生活虽感觉有点压抑，倒与当时环境还能配合。不过幻想同实际既有了相左处，她渐渐感到挣扎的必要，性情同习惯，却把她缚住在原有的生活上，不能挣扎。她有点无可奈何，有点不知如何是好。就便自慰自解，这是"命运"。用命运聊以自释，然而实不甘心长远在这种命运下低头。

战争改变一切，世界秩序在顽固的心与坚硬的钢铁摧毁变动中，个人当然也要受它的影响。多数人因此一来，把生活完全改了，也正因此，她却解决了一个好像无可奈何的问题，战争一来，唯一的老朋友亦离开了。

她想："这样子很好，什么都完了，生命正可以重新开始。"因此年纪长大一点，心深了点，明白对于某一事恐不能用自己性格自救，倒似乎需要一个如此自然简截的结局，可是中国地面尽管宽广，人与人在这个广大世界中碰头的机会还依然极多。许多事她事先都料想不到，要来的还是会来，这些事凑和到她生活上时，便成为她新的命运。

战争缩短了中国人对于空间的观念，万千人都冒险向内地流，转移到一个完全陌生地方。她同许多人一样，先是以为战事不久就会结束，认定留下不动为得计。到后来看看战事结束遥遥无期，留在原来地方毫无希望可言，便设法向内地走。老同学北方本来有个家，生活过得很平稳有秩序，当然不赞成走。后来看看争持不过了，反而随同上了路。内地各事正需要人，因此到地不久两人都在一个文化机关得到一份工作。初来时自然与许多人一样，生活过得单纯而沉闷。但不多久，情形便不同了。许多旧同学都到了这个新地方，且因为别的机会又多了些新朋友，生活便忽然显得热闹而活泼起来。生活有了新的变化，正与老同学好客本性相合，与她理想倒不甚相合，一切"事实"都与"理想"有冲突，她有点恐惧。年龄长大了，从年龄堆积与经验堆积上，她性情似乎端重一些，生活也就需要安静一些。然而新的生活却使她身心两方面都不安静。她愿意有点时间读读书，或思索消化一下从十八岁起始七年来的种种人事，日常生活方式恰正相反。她还有点"理想"，在"爱情"或"友谊"以外有所自见自立的理想，事实日常生活倒照例只有一些"麻烦"。这麻烦虽新而实旧，与本人性情多少有点关系。为人性格弱，无选择自主能力，凡事过于想作好人，就容易令人误会，招来麻烦。最大弱点还是作好人的愿望，又恰与那点美丽自觉需要人赞赏崇拜情绪相混合，因此在这方面特别增加了情感上的被动性。

老同学新同事中来了一些年青男女，"友谊"或"爱情"，在日常生活日常思想中都重新有了位置。一面是如此一堆事实，一面是那点微弱理想，一面是新，一面是旧，生活过得那么复杂而累人，她自然身心都感到相当疲倦。"战争"二字在她个人生命上有了新的意义，她似乎就从情分得失战争中，度过每一个日子，本来已经好像很懂得"友谊"和"爱情"，这一来，倒反而糊涂了。一面得承认习惯，即与老同学相处的习惯，一面要否认当前，即毫无前途的当前。持久下去自然应付不了，她不知道如何一来方可自救。一个女子在生理上既不能使思索向更深抽象走去，应付目前自然便是忍受，忍受，到忍受不了时便打量。"我为什么不自杀？"当然无理由实现这种蠢事。"我能忘了一切多好！"事实上这一切全都忘不了。

幸好老朋友还近在身边，但也令人痛苦。由于她年龄已需要重新将"友谊"作一度诠释，从各方面加以思索，观点有了小小错误。她需要的好像已经完全得到了，事实上感觉到所得的却是极不重要的一份。她明白，由于某种性情上的弱点，被朋友认识得太多，友谊中那点诗与火倒给毁去了。因此造成一种情绪状态，他不特不能帮助她，鼓励她向上作人，反而会从流行的不相干传说，与别方面的忌讳，使他在精神上好像与她越离越远，谈什么都不大接头。过去一时因斗气离开了她的那个刚直自重的朋友呢，虽重新从通信上取得了一些信托，一点希望，来信总还是盼望她能重新作人，不说别的事情，意思也就正对于她能否"重新作人"还感到怀疑。疑与妒并未因相隔六年相去七千里而有所改变。这个人若肯来看看她，即可使她得到很大的帮助。但那人却因负气或别的事务在身，不能照她愿望行事。那两兄弟呢，各自已从大学毕业业，各在千里外作事，哥哥还时常来信，在信上见出十分关心，希望时间会帮他点忙，改变一些人的态度。事实上她却把希望兴趣放在给弟弟的信上。那弟弟明白这个事情，且明白她的性情，因此来信照例保留了一点客气的距离。她需要缩短一点这种有意作成的距离，竟无法可想。另外一种机缘，却又来了一个陌生人，一个公务员，正想用求婚方式自荐。她虽需要一个家庭，但人既陌生，生活又相去那么远，这问题真不知将从何说起。另外又有一个朋友，习工科的，来到她身边，到把花同糕饼送了十来次后，人还不甚相熟，也就想用同样方式改变生活。两件事以及其他类似问题，便作成同居十年老同学一种特殊情绪，因妒生疑，总以为大家或分工或合作，都在有所计谋。以为她如不是已经与这个要好，就是准备与那个结婚，敌对对象因时而变，所以亦喜怒无常。独占情绪既受了损害，因爱成恨，举凡一个女人在相似情形中所能产生的幻想，所能作出的行为，无不依次陆续发生。就因这么一来，却不明白恰好反而促成身边那个造成一种离奇心理状态，使她以为一切人对她都十分苛刻。因疑成惧，也以为这人必然听朋友所说，相信事实如此，那人必将听朋友所说，以为事实又如彼。一切过去自己的小小过失，与行为不端谨处，留下一些故事，都有被老同学在人前扩大可能。这种"可能"便搅扰得她极不安宁，竟似乎想逃避无可逃避。这种反常心理状态，使她十分需要一个人，而且需要在方便情形下有那么一个人，笨一点也无妨，只要可以信托，就可抵补自己的空虚。也就因此，生活上即来了一个平常大学生，为人极端平常，衣服干干净净，脑子简简单单，然而外表老实，完全可靠。正因为人无用也便无害，倒正好在她生活中产生一点新的友谊。这结果自然是更多麻烦！

　　先是为抵制老同学加于本身的疑妒，有一个仿佛可以保护自己情绪安定的忠厚可靠朋友在身边，自然凡事都觉得很好。随后是性情上的弱点，不知不觉间已给了这个大学生不应有的过多亲近机会。在一个比较长的时期中，且看出大学生毫无特长可以自见，生活观念与所学所好都庸俗得出奇，如此混下去，与老朋友过去一时给她引起那点向上作人理想必日益离远。而且更有可怕地方，是习惯移人，许多事取舍竟不由己。老同学虽在过去一时事事控制她，却也帮助了她幻想的生长。这大学生在目前，竟从一个随事候使唤的忠仆神气，渐渐变而为独断独行主子样子。既如许多平常大学生一般生活无目的，无理想，读书也并无何种兴趣。无事可作时，只能看看电影，要她去就不好不去。一些未来可能预感，使她有点害怕。觉得这个人将来的麻烦处，也许可能比七年前旧情人的妒嫉，老朋友的灰心，以及老同学的歇斯迭里亚种种表现，综合起来还有势力。新的觉醒使她不免害怕担心，要摆脱这个人，由于习惯便摆不脱，尤其是老同学的疑妒，反而无形帮助了那大学生，使她不能不从大学生取得较多的信托，稳定自己的情感。

　　她于是在这种无可奈何情形中活下去，接受每天一切必然要来的节目，俨然毫无自主能力来改变这种环境。苦痛与厌倦中，需要一点新的力量鼓起她做人的精神，从朋友方面，得不到所需要时，末后反而还是照习惯跟了那个大学生走去，吃吃喝喝，也说说笑笑，接受一点无意义的恭维，与不甚得体的殷勤。

这自然是不成的！正因为生活中一时间虽已有些新的习惯不大好，情感中实依然还保留了许多别的美丽印象和幻想。这印象和幻想，与当前事实比时，不免使她对当前厌恶难受。看看"过去"和"未来"，都好像将离远了，当前却留下那么一个人。在老同学发作时，骂大学生为一个庸俗无用的典型，还可激起她反抗情绪，产生自负自尊心，对大学生反而宽容一点。但当老同学一沉默，什么都不提及，听她与大学生玩到半夜回转住处也不理会，理性在生命中有了势力，她不免觉得惭愧。

然而她既是一个女子，环境又限人，习惯不易变，自然还是只能那么想想，"我死了好"，当然不会死。又想"我要走开"，一个人往那里走？又想"我要单独，方能自救"，可是同住一个就离不开；同住既有人，每天作事且有人作伴同行，在办事处两丈见方斗室中，还有同事在一张桌子上办公，回到住处，说不定大学生已等得闷气许久了。这世界恰像是早已充满了人，只是互相妨碍，互相牵制，单独简直是不可能的梦想！单独既不可能，老同学误会又多，都委之于她的不是，只觉这也不成，那也不对，反抗埋怨老同学的情绪随之生长。先一刻的惭愧消失了。于是默默的上了床，默默的想，"人生不过如此"。就自然在不知觉间失去不少重新作人气概。因为当前生活固然无快乐可言，似乎也不很苦。日子过下去，她不向深处思索，虽不大见出什么长进，竟可说是很幸福的！

第　三

可是世界当真还在变动中，人事也必然还有变迁。精神上唯一可以帮忙的老朋友，看看近来情形不大对，许多话说来都无意义，似乎在她自己放弃向上理想以前，先对她已放弃了理想，而且由正面劝说她"应当自重"，反而恶作剧似的，要她去和大学生"好好做爱"好好使用那点剩余青春了。几个自作多情的求婚者？相熟一个出了国，陌生一个又因事无结果再无勇气来信，至于留在五千里外那个朋友，则因时间空间都相去太远，来信总不十分温柔，引不起她对未来的幸福幻想，保护她抵抗当前自弃倾向。……更重要的是那个十年相处的女同学，在一种也常见也不常有情绪中，个人受尽了折磨，也痛苦够了她，对于新的情况始终不能习惯。虽好像凡事极力让步，勉强适应，终于还是因为独占情绪受了太大打击，只想远远一走，方能挽救自己情感的崩溃，从新生活中得到平衡。到把一切近于歇斯迭里亚表现，一一都反应到日常生活后，于是怀了一脑子爱与恨，有一天当真就忽然走开了。

起始是她生活上起了点变化，仿佛因老同学一走，一切"过去"讨厌事全离开了，显得轻松而自由。老同学因爱而恨产生的各式各样诅咒，因诅咒在她脑子中引起的种种可怕联想，也一起离远了。老朋友为了别的原因，不常见面了。大学生初初像是生疏了许多。可是不久放了暑假，她有些空闲，大学生毕业后无事可作，自然更多空闲，由空闲与小小隔离，于是大学生更像是热烈了许多。这热烈不管用的是如何形式表现，既可增加一个女人对于美丽的自信，当然也就引起她一点反应。因此在生活上还是继续一种过去方式，恰如她自己所谓，活得像一篇"无章无韵的散文"。不过生命究竟是种古怪东西，正因为生活中的实际，平凡而闷人，倒培养了她灵魂上的幻想。生活既有了变化，空闲较多，自然多有了些单独思索"生活"的机会。当她能够单独拈起"爱"字来追究时，不免引起"古典"和"现代"的感想，就经验上即可辨别出它的轻重得失。什么是诗与火混成一片，好好保留了古典的美丽与温雅？什么是从现代通俗电影场面学来的方式，做作处只使人感到虚伪，粗俗处已渐渐把人生丑化？因此一面尽管习惯与大学生生活混得很近，一面也就想得很远很远。且由于这种思索，却发现了许多东西，即平时所疏忽，然而在生命中十分庄严的东西。所思所想虽抽象而不具体，生命竟似乎当真重新得到了一种稳定，恢复了已失去作人信心，感到生活有向上需要。只因为向上，方能使那种古典的素朴友谊与有分际有节制的爱，见出新的光和热。这比起大学生那点具体而庸俗的关系时，实在重要得多了。

然而她依旧有点乱，有点动摇。她明白时间是一去不返的，凡保存在印象中的诗，使它显现并不困难。只是当前所谓具体，却正在把生命中一切属于"诗"的部分，尽其可能加以摧残毁灭。要挣扎反抗，还得依赖一种别的力量，本身似乎不大济事。当前是性格同环境两样东西形成的生活式样，要打破它，只靠心中一点点理想或幻念，相形之下，实在显得过于薄弱无力了。

她愿意从老朋友或女同学方面得到一点助力，重新来回想女同学临行前给她那种诅咒。在当时，这些话语实在十分伤害她的自尊心，激起她对大学生的护短心。这时节已稍稍不同了一些。

老同学临行前说："××，我们今天居然当真离开了，你明白我为什么走。你口上尽管说舍不得我走，其实凭良心说，你倒希望我走得越远越好。你以为一离开我就可以重新做人，幸福而自由在等待你。好，我照你意思走开！从明天起你就幸福自由了！可是我到底是你一个好朋友，明白你，为你性格担心。你和我离开容易，我一走了，要你同那个平凡坏子大学生离开恐不容易。这个人正因为无什么学问，可有的是时间，你一定就会吃亏到这上头。你要爱人或要人爱，也找个稍像样子的人，不是没有这种人！你目前是在堕落，我说来你不承认，因为你只觉得我是被妒嫉中伤了，再不会想到别的事情。我一提及就损害了你的自尊心，到你明白真正什么叫作自尊心时，你完了。末了你还可以说，只要我们相爱，就很好！好，这么想你如果当真可以快乐一点，就这么想。我讨厌这种生活，所以要走了。"

女同学自然不会明白她并不爱大学生，其所以和大学生来往亲密，还只是激成的。老朋友呢，友谊中忌讳太多，见面也少起来，以为是对她好，其实近于对她不好。

什么是"爱"？事情想来不免重新又觉得令人迷糊。她以为能作点事，或可从工作的专注上静一静心。大学生当然不会给她这点安静的，事实上她应当休息休息，把一颗心从当前人事纠纷中解放出来，方可望恢复心境的平衡常态。但是这"解放"竟像是一种徒然希望，自己既无可为力，他人也不易帮忙。

过去一时她曾对老朋友说："人实在太可怕了，到我身边来的，都只想独占我的身心。都显得无比专制而自私，一到期望受了小小挫折，便充满妒和恨。实在可怕。"老朋友对于这个问题却回答得很妙:"人并不可怕。倘若自己情绪同生活两方面都稳得住,友谊或爱情都并无什么可怕处。你最可担心的事,是关心肉体比关心心灵魂兴趣浓厚得多。梳一个头费去一点钟,不以为意,多读半分钟书,便以为太累。且永远借故把日子混下去,毫无勇气重新好好做个人,这对你前途,才真是一件最可怕的事!"

可是,这是谁的过失?爱她,了解她,说到末了,不是因妒嫉就是因别的忌讳,带着不愉快痛苦失望神情,或装作谨慎自重样子,远远走开。死的死去,陌生的知情知趣的又从无勇气无机会来关心她,同情她,只让她孤单单无望无助的,活到这个虚伪与俗气的世界中。一个女人,年纪已二十六岁,在这种情形下她除了听机会许可,怀着宽容与怜悯,来把那个大学生收容在身边,差遣使唤,做点小小事情,同时也为这人敷粉施朱,调理眉发,得到生命的意义,此外还有什么方法,可以满足一个女人那点本性?

所以提到这点时,她不愿意老朋友误解,还同老朋友说:"这不能怪我,我是个女人,你明白女人有的是天生弱点,要人爱她。那怕是做作的热情,无价值的倾心,总不能无动于衷,总不忍过而不问。姐姐不明白,总以为我会嫁给那一个平平常常的大学生,所以就怀着一腔悲恨走开了。就是你,你不是有时也还不明白,不相信吗?我其实永远是真实的,无负于人的!"

老朋友说:"可是这忠实有什么用?既不能作你不自重的辩护,也不能引起你重新做人的勇气,你明白的,若忠实只在证明你做爱兴趣浓于做人兴趣,目前这生活,对你有些什么前途,你想象得出!待你真真实实感到几个朋友为你不大自重,对你已当真疏远时,你应当会有点痛苦的。你若体会得出将来是什么,你尤其不能不痛苦!"

她觉得有点伤心,就斗气说:"大家都看不起我,也很好。什么我都不需要,我希望单独。"

老朋友明白那是一句反话。所以说:"是的,这么办你当然觉得好。只是得到单独也不容易!一个人决不能完全放下'过去',也无法拒绝

'将来'，你比别人更会理会这一点。一时不自重的结果，对于一个女人，可能有些什么结果，你自己去好好想三五天，再决定你应作的事。"

于是老朋友沉默了。日月流转不息，一切过去的，自然仿佛都要成为一种"过去"。不会再来了。来到身边的果然就只是那个大学生。这件事说来却又像并非思索的结果，只是习惯的必然。

第　四

转到住处后，一些回忆咬着她的心子。把那束高原蓝花插到窗前一个小小觚形瓶中去，换了点养花水，无事可作，便坐下来欣赏这丛小花。同住的还不归来，又还不到上灯吃饭时候。黄昏前天气闷热而多云。她不知道她实在太累，身心两方面若果都能得到一个较长时期的休息，对于她必大有帮助。

过了一阵，窗口边那束蓝花，看来竟似乎已经萎悴了，她心想："这东西摆到这里有什么用处？"可是并不去掉它。她想到的正像是对于个人生命的感喟，与瓶花又全不相干。因此联想及老朋友十余年来给她在情感上的教育，对生命的一点意见，玩味这种抽象观念，等待黄昏。"其实生命何尝无用处，一切纯诗即由此产生，反映生命光影神奇与美丽。任何肉体生来虽不可免受自然限制，有新陈代谢，到某一时必完全失去意义，诗中生命却将百年长青！"她好像在询问自己，生命虽能产生诗，如果肉体已到毫无意义，不能引起疯狂时，诗歌纵百年长青，对于生命又有何等意义？一个人总不能用诗来活下去。尤其是一个女人，不能如此。尤其是她，她自以为不宜如此。

不过这时节她倒不讨厌诗。老朋友俨然知道她会单独，在单独就会思索，在思索中就会寂寞，特意给了她一个小小礼物，一首小诗。是上三个月前留下的。与诗同时还留下一个令人难忘的印象。她把诗保留到一个文件套里，在印象中，却保留了一种温暖而微带悲伤的感觉。

小瓶口剪春罗还是去年红

这黄昏显得格外静　格外静
黄昏中细数人事变迁
见青草向池塘边沿延展
我问你　这应当惆怅? 还应当欢欣
小窗间有夕阳薄媚微明

青草铺敷如一片绿云
绿云相接处是天涯
诗人说芳草碧如丝人远天涯近
这比拟你觉得近情? 不真
世界全变了　世界全变了　是的　一切都得变
心上虹霓雨后还依然会出现

溶解了人格和灵魂　叫做爱
人格和灵魂需几回溶解
爱是一个古怪字眼儿　燃烧人的心
正因为爱　天上方悬挂千万颗星　和长庚星
你在静中眼里有微笑轻漾
你黑发同苍白的脸儿转成抽象

　　温暖文字温暖了她的心，她觉得快乐也觉得惆怅。还似乎有点怜悯与爱的情绪，在心上慢慢生长。可是弄不清楚是爱自己的过去，还是怜悯朋友的当前? 又似乎有一种模糊的欲念生长，然而这友谊印象却已超过了官能的接近，成为另外一种抽象契合了。为了对于友谊印象与意象的捕捉，写成为诗歌，这诗歌本身，其实即近于一种抽象，与当前她日常实际生活所能得到的，相隔好像太远了。她欣赏到这种友谊的细微感觉时，不免有点怨望，有点烦乱，有点不知所主。

　　小瓶中的剪春罗业已萎悴多日。池塘边青草这时节虽未见，却知道它照例是在繁芜中向高处延展，迷目一望绿。小窗口长庚星还未到露面时。……这一切都像完全是别人事情，与她渺不相涉。自己房中仿佛什么都没有。心上也虚廓无边，填满了黄昏的寂静。

日头已将落尽，院子外阔大楠木树叶在微风中轻轻动摇，恰如有所招邀。她独自倚靠在窗口边，看天云流彩，细数诗中的人事，不觉自言自语起来，"多美丽的黄昏，多可怕的光景！"正因为人到这种光景中，便不免为一堆过去或梦景身心感到十分软弱，好像什么人都可以把她带走。只要有一个人来说，"我要你，你跟我走。"就不知不觉会随这个人走去。她要的人既不会在这时走来，便预感到并不要的那个大学生会要来。只好坐下来写点什么，像是文字可即固定她的愿望。带她追想"过去"，方能转向"未来"，抵抗那个实际到不可忍受的"当前"。她取出纸笔，试来给老朋友写一个信，告他一点生活情形。

　　××，我办公回来，一个人坐在窗边发痴。心里不受用。重新来读读你那首小诗，实在很感动。但是你知道，也不可免有一点痛苦。这一点你似乎是有意如此，用文字虐待一个朋友的感情，尤其是当她对生活有一点儿厌倦时！天气转好了，我知道你一定还留在××。你留下的意思是不见我。好个聪明的老师，聪明到用隔离来教育人！我搬来已十五天，快有三个月不见你了，你应当明白这种试验对于我的意义。我当真是在受一种很可怕的教育。我实在忍受不了，但我沉默忍受下去。这是我应分得到的。可是你，公平一点说，这是我应分得到的？同住处一位是《红楼梦》的崇拜者，为人很天真可爱，警报在她想象中尽响，她只担心大观园被空袭，性格爱娇处可想而知。这就是你常说希有的性格，你一定能欣赏。从我们住处窗口望出去，穿过树林的罅隙，每天都可望到你说的那颗长庚星。我不明白你为什么心那么硬，知道我的寂寞，却不肯来看看我，也从不写个信给我。我总那么傻想，应当有个人，来到我这里，陪陪我，用同样心跳在窗边看看蓝空中这颗阅尽沧桑的黄昏星，也让这颗星子看看我们！那怕一分一秒钟也成，一生都可以温习这种黄昏光景，不会感到无聊的！我实在很寂寞，心需要真正贴近一颗温柔而真挚的心。你尽管为我最近的行为生我气，你明白，我是需要你原谅，也永远值得你原谅的！写到这里不知不觉又要向你说，我是一个女人！一个女人是照例无力抵抗别人给她关心的，糊涂处不是不明白。但并不会长远如此。情谊轻重她有个分量在心中。说这是女人的小气也成。总之她是懂好歹的，只要时间稍长一点，她情绪稳定一点。负心不是她的本性，负气也只是一时间的糊涂。你明白，我当前是在为事实与理想忍受两种磨折。理想与我日益离远，事实与我日益相近。我很讨厌当前的自己。我并不如你所想象的是一个能在一种轻浮生活中过日子下去的人。我盼望安静，孤独一点也无妨。我只要一个……我要的并未得到，来到我生活上，紧附在生活上的是一堆，我看得清清楚楚，实在庸俗而平凡。可是这是我的过失？别的人笑我，你不应当那么残忍待我。你明白事情，这命运是谁作主？……我要挣扎，你应当对于我像过去一样，相信我能向上。这种信托对我帮助太大了。而且只有这种完全信托能唤回我的做人勇气和信心。

信写成后看看，情绪与事实似乎不大符合。正好像是一个十九世纪多情善怀女子，带点福楼拜笔下马丹波娃利风格，来写这么一封信。个人生活正在这种古典风格与现代实际矛盾中，灵魂需要与生活需要互相冲突。信寄给乡下老朋友只增多可怕的流言，和许多许多不必要的牵连。保留下来即多忌讳，多误会。因此写成后看看，便烧掉了。信烧过后又觉得有点惋惜，可惜自己这时节充满青春幻想的生命，竟无个安排处。

稍过一时，又觉得十九世纪的热情形式，对当前说来，已经不大时髦，然而若能留到二十世纪末叶的人看看，也未尝不可以变成一种动人的传奇！同时说不定到那时节还有少数"古典"欣赏者，对这种生命形式感到赞美与惊奇！因此重新从灰烬中去搜寻，发现一点残余。搜寻结果，只是一堆灰烬，试从记忆中去搜寻时，却得到些另外东西，同样保留了些十九世纪爱情的传奇风格。这是六年前另外一个大学生留下的。

这朋友真如自己所预言，目下已经腐了，烂了，这世界上俨然只在她心中留下一些印象，一些断句，以及两人分张前两天最后一次拌嘴，别的一切全都消灭了。

她把这次最后拌嘴，用老朋友写诗的方式，当成一首小诗那么写下来：

我需要从你眼波中看到春天
看到素馨兰花朵上那点细碎白
我欢喜　我爱
我人离你远　心并不远

你说爱或不爱全是空话
该相信　也不用信不信
你瞧　天上一共有多少颗星
我们只合沉默　只合哑

谁挂上那天上的虹霓　又把它剪断
那不是我　不是我
你明白那应当是风的罪过
天空雨越落越大了　怎么办

天气冷　我心中实在热烘烘
有炉火闷在心里燃烧
把血管里的血烧个焦　好
我好像做了个梦　还在做梦

能烧掉一把火烧掉
爱和怨　妒嫉和疑心　微笑的影子　无意义的叹息
给它烧个无踪无迹

都烧完后　人就清静了　多好

你要清静我明天就走开
向顶远处走
让梦和回想也迷路
我走了　永远不再回来

这个人一走开后，当真就像是梦和回想也迷了路，久远不再回到她身边来了。可是她并不清静。试温习温习过去共同印象中的瓦沟绿苔，在雨中绿得如一片翡翠玉，天边一条长虹，隐了又重现。秋风在疑嫉的想象中吹起时，虹霓不见了，那一片绿苔在这种情形中已枯萎得如一片泥草，颜色黄黄的，"让它燃烧，在记忆中燃烧个净尽"。她觉得有点痛苦，但也正是一种享受。她心想，"活的作孽，死的安静"。眼睛业已潮湿了。过去的一场可怕景象重复回到记忆中。

"为什么你要离开我?"

"为了妒嫉。"

"为什么要妒嫉?"

"这点情绪是男子的本性。你爱不真心，不专一，不忠实，我以我——"

"你不了解我。我永远是忠实的。我的问题也许正是为人太忠实，不大知道作伪，有些行为容易与你自私独占情绪不合。"

"是的，你真实，只要有人说你美丽可爱，你就很忠实的发生反应。一个荡妇也可以如此说，因为都是忠实的。"

"这也可说是我一种弱点，可是……"

"这就够了! 既承认是弱点，便自然有悲剧。"

她想:"是的，悲剧，你忍受不了，你要走，远远的走，走到一个生疏地方，倒下去，死了，腐了，一切都完事了。让我这么活下来，怎么不是悲剧? 一个女子怕孤独的天性，应当不是罪过! 你们男子在社会一切事实上，都照例以为女子与男子决不能凡事并提，只是一到爱情上，就忘却我们是一个女子，忘了男女情绪上有个更大的差别。而且还忘了社会对于女子在这方面多少不公平待遇！假如是悲剧，男子也应当负一半责任，至少负一半责任！"

每个朋友从她的身边走开时，都必然留下一份小小的礼物，连同一个由于失望而灰心的痛苦印象。她愿意忘了这一切人事，反而有更多可怕的过去追踪而来。来到脑子后，便如大群蜂子，嗡嗡营营，搅成一团，不可开交。"好，要来的都来，试试看，总结算一下看。"忽然觉得有了一种兴趣，即从他人行为上反照一下自己，人生究竟是怎么一回事的兴趣。

第　五

小手提箱中还留下另外几个朋友一些文件，想找寻一份特别的信看看。却在一本小说中，得到几张纸。她记得《茶花女》故事，人死时拍卖书籍，有一本《漫郎摄实戈》，她苦笑了一下，这时代，一切都近于实际，也近于散文，与浪漫小说或诗歌抒写的情境相去太远了。然而一些过去遇合中，却无一不保存了一点诗与生命的火焰，也有热，有光，且不缺少美丽而离奇的形式。虽有时不免见出做作处，性格相左处，不甚诚实处，与"真"相去稍远，然而与"美"却十分接近。虽令人痛苦，同时也令人悦乐，即受虐待与虐待他人的秘密悦乐。这固然需要资本，但她却早已在过去生命上支付了。

她把那些信一一看下去。第一个是那个和她拌嘴走开的大学生写的，编号三十一，日子一九三五年八月。

世界都有春天和秋天，人事也免不了。当我从你眼波中看出春天时，我感觉个人在这种春光中生息，生命充实洋溢，只想唱歌，想欢呼，俨然到处有芳茵，我就坐在这个上面，看红白繁花在微风中静静谢落。我应当感谢你，感谢那个造物的上帝，更感谢使我能傍近你的那个命运。当我从你眼睛中发现秋天时，你纵理我敷衍我，我心子还是重重的，生命显得萎悴而无力，同一片得秋独早的木叶差不多，好像只要小小的一阵风，就可以把我刮跑！刮跑了，离开了我的本根，也离开了你，到一个不可知的水沟边躺下。我死了，我心还不死。我似乎听到沟中细碎流水声音，想随它流去，可办不到。我于是慢慢的腐了，烂了，完事。但是你在另外一种情形中，一定却正用春天的温暖，燃烧另外一些人的心，也折磨人的心！……

简直是一种可怕的预言，她不敢看下去了。取出了另外一个稍长的，编号第七十一，三年前那个朋友写给她的。日子为四月十九。

黄昏来时你走了，电灯不放亮，天地一片黑。我站在窗前，面对这种光景十分感动。正因为我手上仿佛也有一片黑，心上仿佛也有一片黑。这黑色同我那么相近，完全包围住我，浸透了我这时节的生命，□□，你想想看，多动人的光景！

我今天真到一个崭新境界里，是真实还是梦里？完全分不清楚，也不希望十分清楚。散在花园中景致实在希有少见。葡萄园果实成熟了，草地上有浅红色和淡蓝色小小花朵点缀，一切那么美好那么静。你眉发手足正与景色相称，同样十分平静，在你眼睛中我看出一种微妙之火，在你脚踵和膝部我看到荷花红与玉兰白的交溶颜色。在另外一部分我还发现了丝绸的光泽，热带果的芳香。一切都近于抽象，比音乐还抽象，我有点迷糊，只觉得生命中什么东西在静悄悄中溶解。溶解的也只是感觉……已近黄昏，一切寂静。唉，上帝。有一个轻到不可形容的叹息，掉落到我或你喉咙中去了。

这一切似乎完全是梦，比梦还飘渺，不留迹象。

黄昏来时先是一阵黑。等不久，天上星子出现了，正如一个人湿莹莹的眼睛。从微弱星光中我重新看到春天。这些星光那么微弱，便恰像是从你眼睛中反照发生的。（然而这些星光也许要在太

143

空中走一千年！）

有什么花果很香，在微热夜气中发散。我眼前好像有一条路又那么生疏又那么熟习，我想散散步。我沿了一行不知名果树走去，连过两个小小山头，向坦坦平原走去。经过一道斜岭，几个干涸的水池，我慢慢的走去，道旁一草一木都加以留心——一切我都认得清清楚楚。路旁有百合花白中带青，在微风中轻轻摇动，十分轻盈，十分静。山谷边一片高原蓝花，颜色那么蓝，竟俨然这小小草卉是有意摹仿天空颜色作成的。触目那么美，人类语言文字到此情形中显得贫弱而无力，失去了它应有的意义。我摘了一朵带露百合花，正不知用何种形式称颂这自然之神奇，方为得体，忽然感到一种恐惧，恰与故事中修道士对于肉体幻影诱惑感到恐惧相似，便觉醒了。我事实上生在完全孤独中。你已离开我很久了。事实上你也许就从不曾傍近过我。

当我感觉到这也算是一种生命经验时，我眼睛已湿，当我觉得这不过是一种抽象时，我如同听到自己的呜咽时，我低了头。这也就叫作"人生"！

我心里想，灵魂同肉体一样，都必然会在时间下失去光泽与弹性，唯一不老长青，实只有"记忆"。有些人生活中无春天也无记忆，便只好记下个人的梦。雅歌或楚辞，不过是一种痛苦的梦的形式而已。"一切美好诗歌当然都是梦的一种形式而已。"

一切美好诗歌当然都是梦的一种形式，但梦由人作，也就正是生命形式。这是个数年前一种抒情的记载，古典的抒情实不大切合于现代需要。她把信看完后，勉强笑笑，意思想用这种不关心的笑把心上的痛苦挪开。可是办不到。在笑中，眼泪便已挂到脸上了。一千个日子，大事变了多少！当前黄昏如何不同！

她还想用"过去"来虐待自己，取了一个纸张顶多的信翻看。编号四十九，五年前三月十六的日子。那个大学二年级学生，因为发现她和那两兄弟中一个小的情感时写的。

露水湿了青草，一片春。我看见一对斑鸠从屋脊上飞过去，落到竹园里去了。听它的叫声，才明白我鞋子裤管已完全湿透，衣袖上的黄泥也快干了。我原来已到田中走了大半夜，现在天亮又回到住处了。我不用说它，你应当明白我为什么这样挫磨自己。

我到这地方来，就正是希望单独寂寞把身心和现实社会一切隔绝起来。我将用反省教育我自己。这教育自然是无终结的。现在已五个月了，还不见出什么大进步，我意思是说，自从你所作的一件可怕事情，给我明白后，我在各方面找寻一种可以重新使生命得到稳定的碇石，竟得不到。可是我相信会有进步，因为时间可以治疗或改正一切。对人狂热，既然真，就无不善。使用谨慎而得体，本可以作为一个人生命的华鬘，正因为它必同时反映他人青春的美丽。这点狂热的印象，若好好保留下来，还可以在另外一时温暖人半冷的心，恢复青春的光影，唤回童年的痴梦。可是我近年来的狂热，用到些什么地方，产生了什么结果？我问你。正因为这事太痛苦我，所以想对自己沉静，从沉静中正可看守自己心上这一炉火，如何在血中燃烧。让他慢慢的燃烧，到死为止！人虽不当真死去，燃烧结果，心上种种到末了只剩余一堆灰烬，这是可以想象得出的！

我有许多天都整夜不曾合眼，思索人我之间情分的得失，或近于受人虐待，或近于虐待他人。总像是这世界上既有男女，不是这个心被人践踏蹂躏，当作果核，便是那个心被人抛来掷去当作棋子。我想从虚空中证出实在，似乎经验了一种十分可怕的经验，终于把生命稳住了。我把为你自杀当成一件愚蠢而又懦怯的行为，战胜了自己，嫉与恨全在脑子中消失，要好好活下来了。

我目下也可以说一切已很好了。谢谢你来信给我关心和同情。至于流露在字里行间的意思，我很懂得。你的歉疚与忏悔都近于多余，实在不必要。你更不用在这方面对我作客气的敷衍。你是诚实的，我很相信。由于你过分诚实便不可免发生悲剧。总之，一切我现在都完全相信，但同样也相信我对于两人事情的预感，还是要离开你!

来信说，你还希望听听我说的梦。我现在当真就还在作梦。在这暗暗灯光下，用你所熟习的这支笔捕捉梦境。我照你所说，将依然让这些字一个一个吻着你美丽的眼睛。你欢喜这件事，把这信留下，你厌烦了这件事，尤其是那个税专学生倒每天有机会傍近你身边，来用各种你所爱听的谄媚话语赞美你过后，再将那张善于说谎的嘴唇吻你美丽的眼睛时，这个信你最好是烧了它好。我并不希望它在你生活上占一个位置。我不必需，我这种耗费生命的方式，这应当算是最后一次了。

世界为什么那么安静？好像都已死去了，不死的只有我这颗心。我这颗心很显然为你而跳已多日，你却并不如何珍重它，倒乐意(不管有心还是无意)践踏它后再抛弃它。是的，说到抛弃时你会否认，你从不曾抛弃过谁，不，我不必要再同你说，这些话，说来实无意义。

我好像在一个海边，正是梦寐求之的那个海边，住在一间绝对孤僻的小村落一间小房中，只要我愿意，我可以从小窗口望到海上，海上正如一片宝石蓝，一点白帆和天末一线紫烟。房中异常素朴，别无装饰，我似乎坐在窗口边，听海波轻轻的啮咬岸边岩壁和沙滩。这个小房间当是你熟习的地方。因为恰好是你和我数年梦想到的海边！可是目下情形实在大不相同，与你所想象的大不相同。

"什么人刚刚从小房中走出，留下一点不可形容的脂粉余香？究竟是什么人?"没有回答。"也许不止一个人。"我自己作答了。

这一定不会是一个皮肤晒得黑黑的女人。我摹想有那么一个女人，先前一刻即在这个小房中，留下了许久，与另外一个男子作了些很动人的事情。我想着嵌在衣柜门那一个狭长镜子，镜子中似乎还保留一个秀发如云长颈弱肩的柔美影子，手足精美而稚弱，在被爱中有微笑和轻颦。还看到一堆米黄色丝质物衣裳在她脚边，床前有一束小小红花，已将枯萎，象征先一刻一个人灵魂在狂热中溶解的情形，我明白那香味了，那正是这个具有精美而稚弱手足的女子，肉体散放出的香味。我心中混乱起来了，忽然间便引起一种可怕的骚扰。小房中耽不住了，只好向屋外走去。

走出那个小房子后，经过一堆大小不一的黛色石头，还看见岩石上有些小小蚌壳粘附在上面发白。又经过一片豆田，枝叶间缀满了白花紫花。到海滩边我坐了下来。慢慢的就夜了，夜潮正在静中上涨，海面渐渐消失于一片紫雾中。这紫雾占领了海面同地面，什么也看不见。我感到绝对的孤独，生命俨然在向深海下沉，可是并不如何恐怖。心想你若在我身边，这世界只剩下我和你，多好的事！过不久，星子在天中出现了，细细碎碎，借微弱星光，看得出那小房子轮廓。沙子中还保留一点白日的余热，我把手掌贴到上面许久。海水与我的心都在轻轻的跳跃，我需要爱情，来到这个海滩上就正为的是爱。我预感到沙滩上应当有那么一个人，就是在小房中留下一些肉体余香，在镜子中依稀还保留一个秀发如云小腰白齿微笑影子的人。她必然正躺在这个沙地上某一处休息，她应当有所等待！我于是信步走去，沙滩狭而长，我预备走一整夜。天空中星光晦弱下去了，我心中却有一颗大星子照耀。是的，当真有一颗星子的光曜，为的是五个月前在这海边我曾经有过你，可是你同星子一样，如今离我已很远很远了！

我问你，一个人能不能用这种梦活下去，却让另一个人在另外一个地方同你去证实那种梦境？忘掉我这个人，也忘掉我这最后一个荒唐梦，因为你需要的原不是这些。我几年来实在当真如同与上帝争斗，总想把你改造过来，以为纵生活在一种不可堪的庸俗社会里，精神必尚有力向上轻举，使"生命"成为一章诗歌。可是到末了我已完全失败。上帝关心你的肉体，制作时见出精心着意，却把创造你灵魂的工作，交给了社会习惯。你如同许多女子一样，极端近于一个生物。从小说诗歌上认识了"爱"字，且颂扬赞美这个字眼儿。可是对于这个字的解释便简单得可怕。都以为"你爱我，好，你就爱吧。我年纪小，一切不负责！（连教育好好认识一下这个字的责任也不负！）到后来再说"。感觉这个字的意义，都是依傍了肉体，用胃和肢体来证实，与神经几乎全无关系。神经既不需要一种熔金铄石的热情，生命便无深度可言，也不要美，不要音乐和诗歌——要的只是照社会习惯所安排的一个人，一种婚姻，以及一份无可无不可的生活！生存无理想，生活无幻想，为的是好精力集中生男育女！虽有一点幻想或理想，来到都市上，使用在头发形式和衣服长短的关心上，也就差不多了。这就是我所谓女子更生物的一面。人类生活上真正有了势力，能装点少数人生活，却将破坏大多数人习惯！你属于肉体的美丽，自然更证明你是个女人，适宜于凡事"照常"。我想同上帝争斗，在你生命中输入诗或音乐的激情，使你得到一种力量，战胜一个女子通常的弱点，因之生命有向上机会。我的结果只作成一件事，我已失败。你的需要十分正常，在爱情上永远是被动，企图用最少力量，得到一个家庭，再储蓄了最多力量，准备抚育孩子。柔弱的性情即见出宜于为母的标帜。一个女子在生物学观点上卖弄风情正是婚前的本性，必到为母后方能情感集中，所以卖弄风情也并非罪恶。从行为上说来，你是一株真正的"寄生草"，无论在情感上还是生活上，都永远不用希望向上自振。星空虽十分壮丽，不是女性生物所宜住。你虽然觉得一切超越世俗的抽象观念美丽与崇高，其实你适宜于生活在一种卑陋实际中。任何高尚理想都不能在你生命中如男子一般植根发芽，繁荣生长。我已承认这种失败，所以只有永远同你离开。你还年青，适宜于去同一些男子用一种最合社会习惯的方式耗费它。前途不会很难堪，尤其是我离开了你决不会很难堪，凡名啬一文钱的人也许可以保留到明天作别的使用，凡名啬生命给予的，这流动不居一去不返生命，你留不住，像待遇我那么方式更留不住。真想留住青春，只有好好使用这点青春。爱惜生命不是拒绝爱，是与一个人贴骨贴心的爱，到将来寂寞时再温习过去，忍受应有的寂寞！

　　不，这些事是不用我说的！你明白的已经够多了。你按照一个生物学上的女性说来，就不会"寂寞"。诗人都想象女子到三十岁后，肉体受自然限制，柔美与温雅动人处再不能吸引男子关心时，必然十分寂寞。这可说完全出于男子荒唐的想象！上帝到那时已为你安排一群孩子，足够你幸福满意活下去。文学作品中的闺怨诗，大都是男子手笔，少数女子作品意识范围也只表示"不能为母"的愿望。我虽为你轻浮而走，再也不会妒嫉你的轻浮了。正因为这几个月的单独，读过了几本大书，使我明白轻浮原是每个女子的本性。不过稍稍为你担心，忧虑你这点性情必然使生活烦累而疲倦，尤其是在那么性情中加一点理想，性格既使你乐意授受多方面轻浮的爱情，理想又使你不肯马马虎虎与一个人结婚，因此一来必然在生活中有不少纠纠纷纷，好在你常常喜说"一切有命"，我也就用不着在此事上饶舌了。我应当祝你幸运。

信看完后，留下一些过去印象把她心变软了。她自言自语说："是的，因为我的为人，一切朋友都差不多同一理由，如此很残忍的离开了我。我不会寂寞，因为我是一个女人，当然不懂得什么叫作寂寞！可是你们男子懂些什么？自以为那么深刻认识女人，知道女人都有一种属于生物的弱点。从类型看个体，发掘女人灵魂如此多，为什么却还要凡事责备女人，用信来虐待我！明知女人都有天生的弱点，又明白环境限人，社会待女人特别不公平，为自卫计女人都习惯于把说谎掩饰一部分过失，为什么总还诅咒女人虚伪？既明白女人都相当胆小怕事，可无一不需要个忠诚的爱人和安定的家庭，为什么有求于女人时，稍稍失望，就失去了做人自信心，远远的一走，以为省事？不能完全，便想一死，这是上帝的意思，还是人类不良的习惯？在女人，爱情固不能把灵魂淘深，在男子，究竟是什么，许许多多灵魂淘深以后，反而把心腔子变得如此狭小？一个人懂别人那么多，为什么懂自己反而那么少？对生命如此明白，对女子为什么反而还是不能相谅？是的，不管是懂不懂寂寞，轻浮是天生还是人为，要爱情还是要婚姻，我自己的事当然自己可以处理。不管将来是幸福还是不幸，我要活下去，我就照我方式活下去。社会不要我，我也就不用管社会！"

想来越走越与本题离远，她觉得这不成。她有点伤心起来，似乎还预备同这几个朋友拌嘴，但如果这时节任何一个朋友如来到她身边，她一定什么话都不说。她实在需要他们爱她，也需要更多一点认识她，信中不温柔处，她实在受不了。尤其是她需要那个为忌讳与误会沉默不声离开了她的老朋友，她以为最能理解她，原谅她，真正还会挽救她，唯有这个对她不太苛刻的老朋友。

第　六

本来意思正想用"过去"抵制"目前"，谁知一堆"过去"事情丛集到脑中后，反而更像是不易处理。她实在不知道应当怎么办。她把几封信重新一一折好，依然夹到那本《爱眉小札》书中去。随意看了几页书，又好像从书中居然看出一线做人希望。作者是一个善于从一堆抽象发疯的诗人，死去快近十年了。时间腐烂了这个人壮美的身体，且把他留在情人友好记忆中的美丽印象也给弄模糊了。这本书所表现的狂热，以及在略有装点做作中的爱娇、寂寞与欢乐的形式，目下二十岁左右的青年人已看不大懂。她看过后却似乎明白了些他人不明白的事情。

她想，我要振作，一定要振作。正准备把一本看过大半的小说翻开，院中有个胡卢声音。那个日常贴在身旁的大学生换了一套新洋服，头上光油油的，脸刚刮过，站在门边诎诎的笑着。她也笑着。两人情绪自然完全不同，这一来，面前的人把她带回到二十世纪世界中了。好像耳朵中有个声音"典型的俗物"，她觉得这是一种妒嫉的回声。因为说这话的不是一个是一群人，已离开她很远很久了。她镇静了一下，双眉微皱问大学生：

"衣服是刚做的？"

那二十世纪的典型，把两只只知玩扑克牌的手插在裤袋里，作成美国电影中有情郎神气，口中胡胡卢卢的说：

"我衣服好看吗？香港新样子。你前天那件衣才真好看！我请你去看电影，看七点那场，《魂归离恨天》。"

"你家里来了钱，是不是？"心里却想，"看电影是你唯一的教育。"

憨笑着不作声，似乎口上说的心中想的全明白。因为他刚好从一个同乡处借了五十块钱，并不说明，只作出"大爷有钱"样子。过一会儿用手拍拍袴腰边又说："我有钱哪！我要买楼上票，换你那件顶好看的衣服去。我们俩都穿新衣。"话说得实在无多趣味。可是又随随便便的说，"他们都说你美！长得真美！"

她高兴听人家对她的称赞，却作成不在意相信不过且略带抵抗性神气，随随便便的问大学生："他们是谁？不是你那些朋友吧。"

大学生不曾注意这种询问，因为视线已转移到桌上一小朵白兰花上去了。把花拈到手中一会儿，闻嗅了一下，就预备放进洋服小口袋中去。

她看到大学生这种行动，记起前不久看《日出》戏剧中的胡四抹粉洒香水情形，心中大不愉快，把花夺到手中："你不要拿这个，我要戴它。"

"那不成。我欢喜的。把我好了。"

"不欢喜。一个男人怎么用这种花？又不是唱戏的。"

"什么，什么，我不演戏！我偏要它！"大学生作成撒娇的样子，说话时含糊中还带点腻。她觉得很不高兴，可是大学生却不明白。到后来，还是把花抢去了，偏着个梨子头，诌而娇的笑着，好像一秒钟以前和日本人打了一次胜仗，争夺了一个堡垒，又光荣又勇敢。声音在喉与鼻间抑出："宝贝，和我看电影去，我要你去，换了那件顶好看的衣服去！"

她不快乐摇摇头："我今天不想去。你就会要我作这些事情，别的什么都不成，我们坐下来谈谈不好吗？为什么只想出去玩？"

"我爱你……"他不说下去了，因为已感到今天空气情形稍微和往常不同。想缓和缓和自己，于是口中学电影上爱情主角，哼了一支失望的短歌，声音同说话一样，含含糊糊，反使她觉得好笑。在笑里她语气温和了好些。

"××，你要看你自己去看，我今天不高兴同你出去。我还不曾要魂归离恨天。"

大学生作成小家子女人被妒嫉中伤时咬一咬嘴唇："约了别人？"

她随口答应说："是的，别人约了我。我要一个人留在这里等他。"

大学生受了伤似的，颈脖本来长长的，于是缩得短了一半，腮帮子胀得通红，很生气的说："那我就走了。"又稍转口气说，"为什么不高兴？"又转激昂的说，"你变了心。好，好，好。"

她只是不作声。

大学生带着讽刺口吻又悻悻的说："你不去，好。"

她于是认真生气说："××，你走好，离开这个房子，越快越好，我以后不要你到我这里来。我实在够厌烦你了！"

可是大学生明白她的弱点，暴雨不终日，飘风不终朝，都只是一会儿。他依然谄媚的微笑着，叫着他特意为她取的一个洋文名字，问她说："□□□，我到那里等你，我买两张票子，在楼上第×排，今天是世界上有名的悲剧！"

"我不来的。"

"你一定会来。"

"我绝对不来。"

"那我也不敢怨你！"

大学生走去后，她好像身心都轻松了许多，且对自己今天的行为态度有点诧异，为什么居然能把这个人遣开。

二十世纪现实，离开了这个小房间后，过了一会儿，窗上的夕阳黄光重新把她带回到另外一种生活抽象里去。事情显然，"十九世纪今天胜利了"。她想了想不觉笑将起来。记起老朋友说的"眼睛中有久远春天，笑中有永远春天"，便自言自语："唉，上帝，你让我在一天中看到天堂，也贴近地面，难道这就叫作人生？"停了一会儿，静寂中却仿佛有个含含糊糊的声音回答："我买了票子等你，你来了，我很快乐，你不来，我就要生气失望，喝酒，失眠，神经失常，到后我还会自杀，你怕不怕？"

"你可有神经？你也会害神经病？"

"我走了，让你那个女同学回到身边来，你怕不怕？"

这自然毫无什么可怕，可怕的是那一会儿时间，时间过去了，她总得想，她想到大学生，那点装模作样神气，和委曲小心处二而一，全为的是爱她，她的情绪不同了。忘了那点做事可笑处，也忘了诗与火，忘了"现代"与"古典"在生命中的两不相容，觉得刚才不应当使大学生扫兴。赶忙把镜子移到桌子边，开了灯，开了粉盒，对镜台匀抹脂粉。两点钟后两人已并排坐在电影院里柔软椅子上，享受那种现代生活，觉得是一对现代人了。不然，《魂归离恨天》不过是一个故事，和自己渺不相涉了。到散场时，两人都好像从电影上得到一点教育。两人在附近咖啡馆内吃了一点东西，又一同在大街上年青男女队伍中慢慢散步，大学生只就他脑子所能想到的默默的想："我要走运，发了十万块钱财多好。"她呢，心中实在受了点刺激，不大愉快。两人本来并排走去，不知不觉就和他离开了些。忽然开口问大学生：

"你毕了业怎么办？"

"我正找事做。这世间有工作方有饭吃。"

"是的，有工作方有饭吃。可是你做什么事？是不是托你干爹找事？"

大学生有点发急，话说得越加含糊：

"××，这简直是——口气，取笑我。谁是我的干爹？我不做人干儿子干舅子！我托同乡周先生帮我忙，找个事做。得不到工作，我就再读两年书。我要研究学问。"

她心想："你能读什么书？研究什么学问？"记起老同学的诅咒，因此口中却说："你要斗点气，努努力才好。一个男子总得有点男子气，不能混混混！在学校混毕业，到社会又混职业，不长进被人笑话。"

"我一定要——有人帮我说话！"

"为什么要人帮忙，不自己努力？你这是在做人，做一个男子！做男子是不要人帮忙，凭能力找饭吃的。"

"运气不好，所以——"

"什么叫作运气？我觉得你做人观念实在不大高明。"

因为语气中对大学生有一点轻视意思，一点不愉快意思，大学生感到不平，把嘴兜着不再作声，话不曾说出口。意思以为世界上不公平事情很多，大家都不规矩，顶坏的人顶有办法，我姓蒋的纵努力，读死书到读书死，有什么用？我也要做人，也要做爱！我现在是做爱，爱情一有了着落，我就可以起始做人了。但怎么样做人，做什么样的人，在他脑子里却并无什么概念。恰如应付许多事情一样，想了一下，无结果，也就罢了。

大学生对于生活作"最近代"的想象计算时，她也想着，一种古典的情绪在脑子里生长中。她想："我为什么居然会同这么个人混下去？读书毫无成就，头脑糊糊涂涂，就只是老实，这老实另一面也就正是无用。这算是什么生活？"于是她向大学生说："我头有点痛，我要坐车回去。"

上车后，回头还看见这个穿新衣便觉快乐的大学生，把手放在嘴边抹抹，仿照电影上爱人抛了一个吻给她。她习惯的笑了一笑。回到住处时，头当真有了一点儿痛。诗与火离开生活都很远很远了，从回想中也找不回来。重新看看那几封信，想给五千里外十年老友各写一个信，到下笔时竟不知写什么好。心里实在乱糟糟的，末了却写在日记本上：

> 一个人有一个人的命运，这所谓命运，正是过去一时的习惯，
> 加上自己性格上的弱点而形成的。

当她搜寻什么是自己的弱点时，似乎第一次方真正发现自己原来是一个"女人"。这就很够了。老朋友曾经说过，一个女人受自然安排，在生理组织上，是不宜于向生命深处思索，不然，会沉陷到思索泥淖里的。

她觉得身心都很疲累了，得休息休息，明天还是今天的继续，一切都将继续存在下去，并且必然还负带那个长长的"过去"，一串回忆，也正是一串累赘，虽能装饰青春，却丝毫无助于生活的调处。她心想："我为什么不自杀？是强项还是懦怯？"她不明白为什么会有这种想象。虽想起这件事却并不可怕，因为同时还想起大学生爱她的种种神气。便

自言自语，"一切人不原谅我也好"，那意思就是我有了解，不必要更多人了解。单独了解有什么用？一切关心都成麻烦，增加纷乱。真的了解应该是一点信托，忠诚无二，与无求报偿的作奴当差，完全没有自己……不过她这时实在已经累了，需要的还是安静。可是安静同寂寞恰正是邻居，她明白的。她什么都似乎很明白，只不知道自己有什么方法可以将生活重造。

她实在想要哭一哭，但是把个美丽的头俯伏在雪白枕上去，过不多久，却已睡着了。

廿九年七月十八写
卅一年十月末改写
三十二年五月重写

本篇曾以《新摘星录》为篇名发表于1942年11月22日、29日，12月6日、13日、20日《当代评论》第3卷第2—6期。署名沈从文。后经作者重写，以《摘星录》为篇名发表于1944年1月1日《新文学》第1卷第2期。署名沈从文。据《新文学》文本编入。

青色魇

青

半夜猛雨，小庭院变成一片水池。孩子们身心两方面的活泼生机，于是有了新的使用处。为储蓄这些雨水，用作他们横海扬帆美梦的根据地，于是大忙特忙起来了。小鹤嘴锄在草地上纵横开了几道沟把积水引到大水沟后，又设法在低处用砖泥砌成一道堤坝。于是半沟黄浊浊泥水中浮泛了各式各样玩意儿：木条子，沙丁鱼空罐头，牙膏盒，硬纸板，凡在水面飘动的，统统就名叫作船，并赋以船的抽象价值和意义。船在小手搅动脏水激起的漩涡里，陆续翻沉后，压舱的一切也全落了水。照孩子们的说法，即"实物全沉入海底"。这一来，顽童们可慌了，因为除掉他们自己日常用的小玩具外，还有我书桌上黄杨木刻的摆夷①小马，作镇纸用的澳洲大宝贝，刻有蹲狮的鎏金古铜印，自然也全部沉入海底。照传说，落到海底的东西即无着落。几只小手于是更兴奋的，在脏水中搅动起来。过一会儿，当然即得回了一切，重新分配，各自保有原来的一份。然而同时却有一匹手指大的翠绿色小青蛙，不便处置。这原是一种新的发现，若系平时，未必受重视，如今却好和打捞宝物同时出水，为争夺保有这小生物，几只手又有了新的搅水机会。再过不久，我面前就有了一双大眼睛，黑绒绒的长睫毛下酿了一汪热泪，来申诉委屈了。抓起两只小手看看，还水淋淋的；一只手中是那个刚从大海中救回的小木马，一只手就捏住那匹刚从大海中发现的小青蛙，摊开小手掌时，小生物停在掌中心，恰如一只绿玉琢成的眼睛。

① 摆夷，清代至民国时期对傣族的通称。

"根本是我发现的，大哥不承认。……于是我们就战争了。他故意浇水到我眼睛里，还说我不讲道理。我呢，只浇一点儿水到他身上，并不多。"

我心想："一到战争总是有理由的，这世界！"不由得不笑了。我说："嗨嗨，小虎虎，不要为点点事情就战争！不许他浇脏水到眼睛中去，好看的眼睛自然要好好保护它才对。可是你也不必哭，女孩子的眼泪才有作用！你可听过一个大伙儿女人在一块流眼泪的故事？……"

所有故事都从同一土壤中培养生长，这土壤别名"童心"。一个民族缺少童心时，即无宗教信仰，无文学艺术，无科学思想，无燃烧情感、实证真理的勇气和诚心。童心在人类生命中消失时，一切意义即全部失去其意义。

白

凡冒险事情都使人兴奋，可是最能增加见闻满足幻想的，却只有航海。坐了一只船向远无边际的海洋中驶去时，一点接受不可知命运所需要的勇敢，和寄托于这只船上所应有的荒谬希望，可以说，把每个航海的人都完全变了。那种不能自主的行止，以及与海上陌生事物接触时的心情，都不是生根陆地的人所能想象的。他将完全如睁大两眼做一场白日梦，一直要回到岸上才能觉醒。他的冒险经验，不仅仅将重造他自己的性情和人格，还要影响到别的更多的人兴趣和信仰。

就为的是冒险，有如那么一只海船，从一个近海码头启碇，向一个谁也想象不到的彼岸进发了。这只船行驶到某一天后，海上忽然起了大风。船在大海中被风浪播扬，真像是小水塘中的玩意儿被顽童小手搅动后情景。到后自然是船翻了，船上人千方百计从各处找来的宝物，全部落了水。船上所有人也落了水。可是就中却有一个冒险者，和他特别欢喜的一匹白马，同被偶然而来的一个海浪送到了岛屿的岸边。就岛上种种光景推测，背海向内地走去，必然会和人碰头。必须发现人，这种冒险也才有变化，有结束，唯一的办法，自然就是骑了这匹白马，向内陆进发，完成这种冒险的行程。

这匹马长得多雄骏！骨相和形色，图画上就少见。全身白净，犹如海滩上的贝壳。毛色明净光莹处，犹如碧空无云，天上的满月，如阿耨达池中的白莲花。走动时轻快不费气力，完全像是一阵春天的好风。四脚落地的均匀节奏，使人想起千年前历史上那个第一流鼓手。这鼓手同时还是个富于悲剧性的聪明皇帝，会恋爱又懂音乐，尤其欢喜玩羯鼓①。在阳春三月好风光里，鼓声起处，所有含苞欲吐的花树，都在这种节奏微妙鼓声中，次第开放。

白马驶过一片广阔平原，向一个城市走去。装饰平原到处是各种花果的树林；花开得如锦绣堆积，红白黄紫，各自竞妍争美。缀在树枝上的果子，并把树枝压得弯弯的，过路人都可随意采摘。大路两旁，用作行路人荫蔽的嘉树，枝叶扶疏，排列整齐，犹如受过极好训练的兵队。平原中到处还有各式各样的私人花园别墅，房屋楼观，款式都各有匠心的点缀上清泉小池，茂树奇花。五色雀鸟在水边花下和鸣，完全如奏音乐。耳目接触，使人尽忘行旅疲劳和心上烦忧。城在平原正中，用半透明玉石砌成，五色琉璃作绿饰，峻洁壁立，秀拔出群，犹如一座经过削琢的冰山。城既在平原上，因之从远处望去时，又仿佛一阵镶有彩饰的白云，凭空从地面涌起。城市的伟大和美丽，都已超过一切文学的形容，所以在任何人的眼目中，也就十分陌生。

这城原来就是历史上最著名的阿育王城，这一天且是传说中最动人的一天。这个冒险者骑了他的白马，到得城中心时，恰好正值城中所有年青秀美尚未出嫁女孩子，集合到城中心大圆场上，为同一事件而哀哭。各自把眼泪聚集入金、银、玉、贝、珊瑚、玛瑙等等七宝作成的小盒中，再倾入一个紫金钵盂里。

一切见闻都比梦境更荒唐不可思议，然一切却又完全是事实，事实增加冒险者的迷惑，不知从何取证。冒险者更觉得奇异，即问明白，使得这些年青美貌女孩子的哭泣，原来是为了另一个陌生男子一双眼睛。

---

① 羯鼓，古击乐器，南北朝时经西域传入内地，盛行于唐开元、天宝年间。

只为的一双眼睛！

黄

阿育王是历史上一个最贤明的国王，既有了做帝王所应有的智慧和仁爱、公正与诚实，因之凡做帝王所需要的一切，权势和尊荣，财富和土地，良善人民和正直大臣，也无不完全得到。但是就中有一点缺陷，即年近半百，还无儿子。一个帝王若没有儿子，在历史上留下的记载，必然是国中有势力的大族，趁这个贤王年龄衰老时，因争夺继承发生叛变和战争，国力由消耗而转弱，使敌国冤家乘隙侵入，终于亡国灭祀。为避免历史悲剧的重演，唯一方式即采用宗教仪式向神求子。阿育王本不信神，但为服从万民希望，不得已和皇后莲花夫人同往国中最大神庙祈祷许愿，并往每一神像前瞻礼致敬。庄严烦琐的仪式完毕，回到别院休息时，忽闻有驹那罗鸟在合欢树上歌呼。阿育王心里想："若生儿子，一双眼睛应当如驹那罗鸟眼俊美有神，方足威临八方。"回宫不久，皇后果然就有了身孕。足月时生产一男孩，满房都有牛头楠檀奇异馥郁香气，长得肥白健壮，有三十二相，八十种好。尤其使阿育王夫妇欢喜的，就是那双眼睛，完全如驹那罗眼睛。因到神庙去还愿酬神，并在神前为太子取名"驹那罗"。总管神庙的卜筮，预知这个太子的眼睛和他一生命运大有关系，能带来无比权势也能带来意外不幸，就为阿育王说，"眼无常相"法，意思是——

"凡美好的都不容易长远存在，具体的且比抽象的还更脆弱。美丽的笑容和动人的歌声，反不如星光虹影持久，这两者又不如某种观念信仰持久。英雄的武功和美人的明艳，欲长远存在，必与诗和宗教情感结合，方有希望。但能否结合，却又出于一种偶然。因人间随时随处，都有异常美好的生命，或事物消失，大多数即无从保存。并非事情本身缺少动人悲剧性，缺少的只是一个艺术家或诗人的情绪恰巧和这个问题接触。必接触，方见功。这里'因缘'二字有它的庄严意义。'信仰'二字也有它的庄严意义。记住这两个名词对人生最庄严的作用，在另外一时，就必然发生应有的作用。"

这卜筮说的话，似可解不可解。说过后，即把佛在生时沿门乞食的紫金钵盂，送给阿育王，并嘱咐他说："这东西对王子驹那罗明天大有用处。好好留下，将来可以为我说的预言作证！"

金

驹那罗王子在良好教育和谨慎保护下，慢慢长大，到成年时，一切传说中王子的好处，无不具备。一双俊美眼睛，实比一切诗歌所赞美的人神眼睛，还更明亮更动人。国中所有年青美丽女孩子因为普遍对于这双眼睛发生了爱情，多迟延了她们的婚姻。驹那罗自己也因这双出奇的眼睛和多少人的希望与着迷，始终未婚。若我们明白那个大城中的年青女孩子数目，是用万来计数的时，会明白这双眼睛所引起的问题，已复杂到什么情形。

按照当时的风俗，阿育王宫中应当有一万妃子，而且每一位妃子入宫因缘，都必然有一种特征和异相。最后一个入宫的妃子，名叫"真金夫人"。全身是紫金色，光华煜煜，且有异香，稀世少见。当时有婆罗门①相师为王求妃，找国内名师高手铸就一躯金相，雄伟奇特，举行全国，并高声唱言："若有端正殊妙女人，得见金神礼拜者，将以虔信，得神默佑，出嫁必得好婿。"全国士女，一闻消息，于是各自妆饰，穿锦绣衣，璎珞被体，结伴同出，礼拜金神。唯有这个女子，志乐闲静，清洁其心，独不出视。经女伴再三怂恿，方穿着日常敝衣，勉强随列参谒。不意一到神前，按照规仪将随身衣服脱去时，一身紫金色光明，映夺神座。婆罗门相师一见，即知唯有这个女子堪宜作妃。随即用隆重礼节聘入王宫。这妃子不仅长得华艳绝人，且智意流通，博识今古，明辨时政，兼习术数。就为这种种原因，深得阿育王爱敬信托。然亦因此，

---

① 婆罗门，梵文之音译，为古印度四种姓之首，世代以祭祀、诵经、传教为专业，是社会精神生活的统治者。

即与驹那罗王子势难并存。推其原因，还由于爱。王妃在入宫以前，即和国内其他女子一样，爱上了驹那罗那双眼睛。若两人相爱，可谓佳偶天成。但名分已定，驹那罗王子对之只有尊敬，并无爱情。妃子对之则由爱生妒，由妒生恨，不免孕育一点恶心种子。凡是种子，在雨露阳光中都能长生的。驹那罗有见于此，心怀忧惧，寝食难安，问计于婆罗门相师。婆罗门出主意，调虎离山，因此向阿育王请求出外就学。

过后不久，阿育王害了一种怪病，国内医生无法医治，宣告绝望。这事情若照国家习惯法律，三个月后，驹那罗王子即将继承王位，当国执政。聪明美慧妃子一听这种消息，心知驹那罗王子若真当国执政，第一件事，即必然是将自己放逐出宫。因此向监国大臣宣称，她能治王怪病，"请用三个月为期。到时若无好转，愿用身殉国王，死而无怨"。一面即派人召集国内良医，并向国内各处探听，凡有和阿育王相同病症的，一律送来疗治，恰好有一女孩，病症相同。妃子即令医士用女孩作试验，吃种种药，最后吃葱，药到虫出，怪病即愈。阿育王经同样治疗，病亦得痊。因向妃子表示感激之忱，以为若有心愿未遂，必可使之如愿。妃子趁此就说"国王所有，我无不有，锦衣玉食，我无所需！由于好奇我想做七天国王，别无所求"！既得许可，第一件事即假作阿育王一道命令，给驹那罗王子。命令上说："驹那罗王子，犯大不敬，宣处死刑。今特减等，急将两眼挑出，令到遵行，不许稍缓。限期三日，回复王命。"按照习惯，这种重要文件，必有阿育王齿上印迹，才能生效，妃子趁阿育王睡眠，盗取齿印。王在梦中惊醒，向妃子说：

"事真希奇，我梦见一只黑色大鸷鹰，啄害驹那罗两只眼睛。"

妃子说："梦和事实，完全相反，王子安乐，何必忧心？"

妃子哄阿育王睡定，欲取齿印时，王又惊醒，向妃子说：

"事实希奇，我又梦见驹那罗头发披散，面容憔悴，坐在地上哭泣，两眼成为空洞，可怕可怕。"

"梦哭必笑，梦忧则吉，卜书早已说过，何用多疑？"

妃子依然用谎话哄王安睡。睡眠熟时，即将齿印盗得，派一亲信仆人，乘日行七百里驿传，赍送命令，到驹那罗王子所在总督处。总督将命令转送给驹那罗王子，验看明白，相信一切真出王意，即便托人传语总督，请求即刻派人前来执行。可是全省没有人肯作这种蠢事。另悬重赏，方来一外省无赖流氓，贪图赏赐，报名应征。人虽无赖，究有人心，因此到执行时，依然迟迟不忍动手。

驹那罗王子恐误王命，鼓励他说："你勇敢点，只管下手，先挑右眼，放我手心！"一眼出后在场人民，都觉痛苦损失，不可堪忍。热泪盈眶，如小孩哭。驹那罗王子忘却本身痛苦，反向众人多方安慰，以为同受试验，亦有缘法。两眼出后，驹那罗王子向人民说："美不常住，物有成毁，失别五色，即得清净；得丧之际，因明本性。破甄不顾，事达人情，拭去热泪，各营本生！"那流氓眼见这种伟大悲剧，异常感动，自觉作了一件愚蠢无以复加事情，随即扼喉自杀死去。妃子亲信，即将那双眼睛，贮藏于一个小小七宝盒中，带回宫中复命。

"驹那罗，驹那罗，你既不在人间，就应当永远在我心里！"妃子由于爱恨交缚，便把那双眼睛吞下了。

紫

驹那罗既失去双眼成盲人后，不能继续学问，因此弹琴唱歌，自作慰遣。心念父亲年老，国事甚烦，虽有聪明妃子侍侧忠直大臣辅政，究竟情形，实不明白。因辗转而行，沿路乞丐，还归京都。到王宫门外时，不得入宫，即在象坊中暂时寄身，等待机会。半夜中忽听两个象奴陈述国情，以及阿育王一生功德。奇病痊愈，得力于王妃智慧多方。代王执政七天，开历史先例，并认为一年以内，国王从不处罚任何臣民，以德化治，国内平安，真是奇迹。驹那罗就耳中所闻，证本身所受，心中疑问，不能自解，因此中夜弹琴娱心，并寄幽思。阿育王忽闻琴声，十分熟习，似驹那罗平时指法，唯曲增幽愤，如有所诉。即派人四处找寻，才从象坊一角发现这个两眼失明枯瘦如人腊的王子。形容羸弊，衣裳败坏，手足生疮，且作奇臭，完全失去本来隽美。因问驹那罗：

"你是谁人？因何在此？有何怨苦，欲作申诉？"

"我是驹那罗，阿育王独生子。眼既失明，名只空存。我无怨苦，不欲申诉，唯念父母，因此归来！"

阿育王一听这话，譬如猛火烧心，即刻昏倒地下。用水浇洒，苏醒以后，把驹那罗抱在膝上，一面流泪，一面询问："你眼睛本似驹那罗眼，俊美温柔，明朗若星，才取本名。如今一无所有，应作何等称呼？什么人害你，心之狠毒，到这样子！你颜色这么辛苦憔悴，我实在不忍多看。赶快向我说个明白，我必为你报仇。"

驹那罗说："爸爸你不必忧恼。事有分定，不能怨人，我自造孽，才到今天！三月前得你命令，齿印分明，说我犯大不敬，于法应诛，将眼挑出，贷免一死。既有王命，何敢违逆？"

阿育王说："我可发誓，并无这种荒悖命令。此大罪恶，必加追究，得个水落石出，我方罢休！"

一经追究，随即知道本原。真金夫人因爱生妒，因妒生毒，毒害之心，滋长繁荣，于是方有如彼如此不祥事件发生。供证分明，无可辩饰，阿育王一火发，因向妃子呼骂说："不吉恶物，何天容汝，何地载汝！你心狠忍，真如蛇蝎，螫人至毒，死有余辜！不自陨灭，天意或正有待！"因此即刻把这妃子督禁起来，准备用胡胶柴火烧杀后，再播扬灰尽，使之在空中消失，表示人天共弃。

阿育王因思往事，想起过去种种，先知所说眼无常相法，即有预言。又想起那个紫金钵盂，及先知所谓"因缘""信仰"等等名词意义。当即派一大臣，把那紫金钵盂带到大街通衢人民荟萃热闹处所，向国人宣示驹那罗王子所遭不幸经过。"本身失明，犹可摸索，循墙而走，不至倾跌。一国失明，何以作计？"都人士女，闻此消息，多如突闻霹雳，如呆如痴，迷闷怅惘，不知自处。至若年青妇女更觉心软如蜡，难以自持。加之平昔对其爱慕，更增悲酸。日月于人，本非嫡亲，一旦失明，人即如发狂痫，敲锣击缶，图作挽救。今驹那罗王子，两目丧失，日夜不分，对于眉目肢体美丽自信女子，如何能堪？因此齐集广场，一申哀痛。热泪盈把，洎注小盒，盒盒充足，转注紫金钵盂，不一时许，钵盂中清泪满溢。阿育王忧戚沉痛，手捧钵盂，携带驹那罗王子，同登一坛台上，向众宣示："眼无常相，先知早知，因爱而成，逢妒而毁，由忧生信，从信生缘。我儿驹那罗双眼已瞎，人天共见。今我将用这一钵出自国中最纯洁女子为同情与爱而流的纯洁眼泪，来一洗驹那罗盲眼。若信仰二字，犹有意义，我儿驹那罗双眼必重睹光明，亦重放光明。若信仰二字，早已失去其应有意义，则盲者自盲，佛之钵盂，正同瓦缶，恰合给我儿驹那罗作叫化子乞讨之用！"

当众一洗之后，四方围观万民，不禁同声欢呼："驹那罗！"原来这些年青女子为一种共同信仰，虔诚相信盲者必可得救。愿心既十分单纯真诚，人天相佑，奇迹重生，驹那罗一双眼睛，已在一刹那顷回复本来，彼此互观，感激倍增，全城年青女子，因此连臂踏歌，终宵欢庆。

探险者目睹这回奇迹，第一件事，即将那匹白马献给阿育王，用表尊敬。至于驹那罗王子呢，第一件事，即请求国王赦免那一位美貌非凡，才知聪明用不得其正的妃子，从胡胶柴火中把她救出……

黑

我那小木马，重新又放到书桌边，成为案头装饰品之一了。房室尽头远近水塘，正有千百小青蛙鸣声聒耳。试数数我桌上杂书，从书页上折角估计，才知道我看过了《百缘经》《鸡尸马王经》《阿育王经》《付法藏经》①……

跟前一片黑，天已垂暮。天末有一片紫云在燃烧。一切都近于象征。情感原出于一种生命的象征，离奇处是它在人生偶然中的结合。以及结合后的完整而离奇形式。它的存在实无固定性，亦少再现性。然而若附于一个抽象名词上去求实证时，"信仰"，却有它永远的意义。信仰永存。我们需要的是一种明确而单纯的新的信仰，去实证同样明确而单纯的新的共同愿望。人间缺少的，是一种广博伟大悲悯真诚的爱，用童心重现童心。而当前个人过多的，却是企图用抽象重铸抽象，那种无结

---

① 《百缘经》《鸡尸马王经》《阿育王经》《付法藏经》均为佛经名。

果的冒险。社会过多的，却是企图由事实重造事实，那种无情感的世故。情感凝固，冤毒缠绕，以及由之而生的切齿憎恨与相互仇杀。

有一点想象的柴火在燃烧中，在有信仰的生命里继续燃烧中；在我生命里也在许多人生命里，我明白，我知道。但是待毁灭的是什么？是个人不纯粹的爱和恨，还是多数的愚蠢和困惑？我问你读者。

本篇发表于1946年11月24日天津《益世报·文学周刊》。署名沈从文。据《益世报·文学周刊》编入。

主　妇

我们住处在滇池边五里远近。虽名叫桃园，狭长小院中只三株不开花的小桃树点缀风景。院外余地种有一片波斯菊，密丛丛的藻形柔弱叶干，夏末开花时，顶上一朵朵红白杂花，错杂如锦如绮。桃树虽不开花，从五月起每到黄昏即有毒蛾来下卵，二三天后枝桠间即长满了美丽有毒毛毛虫。为烧毛毛虫，欢呼中，火燎齐举，增加了孩子们的服务热忱，并调和了乡居生活的单调与寂静。

村中百十所新式茅草房，各成行列分散于两个山脚边，雨季来临时，大多数房顶失修，每家都有一二间漏雨。我们用作厨房的一间，斜梁接榫处已开折，修理不起，每当大雨倾盆便有个小瀑布悬空而下。这件事白天发生尚容易应付，盆桶接换来得及。若半夜落雨，就得和主妇轮流起身接倒。小小疏忽厨房即变成一个水池，有青蛙爬上碗橱，爬上锅盖，人来时还不大高兴神气，咚的一声跳下水，原来这可爱生物已把它当作室内游泳池，不免喧宾夺主！不漏雨的两间，房屋檐口太浅，地面土又松浮，门前水沟即常常可以筑坝。半年雨季中室内因之也依然常是湿霉霉的。主妇和孩子们，照例在饭后必用铲子去清除，有时客人还得参加。雨季最严重的七八月，每夜都可能听到村中远近各处土墙倾圮闷钝声，恰如另外一时敌机来临的轰炸，一家大小四口，即估计着这种声音方向和次数，等待天晴，等待天明。因为万一不幸，这种圮坍也随时会在本院发生！

可是这一切都已经成为过去，仿佛和当前生活离得很远了。战事已结束，雨季也快结束了。我们还住在这个小小村子中，照样过着极端简单的日子，等待过年，等待复员。长晴数日，小院子里红白波斯菊在明净阳光中作成一片灿烂，滇池方面送来微风时，在微风中轻轻摇荡，俯仰之间似若向人表示生命的悦乐，虽暂时，实永久。为的是这片灿烂，将和南中国特有的明朗天宇及翠绿草木，保留在这一家人的印象中，还可望另一时表现在文字中。一家人在这片草花前小桌凳上吃晚饭时候，便由毛毛虫和青蛙，谈到屋前大路边延长半里的木香花丛，以及屋后两丈高绿色仙人掌，如何带回北平去展览，扩大加强了孩子们对"明日"的幻想，欢笑声中把八年来乡居生活的单调，日常分上的困苦疲劳，一例全卸除了。

九月八号的下午，主妇从学校上过两点钟课，带了一身粉笔灰回来，书还不放下即走入厨房。看看火已升好，菜已洗好，米已淘好，一切就绪。心中本极适意，却故意作成埋怨神气说：

"沈二哥，你又来搅事，借故停工，不做你的文章，你菜洗不好，米不把石子仔细捡去，帮忙反而忙我。以后这些事让我来省点事！"

我正在书桌边计划一件待开始的工作。我明白那些话所代表的意义，埋怨中有感谢，因此回答说：

"所以有人称我为'象征主义者'从不分辩。他指的也许是人，不是文章。然而'文如其人'，也马马虎虎。我怕你太累！一天到晚事作不完，上课，洗衣，做饭，缝衣，纳鞋，名词也数不清一大堆。凡吃重事全由你担当。我纵即能坐在桌边提起一钱二分重的毛笔，从从容容写文章，这文章写成有什么意义？事情分作一点点，我心里安些，生命也经济些。"

"你心安？今天已八号，礼拜五又到了，我心里可真不安！到时还得替你白着急，生命也真不经济！"

"你提及日子，倒引起了我另外一个题目。"

"可是你好像许多文章都只有个题目，再无下文。"

"有了题目就好办！今晚一定要完成它，很重要的。比别的任何事情都重要。我得战争！"

末后说的是八年中一句老话。每到困难来临需要想法克服时，就那么说说，增加自己一点抵抗力，适应力。所不同处有时说得悲愤凄苦，有时却说得轻松快乐而已。

对日战争结束后，八年中前后两个印象还明明朗朗嵌在我记忆中，一是北平南苑第一回的轰炸，敌人二十七架飞机，在微雨清晨飞过城市上空光景，一是胜利和平那晚上，住桃园的六十岁老洋人比得，得到消息后，狂敲搪瓷面盆，村子里各处报信光景。至于两个印象间的空隙，可得填上千万人民的死亡流离，无数名都大城的毁灭，以及万千人民理想与梦的蹂躏摧残，万千种哀乐得失交替。即以个人而言说起来也就一言难尽！……我虽竭力避开思索温习过去生活的全部，却想起一篇文章，题名"主妇"，写成恰好十年。

同样是这么一天，北方入秋特有的阳光明朗朗的在田野，在院中，在窗间由细纱滤过映到一叠白纸上。院中海棠果已红透。间或无风自落有一枚两枚跌到地面，发出小小钝声。有玉簪花的幽香从院中一角送来。小主妇带了周岁孩子，在院中大海棠树下和新来老用人谈家常，说起两年前做新妇时的故事。从唯有一个新娘子方能感觉到的种种说下去，听来简直如一个"叙事诗"。可是说到孩子生后，却忽然沉默了。试从窗角张望张望，原来是孩子面前掉落了一个红红的果子，主妇和用人都不声不响逗孩子。和我推想到的情形恰恰相反。孩子的每一举动，完全把身心健康的小主妇迷惑住了。过去当前人事景物印象的综合，十小时中我完成了个故事，题名"主妇"。第二天当作婚后三年礼物送给主妇时，接受过这分礼物，一面看一面微笑，看到后来头低下去，一双眼睛却湿。过了一会儿才抬起那一双湿莹莹眼睛，眼光中充满真诚和善良。

"你写得真好，谢谢你，我有什么可送你的？我为人那么老实，那么无用，那么不会说话。让我用素朴忠诚来回答你的词藻吧。盼望你手中的笔，能用到更重要广大一方面去。至于给我呢，一点平静生活，已够了。我并不贪多！"

听过这话后，我明白，我失败了。比如作画，尽管是一个名家高手，若用许多眩目彩色和精细技巧画了个女人面形，由不相识的人看来，已够显得神情温雅，仪态端丽。但由她本人看后，只谦虚微笑轻轻的说："你画得好，很像，可是恰恰把我素朴忘了。"这画家纵十分自负，也不免有一丝儿惭愧从心中升起，嗒然若丧，因为他明白，素朴善良原是生命中一种品德，不容易用色彩加以表现。一个年青女人代表青春眼目眉发的光色，画笔还把握得住，至于同一人内蕴的素朴的美，想用朱墨来传神写照，可就困难了。

我当时于是也笑笑，聊以解嘲。

"第一流诗歌，照例只能称赞次一等的美丽。我文字长处，写乡村小儿女的恩怨，吃臭牛肉酸菜人物的粗卤，还容易逼真见好，形容你这三年，可就笨拙不堪了。且让这点好印象保留在我的生命中，作为我一种教育，好不好？你得相信，它将比任何一本伟大的书，还影响我深刻。我需要教育，为的是乡下人灵魂，到都市来冒充文雅，其实还是野蛮之至！"

"一本书，你要阅读的也许是一本'新天方夜谭'吧。你自己说过，你是个生活教育已受得足够，还需要好好受情感教育的人。什么事能教育你。"

"情感，我不大清楚。或想象，或行为，我都并不束缚你，拘管你，倘若有什么年青的透明的心，动人的眉目笑靥，能启发你灵感，教育你情感，是很好的事。只是大家都称道的文章，可不用独瞒我，总得让我也欣赏欣赏，不然真枉作了一个作家的好太太，连这点享受都得不到！"

话说得多诚实，多谦虚，多委婉！我几乎完全败北了。嚅嚅嗫嗫想有所分疏，感觉一切词藻在面对主妇素朴时都失去了意义。我借故逃开了。

从此以后，凡事再也不能在主妇面前有所辩解，一切雄辩都敌不过那个克己的沉默，来得有意义，有分量。从沉默或微笑中，我领受了一种既严厉又温和的教育，为任何一本书都得不到，从其他经验上也得不到的。

可是生命中却当真就还有一本"新天方夜谭"，一个从东方的头脑产生的连续故事，展开在眼前，内容荒唐而谲幻，艳冶而不庄。恰如一种图画与音乐的综合物。我搁下又复翻开，浏览过了好些片段篇章，终于方远远的把书抛去。

和自己弱点而战，我战争了十年。生命最脆弱一部分，即乡下人不见市面处，极容易为一切造形中完美艺术品而感动倾心。举凡另外一时另外一处热情与幻想结合产生的艺术，都能占有我的生命。尤其是阳光下生长那个完美的生物。美既随阳光所在而存在，情感泛滥流注亦即如云如水，复如云如水毫无凝滞。可是一种遇事忘我的情形，用人教育我的生活多累人！且在任何忘我情境中，总还有个谦退沉默黑脸长眉的影子。一本素朴的书，不离手边。

　　我看出了我的弱点，且更看出那个沉默微笑中的理解宽容以及爱怨交缚。终于战胜了自己，手中一支笔也常常搁下了。因为我知道，单是一种艺术品，一种生物的灵魂明慧与肉体完整，以及长于点染丹黛调理眉靥，对我其实并非危险的吸引。可怕的还是附于这个生物的一切优点特点，偶然与我想象相结合时，扇起那点忧郁和狂热。我的笔若再无节制使用下去，即近于将忧郁和狂热扩大延长。我得从作公民意识上，凡事与主妇合作，来应付那个真正战争所加给一家人的危险，困难，以及长久持家生活折磨所引起的疲乏。这一来，家中一切都在相互微笑中和孩子们欢呼欢乐净化了。草屋里案头上，陆续从田野折来的野花，朱红的，宝石蓝的，一朵朵如紫火的，鹅毛黄还带绒的，延长了每个春天到半年以上，也保持了主妇情感的柔韧，和肉体灵魂的长远青春。一种爱和艺术的证实，装饰了这本素朴小书的每一页。

　　今天又到了九月八号，四天前我已悄悄的约了三个朋友赶明天早车下乡，并托带了些酒菜糖果，来庆祝胜利，并庆祝小主妇持家十三年。事先不让她知道。我自己还得预备一点礼物。要稍稍别致，可不一定是值钱的。深秋中浅紫和淡绿色雏菊已过了时，肉红色成球的兰科植物也完了，报春花在恹恹无生气，只有带绒的小蓝花和开小白花的捕虫草科一种，还散布在荒草泽地上，柔弱细干负着深黄色的细叶，叶形如一只只小手伸出尖指，掌心中无一滴甜胶，引诱泽地上小小蚊蚋虫蚁。顶上白花小如一米粒，却清香逼人。一切虽那么渺小脆弱，生命的完整性竟令人惊奇，俨如造物者特别精心在意，方能慢慢完成。把这个花聚敛作一大簇，插入浅口钵盂式的黑陶瓶中搁向窗前时，那个黄白对比重叠交织，从黑黝黝一片陶器上托起，入目引起人一种入梦感觉。且感染于四周空气中，环境也便如浸润在梦里。

一家人就在这个窗前用晚饭。一切那么熟习，又恰恰如梦。孩子们在歌哭交替中长大，只记得明天日本投降签字，可把母亲作新娘子日期忘了。七七事变刚生下地一个月的虎虎，已到了小学四年级，妈妈身边的第五纵队，闪着双顽童的大眼睛，向我提出问题。

"爸爸，你说打完了仗，我们得共同送妈妈一件礼物，什么礼物？你可准备好了没有？"

"我当然准备得有，可是明天才让你们知道。"

十一岁的小龙说："还有我们的！得为我买本《天方夜谭》，为虎虎买本《福尔摩斯》。"

主妇望着我笑着："看《天方夜谭》还早！将来有的是机会。"

我说："不如看我的自传动人，学会点顽童伎俩。至于虎虎呢，他已经是个小福尔摩斯。"

小虎虎："爸爸，我猜想你一定又是演说……一切要谢谢妈妈，完了，说的话可永远一样，怎么能教书？"

"太会说话就更不能教书了。譬如你，讲演第一，唱歌第二，写字就第五，团体服务还不及格。……君子动手不动口，你得学凡事动手！"

"完全不对。我们打架时，老师说君子动口不动手。"

"老师说的自然是另外一回事。要你们莫打架，反内战，所以那么说。愚人照例常要动手的！我呢，更不赞成打！打来打去，又得讲和，多麻烦。"

"那怎么又说动手不动口？"

"因为觉得相骂也不好。比打还不容易调停，还不容易明白是非。目前聪明人的相骂，和愚蠢人的相打，都不是好事。"

和要人训话一样，说去说来大家都闹不清楚说什么，主妇把煮好的大酸梨端出，孩子们一齐嚷叫："君子们快动手动口！"到这时，我的抽象理论自然一下会给两个顽童所表现的事实推翻了。

用过八年的竹架菜油灯放光时，黄黄的灯光把小房中一切，变得更如一种梦境中。

"小妈妈，你们早些休息，大的工作累了，小的玩累了，到九点就休息。明天可能有客来。我还有事情要作，多坐一会儿。瓶子里的油一定够到……"

到十二点时，我当真还坐守在那个小条桌边。作些什么？温习温习属于一个小范围的世界相当抽象的历史，即一群生命各以不同方式，在各种偶然情形下浸入我生活中时，取予之际所形成的哀乐和得失。我本意照十年前的情形再写个故事，作为给主妇明天情绪上的装饰。记起十年前那番对话，起始第一行不知应该如何写下去，方能把一个素朴的心在纸上重现了。对着桌前那一簇如梦的野花，我继续呆坐下去。一切沉寂，只有我心在跳跃，如一道桥梁，任一切"过去"通过时而摇摇不定。

进入九月九号上午三点左右，小书房通卧室那扇门，轻轻的推开后，主妇从门旁露出一张小黑脸，长眉下一双眼睛黑亮亮的："嘻，你又在写文章给我作礼物，我知道的！不用太累，还是休息了吧。我们的生活，不必用那种故事，也过得上好！"

我于是说了个小谎，意思双关。"生活的确不必要那些故事，也可过得上好的，我完全和你同意。我在温书，在看书，内容深刻动人。如同我自己写的，人物故事且比我写出来还动人。"

"看人家的和你自己写的，都不问好坏，一例神往。这就是作家的一种性格。还有就是看熟人永远陌生，陌生反如相熟，这也是做作家一个条件。"

"小妈妈，从今天起，全世界战争结束了，我们可不能破例！听我话好好的睡了不吧。我这时留在桌边，和你明天在厨房一样，互相无从帮助，也就不许干涉。这是一种分工，包含了真实的责任，虽劳不怨。从普通观点说，我做的事为追求抽象，你做的事为转入平庸，措词中的褒贬自不相同。可是你却明白我们这里有个共同点，由于共同对生命的理解和家庭的爱，追求的是二而一，为了一个家，各尽其分。别人不明白，不妨事，我们自己可完全得承认！"

"你身体刚好。怎么能熬夜?"

"一个人身体好即应当做点事。我已经许久不动笔了!我预备写个小故事。"

主妇笑了:"我在迷糊中闻到烧什么,就醒了。我预备告你的是可别因为我,像上回在城中那么,把什么杰作一股鲁又烧去,不留下一个字。知道的人明白这是你自己心中不安,不知道的还以为我妒嫉到你的想象,因此文章写成也还得烧去,多可惜!"

"不,并不烧什么。只是油中有一点水,在爆炸。"口上虽那么说,我心中却对自己说,"是一个人心在燃烧,在小小爆裂。在冒烟。虽认真而不必要。"可是我怯怯的望了她一眼,看看她是不是发现点什么。从她的微笑中,好像看出一种回答:"凡事那瞒得了我。"

我于是避开这个问题,反若理直气壮的问她说:"小妈妈,你再不能闹我了!把我脑子一搅乱,故事到天亮也不能完事!你累了一整天,累了整十三年,怎么还不好好休息。"

"为了明天,大家都休息休息,才合理!"

我明白话中的双重意义。可是各人的明天却相似而不同。主妇得好好休息,恢复精力来接待几个下乡的朋友,并接受那种表面烦琐事实上极愉快的家事。至于我呢,却得同灯油一样,燃干了方完事,方有个明天可言!我为自己想到的笑了,她为自己说到的也笑了。两种笑在暗黄黄灯光下融解了。两人对于具体和抽象的"明天"都感到真诚的快乐。

主妇让步安静睡下后,我在灯盏中重新加了点油,在胃中送下一小杯热咖啡。搅动那个小小银茶匙时,另外一时一种对话回复到了心上。

沈二哥不成的,二十一点钟了,为了我们,你得躺躺!这算什么?

这算是你说我有点懒惰不大努力的否认。你往常不是说过,只要肯好好尽力工作,什么都听我?即不意中被一些年青女孩子的天赋长处,放光的眼睛,好听的声音,以及那个有式样的手足眉发,攫走了我的心,也不妨事?这不问出于伟大的宽容或是透明理解,我都相信你说的本意极真诚。可是得用事实证明!

……得用多少事？你自己想想看。

……现在可只需用一件比较不严重的小事来试验，你即刻睡去，让我工作！我在工作！

你可想到对于身边的人，是不是近于一种残忍？

……你可想到把一个待完成的作品扼毙，更残忍到什么程度？

从这个对话温习中，我明白在生活和工作两事上，还有点儿相互矛盾，不易平衡，引起了一丝丝这也是生命的空隙，需要设法填平它。疏忽了时，凡空隙就能生长野草和藓苔。我得有计划在这个空处种一点花，种一个梦。比如近身那个虽脆弱却完整的捕虫科植物，在抽象中可有那么一种精美的东西，能栽培发育长大？可有一种奇迹，我能不必熬夜，能从容完成五本十本书，而这些书既能平衡我对于生命所抱的幻念，不至相反带我到疯狂中？对于主妇，又能从书中得到一种满足，以为系由她的鼓励督促下产生？

这个无边际的思索，把我淹没复浮起。时间消失了。灯熄了。天明了。

我若重新有所寻觅，轻轻的开了门，掩上门，和一只鹰一样，离开了宿食所寄的窠巢，向清新空阔的天宇下展翅飞去。在满是露水的田埂荒坟间，走了许久只觉得空气冰凉，一直浸透到头脑顶深皱折里。一会会，全身即已浴于温暖朝阳光影中，地面一切也融于这种光影中。草尖上全都串缀着带虹彩的露水。还有那个小小成台状的紫花，和有茸毛的高原兰花，都若新从睡梦中苏醒，慢慢的展开夜里关闭的叶托，吐出小小花蕊和带粉的黄绒穗。目前世界对于我作成一种崭新的启示，万物多美好，多完整！人类抽象观念和具体知识，数千年积累所成就的伟大业绩，若从更深处看去，比起来都算个什么？一排参加庆祝胜利的飞机，由附近机场起飞，成群从低空中吼过，在地面作成的阴影，一瞬即逝。田野间依然是朝阳和露水，以及那个在露水朝阳中充分见出自然巧慧与庄严的野花。一种纯粹的神性，一切哲学的基本观念，一切艺术文学的伟大和神奇，亦无不即由之孕育而出，我想看看滇池，向水边走去。但见浸在一片碧波中的西山列嶂，在烟岚湿雾中如一线黛绿长眉。那片水在阳光中闪亮，更如美目流波。自然的神性在我心中越加强，我的生命价值观即越转近一个疯子。不知不觉间已脚踏有螺蚌残骸的水畔，我知道，我的双脚和我的思索，在这个浸晨清新空气中散步，都未免走得太远了一点，再向前走也许会直入滇池水深处。我得回家了。

记起了答应过孩子送给主妇的礼物，就路旁摘了一大把带露水的蓝花，向家中跑去。

在门前即和主妇迎面相遇。正像是刚发现我失踪，带着焦急不安心情去寻找我。

"你到什么地方去了？怎不先说一声，留个字。孩子们都找你去了！"一眼瞥见那把蓝花，"就为了这个好看，忘了另外一个着急。"

"不。我能忘掉你吗？只因为想照十年前一样，写篇小文章，纪念这个九月九日。呆坐了一夜，无下笔处。我觉悟了这十年不进步的事实，我已明白什么是素朴。可是，赞美它，我这复杂脑子就不知从何措手了。我的文章还是一个题目，主妇。至于本文呢（我把花递给她），你瞧它蓝得多好看！"

"一个象征主义者，一点不错！"

说到后来两人都笑了起来。

两种笑在清晨阳光下融解了。

主妇把那束蓝花插到一个白瓷敞口瓶中时，一面处理手中的花，一面说："你猜我想什么？"

"你在想，这礼物比任何金珠宝贝都好！和那个'主妇'差不多！这是一种有个性有特性的生物，平凡中有高贵品德。你还想说，大老爷，故事完成了，你为我好好睡两点钟吧。到十点火车叫时，再起身，我们好一同去车站接客人。我希望客人中还有个会唱歌的美丽女孩子，大家好好玩一天！睡一睡吧，你太累了！……我将说不，我只是这一天有点累，你累了十三年！你就从不说要休息。我想起就惭愧难过！"

"这也值得想，值得惭愧吗？我还是第一次听到你说惭愧！"

从主妇不甚自然微笑中，依约看到一点眼泪，眼泪中看到天国。

桌案上那束小蓝花如火焰燃烧，小白花如梦迷蒙。我似乎当真有点儿累了。似乎遥闻一种呼唤招邀声，担心我迷失于两种花所引起的情感中，不知所归，又若招邀本自花中间出，燃烧与作梦，正是故事的起始，并非结束。

一九四五年九月九日
于昆明桃园
一九四六年九月北平写成

本篇发表于1946年10月13日天津《大公报·文艺》。署名沈从文。作者以《主妇》为篇名写过多篇作品。据《大公报·文艺》编入。

赤 魇

——我有机会作画家，到时却只好放弃了。

我们一行五个人，脚上用棕衣缠裹，在雪地里长途步行已到第六天。算算路程，今天傍晚应当到达目的地了。大约下午一点左右，翻过了小山头，到得坳上一个青石板砌就的灵官庙前面，照例要歇一会儿脚。时值雪后新晴，石条子上的积雪正在融化，并无可坐处，大家就在路当中站站。地当两山转折点，一道干涸的小溪涧被浮雪填了大半，上面有些野雉狐兔的纵横脚迹。溪涧侧是一丛丛细叶竹篁，顶戴着一朵朵浮松白雪，时时无风自落。当积雪卸下时，枝条抖一抖，即忽然弹起一阵雪粉，动中越见得安静。远望照耀在阳光下的罗列群山，有些像是顶戴着白雪帽子，静静的在那里向阳取暖。有些却又只稀疏疏的横斜挂几条白痕，其余崖石便显得格外深靓。近望坳下山谷，可看见一个小小田坝，田地大小不一，如雪片糕一般散乱重叠在那里。四个村落分散在田坪四周山凹间，一簇簇落叶科乔木，白杨，银杏，枫木树，和不落叶成行列的松杉，成团聚的竹林，孤立挺起的棕榈，以及橘柚果木，错杂其间。山东面树木丛中是一列长垣，围绕着个大院落，山西面房屋却就地势分割成三组，每一聚约莫有三十户人家。一条溪涧由东山岨绕过，流经长垣外，再曲折盘旋沿西边几个村子，消失到村后。虽相去那么远，仿佛还可听到雪水从每个田沟缺口注入溪中时的潺潺声。村中应有的碾坊、油坊、庙宇、祠堂，从房屋形制和应占位置上，都可一一估计得出。在雪晴阳光下，远远所见一种清寂景象，实在异常动人。四个同伴见我对于眼前事物又有点发痴，不想走路神气，于是照例向我开开小玩笑，叫我作"八大"。就中一个年纪最轻的，只十五岁，初中二年级学生，姓满的伙伴就说：

"八哥，这又可以上画了，是不是？你想作画家，到我们这里来有多少东西可画！只怕一辈子也画不完，还不如趁早赶到地，和我们去雪里打斑鸠炒辣子吃，有意思！"其余三位正若完全同意这种嘲谑，都咕咕的笑着。

"我们是现代军人，可不是充军，忙什么？"我话中也语意双关，他们明白的。

"我们还有三十里蛮路①，得赶路！太晚了，恐怕赶不上，就得摸黑。你看这种鬼天气，一到傍晚，路上被夜风一吹，冻得滑溜溜的，闪不知掉到河沟里去，怎么办？"从话语中，从几个人都急于要走路神气，我明白他们是有点故意开玩笑的，可不明白用意所在。

我于是也装作埋怨口气："嗨，你们这个地方，真像书上说的，人也蛮，路也蛮，我实在走不动了！你们想家你们尽管先走，我要在这里待个半天，捶一捶草鞋耳子。我问你，究竟还有多远路？"

"八哥，行船莫算，打架莫看。"一个年长同伴接着又把话支开，"嗨，你们听，村子里什么人家讨新媳妇，放炮吹唢呐，打发花轿出门！"

试听听，果然笛声悲咽断续中，还零零落落响了一阵小鞭炮。我摇摇头，因为对于面前景物的清寂，和生命的律动，相糅相混所形成的一种境界，已表示完全的皈依。庙后路坎上有四株老山楂树，树根蟠拱，露出许多窟窿。我一声不响，傍着潮湿的老树根坐下来了。用意是"这里就是有大虫的景阳冈，我好歹也得坐坐"。

几个人见我坐下时，还是一致笑着，站在路当中等待。

我这次的旅行，可以说完全出于意外。原来三年前我还只是一个"二尺半"，一个上名册的丘八，经常职务不是为司令官出去护卫，就是押老实乡下人到城外去法办；两件事轮流进行，当时对于我倒似乎分别不出什么意义，因为一出动就同样有酒肉可吃。护卫到乡绅家，照例可

---

① 蛮路，属当地土著人估算而未经认真丈量的路程。实际路程常比这数大许多。

吃蒸鹅，辣子炒黄麂，还可抽空到溪边看看白脸长眉毛乡绅大姑娘，光着两只白脚挑水，说两句不太难为情的笑话。杀人时就用那把血淋淋的大刀，和同伴去随意割切屠户卖的猪羊肉，拿回住处棚里红焖。谁知有一天，我的焖狗肉本领偶然被一个军法官发现，我就变成司书了。现在，我忽然又从军法处被上司调回家乡别墅去整理书画。至于这个差事如何派到我头上，事情凑巧，说来还是和我这一生前后所遇到的别的许多事情相似，很像一种神话可不是神话。总之，我将从这个新派的职务回乡了。

其时正值学校放寒假，有四个相熟同乡学生要回家过年，就邀我先到他们乡下去，约好过了年，看过乡下放大烟火后，再返城办事。四个人住处离县城四十五里，地名"高枧"，我既从未到过，加之走的又是一条生路，不经县城，所以远近全不熟习。四个青年同伴在学校折磨了一个学期，一路就只谈论家中过年的情形，为家中准备的大块肥腊肉大缸甜米酒而十分兴奋。我早已没有家，也没有什么期望，一路却只好独自默默的用眼目所接触的景物，印证半年来保留在记忆中都是些大小画幅。一列迎面生树的崖石，一株负石孤立的大树，以及一亭一桥的布置，一丘一壑的陪衬，凡遇到自然手笔合作处，有会于心时，就必然得停顿下来，好好赏玩一番。有时或者还不免近于发呆，为的是自然的大胆常常超过画人的巧思。不是被同伴提起的两件事引起注意，我每天在路上照例有几次落后。一件是下坳路坎边，烂泥新雪中，钵头大的虎掌印。另一件是山坳上荷了两丈长南竹梭镖，装作猎户实行向过路人收买路钱的"坐坳老总"。一个单身上路的客人，偶然中碰到一件，都是不大好玩的！我被同伴叫作"八大"或"八哥"，也由此而来。

这时节虽在坳上，下山一二里就是村落，村落中景物和办喜事人家吹的唢呐声音，正代表这小地方的和平与富庶。因此我满不在意，从从容容接受几个同伴的揶揄，从中却漾起一种情感，以为"为自己一生作计，当真应当设法离开军队改业学画。学习用一支笔来捕捉这种神奇的自然。我将善用所长，从楮素上有以自见。一个王子能够作的事，一个兵也未见得不能作"！但是想想看，从舞着血淋淋的大刀去割人家猪肉的生活，到一个画家的职业，是一段多长的距离！一种新的启示与发现，更不免使我茫然失措。原来正在这个当儿，在这个雪晴清绝山谷中，忽然腾起一片清新的号角声，一阵犬吠声。我明白，静寂的景物虽可从彩绘中见出生命，至于生命本身的动，那分象征生命律动与欢欣在寒气中发抖的角声，那派表示生命兴奋而狂热的犬吠声，以及在这个声音交错重叠综合中，带着碎心的惶恐，绝望的低嗥，紧迫的喘息，从微融残雪潮湿丛莽间奔窜的狐狸和獾兔，对于忧患来临挣扎求生所抱的生命意识，可决不是任何画家所能从事的工作！我的梦如何能不破灭，已不大像是个人可以作主。

试就当前官觉所能接触的音响加以推测，这一切很显然是向我们这条路上越来越逼近。看看站在路当中几个同伴，正互相用脚踢着雪玩，竟若毫不在意，一面踢雪一面还是用先前神气对我微笑。俨然这只是他们一种预定的恶作剧，用意即在打破我作画家的妄想，且从比较上见出城里人少见多怪，因之方慌慌张张，至于他们，可用不着。

为表示同样从容，我于是笑着招呼年纪最小的一个伙伴："老弟，小心准备好你的齐眉棍，快有野猪来了。不要当路站，让野猪冲倒你！我们最好爬到坎上来，待它过身时，你从旁闷头来一棒，不管中不中，见财有分，今天我们就有野猪肉吃！……"

话未说完，就听到身后一株山楂树旁噗的一响，一团黄毛物像一支箭射进树根窟窿里去了。大家猛不防吓了一惊，掉过头来齐声嚷叫："狐狸，狐狸！堵住，堵住！"

不到一会儿，几只细腰尖耳狗都赶来了，有三只鼻贴地面向树根直扑，摇着尾对窟窿狂吠，另一只卷毛种大型狗却向我那小同伴猛然一扑，我真着了急，"这可糟，怎不下手？"话说不出口，再看看，同伴已把手杖抛去，抱住了那只狗。原来他们是旧相识，骤然相见不免亲昵得很。随后是三个年青猎户，气喘吁吁的从岔路翻过坳来。这种人平时对山相去三里还能辨别草丛中黄獐和山羊的毛色，远远一见我们，都"哈"的大声叫喊着，直奔向我几个同伴，同伴也"哈"的向他们奔去。于是那支箭就在这刹那间，忽然又从树根射出，穿过我的脚前，直向积雪山涧窜去。几只狗随后追逐，共同将溪涧中积雪蹴起成一阵白雾。去不多远，一只狗逮住了那个黄毛团时，其余几只狗跟踪扑上前去，狐狸和狗和雪便滚成一团。在激情中充满欢欣的愿望，正如同吕马童等当年在垓下争夺项羽死尸一样情形。三个猎人和我那四个同伴，看见这种情形，也欢呼着一齐跳下山涧，向狐狗一方连跌带滚跑去。我一个人站在那个灵官庙前发呆，为了这一段短短时间所形成的空气，简直是一幕戏剧中最生动的一场，简直是……

还有更使我惊异的，即我们实际上已到了目的地，一里外山下那个村子，原来就是高枧！四个同伴预先商量好，要捉弄我，因之故作狡狯，村子已在眼前时，还说尚有三十里路，准备大家进到村子转入家中坐定后，才给我大大一惊。偏巧村子中人趁雪晴嗾狗追狐狸玩，迎接了我们。从猎人口中，我们才知道先前听到的唢呐鞭炮声，就是小同伴满家哥哥办喜事的热闹。过不多久，我们就可以和穿羽绫马褂的乡绅，披红风帽的小孩子，共同坐到那个大院落一栋新房子里方桌前面，在单纯鼓吹中，吃八大碗的喜酒了。这一来，镶嵌到这个自然背景和情绪背景中的我，作画家的美梦，只合永远放弃了。

本篇发表于1945年3月20日昆明《观察报·生活风》第20期。署名沈从文。同年6月14日又发表于重庆《益世报·益世副刊》。据《观察报·生活风》编入。

雪　晴

"巧秀，巧秀，……"

"可是叫我？哥哥!"

…………

竹林中一片斑鸠声，浸入我迷蒙意识里。一切都若十分陌生又极端荒唐。雪晴。清晨。

我躺在一铺楠木雕花大板床上，包裹在带有干草香和干果香味的新被絮里，细白麻布帐子如一座有顶盖的方城，在这座方城中已甜甜的睡足了十个钟头。房正中那个白铜火盆，晚夜用热灰掩上的炭火，不知什么时候已被人拨开，加上些新栗炭，从炭盆中小火星的快乐爆炸继续中，我渐次由迷蒙渡到清醒。那个对话原来是斑鸠作成的。我明白，我又起始活在一种现代传奇中了。

昨天来到这地方以前，几个人几只狗在积雪被覆的溪涧中追逐狐狸，共同奔赴而前，蹴起一阵如云如雾雪粉，人的欢呼，兽的低嗥，所形成一种生命的律动，和午后雪晴景物相配衬，那个动人情景再现到我印象中时，已如离奇的梦魇，加上另外一堆印象，即初初进入村子里，从融雪带泥的小径，绕过了碾坊，榨油坊，以及夹有融雪寒意半涧溪水如奔如赴的小溪河迈过，转入这个有喜庆事的庄宅，在灯火煌煌，筲鼓竞奏中，和几个小乡绅同席照杯，参加主人家喜筵的热闹种种印象，增加了我对于现实处境的迷惑，因此各个印象不免重叠起来。虽重叠却并不混淆，正如同一支在演奏中的乐曲，兼有细腻和壮丽，每件乐器所发出的每个音响，即再低微也异常清晰，且若各有位置，独立存在，一一可以摄取。

新发酵的甜米酒，照规矩连缸抬到客席前，当众揭开那个厚棉盖覆时，一阵子向上泛涌泡沫的嗤嗤细声，即不曾被院坪中尖锐呜咽唢呐声音所淹没。屋主人的老太太，银白头发上簪的那朵大红山茶花，在新娘子十二幅红绉罗大裙照映中，也依然异样鲜明。还有那些成熟待年的女客人，共同浸透了青春热情黑而有光的眼睛，亦无不各有一种不同分量压在我的记忆上。我眼中被屋外积雪返光形成一朵朵紫茸茸的金黄镶边的葵花，在荡动不居情况中老是变化，想把握无从把握，希望它稍稍停顿也不能停顿。过去一切印象也因之随同这个幻美花朵而动荡，华丽，鲜明，难把握，不停顿！

眼中的葵花已由紫和金黄转成一片金绿相错的幻画，还正旋转不已。

"巧秀，巧秀！""可是叫我？哥哥！"

这对话是可能的？我得回向过去，和时间逆行，追寻这个语音的踪迹，如同在雪谷中一串狐狸脚迹中，找寻那个聪明机灵小兽的窟穴。

……筵席上凡是能喝的，都醉倒了。住处还远应当走路的，点上火燎唱着笑着各自回家了，奏乐帮忙的，下到厨房，用烧酒和大肉丸子肥腊肉肿个膊子，补偿疲劳，各自方便，或抱个大捆稻草，钻进个空谷仓房里去睡觉，或晃着火把，上油坊玩天九牌过夜去了。一家中既有了酒阑人散情形，我自然也得有个落脚处！

白头上戴大红山茶花一家之主的老太太，站在厅堂前面，张罗周至的打发了许多事情后，就手颤抖抖的，举起一个大火炬，准备引导我到一个特意为安排好的住处去。面前的火炬照着我，不用担心会滑滚到雪中，老太太白发上那朵大红山茶花，恰如另外一个火炬，照着我回想起三十年前老一派贤惠能勤一家之主的种种，但是我最关心的，还是跟随我身后，抱了两床新装钉的棉被，一个年青乡下大姑娘，也好像一个火炬，俨然照着我的未来。我还不知她是什么人，只知道名叫巧秀。

原在厅子灯光所不及处，和一个收拾乐器的乡下人说话，老太太在厅子中间。

"巧秀，巧秀，可是你？"

"是我！"

"是你你就帮帮忙，把铺盖撅到后屋里去。"

于是三个人从先一时还灯烛煌煌笙鼓竞奏的正厅，转入这所大庄宅最僻静的侧院。两种环境的对照，以及行列的离奇，更增加了我对于处境的迷惑。到住处小房中后，四堵未油漆的白松木板壁，把一盏灯罩擦得清亮的美孚油灯灯光聚拢，我才能够从灯光下看清楚为我抱衾抱裯的一位面目。

十七岁年纪，一双清亮无邪的眼睛，一张两角微向上翘的小嘴，一个在发育中肿得高高的胸脯，一条乌梢蛇似的大发辫。说话时未开口即带点羞怯的微笑，关不住青春秘密悦乐的微笑。且似乎用这个微笑即是代表一切，生命存在的意义和价值，以及愿望的证实。

可是，事实上这时节她却一声不响，不笑，只静静的，低着头，站在那铺楠木刻花大床边，帮同老太太为我整理被盖。我无事可作，即站在房正中大火盆边，一面烘手，一面游目四瞩，欣赏房中的动静：那个似动实静的白发髻上的大红山茶花，似静实动的十七岁姑娘的眉目和四肢，作成一种奇异的对比，嵌入我生命中。

我心想，那双清明无邪的眼睛，在这个万山环绕不上二百五十户人家的小村落中，看过了些什么事情？那张含娇带俏的小小荷包嘴，到想唱歌时，应当唱些什么歌？还有那颗心，平时为屋后豺狼的长嗥声，盘在水缸边大黄喉蛇的歇凉神气，训练得稳定结实，会不会还为什么新的事情、新的想象、新的经验而剧烈跳跃？我倘若还不愿意放弃作一个画家的痴梦，真的画起来时，第一笔应捕捉那双眼睛上的青春光辉，还是应保留这个嘴角边温清笑意？

我还觉得有点不可解，即整理床铺，怎么不派个普通长工来，岂不是大家省事？既要来，怎么不是一个人，还得老太太同来？等等事一做完即得走去，难道也必需和老太太一道走？倘若不，我又应当怎么样？这一切，对于我真是一分离奇的教育。我也许稍微有了点儿醉。我不由得不笑了。

我说："对不起，一万分对不起！我这不速之客真麻烦了老太太，麻烦了这位大姐，老太太累了，应当休息了。"

从那个忍着笑代表十七岁年纪微向上翘的嘴角，我看出一种回答，意思清楚分明。

"那样对不起？城里人请也请不来！来了又不吃酒，不吃肉，只会客气。"

"……"

的确是，城里人就会客气，礼貌周到，然而总不甚诚实。好像这个批评当真即是从对面来的，我无言可回，沉默了。即想换个题目，也无话可说了。

到两人为我把床铺好时，老太太就拍一拍那个垫上绣有"长命富贵""丹凤朝阳"的扣花枕帕的旧式硬枕，口中轻轻的近于祝愿的语气说："好好睡，睡到天大亮再醒，不叫你你就莫醒！"一面说一面且把个小小红纸包儿悄悄塞到枕下去。我虽看得异常清楚，却装作不曾注意。于是，那两个人相对笑笑，像是办完一件大事。老太太又摇摇灯座，油还不少，扭一扭灯头，看机关灵活不灵活。又验看一下茶壶，炖在炭盆边很稳当。一种母性的体贴，把凡是想得到的都注意一下后，再说了几句不相干闲话，就走了。那个十七岁的笑和沉默也走了。

我因之陷入一种完全孤寂中。听到两人在院子转角处踏雪声和笑语声，这是什么意思？充满好奇的心情，伸手到枕下掏摸，果然就抓住了一样小东西，一个被封好的谜。小心谨慎裁开一看，原来是包寸金糖。方知道是老太太举行一种乡村古旧的仪式。乡下习惯，凡新婚人家，对于未婚的陌生男客，照例是不留宿的。若留下在家中住宿时，必祝福他安睡，恐客人半夜里醒来有所见闻，大清早不知忌讳，信口胡说，就预先用一包糖甜甜口，封住了嘴。一切离不了象征，唯其是象征，简单仪式中即充满了牧歌素朴的抒情。我因为记得一句旧话，入境问俗，早经人提及过，可绝想不到自己即参加了这一角。我明早上将说些什么？是不是这时脑中想起的，眼中看到的，也近于一种忌讳？

六十里的雪中长途跋涉，即已把我身体弄得十分疲倦，在灯火煌煌笙鼓竞奏的喜筵上，甜酒和笑谑所酿成的空气中，乡村式的欢乐的流注，再加上那个十七岁下姑娘所能引我的幻想或联想，似乎把我灵魂也弄得相当疲倦！因此，躺入那个暖和，轻软，有干草干果香味的棉被中，不多久，就被睡眠完全收拾了。

现在我又呼吸于这个现代传奇中了。炭盆中火星还在爆炸，假若我早醒五分钟，是不是会发现房门被一只手轻轻推开时，就有一双好看眼睛一张有式样的嘴随同发现？是不是忍着笑跷起脚进到房中后，一面整理火盆，一面还向帐口悄悄张望，一种朴质与狡狯的混合，只差开口，"你城里人就会客气"，到这种情景下，我应当忽然跃起，稍微不大客气的惊吓她一下，还是尽含着糖，不声不响？……

我不能够这样尽躺着，油紫色带锦绶的斑鸠，已在雪中咕咕咕呼朋集伴。我得看看雪晴浸晨的庄宅，办过喜事后的庄宅，那份零乱，那份静。屋外的溪涧，寒林和远山，为积雪掩覆初阳照耀那份调和，那份美，还有雪原中路坎边那些狐兔鸦雀径行的脚迹，象征生命多方的图案画。但尤其使我发生兴趣感到关切的，也许还是另外一件事情。新娘子按规矩大清早和丈夫到井边去挑水时，是个什么情景？那一双眉毛，是不是当真于一夜中，就有了极大变化，一眼望去即能辨别？有了变化后，和另外那一位年纪十七岁的成熟待时大姑娘，比较起来究竟有什么不同？

盥洗完毕，走出前院去，想找寻一个人，带我到后山去望望，并证实所想象的种种时，真应了俗话所说，"莫道行人早，还有早行人"，不意从前院大胡桃树下，便看见那作新郎的朋友，正蹲在雪地上一大团毛物边，有所检视，才知道新郎还是按照向例，天微明即已起身，带了猎狗和两个长工，上后山绕了一转，把装套设阱处一一看过，把所得到的一一收拾回来。从这个小小堆积中，我们发现两只麻兔，一只长尾山猫，一只灰獾，两匹黄鼠狼，装置捕机的地面，不出庄宅后山半里路范围，夜中即有这么多触网入縠的生物。而且从那不同的形体，不同的毛色，想想每个不同的生命，在如何不同情形中，被大石块压住腰部，头尾翘张，动弹不得；或被牛皮圈套扣住了前脚，高悬半空；或是被机关木梁竹签，扎中肢体某一部分，在痛苦惶遽中，先是如何努力挣扎，带着绝望的低嗥，挣扎无从，精疲力尽后，方充满悲苦的激情，眼中充血沉默下来，等待天明，到末了终不免同归于尽：遗体陈列到这片雪地上，真如一幅动人的彩画，但任何一种图画，却不曾将这个近于不可思议的生命复杂与多方，好好表现出来。

后园竹林中的斑鸠呼声，引起了朋友的注意。我们于是一齐向后园跑去，朋友撒了一把绿豆到雪地上，又将一把绿豆灌入那支旧式猎枪中，（上火药时还用羚羊角！）藏身在一垛稻草后，有所等待。不到一会儿，枪声响处，那对飞下雪地啄食绿豆的斑鸠，即中了从枪管中喷出的绿豆，躺在雪中了。吃早饭时，新娘子第一回下厨做的菜，送上桌子时，就是一盘辣子炒斑鸠。

一面吃饭一面听新郎述说上一月下大围猎虎故事，使我仿佛加入了那个在自然壮丽背景中，人与另外一种生物，充满激烈活动，如何由游戏而进入争斗，又由流血转增宗教的庄严。

新娘子的眉毛还是弯弯的，脸上有一种腼腆之光，引起我老想要问一句话，又像是因为昨夜老太太塞在枕下那包糖，当真封住了口，不便启齿。可是从外面跑来一个长工，却代替了我，在桌前向主人急促陈诉：

"老太太，大少爷，你家巧秀？她走了，跟男人走了。有人在坳上亲眼看见过，和昨天吹唢呐那个棉寨人，一齐逃走的。一定向雅拉营跑，要追还追得上，不会很远！巧秀背了个小小包袱，笑嘻嘻的，跟汉子，不知羞！"

"咦，咦！"一桌旁七个吃饭的人，都为这个离奇消息给愣住了。这个情绪集中的一刹那，使我意识到两件事，即眉毛比较已无可希望，而我再也不能作画家。

我一个人重新枯寂的坐在这个小房间火盆边。听着炖在火盆上铜壶的白水沸腾，好像失去了点什么，不经意被那个十七岁私奔的乡下姑娘，收拾在她那个小小包袱中，带到一个不可知不易想的小小地方去了。我得找回来才是事，可是向那儿去找？

不过事实上我倒应分说得到了一点什么。得到的究竟是什么？我问你读者，算算时间，我来到这个乡下还只是第二天，除掉睡眠，耳目官觉和这里一切接触还不足七小时，生命的丰满，洋溢，把我感情或理性，已给完全混乱了。

阳光上了窗棂，屋外檐前正滴着融雪水。我年纪刚满十八岁。

十月十二重写

本篇发表于1946年10月20日《经世日报·文艺》。署名沈从文。同年11月4日又于《中国日报·文艺周刊》发表。据《经世日报·文艺》编入。

巧秀和冬生

雪在融化。田沟里到处有注入小溪河中的融雪水，正如对于远海的向往，共同作成一种欢乐的奔赴。来自留有残雪溪涧边竹篁丛中的山鸟声，比地面花草还占先透露出春天消息，对我更俨然是种会心的招邀。就中尤以那个窗后竹园的寄居者，全身油灰颈膊间围了一条锦带的斑鸠，作成的调子越来越复杂，也越来越离奇。

"巧秀，巧秀，你当真要走？你莫走！"

"哥哥，哥哥，喔。你可是叫我？你从不理我，怎么好责备我？"

原本还不过是在晓梦迷蒙里，听到这个古怪而荒谬的对答，醒来不免十分惆怅。目前却似乎清清楚楚的，且稍微有点嘲谑意味，近在我耳边诉说，我再也不能在这个大庄院住下了。因此用"欢喜单独"作为理由，迁移个新地方，村外药王宫偏院中小楼上。这也可说正是我自己最如意的选择。因为庙宇和村子有个大田坝隔离，地位完全孤立。生活得到单独也就好像得到一切，为我十八岁年纪时所需要的一切。

我一生中到过许多希奇古怪的去处，过了许多式样不同的桥，坐过许多式样不同的船，还睡过许多式样不同的床。可再也没有比半月前在满家大庄院中那一晚，躺在那铺楠木雕花大床上，让远近山鸟声和房中壶水沸腾，把生命浮起的情形心境离奇。以及迁到这个小楼上来，躺在一铺硬板床上，让远近更多山鸟声填满心中空虚，所形成一种情绪更幽渺难解！

院子本来不小，大半都已为细叶竹科植物的蕃植所遮蔽，只余一条青石板砌成的走道，可以给我独自散步。在丛竹中我发现有宜于作手杖的罗汉竹和棕竹，有宜于作箫管的紫竹和白竹，还有宜于作钓鱼竿的蛇尾竹。这一切性质不同的竹子，却于微风疏刷中带来一片碎玉倾洒，带来了和雪不相同的冷。更见得幽绝处，还是小楼屋脊因为占地特别高，宜于遥瞻远瞩，几乎随时都有不知名鸟雀在上面歌呼；有些见得分外从容，完全无为的享受它自己的音乐，唱出生命的欢欣；有些又显然十分焦躁，如急于招朋唤侣，而表示对于爱情的渴望。那个油灰色斑鸠更是我屋顶的熟客，本若为逃避而来，来到此地却和它有了更多亲近机会。从那个低沉微带忧郁反复嘀咕中，始终像在提醒我一件应搁下终无从搁下的事情，即巧秀的出走。即初来这个为大雪所覆盖的村子里，参加朋友家喜筵过后，房主人点上火炬预备送我到偏院去休息时，随同老太太身后，负衾抱裯来到我那个房中，咬着下唇一声不响为我铺床理被的十七岁乡下姑娘巧秀。我正想用她那双眉毛和新娘子眉毛作个比较，证实一下传说可不可靠。并在她那条大辫子和发育得壮实完整的四肢上，做了点十八岁年青人的荒唐梦。不意到第二天吃早饭桌边，却听人说她已带了个小小包袱，跟随个吹唢呐的乡下男子逃走了。在那个小小包袱中，竟像是把我所有的一点什么东西，也于无意中带走了。

　　巧秀逃走已经半个月，还不曾有回头消息。试用想象追寻一下这个发辫黑，眼睛光，胸脯饱满乡下姑娘的去处，两人过日子的种种以及明日必然的结局，自不免更加使人茫然若失。因为不仅偶然被带走的东西已找不回来，即这个女人本身，那双清明无邪眼睛所蕴蓄的热情，沉默里所具有的活跃生命力，都远了，被一种新的接续而来的生活所腐蚀，遗忘在时间后，从此消失了，不见了。常德府的大西关，辰州府的尤家巷，以及沅水流域大小水码头边许多小船上，经常有成千上万接纳客商的小婊子，脸宽宽的眉毛细弯弯的，坐在舱前和船尾晒太阳，一面唱《十想郎》小曲遣送白日，一面纳鞋底绣花荷包，企图用这些小物事连结水上来去弄船人的恩情。平凡相貌中无不有一颗青春的心永远在燃烧中。一面是如此燃烧，一面又终不免为生活缚住，挣扎不脱，终于转成一个悲剧的结束，恩怨交缚气量窄，投河吊颈之事日有所闻。追源这些女人的出处背景时，有大半和巧秀就差不多，缘于成年前后那份痴处，那份无顾忌的热情，冲破了乡村习惯，不顾一切的跑去。从水取譬，"不到黄河心不死"。但大都却不曾流到洞庭湖，便滞住于什么小城小市边，过日子下来。向前既不可能，退后也办不到，于是如彼如此的完了。

我住处的药王宫，原是一村中最高议会所在地，村保国民小学的校址，和保卫一地治安的团防局办公处。正值年假，学校师生都已回了家。议会平时只有两种用途：积极的是春秋二季邀木傀儡戏班子酬神还愿，推首事人出份子。消极的便只是县城里有公事来时，集合士绅人民商量对策。地方治安既不大成问题，团防局事务也不多，除了我那朋友满大队长由保长自兼，局里固定职员，只有个戴大眼镜读《随园食谱》[①]用小绿颖水笔办公事的师爷，一个年纪十四岁头脑单纯的局丁。地方所属自卫武力虽有三十多支杂枪，却分散在村子里大户人家中，以防万一，平时并不需要。换言之，即这个地方目前是冷清清的。因为地方治安无虞，农村原有那分静，表面看也还保持得上好。

搬过药王宫半个月来，除了和大队长赶过几回场，买了些虎豹皮，选了些斗鸡种，上后山猎了回毛兔，一群人一群狗同在春雪始融湿滑滑的涧谷石崖间转来转去，搅成一团，累得个一身大汗，其余时间居多倒是看看局里老师爷和小局丁对棋。两人年纪一个已过四十，一个还不及十五，两面行棋都不怎么高明，却同一十分认真。局里还有半部《聊斋志异》，这地方环境和空气，才真宜于读《聊斋志异》！不过更新的发现，却是从局里新孵的一窝小鸡上，及床头一束束草药的效用上，和师爷于短时期即成了个忘年交，又从另外一种方式上，和小局丁也成了真正知己。先是翻了几天《聊斋志异》，以为青凤黄英会有一天忽然掀帘而入，来到以前且可听到楼梯间细碎步声。事实上雀鼠作成的细碎声音虽多，青凤黄英始终不露面。这种悬想的等待，既混和了恐怖与欢悦，对于十八岁的生命言也极受用。可是一和两人相熟，我就觉得抛下那几本残破小书大有道理，因为随意浏览另外一本大书某一章节，都无不生命活跃引人入胜！

---

① 即清·袁枚《随园食单》。

原来巧秀的妈是溪口人，二十三岁时即守寡，守住那两岁大的巧秀和七亩山田。年纪青，不安分甘心如此下去，就和一个黄罗寨打虎匠相好。族里人知道了这件事，想图谋那片薄田，捉奸捉双把两人生生捉住。一窝蜂把两人拥到祠堂里去公开审判。本意也大雷小雨的把两人吓一阵，痛打一阵，大家即从他人受难受折磨情形中，得到一种离奇的满足，再把她远远的嫁去，讨回一笔财礼，作为脸面钱，用少数买点纸钱为死者焚化，其余的即按好事出力的程度均分花用。不意当时作族长的，巧秀妈未嫁时，曾拟为跛儿子讲作儿媳妇，巧秀妈却嫌他一只脚不成功，族长心中即憋住一腔恨恼。后来又借故一再调戏，反被那有性子的小寡妇大骂一顿，以为老没规矩老无耻。把柄拿到手上，还随时可以宣布。如今既然出了这种笑话，因此回复旧事，极力主张把黄罗寨那风流打虎匠两只脚捶断，且当小寡妇面前捶断。私刑执行时，打虎匠咬定牙齿一声不哼，只把一双眼睛盯看着小寡妇。处罚完事，即预备派两个长年把他抬回三十里外黄罗寨去。事情既有凭有据，黄罗寨人自无话说。可是小寡妇呢，却当着族里人表示她也要跟去。田产女儿通不要，也得跟去。这一来族中人真是面子失尽。尤其是那个一族之长，心怀狠毒，情绪复杂，怕将来还有事情，倒不如一不做二不休连根割断。竟提议把这个不知羞耻的贱妇照老规矩沉潭，免得黄罗寨人说话。族祖既是个读书人，读过几本"子曰"，加之辈分大，势力强，且平时性情又特别顽固专横，即由此种种，同族子弟不信服也得三分畏惧。如今既用维持本族名誉面子为理由，提出这种兴奋人的意见，并附带说事情解决再商量过继香火问题。人多易起哄，大家不甚思索自然即随声附和。阖族一经同意，那些无知好事者，即刻就把绳索磨石找来，督促进行。在纷乱下族中人道德感和虐待狂已混淆不可分。其他女的都站得远远的，只轻轻的喊着"天"，却无从作其他抗议。一些年青族中人，即在祠堂外把那小寡妇上下衣服剥个净光，两手缚定，背上负了面小磨石，并用藤葛紧紧把磨石扣在颈脖上。大家围住小寡妇，一面无耻放肆的欣赏那个光鲜鲜的年青肉体，一面还狠狠的骂女人无耻。小寡妇却一声不响，任其所为，眼睛湿莹莹的从人丛中搜索那个冤家族祖。族祖却在剥衣时装作十分生气，狠狠的看了几眼，口中不住说"下贱下贱"，装作有事也不屑再看，躲进祠堂里去了。到祠堂里就和其他几个年长族人商量打公禀禀告县里，准备大家画押，把责任推卸到群众方面去，免得出其他故事。也一面安慰安慰那些年老怕事的，引些圣经贤传除恶务尽的话语，免得中途变化。到了快要黄昏时候，族中一群好事者，和那个族祖，把小寡妇拥上了一只小船，架起了桨，沉默向溪口上游长潭划去。女的还是低头无语，只看着河中荡荡流水，以及被双桨搅碎水中的云影星光。也许正想起二辈子投生问题，或过去一时被族祖调戏不允许的故事，或是一些生前"欠人""人欠"的小小恩怨。也许只想起打虎匠的过去当前，以及将来如何生活，一岁大的巧秀，明天会不会为人扼喉咙谋死？临出发到河边时，一个老表嫂抱了茫然无知的孩子，想近身来让小寡妇喂点奶，竟被人骂为老狐狸，一脚踢开，心狠到临死以前不让近近孩子。但很奇怪就是从这妇人脸色上竟看不出恨和惧，看不出特别紧张。……至于一族之长的那一位呢，正坐在船尾梢上，似乎正眼也不想看那小寡妇。其实心中却漩起一种极复杂纷乱情感，为去掉良心上那些刺，只反复喃喃以为这事是应当的，全族脸面攸关，不能不如此的。自己既为一族之长，又读过书，实有维持风化道德的责任。当然也并不讨厌那个青春康健光鲜鲜的肉体，讨厌的倒是"肥水不落外人田"，这肉体被外人享受。妒忌在心中燃烧，道德感益强迫虐狂益旺盛。至于其他族人中呢，想起的或者只是那几亩田将来究竟归谁管业。都不大自然，因为原来那点性冲动已成过去，都有点见输于小寡妇的沉静情势。小船摇到潭中最深处时，荡桨的把桨抽出水，搁在舷边。船停后轻轻向左旋着，又向右旋。大家都知道行将发生什么事。一个年纪稍大的某人说："巧秀的娘，巧秀的娘，冤有头，债有主，你好好的去了吧。你有什么话嘱咐？"小寡妇望那个说话安慰她的人，过一会儿方低声说："三表哥，做点好事，不要让他们捏死我巧秀喔，那是人家的香火！长大了，不要记仇！"大家静默了。美丽黄昏空气中，一切沉静，谁也不肯下手。老族祖貌作雄强，心中实混和了恐怖与庄严。走过女人身边，冷不防一下子把那小寡妇就掀下了水，轻重一失衡，自己忙向另外一边倾坐，把小船弄得摇摇晃晃。人一下水，先是不免有一番小小挣扎，因为颈背上悬系那面石磨相当重，随即打着漩向下直沉。一阵子水泡向上翻，接着是水天平静。船随水势溜着，渐渐离开了原来位置，船上的年青人眼都还直直的望着水面。因为死亡带走了她个人的耻辱和恩怨，却似乎留念给了每人一份看不见的礼物。虽说是要女儿长大后莫记仇，可是参加的人那能忘记自己作的蠢事，几个人于是俨然完成了一件庄严重大的工作，把船掉了头。死的已因罪孽而死了，然而"死"的意义却转入生者担负上，还得赶快回到祠堂里去叩头，放鞭炮挂红，驱逐邪气，且表示这种勇敢和决断行为，业已把族中受损失的荣誉收复。事实上却是用一切来拔除那点在平静中能生长，能传染，影响到人灵魂或良心的无形谴责。即因这种恐怖，过四年后那族祖便在祠堂里发狂自杀了。只因为最后那句嘱咐，巧秀被送到八十里远的满家庄院，活下来了。

巧秀长大了，亲眼看过这一幕把她带大的表叔，团防局的师爷，有意让她给满家大队长做小婆娘，有个归依，有个保护。因为大太太多年无孕息，又多病，将来生男育女还可望扶正。大队长夫妇都同意这个提议。只是老太太年老事多，加之有个痛苦记忆在心上，以为得凡事从长作计。巧秀对过去事又实在毫无所知，只是不乐意。因此暂时搁置。

巧秀常到团防局来帮师爷缝补衣袜，和冬生也相熟。冬生的妈杨大娘，一个穷得厚道贤慧的老妇人，在师爷面前总称许巧秀。冬生照例常常插嘴提醒他的妈："我还不到十四岁，娘。""你今年十四明年就十五，会长大的！"两母子于是在师爷面前作小小争吵，说的话外人照例都不甚容易懂。师爷心中却明白，母子两人意见虽对立，却都欢喜巧秀，对巧秀十分关心。

巧秀的逃亡正如同我的来到这个村子里，影响这个地方并不多，凡是历史上固定存在的，无不依旧存在，习惯上进行的大小事情，无不依旧进行。

冬生的母亲一村子里通称为杨大娘。丈夫十年前死去时，只留下一所小小房产和巴掌大一片土地。生活虽穷然而为人笃实厚道，不乱取予，如一般所谓"老班人"。也信神，也信人，觉得这世界上有许多事得交把"神",又简捷,又省事。不过有些问题神处理不了,可就得人来努力了。人肯好好的做下去,天大难事也想得出结果;办不了呢,再归还给神。如其他手足贴近土地的人民一样,处处尽人事而处处信天命,生命处处显出愚而无知,同时也处处见出接近了一个"道"字。冬生在这么一个母亲身边,从看牛,割草,捡菌子,和其他农村子弟生活方式中慢慢长大了,却长得壮实健康,机灵聪敏,只读过一年小学校,便会写一笔小楷字,且懂得一点公文程式。作公丁收入本不多,唯穿吃住已不必操心,此外每月还有一箩净谷子,一点点钱,这份口粮捎回作家用,杨大娘生活因之也就从容得多。且本村二百五十户人家,有公职身份公份收入阶级总共不过四五人,除保长队长和那个师爷外,就只那两个小学教员。所以冬生的地位,也就值得同村小伙子羡慕而乐意得到它。职务在收入外还有个抽象价值,即抽丁免役,且少受来自城中军政各方的经常和额外摊派。凡是生长于同式乡村中的人,都知道上头的摊派法令,一年四季如何轮流来去,任何人都挡不住,任何人都不可免,唯有吃公事饭的人,却不大相同。正如村中一脚踢凡事承当的大队长,派人筛锣传口信集合父老于药王宫开会时,虽明说公事公办,从大户摊起,自己的磨坊,油坊,以及在场上的槽坊,统算在内,一笔数目比别人照例出的多,且愁眉不展的感到周转不灵,事实上还得出子利举债。可是村子里人却只见到队长上城回来时,总带些文明玩意儿,或换了顶呢毡帽,或捎了个洋水笔,遇有公证画押事情,多数公民照例按指纹画十字,少数盖章,大队长却从中山装胸间口袋拔出那亮晃晃圆溜溜宝贝,写上自己的名字,已够使人惊奇,一问价钱数目才更吓人,原来比一只耕牛还贵!像那么做穷人,谁不乐意!冬生随同大队长的大白骡子来去县城里,一年不免有五七次,知识见闻自比其他乡下人丰富。加上母子平时的为人,因此也赢得一种不同地位。而这地位为人承认表示得十分明显,即几个小地主有十二三岁的小闺女的,都乐意招那么一个小伙子作上门女婿。

村子去县城已五十里,离官路也在三里外。地方不当冲要,不曾驻过兵。因为有两口好井泉,长年不绝的流,营卫了一坝好田。田坝四周又全是一列小山围住，山坡上种满桐茶竹漆，村中规约好，不乱砍伐破山，不偷水争水，地方由于长期安定，形成的一种空气，也自然和普通破落农村不同。凡事有个规矩，虽由于这个长远习惯的规矩，在经济上有人占了些优势，于本村成为长期统治者，首事人。也即因此另外有些人就不免世代守住佃户资格，或半流动性的长工资格，生活在被支配状况中。但两者生存方式，还是相差不太多，同样得手足贴近土地，参加劳动生产，没有人袖手过日子。唯由此相互对照生活下，依然产生了一种游离分子，亦即乡村革命分子。这种人的长成都若有个公式：小时候作顽童野孩子，事事想突破一乡公约，砍砍人家竹子作钓竿，摘摘人家园圃橘柚解渴，偷放人田中水捉鱼，或从他人装置的网罾中取去捉住的野兽。自幼即有个不劳而获的发明，且凡事作来相当顺手。长大后，自然便忘不了随事占便宜。浪漫情绪一扩张，即必然从农民身份一变而成为游玩。社会还稳定，英雄无用武之地，不能成大气候，就在本村子里街头开个小门面，经常摆桌小牌抽点头，放点子母利。相熟方面多，一村子人事心中一本册，知道谁有势力谁无财富，就向那些有钱无后的寡妇施点小讹诈。平时既无固定生计，又不下田，四乡逢场时就飘场放赌。附近三十里每个村子里都有二三把兄弟，平时可以吃吃喝喝，困难时也容易相帮相助。或在猪牛买卖上插了句嘴，成交时便可从经纪方面分点酒钱，落笔小油水。什么村子里有大戏，必参加热闹，和掌班若有交情，开锣封箱必被邀请坐席吃八大碗，打加官叫出名姓，还得做面子出个包封。新来年青旦角想成名，还得和他们周旋周旋，靠靠灯，方不会凭空为人抛石头打彩。出了事，或得罪了当地要人，或受了别的气扫了面子，不得不出外避风浪换码头，就挟了个小小包袱，向外一跑，更多的是学薛仁贵投军，自然从此就失踪了。若是个女的呢？情形就稍稍不同。生命发展与突变，影响于黄毛丫头时代的较少，大多数却和成年前后的性青春期有关。或为传统压住，挣扎无从，即发疯自杀。或突过一切有形无形限制，独行其是，即必然是随人逃走。唯结果总不免依然在一悲剧性方式中收场。

但近二十年社会既长在变动中，二十年内战自残自黩的割据局面，分解了农村社会本来的一切。影响到这小地方，也自然明白易见。乡村游侠情绪和某种社会现实知识一接触，使得这个不足三百户人家村子里，多有了三五十支杂色枪，和十来个退伍在役的连排长，以及二三更高级更复杂些的人物。这些人多近于崭新的一阶级，即求生存已脱离手足勤劳方式，而近于一个寄食者。有家有产的可能成为"土豪"，无根无柢的又可能转为"土匪"，而两者又必有个共同的趋势，即越来越与人民土地隔绝，却学会了世故和残忍。尤其是一些人学得了玩武器的技艺，干大事业又无雄心和机会，回转家乡当然就只能作点不费本钱的买卖，且于一种新的生活方式中，产生一套现实哲学。这体系虽不曾有人加以文字叙述，事实上却为极多数会玩那个愚而无知的人物所采用。永远有个"不得已"作借口，于是绑票种烟都成为不得已。会合了各种不得已而作成的堕落，便形成了后来不祥局面的扩大继续。但是在当时那类乡村中，却激发了另外一方面的自卫本能，即大户人家的对于保全财富进一步的技能。一面送子侄入军校，一面即集款购枪，保家保乡土，事实上也即是保护个人的特别权益。两者之间当然也就有了斗争，有流血事继续发生，而结怨影响到累世。这二十年一种农村分解形式，亦正如大社会在分解中情形一样，许多问题本若完全对立，却到处又若有个矛盾的调合，在某种情形中，还可望取得一时的平衡。一守固定的土地，和大庄院，油坊或榨坊糟坊，一上山落草；共同却用个"家边人"名词，减少了对立与磨擦，各行其是，而各得所需。这事看来离奇又十分平常，为的是整个社会的矛盾的发展与存在，即与这部分的情形完全一致。国家重造的设计，照例多疏忽了对于这个现实爬梳分析的过程，结果是一例转入悲剧，促成战争。这小村子所在地，既为比较偏远边僻的某省西部，地方对"特货"一面虽严厉禁止，一面也抽收税捐，在这么一个情形下，地方特权者的对立，乃常常因"利益平分"而消失。地方不当官路却宜于走私，烟土和巴盐的对流，支持了这个平衡的对立。对立既然是一种事实，各方面武器转而好像都收藏下来不见了。至少出门上路跑差事的人，求安全，徒手反而比带武器来得更安全，过关入寨，一个有衔名片反而比带一支枪更省事。

冬生在局里作事，间或得出出差，不外引导烟土下行或盐巴旁行。路不需出界外，所以对于这个工作也就简单十分。时当下午三点左右，照习惯送了两个带特货客人从界内小路过××县境。出发前，还正和我谈起巧秀问题。一面用棕衣包脚，一面托我整理草鞋后跟和耳绊。

　　我逗弄他说："冬生，巧秀跑了，那清早大队长怎不派你去追她回来？"

　　"人又不是溪水，用闸那关得住。人可是人！追上了也白追。"

　　"人正是人，那能忘了大队长老太太恩情？还有师爷，磨坊，和那个溪水上游的钓鱼堤坝，怎么舍得？"

　　"磨坊又不是她的财产。你从城里来，你欢喜。我们可不。巧秀心窍子通了，就跟人跑了，有仇报仇，有恩报恩，这笔账要明天再算去了。"

　　"她自己会回不回来？"

　　"回来吗？好马不吃回头草，那有长江水倒流。"

　　"我猜想她总在几个水码头边落脚，不会飞到海外天边去，要找她一定找得回来。"

　　"打破了的坛子，不要了！"

　　"不要了吗？你舍得我倒舍不得，她很好！"

　　我的结论既似真非真，倒引起了冬生的注意。他于是也似真非真的向我说："你欢喜她，我见她一定会告她，她会给你做个绣花抱肚，里面还装满亲口嗑的南瓜子仁。可惜你又早不说，师爷也能帮你忙！"

　　"早不说吗？我一来就只见过她一面。来到这村子里只一个晚上，第二早天刚亮，她就跟人跑了！"

　　"那你又怎么不追下去？下河码头熟，你追去好！"

　　"我原本只是到这里来和你大队长打猎，追麂子狐狸兔子，想不到还有这么一种山里长大的东西！"

　　这一切自然都是笑话，已过四十岁师爷听到我说的话，比不到十五岁冬生听来的意义一定深刻得多。因此也搭话说："凡事要慢慢的学，我们这地方，草草木木都要慢慢的才认识，性质通通不同的！"

冬生走后约一点钟，杨大娘却两脚黄泥到了团防局。师爷和我正在一窠新孵出的小鸡边，点数那二十个小小活动黑白毛毛团。一见杨大娘那两脚黄泥，和提篮中的东西，就知道是从场上回来的。"大娘，可是到新场办年货？你冬生出差去了，今天歇尖岩村，明天才能回来。可有什么事情？"

杨大娘摸一摸提篮中那封点心："没有什么事。"

"你那笋壳鸡上了孵没有？"

"我那笋壳鸡上城做客去了。"杨大娘点一点搁在膝头上的提篮中物，计大雪枣一斤，刀头肉半斤，元青鞋面布一双，香烛纸张……

问一问，才知道原来当天是冬生满十四岁的生庚日。杨大娘早就弯指头把日子记在心上，恰值鸦拉营逢场，犹自嘀咕了好几个日子，方下决心，把那预备上孵的二十四个大白鸡蛋从笋筐中一一取出，谨慎小心放入垫有糠壳的提篮里，捉好鸡，套上草鞋，到场上去和城里人打交道。虽下决心那么作，走到相去五里的场上，倒像原不过只是去玩玩，看看热闹，并不需要发生别的事情。因为鸡在任何农村都近于那人家属之一员，顽皮处和驯善处，对于生活孤立的老妇人，更不免寄托了一点热爱，作为使生活稍有变化的可怜简单的梦。所以到得人马杂沓黄泥四溅的场坪中转来转去等待主顾时，杨大娘自己即老以为这不会是件真事情。有人问价时，就故意讨个高过市价一半的数目，且作成"你有钱我有货，你不买我不卖"对立神气，不即脱手。因为要价高，城里来的老鸡贩，稍微揣揣那母鸡背脊，不还价，这一来，杨大娘必作成对于购买者有眼不甚识货轻蔑神气，撇撇嘴，掉过头去不作理会。凡是鸡贩子都懂得乡下妇人心理，从卖鸡人的穿着上即可明白，以为时间早，不忙收货，见要价特别高的，想故意气一气她，就还个起码数目。且激激她说："什么八宝精，值那样多！"杨大娘于是也提提气，学作厉害十分样子："你还的价钱只能买豆腐吃。"且像那个还价数目不仅侮辱本人，还侮辱了身边那只体面肥母鸡，怪不过意，因此掉转身，抚抚鸡毛，拍拍鸡头，好像向鸡声明，"再过一刻钟我们就回家去，我本来就只是玩玩的"！那只母鸡也像完全明白自己身份，和杨大娘的情绪，闭了闭小红眼睛，只轻轻的在喉间"骨骨"哼两声，且若完全同意杨大娘的打算。两者之间又似乎都觉得"那不算什么，等等我们就回去，我真乐意回去，一切照旧"。

到还价已够普通标准时，有认得她的熟人，乐于圆成其事，必在旁插嘴："添一点，就卖了。这鸡是吃包谷长大的，油水多！"待主顾掉头时，又轻轻的告杨大娘，"大娘要卖也放得手了。这回城里贩子来得多，也出得起价。若到城里去，还卖不到这个数目！"因为那句要卖得放手，和杨大娘心情冲突，所以回答那个好意却是：

"你卖我不卖，我又不等钱用。"

或者什么人说："不等钱用你来作什么？没得事作来看水鸭子打架，作个公证人？肩膊松，怎不扛扇石磨来？"

杨大娘看看，搜寻不出谁那么油嘴油舌，不便发作，只轻轻的骂着："悖时不走运的，你妈你婆才扛石磨上场玩！"

事情相去十五六年，石磨的用处，本乡人知道的已不多了。

……那有不等钱用这么十冬腊月抱鸡来场上喝风的人？事倒凑巧，因为办年货城里需要多，临到末了，杨大娘竟意外胜利，卖的钱比自己所悬想的还多些。钱货两清后，杨大娘转入各杂货棚边去，从各种叫嚷，赌咒，争持，交易方式中，换回了提篮所有。末了且像自嘲自诅，还买了四块豆腐，心中混合了一点儿平时没有的怅惘，疲劳，喜悦，和朦胧期待，从场上赶回村子里去。在回家路上，必看到有村子里人用葛藤缚住小猪的颈膊，赶着小畜生上路的，也看到有人用竹笋背负这些小猪上路的，使他想起冬生的问题。冬生二十岁结婚一定得用四只猪，这是六年后事情。她要到团防局去找冬生，给他个大雪枣吃，量一量脚看鞋面布够不够，并告冬生一同回家去吃饭，吃饭前点香烛向祖宗磕磕头。冬生的爹死去整十年了。

杨大娘随时都只想向人说："杨家的香火，十四岁，你们以为孵一窝鸡，好容易事！他爹去时留下一把镰刀，一副连枷……你不明白我好命苦！"到此眼睛一定红红的，心酸酸的。可能有人会劝慰说："好了，现在好了，杨大娘，八十一难磨过，你苦出头了！冬生有出息，队长答应送他上学堂。回来也会做队长！一子双挑讨两房媳妇，王保长闺女八铺八盖陪嫁，装烟倒茶都有人，你还愁什么？……"

事实上杨大娘其时却笑笑的站在师爷的鸡窝边，看了一会儿小鸡。可能还关心到卖去的那只鸡和二十四个鸡蛋的命运，因此用微笑覆盖着，不让那个情绪给城里人发现。天气已晚下来了。正值融雪，赶场人太多，田坎小路已踏得稀糊子烂，怪不好走。药王宫和村子相对，隔了个半里宽田坝，还有两道灌满融雪水活活流注的小溪，溪上是个独木桥。大娘心想"冬生今天已回不了局里，回不了家"。似乎对于提篮中那包大雪枣，"是不是应当放在局里交给师爷？"问题迟疑了一会儿，末后还是下了决心，提起篮子，就走了。我们站在庙门前石栏干边，看这个肩背已偻的老妇人，一道一道田坎走去。

时间大约五点半，村子中各个人家炊烟已高举，先是一条一条孤独直上，各不相乱。随后却于一种极离奇情况下，一齐崩坍下来，展宽成一片一片的乳白色湿雾。再过不多久，这个湿雾便把村子包围了，占领了。杨大娘如何作她那一顿晚饭，是不易形容的。灶房中冷清了好些，因为再不会有一只鸡跳上砧板争啄菠菜了。到时还会抓一把米头去喂鸡，始明白鸡已卖去。一定更不会料想到，就在这一天，这个时候，离开村子十五里的红岩口，冬生和那两个烟贩，已被人一起掳去。

我那天晚上，却正和团防局师爷在一盏菜油灯下大谈《聊斋志异》，以为那一切都是古代传奇，不会在人间发生。师爷喝了一杯酒话多了点，明白我对青凤黄英的向往，也明白我另外一种弱点，便把巧秀母亲故事告给我。且为我出主张，不要再读书。并以为住在任何高楼上，都不如坐在一只简单小船上，更容易有机会和那些使二十岁小伙子心跳的奇迹碰头！他的本意只是要我各处走走，不必把生活固定到一个小地方，或一件小小问题得失上。不意竟招邀我上了另外一只他曾坐过的小船。

我仿佛看到那只向长潭中桨去的小船，仿佛即稳坐在那只小船上，仿佛有人下了水，船已掉了头。……水天平静，什么都完事了。一切东西都不怎么坚牢，只有一样东西能真实的永远存在，即从那个小寡妇一双明亮，温柔，饶恕了一切带走了爱的眼睛中看出去，所看到的那一片温柔沉静的黄昏暮色，以及两个船桨搅碎水中的云影星光。巧秀已经逃走半个月，巧秀的妈沉在溪口长潭中已十六年。

　　一切事情还没有完结，只是一个起始。

一九四七年三月末北平

　　本篇发表于1947年6月1日《文学杂志》第2卷第1期。署名沈从文。

传奇不奇

（本文系接《赤魇》《雪晴》《巧秀和冬生》，为故事第四）

满老太太从油坊到碾坊。溪水入冬即枯落，碾槽停了工，水车上挂了些绿丝藻已泛白。上面还有些白鸟粪，一看即可知气候入冬，一切活动都近于反常，得有个较长休息。不过一落了雪，似乎即带来了一点春信息，连日因融雪，汇集在坝上长潭的融雪水，上涨到闸口，工人报说水量已经可转动碾盘。老太太因此来看看，帮同守碾坊的工人，用长柄扫帚打扫清理一下墙角和碾盘上蛛网蟏蛸钱，在横轴上钢圈上倒了点油，挂好了搁在墙角隅的长摇筛，一面便吩咐家中长工，挑一箩糯谷来试试槽，看看得不得用。因为照习惯，过年作糍粑很要几挑糯米，新媳妇拜年走亲戚，少不了糍粑和甜酒，都需要糯谷米。

工人回去后，满老太太把搁在旁边一个细篾烘笼提到手中，一面烘手一面走出碾坊，到坝上去看看。拟等待试过槽后，再顺便过村头去看看杨家冬生的妈。孩子送客人送了三天，还不曾转身，二三十里路并不算远，平时又无豺狼虎豹，路上一坦平。难道真是眼睛上有毛毛虫，掉到路旁"陷眼""地窟窿"里去了？还是追麂子兔子，闪不知走到雪里滚入湴泥田，拔脚不出惨遭灭顶？（这在雪地上总还有个踪迹消息！）此外只有一个原因，即早先已定下了主意，要学薛仁贵，投军奔前程，深怕寡母眼泪浸软了心，临时脱身不得，因为趁便走去。可是在局里当差，已经是在乡兵员，正好考学校，那还有更方便事情？并且这种少年子弟背井离乡的事情虽常有，照例是要因点外事刺激才会发生；受了什么人的气丢失面子，赌输了钱无法交代，和什么女子有过情分，难善终始，不易长此厮守下去，到后方不免有此一着，不是同走就是独行，努力把自己拔出家乡拔出苦恼，取得个转机。就冬生说这些问题都不成问题。局里师爷到庄子上去提供报告时，就证明薛仁贵投军事不大可信。只有一点点可疑处，即是不是因为巧秀走失，半个月还无消息，冬生孩子心实，因为心里有些包瞒着的事，说不出口，所以要告奋勇去把巧秀找寻回来。说不定事前还许愿发过誓找不到决不回乡。所以就失了踪。这自然只是局里师爷的猜想，无凭无据。不过由此出发，村子里于是有了以讹传讹的谣言：冬生到红岩口看见了巧秀，知道巧秀是和那吹唢呐的中砦人想要逃下常德府，凑巧和冬生碰头。两口子怕冬生小孩子口松出事，就把他一索子捆上，抛到江口大河里去了。事情虽没见证，话语却传到了老太太耳边。老太太心中慈悯，想去看看冬生的娘，安慰安慰这个妇人。

高枧地方二百户人家，满姓算是大族，满老太太家里，又是这一族中首户。近村子田产山坡产业，有大半属于这个人家。此外还有油坊、碾坊等等产业。五里外场集上又开了个官盐杂货铺，经常派有庄伙守店。猴子坪的朱砂矿，还出得有些股份，所以家中厅堂中的陈设，就是座大过一尺的朱砂山，在服药求仙时代，这东西是必需进贡到朝廷去，私人保有近于犯罪的。当家的主人就是年过六十还精神矍铄的满老太太。丈夫已死去十多年。生有二男二女：女的都已出嫁，身边只两个男孩，大的就是刚婚娶不久的地方保安队长，小的进城上学，在县里还只读初中三。两弟兄身体都很健康，按照一个乡下有管教地主子弟的兴趣，和保家需要不免都欢喜玩枪弄棒。家中有长工，有狗，有枪支，一个冬天，都用于骢子所谓"捕虎逐麇"游猎工作上消磨了。

老太太为人正直而忠厚，素朴而勤俭，恰恰如一般南中国旧式地主富农神情。家产系累代勤俭而来，所以门庭充分保留传统的好规矩。一身的穿着，照例是到处补丁上眼，却永远异常清洁。内外衣通用米汤浆洗得硬挺挺的，穿上身整整齐齐，且略有点米浆酸味和干草香味。头脚都拾理得周周整整，不仅可见出老辈身份，还可见出一点典型人格。一切行为都若与书本无关，然而却处处合乎古人所悬想，尤其是属于性情温良一面，俨若与道同在。更重要是深明财富聚散之理，平时赡亲恤邻，从不吝啬。散去了财产一部分，也就保持了更多部分。一村子非亲即友，遇什么人家出了丧事喜事，月毛毛丢了生了，儿子害了长病，和这家女主人谈及时，照例要陪陪悲喜，事后还悄悄的派人送几升米或两斤片糖去，尽一尽心。一切作来都十分自然，因此新屋落成时，村子里上了块金漆朱红匾额"乐善好施"。

一家人都并无一定宗教信仰，屋当中神位，供了个天地君亲师牌位，另外还供有太岁和土地神。灶屋有灶神，猪圈、牛栏、仓房也各有鬼神所主，每早晚必由老太太洗手亲自作揖上香，逢月初一十五，还得各处奠奠酒，颂祝人畜平安。一年四季必按节令虔诚举行各种敬神仪式，或吃斋净心，或杀猪还愿，不问如何，凡事从俗。过年时有门户处，都贴上金箔喜钱和吉祥对联，庆贺佳节。并一面预备了些钱米，分送亲邻。有羞羞怯怯来告贷的，照例必能如愿以偿。

一家财产既相当富有，照料经管需人，家中除担任团防局保卫一村治安的丁壮外，长年即雇有十来个长工，和两个近亲管事。油坊碾坊都有副产物，用之不竭，因此经常养了四只膘壮大牯牛，两栏肥猪，几头羊，三五十只鸡鸭，十多窝鸽子，几只看家狗。大院中还喂有两只锦鸡，一对大耳兔子，两缸金鱼。后园尚有几箱蜜蜂。对外含有商务经济，虽由管事经手，内外收支，和往来亲戚礼数往还以及债务数目，却有一本无字经记在老太太心中，一提起，能道出源源本本。

老太太对日常家事是个现实主义者，对精神生活是个象征主义者，对儿女却又是个理想主义者；一面承认当前，一面却寄托了些希望于明天。大儿子若有实力可以保家，有精力能生二男二女，她还来得及为几个孙子商定亲事，城里看一房亲，乡里看一房亲。两孙女儿也一城一乡许给人家。至于第二儿子的事呢，既读了书，就照省城里规矩，自由自由，找一个城里女学生，让她来家里玩风琴唱歌也好。只要二儿子欢喜都可照办，二儿子却说还待十年再结婚不迟。……冬生呢，她想也要帮帮忙，到成年讨媳妇时，送十亩地给他做。

老太太的梦相当健康也相当渺茫，因为中了俗话说的人有千算天有一算，一切合理建筑起来的楼阁，到天那一算出现时，就会一齐塌圮成为一堆碎雪破冰，随同这个小溪流的融雪水，泛过石坝，钻过桥梁，带入大河终于完事。

老太太见长工挑着两半箩谷子从庄子里走出，直向碾坊走来，后面跟了两个人，一个面生一个就是正想看看的冬生的妈杨大娘。还不及招呼，却发现了那个杨大娘狼狈焦急神气，赶忙迎接上去："大姨，大姨，你冬生可回来了吗？我正想去看您！"

杨大娘两脚全是雪泥，萎悴悴的，虚怯怯的，身子似乎缩小了许多，轻轻咒了自己一句："菩萨，我真是悖时！"

老太太从神气估出了一点点谱，问那陌生乡下人："大哥，你可是新场人？"

挑谷子长工忙说："鸡冒老表，这是队长老太太，你说你那个。"

老太太把一众让进碾房去，明白事情严重。

那人又冷又急，口中打结似的，说了两三遍。才理畅了喉，禀告来意。从来人口中方知道失踪三天的冬生，和伴送那两挑烟土，原来在十里外红岩口，被砦子上田家兄弟和一小帮人马拦路抢劫了。因为首先押到鸡冒老表在山脚开的小饭铺烤火，随后即一同上了山，不知向什么地方走了。鸡冒认得冬生，看冬生还笑眯眯的，以为不是什么大事。昨天赶场才听人说冬生久不回村子，队长还放口信找冬生，打听下落。才知道冬生是和烟帮一起被劫回不来。那群人除了田家兄弟面熟，还有个大家都叫他作五哥，很像是会吹唢呐的中砦人，才二十来岁一个好后生，身上还背个盒子炮，威风凛凛。冬生还对他笑也对鸡冒老表笑，意思可不明白。来人一再请求老太太，不要张扬说这事是他打的报告，因为他怕田家兄弟烧房子报仇。他又怕不来报告，将来保上会有人扳他连坐，以为这一行人曾到他店铺里烤过火。两个土客的逃回，更证实了前后经过如何实在。

下半天，这件事即传遍了高枧。队长在团防局召集村保紧急会议，商量这事是进行私和还是打公禀报告县里。当场有个满家人说：红岩口地方本在大队长治安范围内，田家人这种行为近于不认满家的账才如此。若私和，照规矩必这方面派人去接洽，商量个数目，满家出笔钱方能把人货赎出。这事情已有点丢面子。事情破例不得，一让步示弱，就保不定有第二回故事。并且一伙中还有个拐巧秀逃走的中砦人，拐了人家黄花女，还敢露面欺人，更近于把唾沫向人脸上吐。大队长和师爷一衡量轻重，都主张一面召集丁壮，一面禀告县里剿匪。大队长并亲自上县城，呈报这件事，请县长带队伍下乡督促，惩一警百。县长是个少壮军官，和大队长谈得来，年青喜事，正想下乡打猎，到队长家中去住住。于是第二早即带了一排县警备队，骑马和队长下乡。到了高枧，县长住在大队长家中，三十个县警队都住在药王宫团防局里。

县长出巡清乡到了高枧，消息一传出后，大队长派过红岩口八里田家砦的土侦探，回来禀报，一早上田家兄弟带了四支枪和几挑货物，五六挑糍粑，三石米，一桶油，三十来个人，一齐上了老虎洞。冬生和巧秀和吹唢呐那个人也在队伍里。冬生萎萎悴悴，光赤着一只脚板。田家兄弟还说笑话壮村子里乡下人胆，县长就亲自来，也不用怕。守住上下洞，天兵天将都只好仰着个脖子看，看累了，把附近村子里的鸡吃光了，还是只有坐轿子回县里去，莫奈我田老大何。

县长早明白接近边境矿区人民蛮悍有问题，不易用兵威统治。本意只是利用人民怕父母官心理，名义上出巡剿匪，事实上倒是来到这个区域几个当地大乡绅家住住，开开会，商量出个办法。于时那出事的一区负责人，即可将案中人货，作好作歹交出，或随便提个把倒霉乡下人（或三五年前犯过案或只是穷而从不作坏事的），糊涂割下头来，挂在场集上一示众。另一面又即开会各村各保摊筹一笔清乡子弹费，慰劳费，公宴费，草鞋费，并把乡绅家的腊肉香肠挑两担，老母鸡大阉鸡捉个三五十只，又作为治太太心气痛，敛个白花阴干浆子货百八十两，鲜红如血的箭头砂又收罗个三五十两，于是排队打道回衙。派秘书一面写新闻稿送省里拿津贴的报馆，宣称县座某日出巡，某日归来，亲自率队深入匪区击毙悍匪赛宋江和彭咬脐。一面又将这事情禀报给省府，用卑职称呼同样宣传一番。花样再多一些，还可用某乡民众代表名义登报，一注三下，又省事又热闹，落得个名利双收。

田家兄弟看准了县座平时心理，可忽略了县长和大队长这时要面子争面子的情绪状态。

得到报告五点钟后，高枧属百余壮丁，奉命令都带了自卫武器和粮食，围剿老虎洞巨匪。县长并亲自督战。因为县长的驾临，已把一村子人和队长忙而兴奋到无可比拟情形。就中只有两个妇人反而又害怕又十分忧愁，不知如何是好，沉默无语，一同躲在碾坊里，心抖抖的从矮围墙缺口看队伍出发。一个是冬生的老母，只担心被迫躲入老虎洞里的冬生，会玉石俱焚，和那一伙强人同归于尽，自己命根子和一切希望从而割断，还有一个是一生为人忠厚的满老太太，以为这件事和田家人结怨结仇，实在可怕。两人身边还有那个新媳妇，脸上尚带着腼腆光辉，不知说什么好想什么好。大队长虽已骑上了那匹白骡子，斜佩了支子弹上膛的盒子炮，追随县长马后出发，像忽然体会到了寡母的柔弱爱情和有见识远虑，忙回头跑到碾坊里来。

"妈唉，妈唉，你不要为我担心，我们人多，不会吃亏的!"

可是一看到满老太太和杨大娘两双皱纹四锁湿莹莹的小小眼睛，和新媳妇一双带笑黑眼睛，就明白家中老一辈担心的还有更深一层意义，不免显得稍稍慌张失措，结结凝凝的说："娘，你放心! 我们不会随便杀死人的。都是家边人，无冤无仇，县长也说过，这回事只要肯交出冬生和…………罚一点款，就可了结。我不会做蠢事杀一个人，让后代结仇结恨，缠个不休!"

老太太说："你万千小心，不要出事! 你不比县官，天大的祸事都惹得起。你是本地人，背贴着土，你爷爷老子坟都埋在这里，不能做错事! 我心都疼破了，求你老子保佑你。菩萨保佑你，我为你许了两只猪!"

新媳妇年纪轻不甚懂事，只觉得大队长格外威武英俊。

一行人众向老虎洞出发时，村中妇孺长老都一同站在门前田塍上和药王宫前面敞坪中看热闹，这个乱杂杂的队伍和雪后乡村的安静，恰恰形成一个对比，给人印象异常鲜明。都不像在进行一件不必要的残杀，只是一种及时田猎的行乐。

老虎洞位置在高枧偏东二十里，差二里许路即和县属第九保区接壤。田姓在九保原为大族，先数代曾出过一个贡生，一个参将，入民国又出过一个营长。有一房还管过两年猴子坪的水银矿，这点功名权势，在乡下结果是有相当意义的，影响到这一族是一部分子弟从庄稼汉转入县里中学读书，另外一部分子弟，又由田里转上山砦，保留个对泥田砚田均无兴趣，不耕而获的幻想，先还是用镰刀获人的庄稼，随同民国民族历史堕落的发展，到后即学会用火器收获他人的财物。有一些不肖子弟在本村留不住脚后，方转入高枧属刨荒山。高枧属土地最富腴原在满家住的村子，那一坝冬水田和四山茶桐梓漆，再加上去本村五里官路上的那个大市集，每逢三六把附近五十里货物集中交易，即以山货杂物盐布茶漆的集散，影响到许多人经济生活，得天独厚处，已够其他村保人民羡慕，自恨不如。加上满族大户财富势力集中，自然更遭物忌。老虎洞在高枧属算极荒瘠，地在××河上游，平时水源小，满河滩全是青石和杂草。夹岸是青苍苍两列悬岩，有些生长黄杨树杂木，有些却壁立如削，草木不生。老虎洞分上下二洞，都在距河滩百丈悬岩上，位置天生奇险，上不及天下不及泉，却恰好有一道山缝罅可以上攀。一洞干涸，里面铺满白沙，一洞有天生井泉，冬夏不竭，向外直流成一道细小悬瀑。两洞面积大约可容上千人左右，平时只有十月后乡下人来熬洞硝，作土炮火药或烟火爆竹用，到兵荒马乱年头，乡下人被迫非逃难不可时，两属村子里妇孺，才带了粮食和炊具，一齐逃到洞中避难，待危险期过后再回村中。后来有逃难人在洞中生育过孩子，孩子长大成了事业，因此在干洞中修了个娘娘庙，乡下求子的就爬上洞中来求子，把庙中泥塑木雕女菩萨穿上绣花袍子。地方既常有香火供奉，也就不少人踪。只是究竟太险，地方虽美好实荒凉，站在洞口向下望，向远望，有时但见一片烟岚笼罩树木岩石，泉水淙淙，怪鸟一鸣，令人绝俗离世。

两个洞既为人预先占据，把路一堵住，便成绝地。除附近小小山缝还生长些细藤杂树，鼯鼠猿猱可以攀援，任何人想上下都不可能。

做案的田家人本意不过是把土货夺过手，放冬生回去传话，估量满家有钱怕事，可以换两支枪。凑巧冬生和拐巧秀逃到田家砦子吹唢呐的一位迎面碰头，于是把冬生暂时扣下，且俟派人接头换得了枪，大家向贵州逃奔时再释放冬生。不意吴用孔明算左了计，把握不住现实，大队长为面子计，竟邀县长出巡剿匪。这一来，因激生变，不能瓮中捉鳖，让人暗算，大伙儿只好一齐入老虎洞，以逸待劳，把个大队长拖软整溶再办交涉。

当地人民武力集中在河下悬崖两头，预备用封锁方式围困洞中一伙时，洞中一伙当真即以逸待劳，毫不在意的，在上面打鼓打锣的叫嚷笑闹。一切都若有恃无恐，要持久战下去，且算定持久下去，官方和高枧一村子人，都必然在疲劳饥饿下失败。地势既有利于洞中一伙，下面新火器不仅无从使用，且得从草丛石砾间找寻掩蔽，防备上面用火器或石卵瞄准。好些情形都和《荷马史诗》上所叙战事方法相差不多，今古不同处即在这种情形下，纵再有个聪明人想得出用大木马装载武士，也无法接近洞口，趁隙入洞。

县长先是远远的停在一个石堆后，指挥这个攻势。打了百十枪后，不意上面锣鼓声更加热闹。天已入暮，山谷中夜风转紧，只好停止进攻，派兵士砍松树就僻处搭棚，升火造饭，大家过夜。

第二天想出了主意，调三十名县警队从三里外红岩口爬上对山，伏在崖上向洞中取准。把锣鼓打息了一会儿，随后却忽然见到洞中三尊穿红缎袍子的塑像，直通洞口，锣鼓又重新自洞中传出，枪弹虽打中洞口目标，实无从伤着那些混和野性与顽劣作成的嘲侮表现，这一天的攻势只证明一件事，即洞中人当真有新式武器，洞口也还击了十来响枪，大队长从枪声中分辨得出当时著名的春田、小口紧和盒子炮，而且一共有五支枪，比侦探报告还多一支。

大队长虽杀羊宰猪作犒劳，还为县长预备腊肉野味和茅台酒，又派人从家中带了虎皮狸子皮褥垫、行军床，过野外生活。到了第四天，县长的打猎趣味已索然兴尽，剿匪兴奋则真如田家兄弟说的，完全用疲倦代替，借故说县里还要开清乡会议，得赶回去主持。又说洞中匪徒，已成瓮中之鳖，迟早终必授首。只要派少数人把住山脚路口，再好好计划把守住岩壁两端和红岩口村子大路，匪党纵再顽狠，不久也依然会授首成擒！县长于是召集高枧人民，训话一个半钟头，指挥了一大套战略，还零零碎碎称引了许多似可解不可解《孙子兵法》上的话语，证实武德武学两臻善美外，县长于是骑上马，押着三十个缩缩瑟瑟的土制队伍，和几担土产，一大坛米酒，一大坛菌子油，以及一笔来自人民的犒劳，骑在马背上摇摇荡荡回返县城去了。

大队长作了督战官，采用了"军师吴用"的意见，用《孙子兵法》上成语，稳住了自己失败意识，继续包围下去。

到了第七天，高枧属其他村子里自卫队，带来的粮食大半已吃光了，又已快过年时节，各有事做，不能不请求回家。照大队长意见，天气那么冷，全部回家也极自然。可是县长却于此时来个极严厉命令，限旬日攻克，不得牵延支吾，致干未便。末尾一句话，好像是把大队长踢了一脚，不免闷昏昏的，又急又气。真真是小不忍则乱大谋，深悔事先不和母亲商量，结果真是骑虎难下。

局中师爷和我各背了个被卷去红岩口老虎洞观战，先是到河下看了许久，又爬上对山去，欣赏一番。一切情景都像只宜于一个风景画家取材而预备的，不是为流血而预备的。可是事实两个山洞中却正有三十来个生气活跃的人在被围困中。倘若一直围下去总有一天洞中人会全体饿毙的。然而这时节山洞中却日夜可闻锣鼓，欢呼声。师爷即景生情，想出了个新主意，以为对面山岩也必然可以爬上去。若爬得上去，估计顶上距洞口不会到一百五十步。村子中有的是石匠，为什么不调遣两个到老虎洞山谷顶上去，慢慢的从缝岩打条小路下达洞口，从上面作个攻势？不及到洞口，我们就可以派个人去办交涉，和里面掌舵的谈谈条件，看看是不是可以谈得开！

两个石匠当真就着手工作，到得峰壁顶上时，方知道山夹缝石头错落，还可攀藤附葛勉强上下。因此同时在山顶上也派了人防守，免得从这条路逃脱。仅仅四天，那悬崖路已开到离上洞不及三丈远近，已可听得洞中人谈话。大队长告奋勇从顶上攀着绳子溜到那个地方去，招呼洞里人开谈判。只要允许把人货枪三者一齐交出，即可保障一伙人生命安全。洞中人却答应还人还货，可不缴枪。为的是缴过了枪，虽目前可以由族上高年作保，一切无事，此后几个人安全可就无多大把握。尤其是首谋的田家兄弟，和那个拐巧秀逃走吹唢呐的中砦人，在洞口称五哥管事，怕大队长饶放不过。若果不缴枪呢，大队长一方面又不免担心。因为乡下人习性他摸得熟，事本来即从"不服气"而挑衅，这次不成功，从口中抠出了肉团团，气不降下，还会闪不知作出更严重的举动，再向三十里边上一跑了事。到后又由局里师爷和那中砦人商讨办法，问题依然僵持，不能解决。不过却因此知道巧秀的确藏在洞中做押砦夫人，师爷叫她时她不则声。

最后一着是冬生的妈杨大娘，腰上系着一条粗麻绳，带了两件新衣，一双鞋，两斤糍粑，攀藤援葛慢慢下到洞口上边绝壁路尽处。

"冬生，冬生，你还在吗?"

只听到洞里有个人传话："冬生，冬生，有人叫你! 你妈来了!"

被扣留的冬生，一会会也爬到了洞口边，仰着头又怯又快乐的叫他的娘："妈唉，妈唉，我还活着!"脆弱声音充满了感情。

杨大娘泪眼婆娑的半哭半嘶："冬生，你还活着，你可把人活活急死! 你老子前三世作了什么孽，报应到你头上来! 你求求他们放你出来啊!"一面悲不自胜一面招呼巧秀和田家兄弟，"巧秀，巧秀，你个害人精! 你也做个好事，说句好话! 田老大老二，我杨家和你又无冤无仇，杨家香火只有这一苗苗，为什么不积点德放他出来?"

洞口田老二说："杨大娘，要你大队长网开一面就好! 大家都是家乡人，何必下毒手一网打尽? 大队长说要饿死我们，再拖半年我们也不怕。我们说话算话，冤有头债有主，不会错认人。满家人仗势逞强要县长来红岩口清乡，把一村子里鸡鸭清掉倒回去了。我们田家有一个人死了，要他满家赔一双。我们能逃也不逃，看他拖得到多久!"

"这是你们自己的账，管我姓杨的娃娃什么事?"

"杨大娘你放心，你冬生在这里，我们不会动他一根毛。你问问他是不是挨饿受寒。解铃还是系铃人，事情要看队长怎么办!"

杨大娘无可奈何，把带来的一点东西抛下去，只好离开了那个地方。这地方不久就换上了几个乡下憨子，带了大毛竹作夹辣子的烟火，绑缚在长竹杆一端，点燃后悬垂下到洞口边，一会会，就只见有毒烟火吼着向洞口喷火，使得两山夹谷连续着奇怪怕人回声，洞里人却把一个临时缚的木叉抵住竹杆向旁边挪移。烟火爆裂时更响得怕人，可是很显然这一切发明实无济于事，完全近于儿戏。

攻守两方都用尽了乡下人头脑，充满了古典浪漫气氛，把农村庄稼人由于渔猎耕耘聚集得来的智慧知识用尽后，两方面都还不服输，终不让步。熬到第十七天后，洞中因人数不足，轮流防守过于饥疲，一个大雾早上，终于被几个高枧乡下壮汉，充满猎兽勇敢兴奋，攻占了干洞口，守洞的十四个人，来不及向上面水洞逃走，不能不向里面退去，虽走绝路还是不肯缴械投降。因为攻打这个洞口高枧人有一个受伤死去，高枧的石匠，于是在洞里较窄处砌上一堵石墙，封住了出路，几个轮班守住。一面从山下附近人家抬了个车谷子的木风驴上山来，在石墙间开了个孔道，预备了二三十斤辣子，十来斤硫磺，用炭火慢慢燃起有毒浓烟来，就摇转木风驴，把毒烟逼扇入洞口。一切设计还依然从渔猎时取得经验，且充满了渔猎基本兴奋。这个洞里既无水可得，那十四个乡下人半天后就被闷死了。过了三天毒烟散尽后，团队上有人入洞里去检查，才知道十四个人都已伏地断气多时，还同时发现了二十多只大白耗子，每头都有十多斤重，和小猪一样。队上人把十四个人的手都齐腕砍下，连同那些大耗子，挑了一担手，四担耗子，运到高枧团防局，把那些白手一串一串挂到局门前胡桃树下示众。一村子妇女小孩们都又吓怕又好奇站在田埂上瞧看这个陈列。第二天大清早，副队长就把这个东西押上县城报功去了。

干洞攻下第五天，水洞口也被几个乡下猛人攻入，逼得剩余的一群，不能不向洞中深处逃去。但这一回情势可大不相同，攻守双方都十分明白。这个洞的形势十分特别，一进去不到五丈，即有一道高及丈许的岩门，必向上爬方能深入。里面井泉四时不竭，洞里还温暖干燥，非常宜于居住。且里面高大宏敞，漆黑异常，看洞口却居高临下，十分清楚。若放毒药便溺入水流出，占据洞口的人饮料就成问题，得从山下取水。冬生和巧秀都在洞中，前一回办法显然也不宜用也不中用，还得用坐困方法等待变化。因此在洞里近崖壁处，依然砌了一道墙把内外封锁，大队长和十多个人就守住洞口，也用个以逸待劳方法等待下去。

杨大娘又来回跑四十里路，爬上悬岩洞口为冬生办了一次交涉，不能成功，虚虚怯怯带住碎心的忧苦回转村子里去了。局里师爷愿意告奋勇进洞，用生命担当彼此平安，也商量不出结果。洞外为表示从容，大队长派人从家中搬了留声机来唱戏，慰劳团队族人。里面也为对抗这种刺激，却在锣鼓声中还加上一个呜呜咽咽的唢呐，吹了一遍《山坡羊》，又吹一遍《风雪满江山》，原来中砦人带了巧秀上路时，还并不忘记他的祖传乐器！

但彼此强弱之势已渐分，加上县长又派了个小队长来视察了一回，并带了个命令来，认为除恶务尽，悍匪不容漏网，并奖励了几句空话。使得满大队长更不能不做个斩草除根之计。洞里一面知道事已绝望，情绪越来越凝固激切。田家兄弟一再要把冬生处分出气，想用手叉住孩子喉管时，总亏得巧秀解围，请求不要把他人出气，好汉作事好汉当，才像个男子。冬生终得个幸而免。

先是上下两洞未陷落，山顶未封锁时，大家要逃走还来得及，本可抛下重器悄悄沿山缝逃走。不过既有言在先，说要拖个一年半载，把高枧人满家累倒，这一走未免损失田家体面，将来见不得人。加上个自以为占据天险，有恃无恐，十年一小乱三十年一大乱，经过多少朝代，都不闻老虎洞被人攻下过。所以这次胆大轻敌，不免小觑了对方。到半月后经过一回会议检讨，结果有十六个少壮，揣带一腰带烟土，半夜里爬山逃走，预备向下河去避避风浪，并掉换几支短枪，再计划返回来找机会打救援。其余人都刺手指吃血酒，有福同享，有祸同当，不离本位。下洞既已失陷，生力军牺牲大半，上洞中连同巧秀和冬生，已经只余八个人。虽说洞口已砌了墙。隔绝内外，还是不能不防备万一，六个人分成两班，分班轮流坐在洞里崖壁高处放哨。巧秀和冬生却不分派职务，像个自由人，可以各处走动。

冬生和巧秀原本极熟，一个月来患难中同在一处，因此谈起了许多事情。冬生和她谈起逃走后一村子里的种种，从满家事情起，直到他自己离开药王宫那天下午为止，加上这一个月来洞中生活，从巧秀看来，真好像是一整本《梁山伯》《天雨花》，却更比那些传奇唱本故事离奇动人。把这一月经过的日子和以前十七年岁月对比，一切都简直像在梦里！更分不清目前究竟是真是梦。

巧秀听过后吁了吁气说："冬生，我们都落了难，是命里注定，不会有人来搭救了！"

冬生福至心灵，忽然触着了机关，从石罅间看出一线光明："巧秀，人不来搭救我们要自寻生路，我们悄悄的去和五哥说，大家不要在这里同归于尽，死了无益！只有这一着棋是生路！"

"他们都吃了血酒，赌过咒，同生共死，你一说出口，刀子会窝心扎进去！"

"你和他有床头恩爱情分，去说说好！他们做他们的英雄，我们做我们的爬爬虫，悄悄的爬了出去吧。"

当巧秀趁空向吹唢呐解闷的中砦人诉说心意时，中砦人愣愣的不则一声。巧秀说："你要杀我你就杀了我，我哼也不哼一声。我愿意和你在这洞里同生共死，血流在一块。不想我死，你也不愿死，做做好事，放冬生一条生路，杨大娘家只有这一个命根根，人做好事有好报应，天有眼睛的！"

中砦人心想："冬生十四岁，你十七岁，我二十一岁，都不应当死！可是命里注定，谁也脱不了！"

巧秀说："你拿定主意再说吧；要死我俩一块死，想活我陪你活。"

中砦人低低叹了口气："我要活，人不让我们活，天不让我们活！"

谈话于此就结束了。思索却继续在这个二十一岁青春生命中作各种挣扎燃烧。

到了晚上，派定五哥和另外两个人守哨。大家都已经一个月不见阳光，生活在你死我亡紧张中苦撑，吃的又越来越坏，所以都疲乏万分。两个人不免都睡着了。只中砦人五哥反复嚼着和巧秀白天说的话，兴奋未眠。在洞中生活过了很久，原来还有一盏马灯，大半桶煤油，到后来为节制耗费，在灯下也无事可作，就不再用灯，只凭轻微呼吸即可感觉分别各人的距离和某一人。守哨的去洞口较近，休息的在里边，两者相去已有二三十丈。中砦人从呼吸上辨别得出巧秀和冬生都在近旁，轻轻的爬到他们身边去，摇醒了两个人。

"冬生，冬生，你赶快和你嫂子溜下崖去，带她出去，凭良心和队长说句好话，不要磨折她！这回事情是田家弟兄和我起的意，别人全不相干！我们吃过了血酒，我不能卖朋友，要死一齐死在这个洞里了。巧秀还年青，肚子里有了毛毛，让她活下来，帮我留个种！你要为她说句话，不要昧良心！"

大队长在洞口拥着一条獾子皮的毯子，正迷蒙入睡，忽然警觉，听见墙里窸窸窣窣响，好像有人在急促的爬动。随即听到一个充满了惶急恐怖脆弱低低呼喊："大队长，大队长，赶快移开石头，救我的命！赶快些，要救命！"

大队长一面知会其他队兵，一面低声招唤："冬生，是你吗？你是鬼是人？你还活着吗？"

"你赶快！是我！我鼻子眼睛都好，全胡全尾的！"末一句原是乡下顽童玩蟋蟀的术语，说得几人都急里迸笑。

石墙撤去一道小口，把人拖出后，看看原来先出的是巧秀，前后离开了高枧不到五十天的巧秀。冬生出来后还来不及说话，就只听到里面狂呼，且像是随即发生了疯狂传染。很明显，冬生巧秀逃脱事已被人发觉，中砦人作了卖客，洞中同伙发生了火并。中砦人似乎随即带着长嗥，被什么重东西扭着毁了。二十一岁的生命，完了。夜既深静，洞中还反复传送回音，十分凄冽怕人。几人紧张十分的忙把墙缺封上，静听着那个火并的继续，许久许久才闻及一片毒咒混在呻吟中从洞穴深处喊出，虽微弱却十分清楚："姓满的；姓满的，你要记着，有一天要你认得我家田老九！"

第二天，发觉洞中流出的泉水已全是红色。两个乡丁冒险进洞去侦察，才发现剩下几个人果然都在昨晚上一种疯狂痉挛中火并，相互用短兵刺得奄奄垂毙了。田家老大似乎在受了重伤后方发觉和他搏斗的是他亲兄弟，自己一匕首扎进心窝子死了。那弟弟受伤后还爬到近旁井泉边去喝水，也伏在泉边死了。到处找寻巧秀的情人，那个吹唢呐的中砦人，许久才知道他是掼入洞壁左侧石缝中死去的。大队长押了从洞中清扫得来的几担杂物，剩余烟土和十只人手，两个从洞中夺回死里逃生的生口，不成人形的巧秀和冬生，冬生手上还提住那个唢呐。封了洞穴，率队回转高枧，预备第二天再带领这十只惨白拘挛的手掌和两个与案情有关的生口，上县城报功，过堂。

当那一串人手依旧悬挂在团防局门前胡桃树下，全村子里妇女老幼都围住附近看热闹时，冬生和巧秀，都在满家大庄子里侧屋中烤火，各已换了干净衣裳，坐在大火盆边，受老太太，杨大娘，师爷，大队长，二少爷和作客人的我作种种盘问。冬生虽身体憔悴，一切挫折似乎还不曾把青春的火焰弄熄，还一面微笑，一面叙述前前后后事情。一瞥忽发现杨大娘对他痴痴的看定，热泪直视，赶忙站起来走了两步："娘，你看我不是全胡全尾的回来了吗？"

"你全胡全尾，可知道田家人死了多少，作了些什么孽要这样子！"

巧秀想起吹唢呐的中砦人，想起自己将来，低了头去哭了。

满老太太说："巧秀，不要哭，一切有我！你明天和大队长上县里去，过一过堂，大队长就会作保，领你回来，帮我看碾坊，这两天溪里融雪，水已上了一半堤坝，要碾米过年！冤家宜解不宜结，我明年要做七天水陆道场，超度这些冤枉死了的人，也超度那个中砦人。——"

当我和师爷和大队长过团防局去时，听到大队长轻轻的和师爷说："他家老九子走了，上下洞都找不到。"又只听到师爷安慰大队长说："冤家宜解不宜结，老太太还说要做七天七夜道场超度，得饶人处且饶人！"

快过年了，我从药王宫迁满家去时，又住在原来那个房间里。依然是巧秀抱了有干草干果香味的新被絮，一声不响跟随老太太身后，进到房中。房中大铜火盆依然炭火熊熊爆着快乐火星，旁边有个小茶罐咝咝作响。我依然有意如上一次那么站到火盆边烘手，游目四瞩，看她一声不响的为我整理床铺，想起一个月以前第一回来到这房中作客情景，因此故意照前一回那么说："老太太，谢谢你！我一来就忙坏了你们，忙坏了这位大姐！……"不知为什么，喉头就为一种沉甸甸的悲哀所扼住，想说也说不下去了。我起始发现了这房中的变迁，上一回正当老太太接儿媳妇婚事进行中，巧秀逃亡准备中，两人心中都浸透了对于当时的兴奋和明日的希望，四十天来的倏忽变化，却俨然把面前两人浸入一种无可形容的悲恻里，且无可挽回亦无可补救的直将带入坟墓。虽然从外表看来，这房中前后的变迁，只不过是老太太头上那朵大红绒花已失去，巧秀大发辫上却多了一小绺白绒绳。

巧秀的妈被人逼迫在颈脖上悬个磨石，沉潭只十六年，巧秀的腹中又有了小毛毛，而拐了她同逃的那个吹唢呐的中砦人，才二十一岁活跳跳的生命即已不再活在世界上，却用另外一种意义更深刻的活在十七岁巧秀的生命里，以及活在这一家此后的荣枯兴败关系中。

我还不曾看过什么"传奇"比我这一阵子亲身参加的更荒谬更离奇。也想不出还有什么"人生"比我遇到的更自然更近乎人的本性！

满家庄子在新年里，村子中有人牵羊担酒送匾，把大门原有的那块"乐善好施"移入二门，新换上的是"安良除暴"。这一天，满老太太却借故吃斋，和巧秀守在碾坊里碾米。

本篇发表于1947年11月《文学杂志》第2卷第6期。署名沈从文。

长河

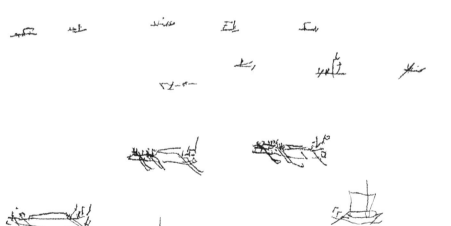

《长河》，长篇小说。当年文稿曾遭长期审查扣留，经大量删削后才得以发表。作品第一部的文稿大部分在1938年8月至11月间香港《星岛日报·星座》副刊上连载。个别篇章曾在其他刊物上发表。第二部未能写出。

　　1945年1月，作者对上述已发表过的篇章作了大量非情节性的增补，字数由《星岛日报·星座》连载时的6万余字增至10余万字，各章均拟出了篇名，交由昆明文聚出版处出版单行本。1948年8月又由开明书店出版单行本。

　　现据文聚出版处初版单行本编入文集。

　　原目：《题记》《人与地》《秋（动中有静）》《橘子园主人和一个老水手》《吕家坪的人事》《摘橘子》《大帮船拢码头时》《买橘子》《一有事总不免麻烦》《枫木坳》《巧而不巧》《社戏》。

　　另，增加新发现的《〈长河〉自注》。

题　记

　　民国二十三年的冬天，我因事从北平回湘西，由沅水坐船上行，转到家乡凤凰县。去乡已经十八年，一入辰河流域，什么都不同了。表面上看来，事事物物自然都有了极大进步，试仔细注意注意，便见出在变化中那点堕落趋势。最明显的事，即农村社会所保有那点正直素朴人情美，几几乎快要消失无余，代替而来的却是近二十年实际社会培养成功的一种唯实唯利庸俗人生观。敬鬼神畏天命的迷信固然已经被常识所摧毁，然而做人时的义利取舍是非辨别也随同泯没了。"现代"二字已到了湘西，可是具体的东西，不过是点缀都市文明的奢侈品，大量输入，上等纸烟和各样罐头，在各阶层间作广泛的消费。抽象的东西，竟只有流行政治中的公文八股和交际世故。大家都仿佛用个谦虚而诚恳的态度来接受一切，来学习一切，能学习能接受的终不外如彼或如此。地方上年事较长的，体力日渐衰竭，情感已近于凝固，自有不可免的保守性，唯其如此，多少尚保留一些治事作人的优美崇高风度。所谓时髦青年，便只能给人痛苦印象，他若是个公子哥儿，衣襟上必插两支自来水笔，手腕上带个白金手表，稍有太阳，便赶忙戴上大黑眼镜，表示爱重目光，衣冠必十分入时，材料且异常讲究，特别长处是会吹口琴，唱京戏，闭目吸大炮台或三五字香烟，能在呼吸间辨别出牌号优劣，玩扑克时会十多种花样。大白天有时还拿个大电筒或极小手电筒，因为牌号新光亮足即可满足主有者莫大虚荣，并俨然可将社会地位提高。他若是个普通学生，有点思想必以能读××书店出的政治经济小册子，知道些文坛消息名人轶事或体育明星为已足。这些人都共同对现状表示不满，可是国家社会问题何在，进步的实现必需如何努力，照例全不明白。（即以地方而论，前一代固有的优点，尤其是长辈中妇女，祖母或老姑母行勤俭治生忠厚待人处，以及在素朴自然景物下衬托简单信仰蕴蓄了多少抒情诗气分，这些东西又如何被外来洋布煤油逐渐破坏，年青人几几乎全不认识，也毫无希望可以从学习中去认识。）一面不满现状，一面用求学名分，向大都市里跑去，在上海或南京，武汉或长沙，从从容容住下来，挥霍家中前一辈的积蓄，享受现实，并用"时代轮子""帝国主义"一类空洞字句，写点现实论文和诗歌，情书或家信。末了是毕业，结婚，回家，回到原有那个现实里，等待完事。就中少数真有志气，有理想，无从使用家中财产，或不屑使用家中财产，想要好好的努力奋斗一番的，也只是就学校读书时所得到的简单文化概念，以为世界上除了"政治"，再无别的事物。所谓政治又只是许多人混在一处，相信这个，主张那个，打倒这个，拥护那个，人多即可上台，上台即算成功。终生事业目标，不是打量入政治学校，就是糊糊涂涂往某处一跑，对历史社会的发展，既缺少较深刻的认识，对个人生命的意义，也缺少较深刻理解。个人出路和国家幻想都完全寄托在一种依附性的打算中，结果到社会里一滚，自然就消失了。十年来这些人本身虽若依旧好好存在，而且有好些或许都做了小官，发了小财，日子过得很好，但是那点年青人的壮志和雄心，从事业中有以自见，从学术上有以自立的气概，可完全消失净尽。当时我认为唯一有希望的，是几个年青军官。然而在他们那个环境中，竟像是什么事都无从作。地方明日的困难，必需应付，大家看得明明白白，可毫无方法预先在人事上有所准备。因此我写了个小说，取名《边城》，写了个游记，取名《湘行散记》，两个作品中都有军人露面，在《边城·题记》上，且曾提起一个问题，即拟将"过去"和"当前"对照，所谓民族品德的消失与重造，可能从什么方面着手。《边城》中人物的正直和热情，虽然已经成为过去了，应当还保留些本质在年青人的血里或梦里，相宜环境中，即可重新燃起年青人的自尊心和自信心。我还将继续《边城》，在另外一个作品中，把最近二十年来当地农民性格灵魂被时代大力压扁扭曲失去了原有的素朴所表现的式样，加以解剖与描绘。其实这个工作，在《湘行散记》上就试验过了。因为还有另外一种忌讳，虽属小说游记，对当前事情亦不能畅所欲言，只好寄无限希望于未来。

中日战事发生后，二十六年的冬天，我又有机会回到湘西，并且在沅水中部一个县城里住了约四个月。住处恰当水陆冲要，耳目见闻复多，湘西在战争发展中的种种变迁，以及地方问题如何由混乱中除旧布新，渐上轨道，我都有机会知道得清清楚楚。和我同住的，还有一个在嘉善国防线上受伤回来的小兄弟。从他的部下若干小军官接触中，我得以明白战前一年他们在这个地方的情形，以及战争起后他们人生观的改变。过不久，这些年青军官，随同我那小兄弟，用"荣誉军团"名分重新开往江西前线保卫南昌去了。一个阴云沉沉的下午，当我眼看到几只帆船顺流而下，我那兄弟和一群小军官站在船头默默的向我挥手时，我独自在河滩上，不知不觉眼睛已被热泪浸湿。因为四年前一点杞忧，无不陆续成为事实，四年前一点梦想，又差不多全在这一群军官行为上得到证明。一面是受过去所束缚的事实，实在令人痛苦，一面却是某种向上理想，好好移植到年青生命中，似乎还能发芽生根……

那时节湘省政府正拟试派几千年青学生下乡，推行民训工作，技术上相当麻烦。武汉局势转紧，公私机关和各省难民向湘西疏散的日益增多。一般人士对于湘西实缺少认识，常笼统概括名为"匪区"。地方保甲制度本不大健全，兵役进行又因"贷役制"纠纷相当多。所以我又写了两本小书，一本取名《湘西》，一本取名《长河》。当时敌人正企图向武汉进犯，战事有转入洞庭湖泽地带可能。地方种种与战事既不可分，我可写的虽很多，能写出的当然并不多。就沅水流域人事琐琐小处，将作证明，希望它能给外来者一种比较近实的印象，更希望的还是可以燃起行将下乡的学生一种比较近实的印象，更希望的还是可以燃起行将下乡的学生一点克服困难的勇气和信心！另外却又用辰河流域一个小小水码头作背景，就我所熟习的人事作题材，来写写这个地方一些平凡人物生活上的"常"与"变"，以及在两相乘除中所有的哀乐。问题在分析现实，所以忠忠实实和问题接触时，心中不免痛苦，唯恐作品和读者对面，给读者也只是一个痛苦印象，还特意加上一点牧歌的谐趣，取得人事上的调和。作品起始写到的，即是习惯下的种种存在，事事都受习惯控制，所以货币和物产，这一片小小地方活动流转时所形成的各种生活式样与生活理想，都若在一个无可避免的情形中发展。人事上的对立，人事上的相左，更仿佛无不各有它宿命的结局。作品设计注重在将常与变错综，写出"过去""当前"与那个发展中的"未来"，因此前一部分所能见到的，除了自然景物的明朗，和生长于这个环境中几个小儿女性情上的天真纯粹还可见出一点希望，其余笔下所涉及的人和事，自然便不免黯淡无光。尤其是叙述到地方特权者时，一支笔即再残忍也不能写下去，有意作成的乡村幽默，终无从中和那点沉痛感慨。然而就我所想到的看来，一个有良心的读者，是会承认这个作品不失其为庄严与认真的。虽然这只是湘西一隅的事情，说不定它正和西南好些地方差不多。虽然这些现象的存在，战争一来都给淹没了，可是和这些类似的问题，也许会在别一地方发生。或者战争已完全净化了中国，然而把这点近于历史陈迹的社会风景，用文字好好的保留下来，与"当前"崭新的局面对照，似乎也很可以帮助我们对社会多有一点新的认识，即在战争中一个地方的进步的过程，必然包含若干人情的冲突与人和人关系的重造。

我们大多数人，战前虽活在那么一个过程中，然而从目下检审制度的原则来衡量它时，作品的忠实，便不免多触忌讳，转容易成为无益之业了。因此作品最先在香港发表，即被删节了一部分，致前后始终不一致。去年重写分章发表时，又有部分篇章不能刊载。到预备在桂林印行送审时，且被检查处认为思想不妥，全部扣留，幸得朋友为辗转交涉，径送重庆复审，重加删节，方能发还付印。国家既在战争中，出版物各个管理制度，个人实完全表示同意。因为这个制度若运用得法，不特能消极的限止不良作品出版，还可望进一步鼓励优秀作品产生，制度有益于国家，情形显明。唯一面是个人为此谨慎认真的来处理一个问题，所遇到的恰好也就是那么一种谨慎认真的检审制度。另外在社会上又似乎只要作者不过于谨慎认真，便也可以随处随时得到种种不认真的便利。（最近本人把所有作品重新整理付印时，每个集子必有几篇"免登"，另外却又有人得到特许，用造谣言方式作小文章侮辱本人，如像某某小刊物上的玩意儿，不算犯罪。）两相对照，虽对现状不免有点迷惑，但又多少看出一点消息，即当前社会有些还是过去的继续。国家在进步过程中，我们还得容忍随同习惯而存在的许多事实，读书人所盼望的合理与公正，恐还得各方面各部门"专家"真正抬头时，方有希望。记得八年前《边城》付印时，在那本小书题记上，我曾说过：所希望的读者，应当是身在学校以外，或文坛消息，文学论战，以及各种批评所达不到地方，在各种事业里低头努力，很寂寞的从事于民族复兴大业的人。作品所能给他们的，也许是一点有会于心的快乐，也许只是痛苦……现在这本小书，我能说些什么？我很明白，我的读者在八年来人生经验上，对于国家所遭遇的挫折，以及这个民族忧患所自来的根本原因，还有那个多数在共同目的下所有的挣扎向上方式，从中所获得的教训……都一定比我知道的还要多还要深。个人所能作的，十年前是一个平常故事，过了将近十年，还依然只是一个平常故事。过去写的也许还能给他们一点启示或认识，目下可什么全说不上了。想起我的读者在沉默中所忍受的困难，以及为战胜困难所表现的坚韧和勇敢，我觉得我应当沉默，一切话都是多余了。在我能给他们什么以前，他们已先给了我许多许多了。横在我们面前许多事都使人痛苦，可是却不用悲观。骤然而来的风雨，说不定会把许多人的高尚理想，卷扫摧残，弄得无踪无迹。然而一个人对于人类前途的热忱，和工作的虔敬态度，是应当永远存在，且必然能给后来者以极大鼓励的！在我所熟习的读者一部分人表现上，我已看到了人类最高品德的另一面。事如可能，最近便将继续在一个平常故事中来写出我对于这类人的颂歌。

本篇收入1945年文聚版《长河》单行本前，曾发表于1943年4月21日重庆《大公报·战线》。署名沈从文。

人与地

记称"洞庭多橘柚",橘柚生产地方,实在洞庭湖西南,沅水流域上游各支流,尤以辰河中部最多最好。树不甚高,终年绿叶浓翠。仲夏开花,花白而小,香馥醉人。九月降霜后,缀系在枝头间果实,被严霜侵染,丹朱明黄,耀人眼目,远望但见一片光明。每当采摘橘子时,沿河小小船埠边,随处可见这种生产品的堆积,恰如一堆堆火焰。在橘园旁边临河官路上,陌生人过路,看到这种情形,将不免眼馋口馋,或随口问讯:

"哎,你们那橘子卖不卖?"

坐在橘子堆上或树桠间的主人,必快快乐乐的回答,话说得肯定而明白:"我这橘子不卖。"

"真不卖? 我出钱!"

"大总统来出钱也不卖。"

"嘿,宝贝,希罕你的……"

"就是不希罕才不卖!"

古人说"入境问俗",若知道"不卖"和"不许吃"是两回事,那你听说不卖以后,尽管就手摘来吃好了,橘子园主人不会干涉的。

陌生人若系初到这个地方,见交涉办不好,不免失望走去。主人从口音上和背影上看出那是个外乡人,知道那么说可不成,必带点好事神气,很快乐的叫住外乡人,似乎两人话还未说完,要他回来说清楚了再走。

"乡亲,我这橘子卖可不卖,你要吃,尽管吃好了。这水泡泡的东西,你一个人能吃多少? 十个八个算什么。你歇歇憩再赶路,天气老早咧。"

到把橘子吃饱时，自然同时也明白了"只许吃不肯卖"的另外一个理由。原来本地是出产橘子地方，沿河百里到处是橘园，橘子太多了，不值钱，不好卖。且照风俗说来，桃李橘柚越吃越发，所以就地更不应当接钱。大城市里的中产阶级，受了点新教育，都知道橘子对小孩子发育极有补益，因此橘子成为必需品和奢侈品。四两重一枚的橘子，必花一二毛钱方可得到。而且所吃的居多还是远远的从太平洋彼岸美国运来的。中国教科书或别的什么研究报告书，照例就不大提起过中国南几省，有多少地方，出产橘子，品质颜色都很好，远胜过外国橘子园标准出品。专家和商人既都不大把它放在眼里，因此当地橘子的价值，便仅仅比萝卜南瓜稍贵一些。出产地一毛钱可买四五斤，用小船装运到三百里外城市后，一毛钱还可买二三斤。吃橘子或吃萝卜，意义差不多相同，即解渴而已。

俗话说"货到地头死"，所以出橘子地方反买不出橘子，实在说原来是卖不出橘子。有时出产太多，沿河发生了战事，装运不便，又不会用它酿酒，较小不中吃，连小码头都运不去，摘下树后成堆的听它烂掉，也极平常。临到这种情形时，乡下人就聊以解嘲似的说："土里长的听它土里烂掉，今年不成明年会更好！"看小孩子把橘子当石头抛，不加理会，日子也就那么过去了。

两千年前楚国逐臣屈原，乘了小小白木船，沿沅水上溯，一定就见过这种橘子树林，方写出那篇《橘颂》。两千年来这地方的人民生活情形，虽多少改变了些，人和树，都还依然寄生在沿河两岸土地上，靠土地喂养，在日光雨雪四季交替中，衰老的死去，复入于土，新生的长成，俨然自土中苗起。有些人厌倦了地面上的生存，就从山中砍下几株大树，把它锯解成许多板木，购买三五十斤老鸦嘴长铁钉，找上百十斤麻头，捶它几百斤桐油石灰，用祖先所传授的老方法，照当地村中固有款式，在河滩边建造一只头尾高张坚固结实的帆船。船只造成油好后，添上几领席篷，一支桅，四把桨，以及船上一切必需家家伙伙，邀个帮手，便顺流而下，向下游城市划去。这个人从此以后就成为"水上人"，吃鱼，吃虾——吃水上饭。事实且同鱼虾一样，无拘无管各处飘泊。他的船若沿辰河洞河向上走，可到苗人集中的凤凰县和贵州铜仁府，朱砂水银鸦片烟，如何从石里土里弄出来，长起来，能够看个清清楚楚。沿沅水向下走，六百里就到了历史上知名的桃源县，古渔人往桃源洞去的河面溪口，可以随意停泊。再走五百里，船出洞庭湖，还可欣赏十万只野鸭子遮天蔽日飞去的光景。日头月亮看得多，放宽了眼界和心胸，常常也把个妇人拉下水，到船上来烧火煮饭养孩子。过两年，气运好，船不泼汤，捞了二三百洋钱，便换只大船……因此当地有一半人在地面上生根，有一半人在水面各处流转。人在地面上生根的，将肉体生命寄托在田园生产上，精神寄托在各式各样神明禁忌上，幻想寄托在水面上，忍劳耐苦把日子过下去。遵照历书季节，照料橘园和瓜田菜圃，用雄鸡、鲤鱼、刀头肉，对各种神明求索愿心，并禳解邪祟。到运气倒转，生活倒转时，或吃了点冤枉官司，或做件不大不小错事，或害了半年隔日疟，不幸来临弄得妻室儿女散离，无可奈何，于是就想："还是弄船去吧，再不到这个鬼地方！"许多许多人就好像拔萝卜一样，这么把自己连根拔起，远远的抛去，五年七年不回来，或终生不再回来。在外飘流运气终是不济事，穷病不能支持时，就躺到一只破旧的空船中去喘气，身边虽一无所有，家乡橘子树林却明明爽爽留在记忆里，绿叶丹实，烂漫照眼。于是用手舀一口长流水咽下，润润干枯的喉咙。水既由家乡流来，虽相去八百一千里路，必俨然还可以听到它在河岸边激动水车的呜咽声，于是叹一口气死了，完了，从此以后这个人便与热闹苦难世界离开，消灭了。

吃水上饭发了迹的，多重新回到原有土地上来找落脚处。捐一笔钱修本宗祠堂，再花二千三千洋钱，凭中购买一片土地，烧几窑大砖，请阴阳先生看个子午向，选吉日良辰破土，在新买园地里砌座"封火统子"高墙大房子，再买三二条大颈项膘壮黄牯牛，雇四五个长工，耕田治地。养一群鸡，一群鸭，畜两只猛勇善吠看家狗，增加财富并看守财富。自己于是常常穿上玄青羽绫大袖马褂，担羊抬酒去拜会族长，亲家，酬酢庆吊，在当地作小乡绅。把从水上学得的应酬礼数，用来本乡建树身份和名誉。凡地方公益事，如打清醮，办土地会，五月竞舟和过年玩狮子龙灯，照例有人神和悦意义，他就很慷慨来作头行人，出头露面摊份子，自己写的捐还必然比别人多些。军队过境时，办招待，公平而有条理，不慌张误事。人跳脱机会又好，一年两年后，说不定就补上了保长甲长缺，成为当地要人。从此以后，即稳稳当当住下来，等待机会命运，或者家发人发，事业顺手，儿女得力，开个大油坊，银钱如水般流出流进，成为本村财主员外。或福去祸来，偌大一栋房子三五年内，起把天火烧掉了，牛发了瘟，田地被水打砂滞，橘子树在大寒中一起冻坏。更不幸是遭遇官司连累，进城入狱，拖来拖去，在县衙门陋规调排中，终于弄得个不能下台。想来想去，还是三十六计走为上计，只好第二回下水。但年龄既已过去，精力也快衰竭了，再想和年富力强的汉子竞争，从水面上重打天下，已不可能了。回到水上就只为的是逃避过去生活失败的记忆。正如庄稼人把那种空了心的老萝卜，和落子后的苋菜根株，由土中拔出，抛到水上去，听流水冲走一样情形。其中自然也有些会打算安排，子弟又够分派，地面上经营橘子园，水面上有船只，从两方面讨生活，兴家立业，彼此兼顾，而且作得很好的。也有在水上挣了钱，却羡慕油商，因此来开小庄号，作桐油生意，本身也如一滴油，既不沾水也不近土。也有由于事业成功，在地方上办团防，带三五十条杂色枪支，参加过几回小小内战，于是成为军官，到后又在大小兼并情形中被消灭，或被胁裹出去，军队一散，捞一把钱回家来纳福，在乡里中称支队长，司令官，于同族包庇点小案件，调排调排人事，成为当地土豪的。也有自己始终不离土地，不离水面，家业不曾发迹，却多了几口人，受社会潮流影响，看中了读书人，相信"万般皆下品，唯有读书高"两句旧诗，居然把儿子送到族中义学去受教育。孩子还肯向上，心窍子被书读开了，机缘又好，到后考入省立师范学堂，作父亲的就一面更加克勤克俭过日子，一面却在儿子身上做着无边无涯的荒唐好梦。再过三年儿子毕了业，即杀猪祭祖，在祠堂中上块匾，族中送报帖称"洋进士"，作父亲的便俨然已成封翁员外。待到暑假中，儿子穿了白色制服，带了一网篮书报，回到乡下来时，一家大小必对之充满敬畏之忱。母亲每天必为儿子煮两个荷包蛋当早点，培补元气，父亲在儿子面前，话也不敢乱说。儿子自以为已受新教育，对家中一切自然都不大看得上眼，认为腐败琐碎，在老人面前常常作"得了够了"摇头神气。虽随便说点城里事情，即可满足老年人的好奇心，也总像有点烦厌。到后在本校或县里作了小学教员，升了校长，或又作了教育局的科员，县党部委员，收入虽不比一个舵手高多少，可是有了"斯文"身份，而兼点"官"气，遇什么案件向县里请愿，禀帖上见过了名字，或委员下乡时，还当过代表办招待，事很显然，这一来，他已成为当地名人了。于是老太爷当真成了封翁，在乡下受人另眼看待。若驾船，必事事与人不同。世界在变，这船夫一家也跟着变。儿子成了名，少年得志，思想又新，当然就要"革命"。接受"五四"以来社会解放改造影响，革命不出下面两个公式：老的若有主张，想为儿子看一房媳妇，实事求是，要找一个有碾房橘子园作妆奁的人家攀亲，儿子却照例不同意，多半要县立女学校从省中请来的女教员，因为剪去了头发，衣襟上还插一支自来水笔，有"思想"，又"摩登"，懂"爱情"，才能发生爱情，郎才女貌方配得上。意见如此不同，就成为家庭革命。或婚事不成问题，老的正因为崇拜儿子，谄媚儿子，一切由儿子作主，又或儿子虽读"创造""解放"等等杂志，可是也并不怎么讨厌碾坊和橘子园作陪嫁妆奁。儿子抱负另有所在，回乡来要改造社会，于是作代表，办学会，控告地方公族教育专款保管委员，建议采用祠庙产业，且在县里石印报纸上，发火气极大似通非通的议论，报纸印出后，自己还买许多份各处送人。……到后这些年青人所梦想的热闹"大时代"，终于来到了，来时压力过猛，难于适应，末了不出两途，或逃亡外省去，不再回乡。来不及逃亡，在开会中就被当地军警与恶劣乡绅称为"反动分子"，命运不免同中国这个时代许多身在内地血气壮旺的青年一样。新旧冲突，就有社会革命。一涉革命，纠纷随来，到处都不免流泪流血。最重大的意义，即促进人事上的新陈代谢，使老的衰老，离开他亲手培植的橘子园，使用惯熟的船只家具，更同时离开了他那可爱的儿子(大部分且是追随了那儿子)，重归于土。

　　至于妇人呢，喂猪养鸭，挑水种菜，绩麻纺纱，推磨碾米，无事不能，亦无事不作。日晒雨淋，同各种劳役，使每个人都强健而耐劳。身体既发育得很好，橘子又吃得多，眼目光明，血气充足，因之兼善生男育女。乡村中无呼奴使婢习惯，家中要个帮手时，家长即为未成年的儿子讨个童养媳，于是每家都有童养媳。换言之，也就是交换儿女来教育，来学习参加生活工作。这些小女子年纪十二三岁，穿了件印花洋布裤子过门，用一只雄鸡陪伴拜过天地祖先后，就取得了童养媳身份，或为"家"候补人员之一。年纪小虽小，凡是这家中一切事情，体力所及都得参加，下河洗衣，入厨房烧火煮饭，更是两件日常工作。无事可作时，就为婆婆替手，把两三岁大小叔叔负之抱之到前村头去玩耍，自己也抽空看看热闹。或每天上山放牛，必趁便挑一担松毛，摘一篮蕈子，回家当晚饭菜。年纪到十五六岁时，就和丈夫圆了亲，正式成为家中之一员。除原有工作外，多了一样承宗接祖生男育女的义务。这人或是独生女，或家中要帮手舍不得送出门，就留在家中养黄花女。年纪到了十四五，照例也懂了事，渐渐爱好起来，知道跟姑母娘舅乡邻同伴学刺花扣花。围裙上用五色丝线绣鸳鸯戏荷或喜鹊噪梅，鞋头上挑个小小双凤。加之在村子里可听到老年人说《二度梅》《天雨花》等等才子佳人弹词故事，七仙姐下凡尘等等神话传说。下河洗菜淘米时，撑船的小伙子眼睛尖利，看见竹园边河坎下女孩子的大辫子像条乌梢蛇，两粒眼珠子黑亮亮的，看动了心，必随口唱几句歌调情。上山砍柴打猪草，更容易受年青野孩子歌声引诱。本地二八月照例要唱土地戏谢神还愿，戏文中又多的是烈士佳人故事。这就是这些女孩子的情感教育。大凡有了主子的，记着戏文中常提到的"忠臣不事二主，烈女不嫁二夫"，幻想虽多，将依然本本分分过日子下去。晚嫁失时的，嫁后守寡无拘管的，或性格好繁华易为歌声动感情的，自然就有许多机会作出本地人当话柄的事情。或到山上空碉堡中去会情人，或跟随飘乡戏子私逃，又或嫁给退伍军人。这些军人照例是见过些世界，学得了些风流子弟派头，元青皱绸首巾一丈五尺长裹在头上，佩了个镀金手表，镶了两颗金牙齿，打得一手好纸牌，还会弹弹月琴，唱几十曲时行小调。在军队中厌倦了，回到本乡来无所事事，向上向下通通无机会，就放点小赌，或开个小铺子，卖点杂货。欢喜到处走动，眼睛尖，鼻子尖，看得出也嗅得出什么是路可以走，走走又不会出大乱子。若诱引了这些爱风情的女孩子，收藏不下，养活不了，便带同女子坐小船向下江一跑，也不大计算"明天"怎么办。到外埠住下来，把几个钱一花完，无事可作无路可奔时，末了一着棋，照例是把女子哄到人贩子手中去，抵押一百两百块钱，给下处作土娼，自己却一溜完事。女人或因被诱出了丑，肚中带了个孩子，无处交代，欲走不能走，欲留不能留，就照土方子捡副草药，土狗斑蝥茯苓朱砂死的活的一股鲁吃下去，把血块子打下。或者体力弱，受不住药力，心门子窄，胆量小，打算不开，积忧成疾，孩子一落地，就故意走到大河边去喝一阵生冷水，于是躺到床上去，过不久，肚子肠子绞痛起来，咬定被角不敢声张，隔了一天便死了。于是家中人买一副白木板片装殓好，埋了。亲戚哭一阵，街坊邻里大家谈论一阵，骂一阵，怜恤一阵，事情就算完了。也有幻想多，抒情气氛特别浓，事情解决不了时，就选个日子，私下梳妆打扮起来，穿上干净衣鞋，扣上心爱的花围腰，趁大清早人不知鬼不觉投身到深潭里去，把身子喂鱼吃了的，同样——完了。又或亲族中有人，辈分大，势力强，性情又特别顽固专横，读完了几本"子曰"，自以为有维持风化道德的责任，这种道德感的增强，便必然成为好事者，且必然对于有关男女的事特别兴奋。一遇见族中有女子丢脸事情发生，就想出种种理由，自己先怄一阵气，再在气头下集合族中人，把那女的一绳子捆来，执行一阵私刑，从女人受苦难情形中得到一点愉快，把女的远远的嫁去，讨回一笔财礼，作为"脸面钱"。若这个族中人病态深，道德感与虐待狂不可分开，女人且不免在一种戏剧性场面下成为牺牲者。照例将为这些男子，把全身衣服剥去，颈项上悬挂一面小磨石，带到长潭中去"沉潭"，表示与众弃之意思。当几个族中人乘上小船，在深夜里沉默无声向河中深处划去时，女的低头无语，看着河中荡荡流水，以及被木桨搅碎水中的星光，想到的大约是二辈子投生问题，或是另一时被族中长辈调戏不允许的故事，或是一些生前"欠人""人欠"的小小恩怨。这一族之长的大老与好事者，坐在船头，必正眼也不看那女子一眼，心中却漩起一种复杂感情，总以为"这是应当的，全族面子所关，不能不如此的"。但自然也并不真正讨厌那个年青健康光鲜鲜的肉体，讨厌的或许倒是这肉体被外人享受。小船摇到潭中时，荡桨的把桨抽出，船停了，大家一句话不说，就把那女的掀下水去。这其间自然不免有一番小小挣扎，把小船弄得摇摇晃晃，人一下水，随即也就平定了。送下水的因为颈项上悬系了一面石磨，在水中打旋向下沉，一阵水泡子向上翻，接着是天水平静。船上几个人，于是俨然完成了一件庄严重大工作，把船掉头，因为死的虽死了，活的还得赶回到祠堂里去叩头，放鞭炮挂红，驱逐邪气，且表示这种勇敢决断的行为，业已把族中损失的荣誉收复。事实上就是把那点私心残忍行为卸责任到"多数"方面去，至于那个多数呢？因为不读"子曰"，自然是不知道此事，也从不过问此事的。

女子中也有能干异常，丈夫过世还经营生活，驾船种田，兴家立业的。沿辰河有几座大油坊，几个大庙宇，几处建筑宏大华美的私人祠堂，都是这种寡妇的成就。

女子中也有读书人，大多数是比较开通的船长地主的姑娘，到省里女子师范或什么私立中学读了几年书，还乡时便同时带来给乡下人无数新奇的传说，崭新的神话，比水手带来的完全不同。城里大学堂教书的，一个时刻拿的薪水，抵得过家中长工一年收入！花两块钱买一个小纸条，走进一个黑黯黯大厅子里面去，冬暖夏凉，坐下来不多一会儿，就可看台上的影子戏。真刀真枪打仗杀人，一死几百几千，死去的都活回来，坐在柜台边用小麦管子吃橘子水和牛奶！上有天堂，下有苏杭，杭州有个西湖，大水塘子种荷花养鱼，四面山上全是庙宇，和尚尼姑都穿绸缎袍子，每早上敲木鱼铙钹沿湖唱歌。……总之，如此或如彼，这些事述说到乡下人印象中时，必然都成为不可思议的惊奇动人场面。

顶可笑的还是城里人把橘子当补药，价钱贵得和燕窝高丽参差不多，还是从外洋用船运回来的，橘子上印有洋字，用白纸包了，纸上也有字，说明补什么，应当怎么吃，若买回来依照方法挤水吃，就补人。不依照方法，不算数。说来竟千真万确，自然更使得出橘子地方的人不觉好笑。不过真正给乡下人留下一个新鲜经验的，或者还是女学生本身的装束。辫子不要了，简直同男人一样，说是省得梳头，耽搁时间读书。膀子膊子全露在外面，说是比藏在里面又好看又卫生，缝衣时省布。且不穿裤子，至少这些女学生给普通乡下人印象是不穿裤子，为什么原因他们可不明白。这些女子业已许过婚的，回家不久必即向长辈开谈判，主张"自由"，需要离婚。说是爱情神圣，家中不能包办终身大事。生活出路是到县里的小学校去做教员，婚姻出路是嫁给在京沪私立大学读过两年书的公务员，或县党部委员，学校同事。居多倒是眼界高，相貌可不大好看，机会不凑巧，无对手，不结婚，名为"抱独身主义"。这种"抱独身主义"的人物，照例吃家里，用家里，衣襟上插支自来水笔，插支活动铅笔，手上有个小小皮包，皮包中说不定还有副白边黑眼镜，生活也就过得从容愉快。想再求上进，程度不甚佳，就进什么女子体育师范，或不必考的私立大学。毕业以前若与同学发生了恋爱，照例是结婚不多久就生孩子，一同居，除却跟家中要钱，就再也不会回来了。这其中自然也有书读得很好，又有思想，又有幻想，十八年左右向江西跑去，终于失了踪的，这种人照例对乡下那个多数是并无意义的，不曾发生何等影响的。

当地大多数女子有在体力与情感两方面，都可称为健康淳良的农家妇，需要的不是认识几百字来讨论妇女问题，倒是与日常生活有关系的常识和信仰，如种牛痘，治疟疾，以及与家事有关收成有关的种种。对于儿女的寿夭，尚完全付之于自然淘汰。对于橘柚，虽从经验上已知接枝选种，情感上却还相信每在岁暮年末，用糖汁灌溉橘树根株，一面用童男童女在树下问答"甜了吗?""甜了!"下年结果即可望味道转甜。一切生活都混合经验与迷信，因此单独凭经验可望得到的进步，无迷信搀杂其间，便不容易接受。但同类迷信，在这种农家妇女也有一点好处，即是把生活装点得不十分枯燥，青春期女性神经病即较少。不论他们过的日子如何平凡而单纯，在生命中依然有一种幻异情感，或凭传说故事，引导到一个美丽而温柔仙境里去，或信天委命，来抵抗种种不幸。迷信另外一种形式，表现于行为，如敬神演戏、朝山拜佛，对于大多数女子，更可排泄她们蕴蓄被压抑的情感，转换一年到头的疲劳，尤其见得重要而必需。

这就是居住在这条河流两岸的人民近三十年来的大略情形。这世界一切既然都在变，变动中人事乘除，自然就有些近于偶然与凑巧的事情发生，哀乐和悲欢，都有他独特的式样。

本篇收入1945年文聚版《长河》单行本前，曾在1938年8月7日至8月10日香港《星岛日报·星座》副刊上发表，连载序号1—4。署名沈从文。篇名《人与地》为收入单行本时所拟。

秋 （动中有静）

秋成熟一切。大河边触目所见，尽是一年来阳光雨露之力，影响到万汇百物时用各种式样形成的象征。野花多用比春天更美丽眩目的颜色，点缀地面各处。沿河的高大白杨银杏树，无不为自然装点以动人的色彩，到处是鲜艳与饱满。然而在如此景物明朗和人事欢乐笑语中，却似乎蕴蓄了一点儿凄凉。到处都仿佛有生命在动，一切说来实在又太静了。过去一千年来的秋季，也许和这一次差不多完全相同，从这点"静"中即见出寂寞和凄凉。

辰河中部小口岸吕家坪，河下游约有四里一个小土坡上，名叫"枫树坳"，坳上有个滕姓祠堂。祠堂前后十几株老枫木树，叶子已被几个早上的严霜，镀上一片黄，一片红，一片紫。枫树下到处是这种彩色斑驳的美丽落叶。祠堂前枫树下有个摆小摊子的，放了三个大小不一的簸箕，簸箕中也是这种美丽的落叶。祠堂位置在山坳上，地点较高，向对河望去，但见千山草黄，起野火处有白烟如云。村落中乡下人为耕牛过冬预备的稻草，傍附树根堆积，无不如塔如坟。银杏白杨树成行高矗，大小叶片在微阳下翻飞，黄绿杂彩相间，如旗纛，如羽葆。又如有所招邀，有所期待。沿河橘子园尤呈奇观，绿叶浓翠，绵延小河两岸，缀系在枝头的果实，丹朱明黄，繁密如天上星子，远望但见一片光明，幻异不可形容。河下船埠边，有从土地上得来的萝卜，薯芋，以及各种农产物，一堆堆放在那里，等待装运下船。三五个小孩子，坐在这种庞大堆积物上，相互扭打游戏。河中乘流而下行驶的小船，也多数装满了这种深秋收获物，并装满了弄船人欢欣与希望，向辰溪县，浦市，辰州，各个码头集中，到地后再把它卸到干涸河滩上去等待主顾。更远处有皮鼓铜锣声音，说明某一处村中人对于这一年来人与自然合作的结果，因为得到满意的收成，正在野地上举行谢土的仪式，向神表示感激，并预约"明年照常"的简单愿心。

土地似乎已经疲劳了，行将休息，云物因之转增妍媚。天宇澄清，河水澄清。

祠堂前老枫树下，摆摊子守坳的，是个弄船老水手，好像在水上做鸭子漂厌了，方爬上岸来做干鸭子。其时正把簸箕中落叶除去。由东往西，来了两个赶路乡下人，看看天气还早，两个人就在那青石条子上坐下来了。各人取出个旱烟管，打火镰吸烟。一个说："今年好收成！对河滕姓人家那片橘子园，会有二十船橘子下常德府！"

另一个就笑着说："年成好，土里长出肉来了。我砦子上田地里，南瓜有水桶大，三十二斤重。当真同水桶一样大，吃了一定补！"

"又不是何首乌，什么补不补？"

"有人到云南，说萝卜冬瓜都有水桶大，要用牛车拉，一车三两个就装不下了。"

"你相信他散天花①。还有人说云南金子多，遍地是金子。金子打的饭碗，卖一百钱一个，你信不信？路远一万八千里，要走两三个月才走得到，无中无保的话，相信不得。"

两人正谈论到本地今年地面收成，以及有关南瓜冬瓜种种传说。来了一个背竹笼的中年妇人，竹笼里装了两只小黑猪，尖嘴拱拱的，眼睛露出顽皮神气，好像在表示，"你买我回去，我一定不吃料，乱跑，看你把我怎么办。"妇人到祠堂边后，也休息下来，一面抹头上汗水，一面就摊子边听取两人谈话。

"我听人说，烂泥地方满家田里出了个萝卜大王，三十二斤重，比猪头还大，拿到县里去报功请赏。县里人说：县长看见了你的萝卜，你回去好了。我们要帮你办公文禀告到省里去，会有金字牌把你。你等等看吧。过了一个月，金牌得不着，衙门里有人路过烂泥，倒要了他四块钱去，说是请金字牌批准了，来报喜信，应当有赏。这世界！"末了他

---

① 散天花，胡扯。

摇摇头，好像说下去必犯忌讳，赶忙把烟杆塞进口中了。

另一个就说："古话说：衙门八字开，有理无钱莫进来。不是花钱你来有什么事。满家人发羊痫风，田里长了个大萝卜，也大惊小怪，送上衙门去讨好。偷鸡不得丢把米，这是活该的。"

"可是上两场烂泥真有委员下乡来田里看过，保长派人打锣到处知会人，家中田里有大萝卜的拿来送委员过目，进城好请赏，金字牌的奖赏，值很多钱！"

"到后呢？"

"后来保长请委员吃酒，委员自己说是在大学堂里学种菜的。陪委员吃酒的人，每一份出一吊八百钱。一八如八，八八六吊四，一十四吊钱一桌酒席，四盘四碗，另外带一品锅。吃过了酒席，委员带了些菜种，又捉了七八只预备带回去研究的笋壳色肥母鸡，挂到三丁拐轿杠上，升轿走了。后来事就不知道了。"

坐在摊子边的老水手，便笑眯眯的插嘴说：

"委员坐了轿子从我坳上过路，当真有人挑了一担萝卜，十多只肥鸡。另外还有两个火腿，一定是县长送他的。他们坐在这里吃萝卜，一面吃一面说，你们县长人好，能任劳任怨，父母官真难得。说的是京话。又说'你们这个地方土囊（壤）好，萝卜大，不空心，很好很好吃！'那挑母鸡的烂泥人就问委员，'什么土囊布囊好？是不是稀屎？'不答理他。委员说的是'土囊'，囊他个娘那知道！"

那乡下人说："委员是个会法术的人，身边带了一大堆玻璃瓶子，到一处，就抓一把土放到一个小小瓶子里去，轻轻的摇一摇。人问他说：'委员，这有什么用处？这是土囊？是拿去炼煤油，熬膏药？'委员就笑着说：'是，是，我要带回去话唸（化验）它。''你有千里镜吗？'我用险危（显微）镜。'我猜想一定就是电光镜，洋人发明的。"

几个人对于这个问题不约而同莫测高深似的叹了一口气。可是不由得都笑将起来，事情实在希奇的好笑。城里人，城里事情，总之和乡下人都太隔远了。

妇人搭上去说："大哥，我问你，'新生活'快要来了，是不是真的？我听太平溪宋团总说的，他是我舅娘的大老表。"

一个男的信口开河回答她说："怎么不是真的？还有人亲眼见过。我们这里共产党一走'新生活'又来了。年岁虽然好，世界可不好，人都在劫数，逃脱不得。人都说江口天王菩萨有灵有验，杀猪杀羊许愿，也保佑不了！"

妇人正因为不知道"新生活"是什么，记忆中只记起五年前"共产党"来了又走了，"中央军"来了又走了，现在又听人说"新生活"也快要上来，不明白"新生活"是什么样子，会不会拉人杀人。因此问了许多人，人都说不明白。现在听这人说已有人在下面亲眼看到过，显见得是当真事情了。既真有其事，保不定一来了到处村子又是乱乱的，人呀马呀的挤在一处，要派夫派粮草，家家有份。每天有人敲锣通知，三点钟村子里开会，男男女女都要去，好开群众大会，好枪毙人！大家都要大喊大叫，打倒土豪，消灭反动分子。这批人马刚走，另外一群就来了，又是派夫派粮草，家家有份。又是开会，杀人。现在听说"新生活"快要上来了，因此心中非常愁闷。竹笼中两只小猪，虽可以引她到一个好梦境中去。另外那个"新生活"，却同个槌子一样，打在梦上粉碎了。

她还想多知道一点，就问那事事充内行的乡下人："大哥，那你听说他们是要不要从这里过路？人马多不多？"

那男子见妇人认真而担心神气，于是故意特别认真的说："怎么不从这条路来？他们说来就来，说走就走。我听高村人说，他船到辰州府，就在河边眼看到'新生活'下船，人马可真多！机关枪，机关炮，六子连，七子针，十三太保，什么都有。委员司令坐在大白马上，把手那么又着对民众说话（摹仿官长声调）：诸位同胞，诸位同志，诸位父老兄弟姊妹，我是'新生活'。我是司令官。我要奋斗……"

妇人已完全相信那个演说，不待说完就问："中央军在后面追不追？"

"那谁知道。他是飞毛腿，还追过中央军！不过，这事委员长总有办法的。他一定还派得有人马在后边，因为人多炮火多，走得慢一些。"

妇人说："上不上云南？"

"可不是，都要上云南的！老话说：上云南，打瓜精。应了老话，他们都要去打瓜精的。"

妇人把话问够后，简单的心断定"新生活"当真又要上来了，不免惶恐之至。她想起家中床下砖地中埋藏的那二十四块现洋钱，异常不安，认为情形实在不妥，还得趁早想办法，于是背起猪笼，忙匆匆的赶路走了。两只小猪大约也间接受了点惊恐，一路尖起声音叫下坳去。

两个乡下男人其实和妇人一样，对于"新生活"这个称呼，都还莫名其妙。只是并不怎么害怕，所以继续谈下去。两人谈太平溪王四癞子过去的事情。这王四癞子是太平溪开油坊榨油，发了财，白手成家称员外的一位财主。前年共产党来了，一家人赶忙向山上跑。因为是财主，被本地投降共产党的人指出躲藏地方，捉将去吊打一阵，捐出两万块钱，民众作保方放了出来。接着人马追来了，又赶紧跑上山去。可是既然是当地财主，人怕出名猪怕壮，因此依然被看中，依然捐两万块钱，取保开释。直到队伍人马完全过身后，一点点积蓄已罄光了，油坊毁了，几只船被封去弄沉了，王四癞子一气，两脚一伸，倒床死了。四癞子生前既无儿无女，两个妻妾又不相合，各抱一远房儿子接香火，都还年纪小。族里子弟为争做过房儿子，预备承受那两百亩田地和几栋大房子，于是忽然来了三个孝子，穿上白孝衣在灵前磕头。磕完头抬起头来一看，灵牌上却无孝男名字，名分不清楚，于是几个人在棺木前就揪打起来。办丧事的既多本族穷破落子弟，一到打群架时，人多手多，情形自然极其纷乱。不知谁个莽撞汉子，捞起棺木前大点锡蜡台，闪不知顺手飞去，一蜡台把孝子之一打翻到棺木前，当时就断了气。出命案后大家一哄而散，全跑掉了。族长无办法，闹得县知事坐了轿子，带了保安队作作人等一大群，亲自下乡来验尸。把村子里母鸡吃个干净后，觉得事件辣手，就说："清官难断家务事，你们这件事情，还是开祠堂家族会议公断好。"说完后，就带领一干人马回县城里去了。家族会议办不了，末后党部委员又下了乡，特来调查，向省里写报告，认为命案无从找寻凶手，油坊田地产业应全部充公办学校。事情到如今整三年还不结案，王四癞子棺木也不能入土。"新生活"来了，谁保得定不会有同样事情发生。

老水手可不说话，好像看得很远。平时向远处看，便看到对河橘子园那一片橘树，和吕家坪村头那一簇簇古树，树丛中那些桅尖。这时节向远处看，便见到了"新生活"。他想："来就来你的，有什么可怕？"因此自言自语的说："'新生活'来了，吕家坪人拔脚走光了，我也不走。三头六臂能奈我何。"他意思是家里空空的，就不用怕他们。不管是共产党还是"新生活"，都并不怎么使光棍穷人害怕。

两个过路人走后，老水手却依然坐在阳光下想心事。"你来吧，我偏不走。要我作伕子，挑伙食担子，我老骨头，做不了。要我引路，我守祠堂香火。"

这祠堂不是为富不仁王四癞子的产业，却是洪发油号老板的。至于洪发老板呢，早把全家搬到湖北汉口特别区大洋房子里住去了。什么都不用怕。可是万一"新生活"真的要来了，老水手怎么办？那是另一问题。实在说，他不大放心！因为他全不明这个名词的意义。

一会儿，坳上又来了一个玩猴儿戏的，肩膊上趴着一个小三子①，神气机伶伶的。身后还跟着一只矮脚蒙茸小花狗，大约因为走长路有点累，把个小红舌头摆到嘴边，到了坳上就各处闻嗅。玩猴儿戏的外乡人样子，到了坳上休息下来，问这里往麻阳县还有多少里路，今天可在什么地方歇脚。老水手正打量到"新生活"，看看那个外乡人，像个"侦探"，是"新生活"派来的先锋。所以故意装得随随便便老江湖神气，问那玩猴儿戏的人说：

"老乡亲，你家乡是不是河南归德府？你后面人多不多？他们快到了吧？"

那人不大明白这个询问用意，还以为只是想知赶场的平常乡下人，就顺口说："人不少！"事实上却完全答非所问。

---

① 小三子，当地人称小猴子为"疤屁股老三"，此处为昵称。

只这一句话就够了，老水手不再说什么，以为要知道的已经知道了，心中又闷又沉静。因为他虽说是个老江湖，"新生活"是什么，究竟不清楚。他还以为是和共产党中央军相差不多的一种东西，虽说不怕，真要来时也有点麻烦人。

　　他预备过河去看看。对河萝卜溪村子里，住了个人家，和他关系相当深。他得把这个重要消息报告给这个一村中的领袖知道，好事先准备一番，免得临时措手不及，弄得个手忙脚乱。

　　他又想先到镇上去看看，或者还有些新消息，可从吃水上饭的人方面得到。因此收拾了摊子，扣上门，打量上路。其时碧空如洗，有一群大雁鹅正排成人字从高空中飞过。河下滩脚边，有三五只货船上滩，十多个纤夫，伏身在干涸过了的卵石滩上爬行，唉声唉气呼喊口号。秋天来河水下落得多，溶口小，许多大石头都露出水面，被阳光漂得白白的，散乱在河中，如一群一群白羊。玩猴儿戏的已下坳赶路走了，大路上又来了七个爬松毛的吕家坪人，四个男子，三个女人，背上各负了巨大的松毛束，松毛上还插了一把把透红山果和蓝的黄的野花。几个人沿路笑着骂着，一齐来到坳上。老水手想起前年热闹中封船、拉夫、输送队、慰劳队，等等名色，向一个爬松毛的年青女人说：

　　"嫂子，嫂子，你真不怕压坏你的肩膊，好气力！你这个怕不止百五十斤吧。"

　　那妇人和其他几个人，正把背上负荷搁在坎旁歇憩，笑着不作声。另外一个男子却从旁打趣说双关话调弄女的。

　　"伯伯，你不知道，大嫂子好本事，压得再重一些也经得起。"

　　其他两个年青妇女都咕喽咕喽笑将起来。负荷顶多那个妇人，因为听得出话中有刺，就回骂那同伴男子：

　　"生福，你个悖时的，你舌子上可生疔？生了疔，胡言谵语，赶快找杨回回，免得绝香火。"

　　男的说："嫂子，我不生疔。我说你本事好，经得起压，不怕重，不怕大。雷公不打吃饭人！"

　　"我背得多背得少，不管你生福的事。"

"不管我的事，好。常言道：伸手不打笑脸人，我是夸奖你，难道世界变了，你是共产党，人家说好话也犯罪？"

"你这人口好心坏。口上多蜜，心上生蛆，你以为我不懂。"

"你懂个什么，你只懂……光棍心多，令人开口不得。"

另外一个顶年青，看来好像是和那男的有点情分的女人，就插嘴说："唉嗨。得了罢了，又不是桃子李子，虫蛀了心，怎么坏？"

那男的说："真是，又不是桃子李子，心那里会坏。又不是千里眼，有些东西从里面坏了，眼睛也见不着!"

因为这句话暗中又伤到原来那个妇人，妇人就说："烂你的舌子，生福。"

男的故意装作听不懂她的意思："你说什么？舌子不咬就不会烂的!"

"狗咬你。"

"是的，狗咬我。我舌子好像差点就被一只发了疯的母狗咬掉过!有一天在一棵大桐木树荫下，我还说，狗，狗，你轻点咬!咬掉可不是玩的!"

因为说到妇人不想提起的一点隐秘事情，女的发急了，红着脸说："悖时砍脑壳的，生福，你再说我就当真要骂了!"

男的涎皮笑脸说："阿秋嫂子，你骂!你骂我也会骂。你骂不过我。"

"你贼嘴贼舌，以后不得好死，死了还要到拔舌地狱受活罪，现眼现报。"

另一个女的想解围："够了，活厌了再死不迟。阿秋嫂子，你就听他嚼舌根，信口打哇哇，当个耳边风算什么。"

"他占我便宜!"

"就让他一点也成。口里来，耳边去，我敢打包票，占不了什么。"

那男的只是笑："是的，肥水不落外人田，拔了萝卜眼儿在，占点小小便宜，少了什么。"

因为越说越放肆，而且事情总离不了那点过去。被说及的那个妇人，唯恐说下去更不中听，着急起来，气愤不过，想用爬松毛的竹耙子去赶着男的打两下。男的见事不妙，棍子快到头上，记起男子不与女斗的格言，三十六计走为上计，于是哈哈大笑，躬起个腰，负荷松毛束，赶先走下坳去了。

另外几个女的男的也一同带笑带闹走了。

原有那个吵嘴妇人，憋了一肚子气，对看祠堂的老水手说："伯伯，你看，我们这地方去年一涨水，山脉冲断了，风水坏了，小伙子都成了野猪，三百斤重，一身皮包骨，单是一张嘴有用处。一张嘴到处伤人。"

老水手笑着回答说："不说不笑，就会胡闹。嘴也有嘴的用处，没有事情时，唱点歌好快乐！……你看那边山多好。"

原来山前另外一个坳上枫木树下，正有个割草青年小伙子在唱歌，即景生情，唱的是：

> 三株枫木一样高，
> 枫木树下好恋姣；
> 恋尽许多黄花女，
> 佩烂无数花荷包。

因为并无人接口，等等自己又接下去唱道：

> 姣家门前一重坡，
> 别人走少郎走多；
> 铁打草鞋穿烂了，
> 不是为你为那个？

那女的正心中有气不能出，对远处割草青年，遥遥的吐出一个"呸"字，笑着说："花荷包，花抱肚；你娘有闲工夫为你做！"一声吆喝叫了个倒彩，把撑松毛用的木杈子拿起，背着松毛走了。

老水手眼看着几个女人走下坳后，自言自语的说："花荷包，花抱肚，佩烂了，穿烂了，子弟孩儿们长大了。日子长咧。'新生活'一来，派慰劳队，找年青娘儿们，你们都该遭殃!"

老水手随即也就上了路，向吕家坪镇上走去。打从一个局所门前经过时，见几个税丁无事可作，正在门前小凳子旁玩棋，不像是"新生活"要来的样子。又到油号看看，庄上管事已赶场收买五倍子去了，门前靠墙边斜斜的晒了许多油篓子，一只笋壳色母鸡在油篓后刚生过蛋，猛被人惊吓，大声叫喊飞上墙去，也不像"新生活"要来的样子。又到团练公所去，只见师爷正歪着头搔笔尖，在为镇上妇人写家信，把信写好后，念给妇人听，妇人一面听一面拉衣袖拭泪，倒仿佛是同"新生活"多少有点关系。于是老水手一面抓着腮帮子，一面探询似的问局上师爷：

"师爷，团总赶场去了吗? 多久回来?"

师爷看看是弄船的："喔，大爷。团总晚上回来。"

"县里有人来……?"

"委员早走了。"

"什么委员?"

"看萝卜的那个委员。"

老水手笑了，把手指头屈起来记数日子："师爷，那是上一场的事情! 我最近好像听人说……下头又有人来……我不大相信。"

那请托师爷写家信的老妇人，就在旁搭口说："师爷，请你帮我信上添句话，就说：'十月你不寄钱来，我完不了会，真是逼我上梁山。我又不是共产党，该账不还账!'你尽管那么写。我要吓吓他。"

师爷笑将起来："嫂子，你不要恐吓他。你老当家的有钱，他会捎来的。"

妇人眼泪汪汪的："师爷你不知道，桃源县的三只角迷了他的心，三个月不带钱来，总说运气不好。不想想我同三冒儿在家里吃什么过日子。"

老水手说："嫂子你不要心焦，天无绝人之路。三只角迷不了他，他会回心转意的。"

妇人拉围裙角拭去眼泪，把那封信带走后，老水手又向师爷说："他是不是在三十六师？我想会要打仗了！"

师爷说："太平世界，除了戏台上花脸，手里痒痒的弄枪弄棒，别的有什么仗打？我不相信现在省里有人要打仗。大爷，你听谁造的谣言？"

这事本来是老水手自己想起随口说出的，接下去，他还待说说"新生活"快要来了的意见。可是被师爷说是造谣言，便不免生出一点反感。于是觉得师爷那副读书人样子，会写几个字，便自以为是"智多星"，好像天下事什么他都不相信，其实只是装秀才。因此不再说什么，作成一种"信不信由你"的神气，扬扬长长走开了。出得团练局，来到杨姓祠堂门前，见有五六个小孩子蹲在那大青石板上玩骰子，拼赌香烛头。老水手停了停脚逗他们说："嗐，小将们，还不赶快回家去，他们快要来了，要捉你们的！"

小孩子好奇，便一齐回过头来带着探询疑问神气："是谁捉我们？"

"谁，那个'新生活'要捉你们。"

一个输了本火气大的孩子说："'新生活'捉我们，鬼老二单单捉你。伸出生毛的大手，要扯你的后脚，逃脱不得。"

老水手见不是话，掉过头来就走，向河边走去。到河边他预备过渡。河滩上堆满了各样农产物，有不知谁家新摘的橘子三大堆，恰如三堆火焰，正在装运上船。四五个壮年汉子，快乐匆忙的用大撮箕搬橘子下船，从摇摇荡荡的跳板上走过去，到了船边，就把橘子哗的倒进空舱里去。有人在商讨一堆菜蔬价钱，一面说，一面做成赌咒样子。

上了渡船，掌渡的认识他，正互相招呼。河边又来了两个女子，一个年纪较小的，脸黑黑的，下巴子尖尖的，穿了件葱绿布衣，月蓝布围腰，围腰上还扣朵小花，用手指粗银链子约束在背后，一条辫子盘在头上，背个小小细篾竹笼，放了些干粉条同印花布。一个年纪较大的，眼睛大，圆枣子形脸，穿蓝布衣印花布裤。年青人眼睛光口甜，远远的一见到老水手，就叫喊老水手：

"满满，满满，你过河吗？到我家吃饭去，有刀头肉，焖黄豆芽。"

老水手一看是夭夭姊妹，就说："夭夭，你姊妹赶场买东西回来？我正要到你家里去。你买了多少好东西！"他又向那个长脸的女孩子说，"二妹，你怎么，好像办嫁妆，老是一大堆！……"老水手对两个女孩子只是笑，因为见较大的也有个竹笼，内里有好些布匹杂货，所以开玩笑，说是陪嫁用的。那个枣子形脸的女人，为人忠厚老实，被老的一说，不好意思，腮帮子颈脖子通红了。掉过头去看水。

掌渡船的说："二姑娘嫁妆有八铺八盖，早就办好了。我听你们村子里人说的。头面首饰就用银子十二斤，压箱子十二个元宝还在外，是王银匠说的。夭姑娘呢，不要银的，要金的。谁说的？我说的。"

末后的话自然近于信口开河，夭夭虽听得分明，却装不曾听到，回过头去抿着嘴笑，指点远处水上野鸭子给姊姊瞧。

老水手说："夭夭，你一个夏天绩了多少麻？我看你一定有二十四匹细白麻布了。"

夭夭注意水中漂浮的菜叶，头也不回。"我一个夏天都玩掉了，大嫂麻布多！"

掌渡船的又插嘴说："大嫂子多，可不比夭夭的好。夭夭什么都爱好。"

夭夭分辩说："划船的，你乱说。你怎么知道我爱好？"

掌渡船的装作十分认真的神气："我怎么不知道？我老虽老，眼睛还上好的，什么事看不出。你们只看看她那个细篾背笼，多精巧，怕不是贵州云南府带来的？值三两银子吧。你顶小时我就说过，夭夭长大了，一定是个观音。那会错。"

"你怎么知道观音爱好？"

"观音不爱好，怎么不怕路远，成天到南海去洗脚？多远一条路！"弄渡船的一面悠悠闲闲的巴船，一面向别的过渡人说，"我说知道就知道。我还知道宣统皇帝退位，袁世凯存心不良要登极，我们湖南人蔡锷不服气，一掌把他推下金銮宝殿。人老成精，我知道的事情多咧。"

几句话把满船人都逗笑了。

大家眼光注意到夭夭和她那个精巧竹背笼。那背笼比起一般妇女用的，实在精细讲究得多。同村子里女人有认得她的，就带点要好讨好的神气说："夭夭，你那个斗篷还要讲究！"

夭夭不作声，面对汤汤流水，不作理会。心想："这你管不着！"可是过了一会儿，却又回过头来对那女人把嘴角缩了一缩，笑了一笑："金子，你怎么的！大伙儿取乐，你唱歌，可值得？"

金子也笑了笑，她何尝不是取乐。即或当真在唱歌，也照例是使人快乐使自己开心的。

渡船到河中时，三姑娘向老水手说："满满，你坳上大枫木树，这几天真好看。叶子同火烧一样，红上了天，一天烧到夜，总烧不完。我们在对河稻草堆上看到它，老以为真是着了火。"

水手提住了把柄说："夭夭，你才说不爱好看的东西，别的事不管，你倒看中我坳上那枫木树。还有小伙子坐在枫木树下唱歌，你在对河可惜听不着。你家橘子园才真叫好看，今年结多少！树枝也压断许多吧。结了万千橘子，可不请客！因为好看，舍不得！"

夭夭装作生气样子说："满满，你真是拗手扳罾，我不同你说了。"

两姊妹是枫木坳对河萝卜溪滕家大橘子园滕长顺的女儿，守祠堂的老水手也姓滕，是远房同宗。老水手原来就正是要到她家里去，找她们父亲说话的。

夭夭不说话时，老水手于是又想起"新生活"，他抱了一点杞忧，以为"新生活"一来，这地方原来的一切，都必然会要有些变化，夭夭姊妹生活也一定要变化。可是其时看看两个女的，却正在船边伸手玩水，用手捞取水面漂浮的瓜藤菜叶，自在从容之至。

过完渡，几个人一起下了船，沿河坎小路向着萝卜溪走去。

河边下午景色特别明丽，朱叶黄华，满地如锦如绣。回头看吕家坪市镇，但见嘉树成荫，千家村舍屋瓦上，炊烟四浮，白如乳酪，悬浮在林薄间。街尾河边，百货捐税局门前，一支高桅杆上，挂一条写有扁阔红黑大字体的长幡信，在秋阳微风中飘荡。几十只商船桅尖，从河坝边土坎上露出，使人想象得出那里河滩边，必正有千百纤夫，用谈笑和烧酒卸除了一天的劳累。对河大坳上，老水手住的祠堂前，那几株老枫木树挺拔耸立，各负戴一身色彩斑斓的叶子，真如几条动人的彩柱……看来一切都象征当地的兴旺，尽管在无章次的人事管理上，还依然十分兴旺。

本篇收入1945年文聚版《长河》单行本前，曾在1938年8月11日至8月16日香港《星岛日报·星座》副刊上发表，连载序号5—10，署名沈从文。又，经修改，曾在1942年6月10日《文聚》月刊第1卷第3期上发表，篇名为《秋》。署名沈从文。这是作者以《秋》为篇名的作品之一。《秋（动中有静）》为收入单行本时所拟。

橘子园主人和一个老水手

辰河是沅水支流，在辰溪县城北岸和沅水汇流。吕家坪离辰溪县约一百四十里，算得是辰河中部一个腰站。既然是个小小水码头，情形也就和其他码头差不多，凡由辰河出口的黔东货物，桐油、木材、烟草、皮革、白蜡、水银和染布制革必不可少的土靛青、五倍子，以及辰河上游两岸出产的竹、麻，与别的农产物，用船装运下行，花纱布匹、煤油、自来火、海味、白糖、纸烟和罐头洋货，用船装运上行，多得把船只停靠，在这个地方上"复查税"。既有省中委派来的收税官吏在此落脚，上下行船只停泊多，因此村镇相当大，市面相当繁荣。有几所规范宏大的榨油坊，每年出货上万桶桐油。有几个收买桐油山货的庄号，是汉口常德大号口分设的。有十来所祠堂，祠堂中照例金碧辉煌，挂了许多朱漆匾额，还迎面搭个戏台，可供春秋二季族中出份子唱戏。有几所庙宇，敬奉的是火神，伏波元帅，以及骑虎的财神，外帮商人集会的天后宫，象征当地人民的希望和理想。有十来家小客栈，和上过捐的"戒烟所"，专为便利跑差赶路人和小商人而准备。地方既是个水码头，且照例有一群吃八方的寄食者，近于拿干薪的额外局员，靠放小借款为生的寡妇，本地出产的大奶子大臀窑姐儿，备有字牌和象棋的茶馆……由于一部分闲钱，一部分闲人，以及多数人用之不尽的空闲时间，交互活动，使这小码头也就多有了几分生气。地方既有财有货，间或就又驻扎有一百八十名杂牌队伍，或保安团队，名为保护治安，事实上却多近于在此寄食。三八逢场，附近三五十里乡下人，都趁期来交换有无，携带了猪羊牛狗和家禽野兽，石臼和木碓，到场上来寻找主顾。依赖盐乡为生的江西、宝庆小商人，且带了冰糖、青盐、布匹、纸张、黄丝烟、爆竹，以及其他百凡杂货，就地搭棚子做生意。到时候走路来的，驾小木船和大毛竹编就的筏子来的，无不集合在一处。布匹花纱因为是人所必需之物，交易照例特别大。耕牛和猪羊与农村经济不可分，因为本身是一生物，时常叫叫咬咬，作生意时又要嚷嚷骂骂，加上盟神发誓，成交后还得在附近吃食棚子里去喝酒挂红，交易并且特别热闹。飘乡银匠和卖针线妇人，更忙乱得可观。银匠手气高的，多当场表演镀金发蓝手艺，用小管子吹火焰作镶嵌细工，摊子前必然围上百十好奇爱美乡下女人。此外用"赛诸葛"名称算命卖卜的，用"红十字"商标拔牙卖膏药符水的，无不各有主顾。若当春夏之交，还有开磨坊的人，牵了黑色大叫骡，开油坊的人，牵了火赤色的大黄牯牛，在场坪一角，搭个小小棚子，用布单围好，竭诚恭候乡下人牵了家中骒马母牛来交合接种。野孩子从布幕间偷瞧西洋景时，乡保甲多忽然从幕中钻出，大声吆喝加以驱逐。当事的主持此事时，竟似乎比大城市"文明结婚"的媒人牧师还谨慎庄严。至于辰河中的行船人，自然尤乐于停靠吕家坪。因为说笑话，地名"吕家坪"，水手到了这里时，上岸去找个把妇人，口对口做点儿小小糊涂事，泄泄火气，照风俗不犯行船人忌讳。

吕家坪虽俨然一个小商埠，凡事应有尽有，三炮台香烟和荔枝龙眼罐头，可以买来送礼。但隔河临近数里，几个小村落中情形，可就完全不同了。这些地方照例把一切乡村景象好好保留下来，吕家坪所有，竟仿佛对之毫无影响。人情风俗都简直不相同。即如橘园中摘橘子时，过路人口渴吃橘子，在村子里可不必花钱，一到吕家坪镇上，便是极酸的狗矢柑，虽并不值钱，也有老妇人守在渡口发卖了。

萝卜溪是吕家坪附近一个较富足的村子。村中有条小溪，背山十里远发源，水源在山洞中，由村东流入大河。水路虽不大，因为长年不断流，水清而急，乡下人就利用环境，筑成一重一重堰坝，将水逐段潴汇起来，利用水潭蓄鱼，利用水力灌田碾米。沿溪上溯有十七重堰坝，十二座碾坊，和当地经济不无关系。水底下有沙子处全是细碎金屑，所以又名"金沙溪"。三四月间河中杨条鱼和鲫鱼上子时，半夜里多由大河逆流匍匐而上，因此溪上游各处堰坝水潭中，多鲫鱼和杨条鱼，味道异常鲜美。土地肥沃带沙，出产大萝卜，因此地名萝卜溪，十分本色。

萝卜溪人以种瓜种菜种橘子为业，尤其是橘子出名。村中几乎每户人家都有一片不大不小的橘园，无地可种的人家，墙边毛坑旁还总有几树橘柚。就中橘园既广大，家道又殷实，在当地堪称首屈一指的，应分得数滕长顺。在过渡处被人谈论的两姊妹，就是这人家两个女儿。

滕长顺原来同本地许多人一样，年青时两手空空的，在人家船上做短程水手，吃水上饭。到后又自己划小小单桡船，放船往沅水流域各码头，兜揽商货生意，船下行必装载一点蔬菜，上行就运零碎杂货。因为年纪青，手脚灵便，一双手肯巴，对待主顾又诚实可靠，所以三五年后就发了旺，增大了船只，扩张了事业。先是作水手，后来掌舵把子，再后来且作了大船主。成家讨媳妇时，选中高村一个开糖坊的女儿，带了一份家当来，人又非常能干。两夫妇强健麻利的四只手不断的作，积下的钱便越来越多。这个人于是记起两句老话："人要落脚，树要生根"，心想像一把杓老在水面上漂，终不是个长久之计。两夫妇商量了一阵，又问卜打卦了几回，结果才决心在萝卜溪落脚，买了一块菜园，一栋房子。当家的依然还在沅水流域弄船，妇人就带孩子留家里管理田园、养猪养鸡。船向上行，装货到洪江时，当家的把船停到辰溪县，带个水手赶夜路回家来看看妇人和孩子。到橘园中摘橘子时，就辞去了别的主顾，用自己船只装橘子到常德府做买卖，同时且带家眷下行，看看下面世界。因为橘子庄口整齐，味道甜，熟人又多，所以特别容易出脱，并且得到很好的价钱。一个月回头时，就装一船辰河庄号上货物，把自己一点钱也办些本地可发落的杂货，回吕家坪过年。

自从民国以来，二十年中沅水流域不知经过几十次大小内战，许多人的水上事业，在内战时被拉船，封船，派捐，捉伕的结果，事业全毁了。许多油坊字号，也在兵匪派捐勒赎各种不幸中，完全破了产。世界既然老在变，这地方自然也不免大有今昔，应了俗话说的，"十年兴败许多人"。从这个潮流中淘洗，这个人却一面由于气运，一面由于才能，在种种变故里，把家业维持下来，不特发了家，而且发了人。妇人为他一共养了两个男孩，三个女孩，到现在，孩子已长大成人，讨了媳妇，作了帮手。因此要两个孩子各驾一条三舱四橹小鳅鱼头船，在沅水流域继续他的水上事业，自己便在家中看管田庄。女儿都许了人家，大的已过门，第二第三还留在家中。共有三个孙子，大的已满六岁，能拿了竹响篙看晒谷簟，赶鸭下河。当家的年纪已五十六岁，一双手巴了三四十年，常说人老了，骨头已松不济事了，要休息休息。可是遇家中碾谷米时，长工和家人两手不空闲，一时顾不来，却必然挑起两大箩谷子向溪口碾坊跑，走路时行步如飞，不让年青小伙子占先。

这个人既于萝卜溪安家落业，在村子里做员外，且因家业，年龄和为人义道公正处，足称模范，得人信服，因此本村中有公共事业，常常做个头行人，居领袖地位。遇什么官家事情，如军队过路派差办招待，到吕家坪乡公所去开会时，且常被推举作萝卜溪代表。又因为认识几个字，所以懂得一点风水，略明麻衣相法，会几个草头药方，能知道一点时事……凡此种种，更增加了这个人在当地的重要性。

两个小伙子，小小的年龄时就跟随父亲在水上漂，一条沅水长河中什么地方有多少滩险，多少石头，什么时候什么石头行船顶危险麻烦，都记得清清楚楚。（至于船入辰河后，情形自然更熟习了。）加之父子人缘好，在各商号很得人信用，所以到他们能够驾船时，"小滕老板"的船只，正和老当家的情形一样，还是顶得称赞的船只。

至于几个女孩子，因为作母亲有管教，都健康能勤，做事时手脚十分麻利。终日在田地里太阳下劳作，皮肤都晒成棕红色。家庭中有大有小，父母弟兄姊妹齐全，因此性格畅旺，为人和善而真诚，欢喜高声笑乐，不管什么工作都像是在游戏，各在一种愉快竞争情形中完成。三个女儿就同三朵花一样，在阳光雨露中发育开放。较大的一个，十七岁时就嫁给了桐木坪贩朱砂的田家作媳妇去了，如今已嫁了四年。第二的现在还只十六岁，许给高村地方一个开油坊的儿子，定下的小伙子出了远门，无从完婚。第三的只十五岁，上年十月里才许人，小伙子从县立小学毕业后，转到省里师范学校去，还要三年方能毕业，结婚纵早也一定要在三年后了。三个女儿中最大的一个会理家，第二个为人忠厚老实，第三个长得最美最娇。三女儿身个子小小的，腿子长长的，嘴小牙齿白，鼻梁完整匀称，眉眼秀拔而略带野性，一个人脸庞手脚特别黑，神气风度却是个"黑中俏"。在一家兄弟姊妹中年龄最小，所以名叫夭夭。一家人凡事都对她让步，但她却乖巧而谦虚，不占先称强。因为心性天真而柔和，所以显得更动人怜爱，更得人赞美。

这一家人都俨然无宗教信仰，但观音生日，财神生日，药王生日，以及一切传说中的神佛生日，却从俗敬香或吃斋，出份子给当地办会首事人。一切附予农村社会的节会与禁忌，都遵守奉行，十分虔敬。正月里出行，必翻阅通书，选个良辰吉日。惊蛰节，必从俗做荞粑吃。寒食清明必上坟，煮腊肉社饭到野外去聚餐。端午必包裹粽子，门户上悬一束蒲艾，于五月五日午时造五毒八宝膏药，配六一散痧药，预备大六月天送人。全家喝过雄黄酒后，便换好了新衣服，上吕家坪去看赛船，为村中那条船呐喊助威。六月尝新，必吃鲤鱼，茄子，和田地里新得包谷新米。收获期必为长年帮工酿一大缸江米酒，好在工作之余，淘凉水解渴。七月中元节，作佛事有盂兰盆会，必为亡人祖宗远亲近戚焚烧纸钱，女孩儿家为此事将有好一阵忙，大家兴致很好的封包，用锡箔折金银锞子，俟黄昏时方抬到河岸边去焚化。且作荷花灯放到河中漂去，照亡魂升西天。八月敬月亮，必派人到镇上去买月饼，办节货，一家人团聚赏月。九月重阳登高，必用紫芽姜焖鸭子野餐，秋高气爽，又是一番风味。冬天冬蛰，在门限边用石灰撒成弓形，射杀百虫。腊八日煮腊八粥，做腊八豆……总之凡事从俗，并遵照书上所有办理，毫不苟且，从应有情景中，一家人得到节日的解放欢乐和严肃心境。

这样一个家庭，不愁吃，不愁穿，照普通情形说来，应当是很幸福的了。然而不然。这小地方正如别的世界一样，有些事不大合道理的。地面上确有些人成天或用手，或用脑，各在职分上劳累，与自然协力同功，增加地面粮食的生产，财富的储蓄，可是同时就还有另外一批人，为了历史习惯的特权，在生活上毫不费力，在名分上却极重要，来用种种方法，种种理由，将那些手足贴地的人一点收入挤去。正常的如粮赋，粮赋附加捐，保安附加捐……常有的如公债，不定期而照例无可避免的如驻防军借款，派粮、派捐，派夫役，以及摊派剿匪清乡子弹费，特殊的有钱人容易被照顾的如绑票勒赎，明火抢掠。总而言之，一年收入用之于"神"的若需一元，用之于"人"的至少得有二十元。家中收入多，特有的出项也特别多。

世界既然老在变，变来变去如像十八年的革命，轮到乡下人还只是出钱。这一家之长的滕长顺，就明白这个道理。钱出来出去，世界似乎还并未变好，所以就推为"气运"。乡下人照例凡是到不能解决无可奈何时，差不多都那么用"气运"来抵抗它，增加一点忍耐，一点对不公平待遇和不幸来临的适应性，并在万一中留下点希望。天下不太平既是"气运"，这道理滕长顺已看得明白，因此父子母女一家人，还是好好的把日子过下去。亏得是人多手多，地面出产多，几只"水上漂"又从不失事，所以在一乡还依然称"财主"。世界虽在变，这一家应当进行的种种事情，无不照常举办，婚丧庆吊，年终对神的还愿，以及儿婚女嫁的应用东东西西，都准备的齐齐全全。

明白世界在变，且用气运来解释这在变动中临到本人必然的忧患，勉强活下去的，另外还有一个人，这个人就是在枫木坳上坐坳守祠堂，关心"新生活"快要来到本地，想去报告滕长顺一声的老水手。这个人的身世如一个故事，简单而不平凡，命运恰与陆地生根的滕长顺两相对照。年青时也吃水上饭，娶妻生子后，有两只船作家当，因此自己弄一条，雇请他人代弄一条，在沅水流域装载货物，上下往来。看看事业刚顺手，大儿子到了十二岁，快可以成为一个帮手，前途大有发展时，灾星忽然临门，用一只看不见的大手，不拘老少，却一把捞住了。为了一个西瓜，母子三人在两天内全害霍乱病死掉了，正如同此后还有"故事"却特意把个老当家的单独留下。这个人看看灾星落到头上来了，无可奈何，于是卖了一只船，掉换三副大小棺木，把母子三人打发落了土。自己依然勉强支撑，用"气运"排遣，划那条船在沅水中行驶。当初，尚以为自己年纪只四十多一点，命运若转好，还很可以凭精力重新干出一份家业来。但祸不单行，妇人儿子死后不到三个月，剩下那只船满载桐油烟草驶下常德府，船到沅水中部青浪滩，出了事，在大石上一磕成两段，眼睛睁睁的看到所有货物全落了水，被急浪打散了。这个人空捞着一匹桨，又急又气，浮沉了十余里方拢岸。到得岸上后，才知道，不仅船货两失，押货的商人也被水淹死了，八个水手还有两个失了踪。这一来，真正是一点老根子都完了。装货油号上的大老板，虽认为行船走马三分险，事不在人在乎天，船只失事实只是气运不好，对于一切损失并不在意。还答应另外借给他三百吊钱，买一只小点的旧船，做水上人，找水上饭吃，慢慢的再图扳本。可是一连经过这两次打击，这个人自己倒信任不过自己，觉得一切都完了，再干也不会有什么好处了。因此同别的失意人一样，只打量向远方跑。过不多久，沅水流域就再也见不着这个水手，谁也不知道他的去处。渐渐的冬去春来，四时交替，吕家坪的人自然都忘记这么一个人了。

大约经过了十五年光景，这个人才又忽然出现于吕家坪。初回来时，年纪较青的本地人全不认识，只四十岁以上的人提起时才记得起。对于这个人，老同乡一望而知这十余年来在外面生活是不甚得意的。头发业已花白，一只手似乎扭坏了，转动不什么灵便，面貌萎悴，衣服有点拖拖沓沓，背上的包袱小小的，分量也轻轻的。回到乡下来的意思，原来是想向同乡告个帮，做一个会，集五百吊钱，再打一只船，来水上和二三十岁小伙子挣饭吃。照当地习惯，大家对于这个会都乐意帮忙，正在河街上一个船总家集款时，事情被滕长顺知道了。滕长顺原来与之同样驾船吃水上饭，现在看看这个远房老宗兄铩羽回来，像是已经倦于风浪，想要歇歇的样子。人既无儿无女，无可依靠，年纪又将近六十，因此向他提议：

"老大爷，我看你做水鸭子也实在够累了，年纪不少了，一把骨头不管放到那里去，都不大好。倒不如歇下来，爽性到我家里去住，粗茶淡饭总有一口。世界成天还在变，我们都不中用了，水面上那些事让你侄儿他们去干好。既有了他们，我们乐得轻轻松松吃一口酸菜汤泡饭。你只管到我那里去住，我要你去住，同自己家里一样，不会多你的。"

老水手眯着小眼睛看定了长顺，摇摇那只扭坏了的臂膊，叹一口气，笑将起来。又点点头，心想"你说一样就一样"，因此承认长顺的善意提议，当天就背了那个小小包袱，和长顺回到萝卜溪的橘子园。

住下来虽说作客，乡下人照例闲不得手，遇事总帮忙。而且为人见事多，经验足，会喝杯烧酒，性情极随和，一家大小都对这个人很好，把他当亲叔叔一般看待，说来尚称相安。

过了两年，一家人已成习惯后，这个老水手却总像是不能习惯。这样寄居下去可不成，人老心不老，终得要想个办法脱身。但对于驾船事情，真如长顺所说，是年纪青气力壮的小伙子的事情，快到六十岁的人已无分了。当地姓滕宗族多，弄船的，开油坊油号的，种橘子树的，一起了家，钱无使用处时，总得把一部分花在祠堂庙宇方面去，为祖宗增光，儿孙积福，并表扬个人手足勤俭的榜样。公祠以外还有私祠。公祠照例是分支派出钱作成，规范相当宏大，还有些祠田公地，可作祭祀以外兴办义务学校用。私家祠堂多个人花钱建造，作为家庙。其时恰恰有个开洪发号油坊起家的滕姓寡妇，出了一笔钱，把整个枫木坳山头空地买来，在坳上造了座祠堂。祠堂造好后要个年纪大的看守，还无相当人选。长顺为老水手说了句好话，因此这老水手就成了枫木坳上坐坳守祠堂人。祠堂既临官道，并且濒河，来往人多，过路人和弄船人经过坳上时，必坐下来歇歇脚，吸一口烟，松松肩上负担。祠堂前本有几株大枫木树，树下有几列青石凳子，老水手因此在树下摆个小摊子，卖点零吃东西。对于过路人，自己也就俨然是这坳上的主人，生活下来比在人家作客舒适得多。间或过河到长顺家去看看，到了那里，坐一坐，谈谈本乡闲事，或往牛栏边去看看初生小牛犊，或下厨房到灶边去烧个红薯，烧个包谷棒，喝一碗糊米茶，就又走了。也间或带个小竹箩赶赶场，在场上各处走去，牛场，米场，农具杂货场，都随便走去看看，回头再到场上卖狗肉牛杂碎摊棚边矮板凳上坐坐，听生意人谈谈各样行市，听弄船人谈谈下河新闻，以及农产物下运水脚行情，一条辰河水面上船家得失气运。遇到县里跑公事人，还可知道最近城里衙门的功令，及保安队调动消息。天气晚了，想起"家"了，转住处时就捎点应用东西——一块巴盐，一束烟草，或半葫芦烧酒，这个烧酒有时是沿路要尝尝看，尝到家照例只剩下一半的。由于生活不幸，正当生发时被恶运绊倒了脚，就爬不起来了，老年孤独，性情与一般吕家坪人比较起来，就好像稍微有点儿古怪。由于生活经验多，一部分生命力无由发泄，因此人虽衰老了，对于许多事情，好探索猜想，且居然还有点童心。混合了这古怪和好事性情，在本地人说来，竟成为一个特别人物。先前一时且有人以为他十多年来出远门在外边，若不是积了许多财富，就一定积了许多道理，因此初回来时，大家对他还抱了一些好奇心。但乡下人究竟是现实主义者，回来两年后，既不见财富，又听不出什么道理，对于这个老水手，就俨然不足为奇，把注意力转到别一方面去了。把老水手认识得清楚，且充满了亲爱感情，似乎只长顺一家人。

老水手人老心不老，自己想变变不来了，却相信《烧饼歌》上几句话，以为世界还要大变。不管是好是坏，总之不能永远"照常"。这点预期四年前被共产党和中央军陆续过境，证实了一部分，因此他相信，还有许多事要陆续发生，那个"明天"必不会和"今天"相同。如今听说"新生活"要来了，实在相当兴奋，在本地真算是对新生活第一个抱有幻想的人物。事实呢，世界纵然一切不同，这个老水手的生命却早已经凝固了。这小地方本来呢，却又比老水手所梦想到的，变化的还要多。

老水手和长顺家两个姑娘过了渡，沿河坎小路向萝卜溪走去时，老水手还是对原来那件事不大放心，询问夭夭：

"夭夭，你今天和你二姊到场上去，场上人多不多？"

夭夭觉得这询问好笑，因此反问老水手："场上人怎么不多？满满。"

"我问你，保安团多不多？"

二姑娘说："我听镇上人说，场头上还有人在摆赌，一张桌子抽两块钱，一共摆了二十张桌子。他们还说队长佩了个盒子炮，在场上面馆里和团总喝酒。团总脸红红的，叫队长亲家长亲家短，不知说什么酒话。"

老水手像是自言自语："还摆赌？这是什么年头，要钱不要命！"

夭夭觉得希奇，问老水手：

"怎么不要命？又不是土匪……"

老水手皱起眉毛，去估量场上队长和团总对杯划拳情形时，夭夭就从那个神情中，记起过去一时镇上人和三黑子对水上警察印象的褒贬。因为事情不大近人情，话有点野，说不出口，说来恐犯忌讳，所以只是笑笑。

老水手说："夭夭，你笑什么？你笑我老昏了头是不是？"

夭夭说："我笑三黑子，不懂事，差点惹下一场大祸。"

"什么事情？"

"是个老故事，去年的事情，满满你听人说过的。"

老水手明白了那个事情时，也不由得笑了起来。可是笑过后却沉默了。

原来保安团防驻扎在镇上，一切开销都是照例，好在人数并不多，且有个水码头，号口生意相当大，可以从中调排，挹彼注此，摊派到村子里和船上人，所以数目都不十分大。可是水上警察却有时因为派来剿匪，或护送船帮，有些玩意儿把划船的弄得糊糊涂涂，不出钱不成，出了钱还是有问题。三黑子为人心直，有一次驾船随大帮船靠辰河一个码头，护船的队伍听说翁子洞有点不安静，就表示这大帮船上行责任太大，不好办。可是护送费业已缴齐，船上人要三黑子去办交涉，说是不能负责任，就退还这个钱，大家另想办法。交涉不得结果，三黑子就主张不用保护，把船冒险上行，到出麻烦时再商量。一帮船待要准备开头时，三黑子却被扣了下来，他们意思是要船帮另外摊点钱，作为额外，故意说河道不安靖，难负责任。明知大帮船决不能久停在半路上。只要有人一转圜，再出笔钱，自然就可以上路了。如今经三黑子一说，那么一来等于破了他们的计策。所以把他扣下来，追问他有什么理由敢冒险。且恐吓说事情不分明，还得送到省里去，要有个水落石出，这帮船方能开行。末了还是年老的见事多，知道了这只是点破了题，使得问题成个僵局，僵下去只是船上人吃亏，才作好作歹进行另外一种交涉，方能和平了事。

想起这些事，自然使乡下人不快乐，所以老水手说："快了，快了，这些不要脸家伙到我们这里洋财也发够了，不久就会要走路的。有别的人要来了！"

夭夭依然不明白是什么意思，停在路旁，问老水手："满满，谁快要到我们这里来？你说个明白，把人闷到葫芦里不好受！"

老水手装作看待小孩子神气："说来你也不会明白，我是王半仙，捏手指算得准，说要来就要来的。前年红军来了，中央军又来了，你们逃到山里去两个月才回家。不久又要走路。不走开，人家会把你爹当王四癞子办，吊起骡子讲价钱，不管你三七二十一，伸出手来，'大爷要钱'！不把不成。一千两千不够，说不得还会把你们陪嫁的金戒子银项圈也拿去抵账！夭夭，你舍得舍不得？……该死的，发瘟的，就好了他们！"

二姑娘年纪大些，看事比较认真，见老水手说得十分俨然，就低声问他："满满，不是下头南军和北军又开了火，兵队要退上来？"

老水手说："不打仗。不是军队。来得那个比军队还要厉害！"

"什么事情？他们上来作什么？地方保安团有枪，他们不冲突吗？"

"嗨，保安团！保安团算什么？连他们都要跑路，不赶快跑就活捉张三，把他们一个一个捉起来，结算二十年老账。"

夭夭说："满满，你说的当真是什么？闭着个口嚼蛤蜊，弄得个人糊糊涂涂，好像闷在鼓里，耳朵又老是嗡嗡的响，响了半天，可还是咚咚咚。"

几个快要走到萝卜溪石桥边时，夭夭见父亲正在园坎边和一个税局中人谈话，手攀定一枝竹子，那么摇来晃去，神气怪自在从容。税局中人是来买橘子，预备托人带下桃源县送人的。有两个长工正拿竹笋上树摘橘子。夭夭赶忙走到父亲身边去："爹爹，守祠堂的满满，有要紧话同你说。"

长顺已将近有半个月未见到老水手，就问他为什么多久不过河，是不是到别处去。且问他有什么事情。老水手因税局中人在身旁，想起先前一时在镇上另外那个写信师爷大模大样的神气，以为这件事不让他们知道，率性尽他们措手不及吃点亏，也是应该有的报应。便不肯当面即说。只支支吾吾向一株大橘子树下走去。长顺明白老水手性情，所谓要紧话，终不外乎县里的新闻，沿河的保安队故事，不会什么真正要紧。

就说：

"大爷，等一会儿吧。夭夭你带满满到竹园后面去，看看我们今年挖的那个大窖。"长顺回头瞬眼看到二姑娘背笼中东东西西，于是又笑着说，"二妹，你怎么又办了多少货！你真是要开杂货铺！我托你带的那个大钓钩，一定又忘记了，是不是？你这个人，要的你总不买，买的都不必要，将来不是个好媳妇。"

长顺当客人面责骂女儿，语气中却充满温爱，仿佛像一个人用手拍小孩子头时一样，用责罚当作爱抚。所以二姑娘听长顺说下去，还只是微笑。

提起钓钩时，二姑娘当真把这件事又忘了，回答他父亲："这事我早说好，要夭夭办。夭夭今天可忘了。"

夭夭也笑着，不承认罪过。"爹，你亲自派我的事，我不会忘记，二姊告我的事，杂七杂八，说了许多，一面说，一面又拉我到场上去看卖牛，我就只记得小牛，记不得鱼了。太平溪田家人把两条小花牛牵到场上去出卖，有人出二十六块钱，还不肯放手！他要三十。我有钱，我就花三十买它来。好一对牛，长得真好看！"

长顺说："夭夭，你就会说空话。你把牛买来有什么用。"

夭夭："牛怎么没用？小时好看，长大了好耕田！"

"人长大了呢，夭夭？"爹爹意思在逗夭夭，因为人长大了应合老话说的"男大当婚，女大当嫁"。夭夭就得嫁出去。

夭夭领悟得这句笑话意思，有点不利己，所以不再分辩，拾起地下一线狗尾草，衔在口中，直向竹林一方跑去。二姑娘口中叫着"夭夭，夭夭"，也笑笑的走了。老水手却留在那里看他们下橘子，不即去看那个新窖。

税局中人望定长顺两个女儿后身说：

"滕老板，你好福气，家发人兴。今年橘子结得真好，会有两千块钱进项吧，发一笔大财，真是有土斯有财！"

长顺说："师爷，你那知道我们过日子艰难！这水泡泡东西，值什么钱，有什么财发？天下不太平，清闲饭不容易吃，师爷你那知我们乡下人的苦处。稍有几个活用钱，上头会让你埋窖?"

那税局中人笑将起来，并说笑话："滕老板，你好像是怕我开借，先说苦，苦，苦，用鸡脚黄连封住我的口，免得我开口。谁不知道你是萝卜溪的'员外'? 要银子，窖里怕不埋得有上千上万大元宝!"

"我的老先生，窖里是银子，那可好了。窖里全是红薯! 师爷，说好倒真是你们好，什么都不愁，不怕，天塌了有高长子顶，地陷了有大胖子填。吃喝自在，日子过得好不自在! 要发财，积少成多，才真容易!"

"常言道：这山望见那山高，你那知道我们的苦处。我们跟局长这里那里走，还不是一个'混'字，随处混! 月前局长不来，坐在铜湾溪王寡妇家里养病，谁知道他是什么病? 下面有人来说，总局又要换人了，一换人，还不是上下一齐换，大家卷起行李铺盖滚蛋!"

老水手听说要换人，以为这事也许和"新生活"有点关系，探询似的插嘴问道："师爷，县里这些日子怕很忙吧?"

"我说他们是无事忙。"

"师爷，我猜想一定有件大事情。……我想是真的……我听人说那个，一定是……"老水手趑趑趄趄，不知究竟怎么说下去。他本不想说，可又不能长久憋在心上。

长顺以为新闻不外乎保安团调防撤人。"保安团变卦了吗?"

"不是的。我听人说，'新生活'快要来了!"

他本想把"新生活"三字分量说得重重的，引起长顺注意，可是不知为什么到出口时反而说得轻了些。税局中人和橘子园主人同声惊讶的问："什么，你说……'新生活'要来了吗?"事实上惊讶的原因，只是"新生活"这名词怎么会使老水手如此紧张，两人都不免觉得奇怪。两人的神气，已满足了老水手的本意，因此他故意作成千真万确当神发誓的样子说："是的，是的，那个要来了。他们都那么说! 我在坳上还亲眼看见一个侦探，扮作玩猴子戏的，问我到县里还有多远路，问明白后就忙匆匆走了。那样子是个侦探，天生贼眉贼眼，好像正人君子委员的架式，我赌咒说他是假装的。"

两个人听得这话不由笑将起来，"新生活"又不是人，又不是党，来就来，派什么侦探？怕什么？值得大惊小怪！两人显然耳朵都长一点，明白下边事情多一点，知道"新生活"是什东西的，并不觉得怎么吓怕的。听老水手如此说来，不免为老水手的慌张处好笑。

　　税局中人是看老《申报》的，因此把所知道的新事情说给他听。但就所知说来说去，到后自己也不免有点"茅包"了，并不十分了解新闻的意思，就不再说了。长顺十天前从弄船人口中早听来些城里实行"新生活"运动的情形，譬如走路要向左，衣扣得扣好，不许赤脚赤背膊，凡事要快，要清洁……如此或如彼，这些事由水手说来，不觉得危险可怕，倒是麻烦可笑。请想想，这些事情若移到乡下来，将成个什么。走路必向左，乡下人怎么混在一处赶场？不许脱光一身，怎么下水拉船？凡事要争快，过渡船大家抢先，不把船踏翻吗？船上滩下滩，不碰撞打架吗？事事物物要清洁，那人家怎么做霉豆腐和豆瓣酱，浇菜用不用大粪？过日子要卫生，乡下人从那里来卫生丸子？纽扣要扣好，天热时不闷人发痧？总而言之就条例言来想不通，做不到。乡下人因此转一念头：这一定是城里的事情，城外人即不在内。因为弄船人到了常德府，进城去看看，一到衙门边，的的确确有兵士和学生站在街中干涉走路扣衣扣，不听吩咐，就要挨一两下，表示不守王法得受点处分。一出城到河边，傍吊脚楼撒尿，也就管不着了。因此一来，受处分后还是莫明其妙，只以为早上起来说了梦，气运不好罢了。如今听老水手说这事就要来乡下，先还怕是另外得到什么消息，长顺就问他跟谁听来的。老水手自然说不具体。只说"一定是千真万真"。说到末了，三个人不由得都笑了。因为常德府西门城外办不通的事，吕家坪乡下那会办得通。真的来，会长走错了路，就得打手心了。一个村子里要预备多少板子！

　　其时两个上树摘橘子的已满了筐，带下树来。税局中人掏出两块钱递给长顺，请他笑纳，表个意思。长顺一定不肯接钱，手只是摇。

　　"师爷，你我自己人，这把钱？你要它，就挑一担去也不用把钱，橘子结在树梢上，正是要人吃的！你我不是外人，还见外！"

　　税局中人说："这不成，我自己要吃，拿三十五十，不算什么。我这是送人的！借花献佛，不好意思。"

"送礼也是一样的。不嫌弃，你下头有什么人要送，尽管来挑几担去。这东西越吃越发。"

税局中人执意要把钱，橘园主人不肯收。"师爷，你真是见外我姓滕的不够做朋友！"

"滕老板，你不明白我。我同你们上河人一样脾气，肠子直，不会客气。这次你收了，下一次我再来好不好？"

老水手见两人都直性，转不过弯来，推来让去终不得个了结，所以从旁打圆成说："大爷，你看师爷那么心直，就收了吧。"

长顺过意不去，因此又要长工到另外一株老树上去，再摘五十个顶大的添给师爷。这人急于回镇上，说了几句应酬话，长工便跟在他身后，为把一大箩橘子扛走了。

老水手说："这师爷人顶好，不吃烟，不吃酒。听说他祖宗在贵州省做过督抚。"

长顺说："人一好就不走运。"

夭夭换了毛蓝布衣服，拉了只大白狗，从家里跑来，见他父亲还在和老水手说话，就告他父亲说："爹，满满说什么'新生活'要来了，我们是不是又躲到齐梁桥洞里去？"

长顺神气竟像毫不在意："来就让它来好，夭夭，我们不躲它！"

"不怕闹吗？"

长顺忍不住笑了："夭夭，你怕你就躲，和满满一块儿去。我不躲，一家人都不躲。我们不怕闹！它也不会闹！"

夭夭眼睛中现出一点迷惑，"怎么回事？"要老水手为答解。

老水手似乎有点害羞，小眼睛巴映巴映的，急嚷着说：

"我敢打赌，赌个小手指，它会要来的！夭夭，你爹懂阴阳，今年六月里涨水，坝上金鲤鱼不是跑出大河到洞庭湖去了吗？这地方今年不会太平，打十回清醮，烧二十四斤檀香，干果五供把做法事的道士胀得昏头昏脑，也不会过太平年。"

长顺笑着说："那且不管它，得过且过。我们还是家里吃酒去吧。

有麂子肉和菌子，炒辣子吃。"

老水手输心不输口，还是很固执的说："长顺大爷，我敢同你赌四个手指，一定有事情，要变卦。算不准，我一口咬下它。"

夭夭平时很信仰她爹爹，见父亲神气泰然，不以为意，因此向老水手打趣说："满满，你好像昨天夜里挖了一缸金元宝，只怕人家拦路抢劫，心里总虚虚的。被机关打过的黄鼠狼，见了碓夹也害怕！'新生活'不会抢你金元宝的！"

老水手举起那只偏枯不灵活手臂，向对河坳上那一簇红艳艳老枫木树，用笑话回答夭夭说的笑话："夭夭，你看，那是我的家当！人说枫香树下面有何首乌，一千年后手脚生长齐全，还留个小辫子，完全和人一样，这东西大月亮天还会到处跑，走路飞快！挖得了它煮白毛乌骨鸡吃，就可以长生不老。我那天当真挖得了它，一定炖了鸡单单请你吃，好两人上天做神仙，仙宫里住多有个熟人，不会孤单！今天可饿了，且先到你家吃麂子肉去吧。"

另外一个长工相信传说，这时却很认真的说："老舵把子怎不请我呢？做神仙住大花园里，种蟠桃也要人！"

"那当然。我一定要请你，你等着！"

"我吃个脚拇指就得了。"

话说得憨而趣，逗引得大家都发了笑。

几个人于是一齐向家中走去。

因为老水手前一刻曾提起过当地"风水"，长顺是的确懂那个的，并不关心金鲤鱼下洞庭湖，总觉得地方不平凡，来龙去脉都有气势，树木又配置得恰到好处，真会有人材出来。只是时候还不到。可是将来应在谁身上？不免令人纳闷。

本篇收入1945年文聚版《长河》单行本前，曾在1938年8月17日至8月26日香港《星岛日报·星座》副刊上发表，连载序号11—20。署名沈从文。篇名《橘子园主人和一个老水手》为收入单行本时所拟。

吕家坪的人事

　　吕家坪正街上，同和祥花纱号的后屋，商会会长住宅偏院里。小四方天井中，有个酱紫色金鱼缸，贮了满缸的清水，缸中水面上搁着个玲珑苍翠的小石山。石山上阴面长有几簇虎耳草，叶片圆圆的，毛茸茸的。会长是个五十岁左右的二号胖子，在辰溪县花纱字号作学徒出身，精于商业经营，却不甚会应酬交际。在小码头作大老板太久，因之有一点隐逸味，有点泥土气息。其时手里正瘝着一支白铜镂花十样锦水烟袋，与铺中一个管事在鱼缸边玩赏金鱼，喂金鱼食料谈闲天。两人说起近两月来上下码头油盐价值的起跌以及花纱价入秋看涨，桐油价入冬新货上市看跌情形。前院来了一个伙计，肩上挂着个官青布扣花褡裢，背把雨伞，是上月由常德押货船上行，船刚泊辰溪县，还未入麻阳河，赶先走旱路来报信的。会长见了这个伙计，知道自己号上的船已快到地，异常高兴。

　　"周二先生，辛苦辛苦。怎么今天你才来！刚到吗？船到了吗？不坏事吗？"

　　且接二连三问了一大串沅水下游事情。

　　到把各事明白后，却笑了。因为这伙计报告下面事情时，就说到"新生活"实施情形。常德府近来大街上走路，已经一点不儿戏，每逢一定日子，街上各段都有荷枪的兵士，枪口上插一面小小红绿旗帜，写明"行人向左"，要大家向左走。一走错了就要受干涉。礼拜天各学校中的童子军也一齐出发，手持齐眉棍拦路，教育上街市民，取缔衣装不整齐的行路人。衙门机关学堂里的人要守规矩，划船的一上岸进城也要守规矩。常德既是个水码头，整千整万的水手来来去去，照例必入城观观光，办点零用货物，到得城中后，忙得这些乡下人真不知如何是好。

出城后来到码头边，许多人仿佛才算得救，恢复了自由。会长原是个老《申报》读者，二十年来天下大事，都是从老《申报》上知道的。"新生活"运动的演说，早从报纸看到了。如今笑的却是想起常德地方那么一个大码头，船夫之杂而野性，已不可想象，这些弄船人一上岸，在崭新规矩中受军警宪和小学生的指挥调排，手忙脚乱会到何等程度，说不定还以为这是"革命"！

管事的又问那伙计："二先生，你上来时，桃源县周溪木排多不多？洪江刘家的货到了不到？汉口庄油号上办货的看涨看跌？"

伙计一一报告后，又向会长轻轻的，很正经的说：

"会长，我到辰州听人说省里正要调兵，不知是什么事情。兵队都陆续向上面调，人马真不少！你们不知道吗？我们上面恐怕又要打仗了，不知打什么仗！"

会长说："是中央军队？省中保安队？……怕是他们换防吧。"

"我弄不清楚。沿河一带可看不出什么。只辰州美孚洋行来了许多油，行里仓库放不下，借人家祠堂庙宇放，好几个祠堂全堆满了。有人说不是油，是安全炸药，同肥皂一样，放火里烧也不危险。有人说明年五月里老蒋要带兵和日本打一仗，好好的打一仗，见个胜败。日本鬼子逼政府投降，老蒋不肯降。不降就要打起来。各省带兵的主席都赞成打！我们被日本人欺侮够了，不打一仗事情不了结。"

会长相信不过。"那有这种事？我们要派兵打仗，怎么把兵向上调？我看报，《申报》上就不说起这件事情。影子也没有！"《申报》到地照例要十一二天，会长还是相信国家重要事总会从报上看得出。报上有的才是真事情，报上不说多半不可靠。

管事的插嘴说："唉，会长，老《申报》好些事都不曾说！芷江县南门外平飞机场，三万人在动手挖坟刨墓，报上就不说！报上不说是有意包瞒，不让日本鬼子知道。知道了事情不好办。"

"若说飞机场，鬼子那有不知道？报上不说，是报馆访事的不知道，衙门不让人泄露军机。鬼子鬼伶精，到处都派得有奸细！"

管事说："那打仗调兵事情，自然更不会登报了。"

会长有点不服，拿出大东家神气："我告你，你们不知道的事情可不要乱说。打什么仗？调什么兵？……君子报仇三年，小人报仇眼前。中国和日本的账目，委员长心中有数，慢慢的来，时间早咧。我想还早得很。"末了几句话竟像是对自己安慰而发，却又要从自己找寻一点同情。可是心中却有点不安定。于是便自言自语说："世界大战要民国三十年发生，现在才二十五年，早得很！《大公报》上就说起过！"

管事的扫了兴，不便再说什么了，正想向外院柜台走去。会长忽记起一件事情，叫住了他：

"吴先生，我说，队上那个款项预备好了没有？他们今天会要来取它，你预备一下，还要一份收据。——作孽作孽，老爷老爷。"

管事说："枪款吗？早送来了，我忘记告你。他们还有个空白收据！王乡长说，队长派人来提款时，要盖个章，手续办清楚，了一重公案。请会长费神说一声。"

会长要他到柜上去拿收据来看看。收据那么写明：

> 保安队第××队队长，今收到麻阳县明理乡吕家坪乡公所缴赔枪枝子弹损失洋二百四十元整。

会长把这个收据过目后，轻轻的叹了一口气："作孽！"便把收据还给了管事。

走到堂屋里去，见赶路来的伙计还等待在屋檐前。

会长轻声的问："二先生，你听什么人说省里在调动军队？可真有这件事？"

伙计说："辰溪县号上人都那么说。恐怕是福音堂牧师传的消息，他们有无线电，天下消息都知道。"伙计见东家神气有点郁郁不乐，因此把话转到本地问题上来。"会长，这两个月我们吕家坪怎么样？下面都说桐油还看涨，直到明年桃花油上市，只有升起，不会下落。今年汉口柑橘起价钱，洋装货不到。一路看我们麻阳河里橘子园真旺相，一片金，一片黄金！"

会长默了一会："都说地方沾了橘子的光，那知道还有别的人老要沾我们的光？这里前不多久……不讲道理，有什么办法。"

伙计说："不是说那个能干吗？"

"就是能干，才会铺排这样那样！……上次考查萝卜白菜和水果的委员过路，会上请酒办招待，那一位就说：'委员，这地方除了橘子树多，什么都不成，闷死人！'委员笑眯眯的说：'橘子很补人，挤水也好吃！'好，大家都挤下去，好在橘子树多，总挤不干。可是挤来挤去也就差不多了！"

"局长可换了人？"

"怎么换人？时间不到，不会换人的。都有背脊骨，轻易不会来，来了不会动。不过这个人倒也还好，豪爽大方，很会玩。比那一位皮带带强。既是包办制度，牙齿不太长，地方倒阿弥陀佛，菩萨保佑！"

"到辰州府我去看望四老，听他说××来的那一位，才真有手段！什么什么费，起码是半串儿，丁拐儿，谁知道他们放了多少枪，打中了猫头鹰，九头鸟？那知强中更有强中手，××××长字号有个老婆，腰身小小的，眉毛长长的，看人时一对眼睛虚虚的，下江人打扮，摩登风流，唱得一口好京戏，打得一手好字牌，不久就和×××打了亲家，（是干亲家湿亲家只有他自己知道，外人那知道？）合手儿抬义胜和少老板轿子，一夜里就捞了'二方'，本来约好平分……过不久，那摩登人儿，却把软的硬的一卷，坐了汽车，闪不知就溜下武昌去了。害得×××又气又心疼。捏了鼻子吃冲菜，辣得个开口不得。现眼现报。是当真事情。……我过泸溪县时，还正听人说那一位×××在尤家巷一个娘舅家里养病。这几年的事情，不知是什么，人人都说老总统一了中国，国家就好了。前年追共产党，在省里演说，还说要亲手枪毙几个贪官污吏。他一个人只生一双手两只眼睛，能看见多少，枪毙多少！"

会长说："不要说老总，这个人办事倒认真，一天忙得像碾盘上石滚子，不得个休息。我看老《申报》，说他不久又要坐飞机上四川开会，是十六号报纸说的！这时一定已经到了。"

两个人正天上地下谈说国家大事和地方小事，只听得皮鞋声响，原来说鬼有鬼，队长和一个朋友来了。会长一见是队长，就装成笑脸迎上前去。知道来意是提那笔款项："队长，好几天不见你。我正想要人来告个信，你那个乡公所已经送来了。"回头就嘱咐那伙计，"你出去告吴先生，把钱拿来，请队长过手。"

一面让坐，一面叫人倒茶拿烟奉客。坐定后，会长试从队长脸上搜索，想发现一点什么。"队长，这几天手气可好？我看你印堂红红的。"

队长一面划火柴吸烟，一面摇头，喷了口烟气后，用省里话说："坏透了，一连四五场总姓'输'名'到底'。我这马上过日子的人，好像要坐轿子神气。天生是马上人，武兼文，不大好办！"他意思是他人合作行骗，三抬一，所以结果老是输。

会长说："队长你说笑话。谁敢请你坐轿子，不要脑壳！有几个脑壳！"

另外同来那位，看看像是吃过公务饭的长衫客，便接口说："输牌不输理，我要是搭伙平分，当裤子也不抱怨你。"接着这个人就把另一时另一个场面，绘影绘声的铺排出来，四家张子都记得清清楚楚，手上桌上牌全都记得清清楚楚，说出来请会长评理。会长本想请教贵姓台甫，这一来倒免了。于是随意应和着说："当真是的，这位同志说得对，输牌不输理。这不能怪人，是运气。"

队长受称赞后，有点过意不去，有点忸怩："荷包空了谁讲个理字？这个月运气不好，我要歇歇手！"

那人说："你只管来，我敢写包票，你要翻本！"

正说着，号上管事把三小叠法币同一纸收据拿来了，送给会长过目，面对队长笑眯眯的："大老爷，手气可好？你老牌张子太厉害，我们都赶不过！这是京上学来的，是不是？"

队长要理不理，随随便便的做了个应酬的微笑，并不作答。会长将钞票转交给他，请过目点数。队长只略略一看，就塞到衣口袋里去了，因此再来检视那张收据。

收据被那同来朋友冷眼见到时，队长装作大不高兴神气，皱了皱那两道英雄眉："这算什么？这个难道还要我盖私章吗？会长，亏得是你，碍你们的面子，了一件公事。地方上莫不以为这钱是我姓宗的私人财产吧，那就错了，错了。这个东西让我带回去研究研究看。"

会长知道意思，是不落证据到人手上。乡下人问题就只是缴钱了事，收据有无本不重要，因此敢边鼓凑和说："那不要紧，改天送来也成。他们不过是要了清一次手续，有个报销，并无别的意思。"且把话岔开说，"队长，你们弟兄上次赶场，听说在老营盘地方，打了一只野猪，有两百斤重，好大一只野猪！这畜生一出现，就搅得个庄稼人睡觉不安，这么一来，可谓为民除一大害，真是立功积德！我听人说野猪还多！"会长好像触着了忌讳，不能接说下去。

提起野猪，队长好像才想起一件事情。"嗨，会长，你不说起它，我倒忘了。我正想送你一腿野猪肉！"又转向那同来长衫朋友说，"六哥，你还不知道我们这个会长，仁义好客，家里办的狗肉多好！泡的药酒比北京同仁堂的还有劲头。"又转向会长说，"局里今天请客，会长去不去?"

会长装作不听清楚，只连声叫人倒茶。

又坐了一会儿，队长看看手腕上的白金表，便说事情忙，还有公事要办，起身走了。那清客似的朋友，临时又点了支烟，抓起了他那顶破呢帽，跟随队长身后走到天井中时，用一个行家神气去欣赏了一会儿金鱼缸上的石山，说："队长，你看，你看，这是'双峰插云'，有阴有阳，带下省里去，怕不止值三百块钱!"

队长也因之停在鱼缸边看了那么一忽儿，却说道："会长，你这石山上虎耳草长得好大！这东西贴鸡眼睛，百灵百验。你试试看，很好的!"

真应了古人说的：贤者所见，各有不同。两个伟人走后，会长站在天井中鱼缸旁只是干笑。心里却想起老营盘的野猪，好像那个石山就是个野猪头，倒放在鱼缸上。

吕家坪镇上只一条长街，油号，盐号，花纱号，装点了这条长街的繁荣。这三种庄号照例生意最大，资本雄厚，其余商业相形之下，殊不足数。当地橘子园虽极广大，菜蔬杂粮产量虽相当多，却全由生产者从河码头直接装船，运往下游，不必需另外经由什么庄号上人转手。因此一来，橘子园出产虽不少，生意虽不小，却不曾加入当地商会。换言之，也就可说是不被当地人看作"商业"。庄号虽搁下百八十万本钱，预备放账囤货，在橘子上市时，可从不对这种易烂不值钱货物投资，定下三五十船橘子，向下装运，与乡下人争利。税局凡是用船装来运去的，上税时经常都有个一定规则，对于橘柚便全看办事人兴致，随便估价。因为货物本不在章程上，又实在太不值钱。

商会会长的职务，照例由当地几种大庄号主人担任。商会主要的工作，说不上为商家谋福利，倒全是消极的应付：应付县里，应付省中各厅下乡过路的委员，更重要事情，就是应付保安队。商会会长平时本不需要部队，可是部队却少不了他们，公私各事都少不了。举凡军队与民间发生一切经济关系，虽照例由乡区保甲负责，却必需从商会会长转手。期票信用担保，只当地商会会长可靠。部队正当的需要如伙食杂项供应，不正当的如向省里商家拨划特货的售款，临时开借，商会会长职务所在，这样或那样，都得随事帮忙。

商会会长的重要性，既在此而不在彼，因此任何横行霸道蛮不讲理的武装人物，对会长总得客气一些。作会长的若为人心术不端，自然也可运用机会，从中博取一点分外之财。居多会长名分倒是推派到头上，辞卸不去，忍受麻烦，在应付情形下混。地方不出什么事故，部队无所借口，麻烦还不至于太多。事情繁冗，问题来临办不好时，就坐小船向下河溜，一个不负责。商人多外来户，知识照例比当地农民高一些，同是小伟人向乡下人惯使的手段，用到商号中人面前时，不能不谨慎些。因此商会会长的社会地位，比当地小乡绅似乎又高一着。

本地两年来不发生内战，无大股土匪出现，又无大军过境，所以虽驻下一连保安队，在各种小问题上向乡下人弄几个小钱，地方根基甚好，商务上金融又还活泼，还算是受得了，作会长的也并不十分为难。

萝卜溪大橘子园主人长顺，是商会会长的干亲家。因前一天守祠堂老水手谈及的事情，虽明知不重要，第二天依然到镇上去看会长，问问长沙下河情形。到时正值那保安队队长提枪款走后一忽儿，会长还在天井中和那押船管事谈说下河事情。

会长见到长顺就说:"亲家,我正想要到萝卜溪来看你去。你好,几个丫头都好!"

长顺说:"大家都好,亲家,天气晴朗朗的,事情不忙,怎不到我家去玩半天?"一眼望见那个伙计,认得他,知道他是刚办货回来的,"周管事,你怎么就回来了?好个神行太保。看见我家三黑子船没有?他装辰溪县大利通号上的草烟向下放,十四中午开头,算算早过桃源县了。十月边湖里水枯,有不有洋船过湖?"

那管事说:"我在箱子岩下面见你家三黑子站在后梢管舵,十二个水手一路唱歌摇橹向下走,船像支箭快。我叫喊他:三哥,三哥,你这个人,算盘珠子怎么划的?怎不装你家橘子到常德府去做生意?常德人正等待麻阳货,'拉屎抢头一节',发大财,要赶快!听我那么说,他只是笑。要我告家里,月底必赶回来。二哥的船听傅家驼子说,已上洪江,也快回来了吧。"

会长说:"亲家,人人都说你园里今年橘子好,下河橘子价钱又高,土里长金子,筛也不用筛,只从地下捡起来就是。"

长顺笑着,故意把眉毛皱皱:"土里长金子,你说得好!可是还有人不要那一片土,也能长金子的!(他意思实有所指,会长明白。)亲家我说你明白,像我那么巴家,再有一百亩地,还是一个'没奈何',尿脬上画花,外面好看,里面是空的。就是上次团上开会那个玩意儿,乡长一开口就要派我出五十,说去说来还是出四十块钱。这半年大大小小已派了我二三十回(他将手爪一把抓拢,作个手式,表示已过五百),差不多去了个'抓老官'数目,才免带过。这个冬天不知还要有几次,他们不会让我们清清静静,过一个年的。试想想看,巴掌大一片土地,刮去又刮来,有多少可刮的油水?亲家你倒逍遥自在,世界好,留到这里享福;世界不好,坐船下省去,一个不管;青红皂绿通通不管。像我们呢,同橘子树一样,生根在土里五尺,走不动路,人也摇摇,风也摇摇。好,你摇吧,我好歹得咬紧牙齿,挨下去!"

会长说:"亲家,树大就经得起攀摇。中国在进步,《申报》上说得好,国家慢慢的有了中心,什么事都容易办。要改良,会慢慢改良的!"

"改良要钱的方法，钱还是要，我们还是挨下去，让这些人榨挤，一个受不了！"

会长慨乎其言之说："我的哥，我们还不是一个样子，打肿了脸装胖？我能走，铺子字号不能走，要钱还是得拿出来。老话说，'王把总请客，坐上筵席收份子，一是一，二是二，含糊不得'。我是个上了场面的人，那一次逃得脱？别人不知道，你知道。"

"那枪款可拿走了？"

"刚好拿走，队长自己来取的。区里还有个收条，请他盖章，了清手续，有个报销。队长说，'拿回去办，会长你信我吧。'我自然只好相信。他拿回去还要研究研究呢。研究到末后，你想是怎么样？"

"怪道我在街头见他很豪劲，印堂红红的，像有什么喜事。和我打招呼，还说要下萝卜溪来吃橘子！"

"这几年总算好，政府里有人负责，国家统了一，不必再打仗了，大家可吃一口太平饭，睡觉也不用担心。阿弥陀佛，罢了。出几个钱，罢了。"

周伙计插嘴说："我们这里那一位，这一年来会不会找上五串了吧。"

会长微笑点点头："怕不是协叶合苏？"

"那当然！"长顺说，"虽要钱，也不能不顾脸面。这其中且有好有歹，前年有个高枧满家人，带队伍驻横石滩，送他钱也不要！"

那个押船的伙计，这次上行到沅陵，正被赶上水警讹诈了一笔钱，还受了气，就说："最不讲理是那些水上副爷，什么事都不会作，胆量又小，从不打过匪，就只会在码头上恐吓船上人。凡事都要钱。不得钱，说你这船形迹可疑，要'盘舱'，把货物一件一件搬出放到河岸边滩上，仔细检查。不管干的湿的都扎一铁签子。你稍说话，他就愣住两只眼睛说：'邪，怎么，你违抗命令，不服检查？把船给我扣了，不许动。'末了自然还是那个玩意儿一来就了事。打包票，只有'那个'事事打得通！在××××的一位，为人心直口快，老老实实，对船帮上人说：'我们来到你这鬼地方受罪，为什么？不是为……！'可是荷包满了有什么用？还不是打几颗金戒指，镶两颗金牙齿。再不然喝半斤闷胡子，胀得头晕晕的后，就跑到尤家巷小婊子处坐双台席面，去充阔摆格，哗啦哗啦送给小婊子。家中倒不用管，自有办法。天有眼睛，自然一报还一报。”

会长说："那些人就是这种样子，凡事一个不在乎。唱戏唱张古董借妻，他们看戏不笑，因为并不觉得好笑。总而言之，下面的人，下边的事情，和我们上河样样都不同。你笑他做乌龟，他还笑我们古板，蛮力蛮气，不通达世务。"

萝卜溪橘子园主人，对这类社会人情风俗习惯问题，显然不如他对于另外一件事情发生兴趣。他问那押船伙计："周管事，下河有些什么新闻。听说走路不许挨撞，你来我往各走一边，是不是真事情？"

伙计说："你说'新生活'吗？那是真事情。常德府专员已经接到了省里公事，要办'新生活'，街上到处贴红绿纸条子，一二三四五写了好些条款，说是老总要办的。不照办，坐牢、打板子、罚款。街上有人被罚立正，大家看热闹好笑！看热闹笑别人的也罚立正。一会儿就是一大串。那个兵士自己可不好意思起来，忍不住笑，走开了。"

"你听他们说，要上来不上来？"

这事伙计可说不明白了，会长看《申报》却知道。会长以为这是全国都要办的事情，一时间可不会上来。纵上河要办，一定是大城里先办，乡下不用办。就说省里，老总到了什么地方，那地方就办得认真，若人不在那边，军部党部都热闹不起劲。他的推测是根据老《申报》的小社评表示的意见。他见橘子园主人有点不放心，就说："亲家，这你不用担心，不会派款的。报上早说过了。委员长有过命令，不许借此为名，苛索民间。演说辞也上过报，七月廿号的日子，你不看到过？话说得很有道理，这是国家一件大事！"

长顺说："我以为这事乡下办不通。"

会长说："自然喽，城里人想起的事情，有几件事乡下办得通？……我说，亲家，你橘子今年下了多少？听管事说常德府货俏得很，外国货到汉口不多，你赶忙装几船下去，莫让溆浦人占上风抢先！"

275

长顺笑了起来："还是让溆浦人占上风，忙不了。我还要等黑子两兄弟船回来，装橘子下去，我也去看看常德府的'新生活'，办点年货。"

"是不是今年冬腊月二姑娘要出门，到王保董家做媳妇？那我们就有酒吃了。"

"那里那里，事情还早咧。姑爷八月间来信说，年纪小，不结婚。是你干女儿夭夭，想要我带她下常德府看看，说隔了两年，世界全变了，不去看看，将来去走路也不懂规矩，被人笑话！"

会长说："你家夭夭还会被人笑话吗？她精灵灵的，天上地下什么不懂，什么不会？上回我在铺子上，和烟溪人谈生意，她正在买花线，年轻人眼睛尖，老远见我就叫'干爹！干爹！'我说，'夭夭，一个月不见你，你又长大了。你一个夏天绣花要用几十斤丝线？为什么总不到我家里来同大毛姊玩？'她说，'我忙咧。''你一个小毛丫头，家里有什么事要你忙？忙嫁妆，日子早咧。二姊姊不出门，爹爹那舍得你！'说得她脸红红的，丝线不买就跑了。要她喝杯茶也不肯。这个小精怪，主意多端，干爹还不如她！"

长顺听会长谈起这个女儿的故事，很觉得快乐，不由得不笑将起来。"夭夭吗，生成就是个小猴儿精，什么都要动动手。不管她的事也动动手。自己的事呢，谁也不让插手，通通动不得，要一件一件自己来。她娘也怕她，不动她的。一天当真忙到晚，忙些什么事，谁知道。"

"亲家，你别说，她倒真是一把手。俗话说，洛阳桥是人造的，是鲁班大师傅两只手造的。夭夭那两只手，小虽小，会帮男子兴家立业的。可惜我毛毛小，无福气，不然早要他向你磕头，讨夭夭做媳妇！"

"亲家你说得她好。我正担心，将来那里去找制服她的人。田家六喜为人忠厚老实，会更惯坏了她。"

两人正怀着一分温暖情感，谈说起长顺小女儿夭夭的一切，以为夭夭在家里耳朵会红。那保安队长，却带了个税局里的稽核，一个过路陌生军官，又进屋里来了。一见会长就开口说："会长，我们来打牌，要他们摆桌子到后厅里吧。"且指定同来那个陌生人介绍，"这是我老同学，在明耻中学就同学，又同在军官学校毕业，现在第十三区司令部办事，是个伟人!"

这种介绍使得那个年青军官哭笑皆非，嘴角缩缩："嗨，伢俐，个么朽，放大炮，伤脑筋!"从语气中会长知道这又是个叫雀儿。

商会会长的府上，照例是当地要人的俱乐部，一面因为预备吃喝，比较容易，一面是大家在一处消遣时，玩玩牌不犯条款，不至于受人批评。主要的或许倒是这些机关上人与普通民众商家，少不了有些事情发生，商会会长照例处于排难解纷地位。会长个人经营的商业，也少不得有仰仗军人处，得特别应酬应酬。所以商会会长照例便成了当地"小孟尝"，客来办欢迎，茶烟款待外，还预备得有扑克牌和麻雀牌，可以供来客取乐。有时炕床上且得放一套鸦片烟灯枪，吸鸦片烟在当地已不时髦，不过玩玩而已。到吃饭时，还照例有黄焖母鸡，鱿鱼炒肉丝，暴腌肉炒辣子，红烧甲鱼等等可口菜肴端上桌子来。为的是联欢，有事情时容易关照。会长自己即或事忙不上场，也从无拒绝客人道理。可是这一回却有了例外，本不打量出门，倒触景生情，借故说是要过萝卜溪去办点事情，一面口说"欢迎欢迎"，叫家中用人摆桌子，一面却指着橘子园主人说："队长，今天我可对不起，不能奉陪! 我要到他们那里看橘子去。"虽说对客人表示欢迎，可是三缺一终不成场面。主人在家刚好凑数，主人不在家，就还得另外找一角。几个客人商量了一会，税局中那个出主意，认为还是到税局方便，容易凑角色。因此三个人稍坐坐，茶也不喝，就一串鱼似的走了。

长顺见这些公务员走去后，对会长会心微笑。会长也笑笑，把头摇摇。

长顺说："会长，那就当真到我家里喝酒去，我有肥麂子肉下酒! 好在下河船还到不了，这几天你不用忙。"

会长说："好，看看你橘子园去。我正要装船橘子下省去送人，你卖一船橘子把我吧。不过，亲家我们先说好，要接我的钱，不许夭夭卖乖巧，把钱退来还去不好看!"

橘子园主人笑着说："好好，一定接钱! 我们公平交易做一次生意。"

不多久，两个人当真就过河下萝卜溪。

长街上只见本地人一担一箩挑的背的全是橘子，到得河边时，好些橘子和萝卜都大堆大堆搁在干涸河滩上，等待上船。会长向一个站在橘山边的本地人询问道："大哥，你这个多少钱一百斤？"那人见会长问他，只是摇头憨笑："会长，不好卖！一块钱五十斤，十八两大秤，还卖不掉！你若要我送些大的好的到宝号上去，我家里高村来的货，有碗口大，同蜂糖一样甜，保你好吃。"

"你这个是酸的甜的？"

"甜得很。会长你试试看。"

"萝卜呢？"

那人只是干笑。因为萝卜太不值钱了，不便回答。萝卜从水路运到四百里外的地方去，还只值一块钱一百斤，这地方不过三四毛钱一百斤罢了。

其时有几个跑远路差人，正从隔河过渡，过了河，上岸一见橘子，也走过来问橘子价钱。那本地人说："副爷，你尽管吃，随便把钱。你要多少就拿多少去！"

几个人似乎不大理会得生意人的好意，以为是怕公事上人，格外优待，就笑着蹲身拣选橘子。选了约莫二十个顶大的，放在一旁，取出两手钱票子作为货价，送给那本地人。那人不肯接钱。谁知却引起了误会，以为不接钱是嫌钱少，受了侮辱，气势愤愤的说："两毛钱你还嫌少吗？你要多少！"

那人本意是东西不值钱，让这些跑路的公事上人白吃，不必破费。见他们错怪了人，赶忙把票子捏在手上，笑脸相迎的说："副爷，不是嫌少，莫见怪！……橘子多，不值钱，我不好意思收你的钱！"

就中一个样子刁狡，自以为是老军务，什么都懂，瞒不了他。又见长顺等在旁边微笑，还不大服气，就轻声的骂那个卖橘子的，骂给长顺会长听。

"你妈个……把了你钱还嫌少！现钱买现货，老子还要你便宜？"这一来，本地人不知说什么好，就不再接口了。几个人将橘子用手巾帽子兜住，另外又掉换了四个顶大的橘子，扬长不顾走了。

那卖橘子的把几张肮脏的小角票拈在手上摇摇，不自然的笑着，自言自语的说："送你吃你不吃，还怪人。好一个现钱买现货，钱从那里来的？羊毛出在羊身上，还不是湘西人大家有分。"

长顺说："大哥，算了吧。他不懂你好心好意，不领情。一定是刚从省里来的，你看神气看得出。这种人你还和他争是非？"

那人说："他们那么不讲理，一开口就骂人，我才不怕他！委员长到这里来也得讲道理！保安队，沙脑壳，碰两下还不是一包水？我怕你？"

两个人看看这小生意人话说的无意义，冬瓜葫芦一片藤，有把在当地十年来所受外乡人欺压的回忆牵混在一起情形，因此不再理会，就上了渡船。

弄渡船的认得会长和长顺，不再等待别的人客，就把船撑开了。

长顺说："亲家，你到了几只船？怕不有上万货物吧。"

会长说："船还在潭湾，三四天后才到得了，大小一共六只。这回带得有好海参——大乌开，大金钩虾，过几天我派人送些来。"渡船头舱板上全是橘子，会长看见时笑笑的问那弄渡船的："大哥，你那里来这么些橘子？"

站在船尾梢上用桨划水的老者，牙齿全脱光了，嘴瘪瘪的，一面摇船一面笑。"有人送我的，会长。你们吃呀！先前上岸那几个副爷，我要他们吃，他们以为我想卖钱，不肯吃，话听不明白，正好像逢人就想打架的样子，真好笑。"于是咕喽咕喽无机心的笑着。

会长和长顺同时记起河滩上那件事情，因此也笑着。长顺说："就是这样子，说我们乡下人横蛮无理，也是这种人。以为我们湘西人全是土匪，也是这种人。"

本篇收入1945年文聚版《长河》单行本前，曾在1938年8月27日至9月18日香港《星岛日报·星座》副刊上发表，连载序号21—30。署名沈从文。篇名《吕家坪的人事》为收入单行本时所拟。

摘橘子

　　萝卜溪滕家橘子园，大清早就有十来个男男女女，爬在树桠间坐定，或用长竹梯靠树摘橘子。人人各把小笋小筐悬挂在树枝上，一面谈笑一面工作。夭夭不欢喜上树，便想新主意，自出心裁找了枝长竹竿子，竿端缚了个小小捞鱼网兜，站在树下去搜寻，专拣选树尖上大个头，发现了时，把网兜贴近橘子，摇一两下，橘子便落网了，于是再把网兜中橘子倒进竹筐中去。众人都是照规矩动手，在树桠间爬来转去很费事，且大大小小都得摘。夭夭却从从容容，举着那枝长竹竿子，随心所欲到处树下走去，选择中意的橘子。且间或还把竹竿子去撩拨树上的嫂嫂和姊姊，惊扰她们的工作。选取的橘子又大又完整，所以一个人见得特别高兴。有些树尖上的偏枝的果实，更非得她来办不可，因之这里那里各处走动。倒似乎比别人忙碌了些。可是一时间看见远处飞来了一只碧眼蓝身大蜻蜓，就不顾工作，拿了那个网兜如飞跑去追捕蜻蜓，又似乎闲适从容之至。

　　嫂嫂姊姊笑着，同声喊叫："夭姑，夭姑，不能跑，不许跑！"

　　夭夭一面跑一面却回答说："我不跑，蜻蜓飞了。你同我打赌，摘大的，看谁摘得最多。那些尖子货全不会飞，不会跑，等我回来收拾它！"

　　总之，夭夭既不上树，离开树下的机会自然就格外多。一只蚱蜢的振翅，或一只小羊的叫声，都有理由远远的跑去。她不能把工作当工作，只因为生命中储蓄了能力太多，太需要活动，单只一件固定工作羁绊不住她。她一面摘橘子还一面捡拾树根边蝉蜕。直到后来跑得脚上两只鞋都被露水湿透，裤脚鞋帮还胶上许多黄泥，走路已觉得重重的时候，才选了一株最大最高的橘子树，脱了鞋袜，光着个脚，猴儿精一般快快的爬到树顶上去，和家中人从数量上竞赛快慢。

橘子园主人长顺，手中拈着一只长长的软软的紫竹鞭烟杆，在冬青篱笆边看家中人摘橘子。有时又走到一株树下去，指点指点。见夭夭已上了树，有个竹筐放在树下，满是特号大火红一般橘子。长顺想起商会会长昨天和他说的话，仰头向树枝高处的夭夭招呼：

"夭夭，你摘橘子不能单拣大的摘，不能单拣好的摘，要一视同仁，不可稍存私心。都是树上生长的，同气连理，不许偏爱！现在不公平，将来嫁到别人家中去做媳妇，做母亲，待孩子也一定不公平。这样子可不大好！"

夭夭说："爹爹，我就偏要摘大的。我才不做什么人妈妈婆婆！我就做夭夭，做你的女儿，偏心不是过错！他们摘橘子卖给干爹，做生意总不免大间小，带得去的就带去。我摘的是预备送给他，再尽他带下常德府送人。送礼自然要大的，整庄的，才好看！十二月人家放到神桌前上供，金煌煌的，观音财神见它也欢喜！"

二姑娘在另外一株树上接口打趣说：

"夭夭，你原来是进贡，许下了什么愿心？我问你。"

夭夭说："我又不想做皇帝正宫娘娘，进什么贡？你才要许愿心，巴不得一个人早早回来，一件事早早圆功！"

另外较远一株树上，一个老长工正爬下树来，搭口说："子树上厚皮大个头，好看不中吃。到了十二月都成绣花枕头，金镶玉，瓢子里同棉花絮差不多，干瘪瘪的。外面光，不成材。"

夭夭说："松富满满你说的话有道理。可是我不信。我选好看的就好吃，你不信，我同你打赌试试看。"

长顺正将走过老伴那边去，听到夭夭的话语，回过头来说："夭夭，你赶场常看人赌博，人也学坏了。近来动不动就说要赌点什么。一个姑娘家，有什么可赌的？"

夭夭被爹教训后不以为意，一时回答不出，却咕叽咕叽的笑。过一会，看爹爹走过去远了，于是轻轻的说："辰溪县岩鹰洞有个聚宝盆，一条乌黑大蟒蛇守定洞门口，闲人免入，谁也进不去。我那一天爬到洞里去把它偷了来，想要什么就有什么。只要我会想，就一定有万千好东西从盆里取出来，金子银元宝满箱满柜，要多少有多少，还怕和你们打赌？"

另外一个嫂嫂说："聚宝盆又不是酱油罐，你那能得到？作算你有本领，当真得到了它，不会念咒语，盆还是空的，宝物不会来的！"

夭夭说："我先去齐梁桥齐梁洞，求老师父传诵咒语，给他磕一百零八个响头，拜他做师父，他会教给我念咒语。"

嫂嫂说："好容易的事！做徒弟要蹲在烧丹炉灶边，拿芭蕉扇扇三年火，不许动，不许眨眼睛，你个猴儿精做得到？"

老长工说："神仙可不要像夭夭这种人做徒弟。三脚猫，蹦蹦跳，翻了他的鼎灶，千年功行，化作飞灰。"

夭夭说："邪嗨，唐三藏取经大徒弟是什么人？花果山，水帘洞，猴子王，孙悟空！"

"可是那是一只真正有本领的猴子。"

"我也会爬树，爬得很高！"

"老师父又不要你偷人参果，会爬树有什么用？"

"我敢和你打赌。只要我去，他鉴定我一番志诚心，一定会收我做徒弟。"

"一定收？他才不一定！收了你头上戴个紧箍咒，咒语一念，你好受；当年齐天大圣也受不了，你受得了？"

"我们赌点什么看，随你赌什么。"

父亲在另外一株树下听到几个人说笑辩嘴，仰头对夭夭说："夭夭，你又要打赌，聚宝盆还得不到，拿什么东西输给人？我就敢和你打赌，我猜你得不到聚宝盆。且待明天得到了，带回家来看看，再和别人打赌并不迟！"

把大家都说笑了。各人都在树上高处笑着，摇动了树枝，这里那里都有赤红如火橘子从枝头下落。夭夭上到最高枝，有意摇晃得尤其厉害，掉落下的橘子也就分外多。照规矩掉下地的橘子已经受损，另外放在一处，留给家里人解渴，长顺一面捡拾树下的橘子，一面说：

"上回省里委员过路，说我们这里橘子像'摇钱树'。夭夭得不到聚宝盆，倒先上了摇钱树。"

夭夭说："爹爹，这水泡泡东西值什么钱？"

长顺说："货到地头死，这里不值钱，下河可值钱。听人说北京橘子五毛钱一个，上海一块钱两斤。真是树上长钱！若卖到这个价钱，我们今年就发大财了。"

"我们园里多的是，怎么不装两船到上海去卖？"

"夭夭，去上海有多远路，你知道不知道？两个月船还撑不到，一路上要有三百二十道税关，每道关上都有个稽查，伸手要钱，一得罪了他，就说，今天船不许开，要盘舱检查。我们有多少本钱作这种蠢事情。"

夭夭很认真的神气说："爹爹，那你就试装一船，带我到武昌去看看也好。我看什么人买它，怎么吃它，我总不相信！"

另外一个长工，对于省城里来的委员，印象不大好。以为这些事也是委员传述的，因此参加这个问题的讨论，说："委员的话信不得。他什么都不知道！他告我们说：'外国洋人吃的鸡不分公母，都是三斤半重，小了味道不鲜，大了肉老不中吃。'我告他：'委员，我们村子里阉鸡十八斤重，越喂得久，越老、越肥、越好吃'。他说：'天下那有这种事！'到后把我家一只十五斤大阉鸡捉上省里研究去了。他可不知道天下书本上没有的事，我吕家坪萝卜溪就有，一件一件的放在眼里，记在心上，委员那会知道。"

当家的长顺，想起烂泥地方人送萝卜到县城里去请赏，一村子人人都熟知的故事，哈哈大笑，走到自己田圃里看菜秧去了。

大嫂子待公公走远后，方敢开口说笑话，取笑夭夭说："夭姊，你六喜将来在洋学堂毕了业，回来也一定是个委员！"六喜是夭夭未婚夫的小名，现在省里第三中学读书①，还是去年插的香。

---

① "现在省里第三中学读书"在《橘子主人和一个老水手》一章中，原说是"……小伙子从县立小学毕业后，转到省里师范学校去……"

老长工帮腔下去说："作了委员，那可不厉害！天下事心中一本册，无所不知。可就不知道我吕家坪事情。阉鸡有十七斤重，橘子卖两块钱一挑。"

夭夭的三黑嫂子也帮腔说笑话："为人有才学，一颗心七窍玲珑，自然凡事心中一本册！"

那大嫂子有意撩夭夭辩嘴，便说："嗨，一颗心子七窍玲珑，不算出奇。还有人心子十四个窍，夭姊你说是不是？"她指的正是夭夭，要夭夭回答。

夭夭说："我说不是!"

三黑嫂子为人忠厚老实，不明白话中意思，却老老实实询问夭夭，下省去时六喜到不到河上来看她。因为听人说上了洋学堂，人文明开通了，见面也不要紧。

夭夭对于这种询问明白是在作弄她，只装不曾听到，背过身去采摘橘子。橘子满筐后，便溜下树来倒进另外一个空箩里去。把事情作完时，在树下很认真似的叫大嫂说：

"大嫂大嫂，我问你话！"

大嫂子说："什么话?"

夭夭想了想，本待说嫂嫂进门时，哥哥不在家，家中用雄鸡代替哥哥拜堂圆亲的故事，取笑取笑。因为恰恰有个长工来到身边，所以便说："什么画、画喜鹊噪梅。"说完，自己笑着，走开了。

住对河坳上守祠堂的老水手，得到村子里人带来的口信，知道长顺家卖了一船橘子给镇上商会会长，今天下树，因此赶紧渡河过萝卜溪来帮忙。夭夭眼睛尖，大白狗眼睛更尖，老水手还刚过河，人在河坎边绿竹林外，那只狗就看准了，快乐而兴奋，远远的向老水手奔去。夭夭见大白狗飞奔而前，才注意到河坎边竹林外的来人，因此也向那方面走去，在竹林前见老水手时，夭夭说："满满，你快来帮我们个忙!"

这句话含义本有两种，共同工作名为帮忙，橘子太多要人吃，照例也说帮忙。乡下人客气笑话，倒常常用在第二点。所以老水手回答夭夭说：

"我帮不了忙！夭夭。人老了，吃橘子不中用了。一吃橘子牙齿就发酸。烂甜杏子不推辞，一口气吃十来个，眼睛闭闭都不算好汉。"话虽如此说，老水手到了橘园里，把头上棕叶斗笠挂到扁担上后，即刻就参加摘橘子工作，一面上树一面告给他们，年青时如何和人赌吃狗矢柑，一口气吃二十四个，好像喝一坛子酸醋，全不在乎。人老来，只要想想牙龈也会发疼。

夭夭在老水手树边，仰着个小头："满满，我想要我爹装一船橘子到汉口去，顺便带我去，我要看看他们城里人吃橘子怎么下手。用刀子横切成两半，用个小机器挤出水来放在杯子里，再加糖加水吃，多好笑！他们怕什么？一定是怕橘子骨骨儿卡喉咙，咽下去从背上长橘子树！我不相信，要亲眼去看看。"

老水手说："这东西带到武昌去，会赔本的。关卡太多了，一路上税，一路打麻烦，你爹发不了财的。"

夭夭说："发什么财？不赔本就成了，我要看看他们是不是花一块钱买三四个橘子，当真是四个人合吃一个，一面吃一面还说：'好吃，好吃，真真补人补人！'我总不大相信！"

老水手把额纹皱成一道深沟，装作严肃却忍不住要笑笑。"他们城里人吃橘子，自然是这样子，和我们一块钱买两百个来吃不同！他们舍不得皮上经络，就告人说：'书上说这个化痰顺气'，到处是痰多气不顺的人，因此全都留下化痰顺气了。真要看，等明年六喜哥回来，带你到京城里三贝子花园去看。那里羊也吃橘子，大耳朵毛兔也吃橘子，补得精精神神。"

夭夭深怕人说到自己忌讳上去，所以有意挑眼："满满，你大清早就放快，鹿呀马呀牛黄八宝化痰顺气呀！三辈子五倍子，我不同你说了！"话一说完，就扬长走过爸爸身边看菜秧去了。

二姑娘却向老水手分疏："满满，你说的话犯夭夭一人忌讳，和我们不相干。"

长顺问夭夭："怎么不好好做事，又三脚猫似的到处跑跑跳跳？"

夭夭借故说："我要回家去看看早饭烧好了没有。满满来了，炖一壶酒，煎点干鱼，满满欢喜吃酒吃鱼！等等没有吃，爹爹你又要说我。"

天天走后，长顺回到了河下，招呼老水手。老水手说："大爷，我听人说你卖了一船橘子给会长，今天下船，我来帮忙。"

"有新闻没有？"当家的话中实有点说笑意思，因为村子里唯有老水手爱打听消息，新闻格外多，可是事实上这些新闻，照例又是并不值得大惊小怪的。因这点好事性情，老水手在当地熟人看来，也有趣多了。

老水手昨天到芦苇溪赶场，抱着"一定有事"的期望态度，到了场上。各处都走遍后，看看还是与平时一样，到处在赌咒发誓讲生意。除在赌场上见几个新来保安队副爷，狗扑羊殴打一个米经纪，其余真是凡事照常。因为被打的是个米经纪，平时专门剥削生意人，所以大家乐得看热闹袖手旁观。老水手预期的变故既不曾发生，不免小小失望。到后往狗肉摊边一坐，一口气就吃了一斤四两肥狗肉，半斤烧酒，脚下轻飘飘的，回转枫木坳。将近祠堂边时，倒发现了一件新鲜事情。原来镇上烧瓦窑的刘聋子，不知带了什么人家的野娘儿们，在坳上树林里撒野，不提防老水手赶场回来的这样早，惊窜着跑了。

老水手正因为喝了半斤烧酒，血在大小管子里急急的流，兴致分外好。见两个人向山后拼命跑去时，就在后面大声嚷叫："烧瓦的，烧瓦的，你放下了你那瓦窑不管事，倒来到我这地方取风水，清天白日不怕羞，真正是岂有此理！你明天不到祠堂来挂个红，我一定要禀告团上，请人评评理！"可是烧瓦的刘老板，是镇上出名的聋子，老水手忘了聋子耳边响炸雷，等于不说。醉里的事今早上已忘怀了，不是长顺提及"新闻"，还不会想起它来。

老水手笑着说："大爷，没有别的新闻，我昨天赶芦苇溪的场，吃了点'汪汪叫'，喝了点'阿糊子'，腾云驾雾一般回来时，若带得有一面捉鹌鹑的罩网，一下子怕不捉到了一对'梁山伯祝英台'！这一对扁毛畜生，胆敢在我屋后边平地砌窠！"

身旁几个人听来，都以为老水手说的是雀鸟，不作意笑着。因为这种灰色长尾巴鸟类，多成对同飞同息，十分亲爱，乡下人传说是故事中"梁山伯祝英台"，生前婚姻不遂死后的化身。故事说来虽极其动人，这雀鸟样子声音可都平平常常。一身灰扑扑的杂毛，叫时只会呷呷呷，一面飞一面叫，毫无动人风格。捉来养在家中竹笼里，照例老不驯服，只会碰笼。本身既不美观，又无智慧或悦耳声音，实在没有什么用处。老秀才读了些旧书，却说这就是古书上说的"鸩鸟"，赶蛇过日子，土名"蛇呷雀儿"，羽毛浸在酒中即可毒人。因此这东西本地人通不欢喜它。

老水手于是又说笑："我还想捉来进贡，送给委员去，让委员见识见识！"

大家不明白老水手意思所在，老水手却因为这件事只有自己明白，极其得意，独自莞尔而笑。

一村子里人认为最重大的事情，政治方面是调换县长，军事方面是保安队移防，经济方面是下河桐油花纱价格涨落，除此以外，就俨然天下已更无要紧事情。老水手虽说并无新闻，一与橘子园主人谈话，总离不了上面三个题目。县长会办事，还得民心，一时不会改动。保安队有时什么变故发生，多在事后方知道，事前照例不透消息。传说多，影响本地人也相当严重的，是与沿河人民生活关系密切的桐油。看老《申报》的，弄船的，号口上坐庄的，开榨油坊的，挖山的，无人不和桐油有点关连。这两个人于是把话引到桐油上来，长顺记起一件旧事来了。今年初就传说辰州府地方，快要成立一个新式油业公司，厂址设在对河，打量用机器榨油，机器熬炼油，机器装油……总而言之一切都用机器。凡是原来油坊的老板、掌搉、管榨，烧火看锅子，蒸料包料，以及一切杂项工人和拉石碾子的大黄牯牛，一律取消资格，全用机器来代替。乡下人无知识，还以为这油业公司一成立，一定是机器黄牛来作事，省城里派来办事的人，就只在旁边抱着个膀子看西洋景。

这传说初初被水上人带到吕家坪时，原来开油坊的人即不明白这对于他们事业有何不利，只觉得一切用机器，实在十分可笑。从火车轮船电光灯，虽模糊意识到"机器"是个异常厉害的东西，可是榨油种种问题，却不相信机器人和机器黄牛办得了。因为蒸料要看火色，全凭二十年经验才不至于误事，决不是儿戏。机器是铁打的，凭什么经验来作？本领谁教他？总之可笑处比可怕处还多。传说难证实，从乡下人看来，倒正像是办机器油坊的委员，明知前途困难，所以搁下了的。

长顺想起了这公司"旧事重提"的消息，就告给老水手说：

"前天我听会长说，辰州地方又要办那个机器油坊了。办成功他们开张发财，我们这地方可该歪①，怕不有二三十处油坊，都得关门大吉！"

老水手说："那怕什么？他们办不好的！"

"你怎么知道办不好？有五百万本钱，省里委员，军长，局长，都有股份。又有钱，又有势，还不容易办？"

"我算定他们办不好。做官的人那会办事？管事的想捞几个钱，打杂的也想捞几个钱，捞来捞去有多少？我问你。纵勉勉强强开办得成，机器能出油，我敢写包票，油全要不得。一定又脏又臭，水色不好，沉淀又多，还搀了些米汤，洋人不肯收买它，他们要赔本，关门。大爷你不用怕，让他们去试试看，不到黄河心不死，这些人能办什么事！成块银子丢到水里去，还起个大泡，丢到油里去，不会起泡，等于白丢。"

长顺摇摇头，对这官民争利事结果可不那么乐观。"他们有关上人通融，向下运还便利，又可定官价买油收桐子，手段很厉害！自己机器不出油，还可用官价来收买别家的油，贴个牌号充数，也不会关门！"

老水手举起手来打了个响榧子："唉嗨，我的大爷，什么厉害不厉害？你不看辰溪县复兴煤矿，他们办得好办不好？他们办我们也办，一个'哀（挨）而不伤'。他们办不好的！"

"古人说，官不与民争利，有个道理。现在不同了，有利必争。"

说到这事话可长了。三十年前的官要面子，现在的官要面子也要一点……往年的官做得好，百姓出份子造德政碑万民伞送"青天"。现在的官做不好，还是要民众出份子登报。"登了报，不怕告"，告也不准账。把状纸送到专员衙门时，专员会说："你这糊涂乡下人，已经出名字登报，称扬德政，怎么又来禀告父母官？怕不是受人愚弄刁唆吧。"完事。官官相卫告不了，下次派公债时，凡禀帖上有名有姓的，必点名

---

① 该歪，倒霉。

叫姓多出一百八十。你说捐不起，拿不出，委员会说："你上回请讼棍写禀帖到专员衙门控告父母官，又出得起钱!"不认捐，反抗中央功令，押下来，吊起骡子讲价钱，不怕你不肯出。

不过长顺是个老《申报》读者，目击身经近二十年的变，虽不大相信官，可相信国家。对于官永远怀着嫌恶敬畏之忱，对于国家不免有了一点儿"信仰"。这点信仰和他的家业性情相称，且和二十年来所得的社会经验相称。他有种单纯而诚实的信念，相信国家有了"老总"究竟好多了。国运和家运一样，一切事得慢慢来，慢慢的会好转的。

话既由油坊而起，老水手是个老《申报》间接读者，于是推己及人忖度着："我们那个老总，知不知道这里开油业公司的事情？我们为什么不登个报，让他从报上知道？他一定也看老《申报》。他还派人办《中央日报》，应当知道!"

长顺对于老水手想象离奇处皱了皱眉："他坐在南京城，不是顺风耳，千里眼，那知道我们乡下这些小事情。日本鬼子为北方特殊化，每天和他打麻烦，老《申报》就时常说起过。这是地方事件，中央管不着。"

说来话长，只好不谈。两人都向天空看了那么一眼。天上白云如新扯棉絮，在慢慢移动。河风吹来凉凉的。只听得有鹌鹑叫得很快乐，大约在河坎边茅草蓬里。

二姑娘在树上插嘴说话："满满明天你一早过河来，我们和夭夭上山舀鹌鹑去。夭夭大白狗好看不中用，我的小花子狗，你看它相貌看不出，身子一把柴瘦得可怜，神气萎琐琐的，在草窠里追扁毛畜生时，可风快!"

老水手说："上什么山，花果山？你要捉鹌鹑，和夭夭跟我到三里牌河洲上去，茅草蓬蓬里要多少！又不是捉来打架，要什么舀网？只带个捕鱼的撒手网去，向草窠中一网撒开去，就会有一二十只上手！我亲眼看过高村地方人捉鹌鹑，就用这个方法，捉了两挑到吕家坪来卖。高村人见了那么多鹌鹑，问他从什么地方得来的。说笑话是家里孵养的。"

长顺说："还有省事法子，芷江人捉鹌鹑，只把个细眼网张在草坪尽头，三四个人各点个火把，扛起个大竹枝，拍拍的打草，一面打一面叫'姑姑姑，咯咯咯'，上百头鹌鹑都被赶向网上碰，一捉就是百八十只，全不费事！"

二姑娘说："爹你怎么早不说，好让我们试试看？"又说，"那好极了，我们明天就到河洲上去试试，有灵有验，会捉上一担鹌鹑！"

老水手说："这不出奇，还有人在河里捉鹌鹑！一面打鱼一面捉那个扁毛畜生。"

提起打鱼，几个人不知不觉又把话题转到河下去，老水手正想说起那个蛤蟆变鹌鹑的荒唐传说，话不曾开口。

夭夭从家中跑了来，远远的站在一个土堆子上，拍手高声叫喊：

"吃饭了！吃饭了！菜都摆好了，你们快快来！"

最先跑回去的是那只大白狗，几个小孩子。

老水手到得饭桌边时，看看桌上的早饭菜，不特有干鱼，还有鲜鱼烧豆腐，红虾米炒韭菜。老水手说笑话：

"夭夭你家里临河，凡是水里生长的东西，全上了桌子，只差水爬虫不上桌子。"

站在桌边分配碗筷的夭夭，带笑说："满满，还有咧，你等等看吧。"说后就回到厨房里去了。一会儿捧出一大钵子汤菜来，热气腾腾。仔细看看，原来是一钵田螺肉煮酸白菜，夭夭很快乐的向老水手说："满满你信不信，大水爬虫也快上桌子了？"

说得大家笑个不止。吃过饭后一家人依然去园里摘橘子，长顺却邀老水手向金沙溪走，到溪头去看新堰坝。堰坝上安了个小小鱼梁，水已下落，正有个工人蹲在岸边破篾条子修补鱼梁上的棚架。到秋天来溪水下落，堰坝中多只蓄水一半，水碾子转动慢了许多，水车声虽然还咿咿呀呀，可是也似乎疲倦了，只想休息神气。有的已停了工，车盘上水闸上粘挂些水苔，都已枯绵绵的，被日光漂成白色。扇把鸟还坐在水车边石堤坎上翘起扇子形尾巴唱歌，石头上留下许多干白鸟粪。在水碾坊石墙上的薜荔，叶子红红绿绿。碾坊头的葵花，已经只剩下个乌黑秆子，在风中斜斜弯弯的，再不像往时斗大黄花迎阳光扭着颈子那种光鲜。一切都说明这个秋天快要去尽了，冬天行将到来。

两个人沿溪看了四座碾坊，方从堰坝上迈过对溪，抄捷径翻小山头回橘子园。

到午后，已摘了三晒谷簟橘子。老水手要到镇上去望望，长顺就托他带个口信，告会长一声，问他什么时候来过秤装运。因为照本地规矩，做买卖各有一把秤，一到分量上有争持时，各人便都说："凭天赌咒，自己秤是官秤，很合规矩。大斗小秤不得天保佑。"若发生了纠纷，上庙去盟神明心时，还必需用一只雄鸡，在神座前咬下鸡头各吃一杯血酒，神方能作见证。这两亲家自然不会闹出这种纠葛，因此橘子园主人说笑话，嘱咐老水手说：

"大爷，你帮我去告会长，不要扛二十四两大秤来，免得上庙明心，又要捉我一只公鸡！"

老水手说："那可免不了。谁不知道会长号上的大秤。你怕上当，上好是不卖把他！"老水手说的原同样是一句笑话。

本篇收入1945年文聚版《长河》单行本前，曾在1938年9月19日至9月26日香港《星岛日报·星座》副刊上发表，连载序号31—38。署名沈从文。又，经修改，曾在1942年10月15日《创作月报》第1卷第4、5期合刊上发表，篇名为《摘橘子——黑中俏和枣子脸》。署名沈从文。在文聚版单行本中，篇名为《摘橘子》。

大帮船拢码头时

　　老水手到了吕家坪镇上，向商会会长转达橘子园主人的话语，在会长家同样听到了下面在调兵遣将的消息。这些消息和他自己先前那些古古怪怪的猜想混成一片时，他于是便好像一个"学者"，在一种纯粹抽象思考上，弄得有点神气不舒，脊梁骨被问题压得弯弯的，预备沿河边走回坞上去。在正街上看见许多扛了被盖卷的水手，知道河下必到了两帮货船，一定还可从那些船老板和水手方面，打听出一些下河新闻。他还希望听到些新闻，明天可过河到长顺家去报告。

　　河下二码头果然已拢了一帮船，大小共三十四只，分成好几个帮口停泊到河中。河水落了，水浅船只难靠码头，都用跳板搭上岸。有一部分船只还未完毕它的水程，明后天又得开头上行，这种船高桅上照例还悬挂一堆纤带。有些船已终毕了它行程的，多半在准备落地起货。稽查局关上办事人，多拿了个长长的铁签子，从这只船跳过那只船，十分忙碌。这种船只必然已下了桅，推了篷，一看也可明白。还有些船得在这个码头上盘载，减少些货物，以便上行省事的。许多水手都在河滩上笑嘻嘻的和街上妇女谈天，一面剥橘子吃一面说话。或者从麂皮抱兜里掏摸礼物，一瓶雪花膏，一盒兰花粉，一颗镀金戒指，这样或那样。掏出的是这个水手的血汗，还是那颗心，接受礼物的似乎通通不曾注意到。有些水手又坐在大石头上编排草鞋，或蹲在河坎上吸旱烟，寂寞和从容平分，另是一种神情。

　　有些船后梢正燃起湿栗柴，水手就长流水淘米煮饭，把砂罐贮半罐子红糙米，向水中胃毒一闷。另外一些人便忙着掐葱剥蒜，准备用拢岸刀头肉炒豆腐干作晚饭菜。

　　搭上行船的客人，这时多换上干净衣服，上街去看市面，不上岸的却穿着短汗衫，叉手站在船尾船头，口衔纸烟，洒洒脱脱，欣赏午后江村景色。或下船在河滩上橘子堆边，把拣好的橘子摆成一小堆，要乡下人估价钱，笑眯眯的作交易。说不定正想起大码头四人同吃一枚橘子的情形，如今却俨然到了橘子园，两相对照，未免好笑。说不定想到的又只是些比这事还小的事情。

长街上许多小孩子，知道大帮船已拢岸，都提了小小篮子，来卖棒棒糖和小芝麻饼，在各个船上兜生意，从这只船跳过那只船，一面进行生意，一面和同伴骂骂野话取乐。

河下顿时显得热闹而有生气起来，好像有点乱，一种逢场过节情形中不可免的纷乱。

老水手沿河走去，瞪着双小眼睛，一只一只船加以检查。凡是本镇上或附近不多远的船主和水手，认识的都打了个招呼，且和年青人照例说两句笑话。不是问他们这次下常德见过几条"火龙船"，上醉仙楼吃过几碗"羊肉面"；就是逗他们在桃源县玩了几次"三只角"，进过几回"桃源洞"！遇到一个胖胖的水手，是吕家坪镇上作裁缝李生福的大儿子，老水手于是在船跳板边停顿下来，向那小伙子打招呼。

"大肉官官，我以为你一到洞庭湖，就会把这只'水上漂'压沉，湖中的肥江猪早吃掉了你，怎么你又回来了？好个大命！"

那小伙子和一切胖人脾气相似，原是个乐天派，天生慈慈的，笑嘻嘻的回答说："伯伯，我们这只船结实，压不沉的！上次放船下常德府，船上除了我，还装上十二桶水银，我也以为会压到洞庭湖心里去见龙王爷，不会再回来的。所以船到桃源县时，就把几个钱全输光了。我到后江去和三个小婊子打了一夜牌，先是我一个人赢，赢到三个婊子都上不了庄。时候早，还不过半夜，不好意思下船，就借她们钱再玩下去，谁料三个小婊子把我当城隍菩萨，商量好了抬我的轿子，三轮庄把我弄得个罄、净、干。她们看我钱已经输光后，就说天气早，夜深长，过夜太累了，明天恐爬不起来，还是歇歇吧。一个一个打起哈欠来了，好像当真要睡觉样子。好无心肝的婊子！干铺也不让搭，要我回船上睡。输得我只剩一根裤带，一条黄瓜，到了省里时，什么都买不成。船又好好的回来了。伯伯，你想想我好晦气！一定是不小心在妇人家晒裤子竹竿下穿过，头上招了一下那个。"

老水手笑得弯着腰。"好，好，好，你倒会快乐！你身子那么大，婊子不怕你？"

"桃源县后江娘儿们，什么大仗火不见过，还怕我！她们怕什么？水牛也不怕！"

"可是省里来的副爷，关门撒野，完事后拉开房门就跑了。她们招架不住。"

"那又当别论。伯伯，你我谁不怕？"

老水手说："凡事总有理字，三头六臂的人也得讲个道理。"老水手想起"新生活"，话转了弯，"肥坨坨，我问你，可见过'新生活'？你在常德可被罚立正？"

"见过见过。不多不少罚过三回，有回还是个女学生，她说：'划船的，你走路怎么不讲规矩？这不成的！'我笑笑的问她：'先生，什么是规矩？'因为我笑，她就罚我。站在一个商货铺屋檐口，不许走动。我看了好一会铺子里腊肉腊鱼，害得我口馋心馋！"

"这有什么好处？"

"将来好齐心打鬼子，打鬼子不是笑话！"

"听人说兵向上面调，打什么鬼子？鬼子难道在我们湘西？"

"那可不明白！"

既不明白，自然就再会。老水手又走过去一点，碰着一个"拦头"水手，萝卜溪住家的人。这水手长得同一根竹篙子一般，名叫"长寿"。其时正和另外一个水手在河滩上估猜橘子瓣数赌小输赢。老水手走近身时招呼他说：

"长寿，你不是月前才下去？怎么你这根竹篙子一撤又回来了？"

长寿说："我到辰州府就打了转身。"

"长顺家三黑子，他老子等他船回来，好装橘子下省办皮货！他到了常德不到？"

"不知道，这要问朱家冒冒，他们在辰州同一帮船，同一湾泊到上南门，一路吹哨子去上西关福音堂看耶稣，听牧师说天话。"又引了两句谚语：耶稣爱我白白脸，我爱耶稣大洋钱；可不是！

"洪发油号的油船？"

"我不看见。"

"榷运局的盐船？"

"也不看见。"

老水手不由得喈了起来，做成相信不过的神气："咄，长寿，长寿，你这个人眼眶子好大，一只下水船面对面也看不明白。你是整天看水鸭子打架，还是眼睛落了个毛毛虫，不关事？"

那水手因为手气不大好，赌输了好些钱，正想扳本，被老水手打岔，有点上火，于是也喈了起来："咄，伯伯，你真是，年青人眼睛，看女人才在行！要看船，满河都是船，看得了多少！又不是女人的……"

"你是拦头管事！"

"我拦头应当看水，和水里石头；抬起头来就看天，有不有云，刮不刮风，好转篷挂脚。谁当心看油船盐船？又不是家里婆娘等待油盐下锅炒菜！"

老水手见话不接头，于是再迈步走去。在一只三舱船前面，遇着一个老伴，一个在沅水流域驾了三十年船的船主，正在船头督促水手起货物上岸。一见老水手就大声喊叫：

"老伙计，来，来，来，到这里来！打灯笼火把也找不到你！同我来喝一杯，我炖得有个稀烂大猪头。你忙？"

老水手走近船边笑笑的："我忙什么？我是个鹞子风筝，满天飞，无事忙。白天帮萝卜溪长顺大爷下了半天橘子，回镇上来看看会长，听说船拢了，又下河来看船。我就那么无事忙。你这船真快，怎么老早就回来了？"

"回来装橘子的！赶装一船橘子下去，换鱿鱼海带赶回来过年。今年我们这里橘子好，装到汉口抢生意，有钱赚。"

"那我也跟你过汉口去。"老水手说笑话，可是却当真上了船。从船舷阳桥边走过尾梢去，为的是尾梢空阔四不当路，并且火舱中砂锅里正焖着那个猪头，热气腾腾，香味四溢，不免引人口馋。

船主跟过后梢来："老伙计，下面近来都变了，都不同了，当真下去看看吧。街道放得宽宽的，走路再不会手拐子撞你撞我。大街上人走路都挺起胸脯，好像见人就要打架神气。学生也厉害，放学天都拿了木棍子在街上站岗，十来丈远一个，对人说：走左边，走左边，——大家向左边走，不是左倾了吗？"末尾一句话自然是笑话，船主一面说一面就自己先笑起来。因为想起别的人曾经把这个字眼儿看得顶认真，还听说有上万学生因此把头割掉！

"那里的话。"

"老伙计，那里画？壁上挂，唐伯虎画的。这事你不信，人家还亲眼见过！辫子全剪了，说要卫生，省时间梳洗，好读书。谁知读的是什么书，一讲究卫生，连裤子也不穿。都说是当真的，我不大信！"

老水手是个老《申报》间接读者，用耳朵从会长一类人口中读消息，所以比船主似乎开通一点，不大相信船主说的女学生的笑话。老水手关心"新生活"，又问了些小问题，答复还是不能使人满意。后来又谈起中国和日本开战问题，那船主却比老水手知道更少，所以省上调动保安队，船主就毫不明白是什么事情。

可是皇天不负苦心人，关心这问题的老水手，过不久，就当真比吕家坪镇上人知道的都多了。

辰河货船在沅水中行驶，照规矩各有帮口，也就各有码头，不相混杂。但船到辰河以后，因为码头小，不便停泊，就不免有点各凭机会抢先意思，谁先到谁就拣好处靠岸。本来成帮的船，虽还保留一点大河中老规矩，孤单船只和装有公事上人的船只，就不那么拘谨了。这货船旁有一只小船，拔了锚，撑到上游一点去后，空处就补上了一只小客船，船头上站了个穿灰哔叽短夹袄的中年人，看样子不是县里承审官，就是专员公署的秘书科长。小差船十来天都和这只商船泊在一处，一同开头又一同靠岸。船主已和那客人相熟，两船相靠泊定后，船主正和老水手蹲在舱板上放杯筷准备喝酒。船主见到那个人，就说："先生，过来喝一杯，今天酒好！是我们镇上著名的红毛烧，进过贡的，来试试看。"

那人说："老板，你船到地了。这地方橘子真好，一年有多少出息！"

"不什么好，东西多，不值钱！"旋又把筷子指定老水手鼻子，"我们这位老伙计住在这里，天上地下什么都知道。吕家坪的事情，心中一本册。"

听到这个介绍时，老水手不免有点儿忸怩。既有了攀谈机会，便隔船和那客人谈天，从橘子产量价值到保安队。饭菜排好时，船主重新殷勤招呼请客人过来喝两杯酒。客人却情不过，只得走过船来，大家蹲在后舱光溜溜的船板上，对起杯来。

原来客人是个中学教员，说起近年来地方的气运，客人因为多喝了一杯酒，话也就多了一点，客人说：

"这事是一定的！你们地方五年前归那个本地老总负责时，究竟是自己家边人，要几个钱也有限。钱要够了，自然就想做做事。可是面子不能让一个人占。省里怕他得人心，势力一大，将来管不了，主席也怕坐不稳。所以派两师人上来，逼他交出兵权，下野不问事。不肯下野就要打。如果当时真的打起来，还不知是谁的天下。本地年青军官都说要打也成，见个胜败很好。可是你们老总不怕主席怕中央，不怕人怕法；怕国法和军法。以为不应当和委员长为难，是非总有个公道！就下了野，一个人坐车子跑下省里去做委员，军队事不再过问。因此军队编的编，调的调，不久就完事了。再不久，保安队就来了。主席想把保安队拿在手里，不让它成为单独势力，想出个绝妙办法，老是把营长团长这里那里各处调，部队也这里那里各处调，上下通通不大熟习，官长对部下不熟习，部队对地方不熟习，好倒有好处，从此一来地方势力果然都消灭了，新势力决不会再起，省里做事方便了万千。只是主席方便民众未必方便。保安队变成了随时调动的东西，他们只准备上路，从不准备打匪。到任何地方驻防，事实上就只是驻防，负不了责。纵有好官长，什么都不熟习，有的连自己的兵还不熟习，如何负责？因此养成一个不大负责的习气……离开妻室儿女出远门，不为几个钱为什么？找了钱，好走路!"

老水手觉得不大可信,插嘴说:"这事情怎么没有传到南京去呢?"

那人说:"我的老伙计,委员长一天忙到晚,头发都忙白了,一天有多少公文要办,多少客要见,管得到这芝麻大事情?现在又预备打日本,事情更多了。"

船长说:"这里那人既下野了,兵也听说调过宁波奉化去了,怎么省里还调兵上来?又要大杀苗人了吗?苗人不造反,也杀够了!"

"老舵把子,这个你应当比我们外省人知道得多一些!"客人似乎有了点醉意,话说得更亲昵放肆了些。这人民国十八年在长沙过了一阵热闹日子,昏头昏脑的做了些糊涂事。忽然又冷下来,不声不响教了六年中学。谁也不知道他过去是什么人,把日子过下来,看了六七年省城的报,听了六七年本地的故事。这时节被吕家坪的烧酒把一点积压全挤出来了。"老伙计,你不知道吧?我倒知道啊!你只知道划船,掌舵,拉纤,到常德府去找花姑娘打炮,把板带里几个钱掏空,就完事了。那知道世界上玩意儿多唎……"

(被中央宣传部删去一大段)[1]

到老水手仿佛把事情弄明白,点头微笑时,那客人业已被烧酒醉得糊糊涂涂快要唱歌了。

老水手轻轻的对船主说:"掌舵的,真是这样子,我们这地方会要遭殃,不久又要乱起来的,又有枪,又有人,又有后面撑腰的,怎么不乱?"

船主不作声,把头乱摇,他不大相信。事实上他也有点醉了。

天已垂暮,邻近各船上到处是炒菜落锅的声音,和辣子大蒜气味。且有在船上猜拳,八马五魁大叫大喊的。晚来停靠的船,在河中用有倒钩的探篙抓住别的船尾靠拢时,篙声水声人语声混成一片。河面光景十

---

[1] 此句为原书所有。

分热闹。夜云已成一片紫色，映在水面上，渡船口前人船都笼罩在那个紫光中。平静宽阔的河面，有翠鸟水鸡接翅掠水向微茫烟浦里飞去。老水手看看身边客人和舵把子，已经完全被烧酒降伏。天夜了，忙匆匆的扒了一大碗红米饭，吃了几片肥烂烂的猪头肉，上了岸鲇鱼似的溜了。

他带了点轻微的酒意，重新上正街，向会长家中走去。

会长正来客人，刚点上那盏老虎牌汽油灯，照得一屋子亮堂堂的。但见香烟笼罩中，长衣短衣坐了十来位，不是要开会就是要打牌。老水手明白自己身份，不惯和要人说话，因此转身又向茶馆走去。

货船到得多，水手有的回了家，和家中人围在矮桌边说笑吃喝去了。有的是麻阳县的船，还不曾完毕长途，明天又得赶路，却照老规矩，"船到吕家坪可以和个妇人口对口做点糊涂事"，就上岸找对手消消火气。有的又因为在船上赌天九，手气好，弄了几个，抱兜中洋钱钞票胀鼓鼓的，非上岸活动活动不可，也得上岸取乐，请同伙水手吃面，再到一个妇人家去烧荤烟吃。既有两三百水手一大堆钱在松动，河下一条长街到了晚上，自然更见得活泼热闹起来。到处感情都在发酵，笑语和嚷骂混成一片。茶馆中更嘈杂万状。有退伍兵士和水手，坐在临街长条凳上玩月琴，用竹拨子弄得四条弦绷琮绷琮响。还风流自赏提高喉咙学女人嗓子唱小曲，花月逢春，四季相思，万喜良孟姜女长城边会面，一面唱曲子，一面便将眼角瞟觑对街黑腰门（门里正有个大黑眼长辫子船主黄花女儿），妄想凤求凰，从琴声入手。

小船主好客喜应酬，还特意拉了船上的客人，和押货管事，上馆子吃肉饺饵，在"满堂红"灯光下从麂皮抱兜掏出大把钞票来争着会钞，再上茶馆喝茶，听渔鼓道情。客人兴致豪，必还得陪往野娘儿们住的边街吊脚楼上，找两个眉眼利落点的年青妇人，来陪客靠灯，烧两盒烟，逗逗小婊子取乐。船主必在小婊子面前，随便给客人加个官衔，参谋或营长，司令或处长，再不然就是大经理，大管事；且照例说是家里无人照应，正要挑选一房亲事，不必摩登，只要人"忠厚富态"就成，借此扇起小妇人一点妄念和痴心，从手脚上沾点便宜。再坐坐，留下一块八毛钱，却笑着一股烟走了。副爷们见船帮拢了岸，记起尽保安职务，特别多派了几个弟兄查夜，点验小客店巡环簿，盘问不相干住客姓名来去。更重要的是另外一些不在其位非军非警亦军亦警的人物，在巡查过后，来公平交易，一张桌子收取五元放赌桌子钱。

至于本地妇人，或事实上在经营最古职业，或兴趣上和水上人有点交亲缘分，在这个夜里自然更话多事多，见得十分忙碌，还债收账一类事情，必包含了物质和精神两方面。眼泪与悦乐杂糅，也有唱，也有笑，且有恩怨纠缚，在鼻涕眼泪中盟神发誓，参加这个小小世界的活动。

老水手在一个相熟的本地舵把子茶桌边坐下来，一面喝茶一面观察情形。见凡事照常，如历来大帮船到码头时一样。即坐在上首那几个副爷，也都很静心似的听着那浪荡子弹月琴，梦想万喜良和孟姜女在白骨如麻长城边相会唱歌光景，脸样都似乎痴痴的，别无征兆，显示出对这地方明日情形变化的忧心。简直是毫无所思，毫无所虑，老水手因之代为心中打算，即如何捞几个小小横财，打颗金戒指，镶颗金牙齿。

老水手心中有点不平，坐了一会儿，和那船主谈了些闲天，就拔脚走了。他也并不走远，只转到隔壁一个相熟人家去，看船上人打跑付子字牌，且看悬在牌桌正中屋梁下那个火苗长长的油灯，上面虫蛾飞来飞去，站在人家身后，不知不觉看了半天。吕家坪市镇到坳上，虽有将近三里路，老水手同匹老马一样，腿边生眼睛，天上一抹黑，摸夜路回家也不会摔到河里去。九月中天上星子多，明河在空中画一道长长的白线，自然更不碍事了。因此回去时火把也不拿洒脚洒手的。回坳上出街口得走保安队驻防处伏波宫前面经过，一个身大胆量小的守哨弟兄在黑暗中大声喊道："口令！"

老水手猛不防有这一着洋玩意儿，于是干声嚷着："老百姓。"

"什么老百姓？半夜三更到那里去！不许动。"

"枫木坳坐坳守祠堂的老百姓，我回家里去！"

"不许通过。"

"不许走，那我从下边河滩上绕路走。人家要回家睡觉的！"

"怎么不打个灯？"

"天上有星子，有万千个灯！"

那哨兵直到这时节似乎方抬头仔细看看，果然蓝穹中挂上一天星子。且从老水手口音中，辨明白是个老伙计，不值得认真了。可是自己转不过口来，还是不成，说说官话。

"你得拿个火把，不然深更半夜，谁知道你是豺狼虎豹，正人君子？"

"我的副爷，住了这地方三十年，什么还不熟习？我到会长那边去有点事情，所以回来就晚了。包涵包涵！"

话说来说去，口气上已表示不妨通融了，老水手于是依然一直向前走去。老水手从口音上知道这副爷是家边人，好说话，因此走近身时就问他：

"副爷，今天戒严吗？还不到三更天，早哩。"

"船来得多，队长怕有歹人，下命令戒严。"

"官长不是在会长家里吃酒吗？三山五岳，客人很多！"

"在上码头税关王局长那边打牌！"

"打牌吃酒好在是一样的。我还以为在会长家里！天杀黑时我看见好些人在那边，简直是群英大会……"

"吃过酒，就到王局长那边打牌去了。"

"局长他们倒成天有酒喝，有牌打。"

"命里八字好，做官！"口中虽那么说，却并无羡慕意思，语气中好像还带着一点诅咒。"娘个东西，升官发财，做舅子！"

又好像这个不满意情绪，已被老水手察觉，便认清了自己责任，陡的大吼一声："走，赶快走！不走我把你当奸细。"把老水手嗾开后，自己也就安全了。

老水手觉得关于这个弟兄的意见，竟比在河下船上听那中学教员表示的意见明白多了。他心里想："慢慢的来吧，慢慢的看吧，舅子，'豆子豆子，和尚是我舅子；枣子枣子，我是和尚老子'。你们等着吧。有一天你看老子的厉害！"他好像已预先看到了些什么事情，即属于这地方明日的命运。可是究是些什么，他可说不出，也并不真正明白。

到得坳上时，看看对河萝卜溪一带，半包裹在夜雾中，如已沉睡，只剩下几点儿摇曳不定灯光在丛树薄林间。河下也有几点灯光微微闪动。滩水在静夜里很响。更远处大山，有一片野烧，延展移动，忽明忽灭。老水手站在祠堂阶砌上，自言自语的说：

"好风水，龙脉走了！要来的你尽管来，我姓滕的什么都不怕！"

本篇收入1945年文聚版《长河》单行本前，曾在1938年10月6日至10月10日香港《星岛日报·星座》副刊上发表，连载序号39—43，署名沈从文。又，经修改，曾在1942年9月15日《文学创作》第1卷第1期创刊号上发表，篇名为《大帮船拢码头时》。署名沈从文。

买橘子

　　保安队队长带了一个尖鼻小眼烟容满面的师爷，到萝卜溪来找橘子园主人滕长顺，办交涉打商量买一船橘子。长顺把客人欢迎到正厅堂屋坐定后，赶忙拿烟倒茶。队长自以为是个军人，凡事豪爽直率，开门见山就说：

　　"大老板，无事不登三宝殿，我是有点小事特意来这里的。我想和你办个小交涉。我听人说你家橘子园今年橘子格外好，又大又甜，我来买橘子。"

　　长顺听说还以为是一句笑话，就笑起来。

　　"队长要吃橘子，我叫人挑几担去解渴，那用钱买！"

　　"喔，那不成。我听会长说，买了你一船橘子，庄头又大，味道又好，比什么'三七四'外国货还好。带下省去送人，顶刮刮。我也要买一船带下省去送礼。我们先小人后君子，得说个明白，橘子不白要你的，值多少钱我出多少。你只留心选好的，大的，同会长那橘子一样的。"

　　长顺明白来意后，有点犯难起来，答应拒绝都不好启齿。只搓着两只有毛大手笑，因为这事似乎有点蹊跷，像个机关布景，不大近情理。过了一会儿才说：

　　"队长要橘子送礼吗？要一船装下去送礼吗？"

　　"是的。货要好的，我把你钱，不白要你的！"

　　"很好，很好，我就要他们摘一船——要多大一船？"

　　"同会长那船一样大，一样多。要好的，甜的，整庄的，我好带到省里去送人。送军长，厅长，有好多人要送，这是面子上事情……"

　　长顺这一来可哽住了。不免有点滞滞疑疑，微笑虽依然还挂在脸

303

上，但笑中那种乡下人吃闷盆不甘心的憨气，也现出来了。

同来师爷是个"智多星"，这一着棋本是师爷指点队长走的。以为长官自己下乡买橘子，长顺必不好意思接钱。得到了橘子，再借名义封一只船向下运，办件公文说是"差船"，派个特务长押运，作为送省主席的礼物，沿路就不用上税。到了常德码头时，带三两挑过长沙送礼，剩下百分之九十，都可就地找主顾脱手，如此一来，怕不可以净捞个千把块钱，那有这样上算的事不做？如今办交涉时，见橘子园主人一起始似乎就已看穿他们的来意，不大好办。因此当作长顺听不懂队长话语，语言有隔阂，他来从旁解释："滕大老板，你照会长那个装一船，就好了。你橘子不卖难道留在家里吃？你想想。"

可是会长是干亲家，半送半买，还拿了两百块钱。而且真的是带下省去送亲戚，这礼物也就等于有一半是自己做人情。队长可非亲非故，并且照平时派头说来，不是肯拿两百块钱买橘子送礼物的人，要一船橘子有什么用处？因此长顺口上虽说很好很好，心中终不免踌躇，猜详不出是什么意思来。也是合当出事，有心无意，这个乡下人不知不觉又把话说回了头：

"队长你要橘子送人，我叫人明天挑十担去。"

队长从话中已听出支吾处，有点不乐意，声音重重的说："我要买你一船橘子，好带下去送礼！你究竟卖不卖？"

长顺也作成"听明白了"神气，随口而问："卖，卖，卖，是要大船？小船？"

"要会长那么大一船，货也要一样的。"

"好的，好的，好的。"

在一连三个好的之中，队长从橘子园主人口气里，探出了惑疑神气，好像把惑疑已完全证实后，便用"碰鬼，拿一船橘子下省里去发财吧"那么态度答应下来的。队长要一船橘子的本意，原是借故送礼，好发一笔小财，如今以为橘子园主人业已完全猜中机关，光棍心多，不免因羞成恼，有点气愤。只是俗话说，"伸手不打笑脸人"，主人既答应了下来，很显然纵非出自心愿，也得上套。因此，一时不便发作，只加强语调说：

"大老板，我是出钱买你的橘子！你要多少钱我出多少，不是白要你橘子的！"

同来那个师爷鬼伶精，恐怕交涉办不成，自己好处也没有了。就此在旁边打圆成，提点长顺，语气中也不免有一点儿带哄带吓。"滕老板，你听我说，你橘子是树上长的，熟了好坏要卖给人，是不是？队长出钱买，你难道不卖？预备卖，那不用说了，明天找人下树就是。别的话语全是多余的。我们还有公事，不能在这里和你磨牙巴骨！"

长顺忙赔笑脸说："不是那么说，师爷你是明白人，有人出钱买我的橘子，我能说不卖？我意思是本地橘子不值钱，队长要送礼，可不用买，不必破费，我叫人挑十担去。今年橘子结得多，队长带弟兄到我们这小地方来保卫治安，千辛万苦，吃几个橘子，还好意思接钱？这点小意思也要钱，我姓滕的还像个人吗？只看什么时候要，告我个日子，我一定照办。"

因为说的还是"几挑"，和那个"一船"距离太远，队长怪不舒服，装成大不高兴毫不领情神气，眼不瞧长顺，对着堂屋外大院坝一对白公鸡说："那一个白要你乡下人的橘子？现钱买现货，你要多少我出多少。只帮我赶快从树上摘下来。我要一船，和会长一样……会长花多少我也照出，一是一，二是二……"话说完，队长站起身来，把眉毛皱皱，意思像要说："我是个军人，作风简单痛快。我要的你得照办。不许疑心，不许说办不了。不照办，你小心，可莫后悔不迭！"斜眼知会了一下同来的师爷，就昂着个头顾自扬长走了。到院子心踏中一泡鸡屎，赶上去踢了那白鸡一脚，"你个畜生，不识好歹，害我！"

长顺觉得简直是被骂了，气得许久开口不得。因为二十年来内战，这人在水上，在地面，看见过多少希奇古怪的事情，可是总还不像今天这个人那么神气活灵活现，而且不大讲理。

那丑角一般师爷有意留在后边一点，唯恐事情弄僵，回过头来向长顺说：

"滕老板，你这人，真是个在石板上一跌两节的人，吃生米饭长大生硬硬的，太不懂事！队长爱面子，兴兴头头跑到你乡下来买橘子，你倒拿羊起来了；‘有钱难买不卖货’，怎么不卖？我问你，是个什么主意！”

长顺说：“我的哥，我怎么好说不卖？他要一船橘子，一千八百担，算是一船，三百两百挑，也是一船。装一船橘子送人，可送得了？”

师爷愣着那双鼠眼说：“嗨，你这个人。你管他送得了送不了？送不了让它烂去，生蛆发霉，也不用你操心，他出钱你卖货，不是就了事？他送人也好，让它烂掉也好，你管不着。你只为他装满一只‘水上漂’，还问什么？你惹他生了气，他是个武人，说得出，做得到，真派人来砍了你的橘子树，你难道还到南京大理院去告他？”

这师爷以为如此一说，长顺自会央求他转弯，因此站着不动。却见长顺不作声，好像在玩味他的辞令，并无结果，自觉没趣，因此学戏文上丑角毛延寿神气，三尾子似的甩甩后衣角，表示“这事从此不再相干”，跟着队长身后走了。

两人本来一股豪劲下萝卜溪，以为事情不费力即可成功。现在僵了，大话已说出口，收不回来，十分生气。出了滕家大门，走到橘子园边，想沿河走回去，看看河边景致，散散闷气。侧屋空坪子里，正遇着橘子园主人女儿夭夭，在太阳下晒刺莓果，头上搭了一块扣花首帕，辫子头扎一朵红茶花。其时正低着头一面随意唱唱，一面用竹扒子翻扒那晒簟上的带刺小果子。身边两只狗见了生人就吠起来。夭夭抬起头时，见是两个军官，忙喝住狗，举起竹扒在狗头上打了一下，把狗打走了。还以为两人是从橘园穿过，要到河边玩的，故不理会，依然作自己的事。

队长平时就常听人提起长顺两个女儿，小的黑而俏。在场头上虽见过几回，印象中不过是一朵平常野花罢了。队长是省里中学念过书的人，见过场面，和烫了头发手指甲涂红胶的交际花恋爱时，写情书必用“红叶笺”、“爬客”自来水笔。凡事浸透了时髦精神，所以对乡下女子便有点瞧不上眼。这次倒因为气愤，心中存着三分好奇，三分恶意，想逗逗这女子开开心，因此故意走过去和夭夭攀话，问夭夭簟子里晒的是什么东西。且随手刁起一枚刺莓来放在鼻边闻闻。"好香！这是什么东西？奇怪得很！"

夭夭头也不抬，轻声的说："刺莓。"

"刺莓有什么用？"

"泡药酒消痰化气。"

"你一个姑娘家，有什么痰和气要消化？"

"上年纪的人吃它！"

"这东西吃得？我不相信。恐怕是毒药吧。我不信。"

"不信就不要相信。"

"一定是放蛊的毒药。你们湘西人都会放蛊，我知道的！一吃下肚里去，就会生虫中蛊，把肠子咬断，好厉害！"

其时那个师爷正弯下身去拾起一个顶大的半红的刺莓，作成要生吃下去的神气。却并不当真就吃。队长好像很为他同伴冒险而担心："师爷，小心点，不要中毒，回去打麻烦。中了毒要灌粪清才会吐出来的！说不得还派人来讨大便讲人情，多费事！"

师爷也作成差点儿上当神气："啊呀危险。"

夭夭为两个外乡人的言行可笑，抿嘴笑笑，很天真的转过身抬起头来，看了看两个外乡人。"你们城里人什么都不知道。不相信，要你信。"随手拾起一个透熟过了黄中带红的果子，咬去了蒂和尖刺，往口里一送，就嚼起来了。果汁吮尽后，哺的一下把渣滓远远吐去，对着两个军人："甜蜜蜜的，好吃的，不会毒死你！"

那师爷装作先不明白，一经指点方然觉悟样子，就同样把一个生涩小果子抛入口里，嚼了两下，却皱起眉把个小头不住的摇。

"好涩口，好酸！队长，你吃试试看。这是什么玩意儿，——人参果吧？"

那队长也故意吃了一枚，吃过后同样不住摇头："啊呀，这人参果，要福气消受！"

两人都赶忙把口中的东西吐出。

这种做作的剧情，虽出于做作，却不十分讨人厌。夭夭见到时，得意极了，取笑两人说："城里人只会吃芝麻饼和连环酥。怕毒死千万不要吃，留下来明天做真命天子。"

师爷手指面前一片橘子树林，口气装得极其温和，询问夭夭："这是你家橘子园不是?"

"是我家的，怎么样?"

"橘子卖不卖?"

夭夭说："怎么不卖?"

"我怕你家里人要留下自己吃。"

"留下自己吃，一家人吃得多少!"

"正是的! 一家人能吃多少! 可是我们买你卖不卖?"

"在这里可不卖。"

"这是什么意思?"

"你们想吃就吃! 口渴了自己爬上树去摘，能吃多少吃多少，不用把钱。你看(夭夭把手由左到右画了个半圆圈)，多大一片橘子园，全是我家的。今年结了好多好多! 我狗不咬人。"

说时那只白狗已回到了夭夭身边，一双眼睛对两个陌生客人盯着，还俨然取的是一种监视态度。喉中低低咻着，表示对于陌生客人毫不欢迎。夭夭抚摩狗头，安慰它也骂骂它："小白，你是怎么的? 看你那样子，装得凶神恶煞，小气。我打你。"且顺着狗两个耳朵极温柔的拍了几下，"到那边去! 不许闹。"

夭夭又向两个军人说："它很正经，不乱咬人的。有人心，懂事得很。好人它不咬，坏人放不过。"远远的一株橘子树上飞走了一只乌鸦，掉落了一个橘子，落在泥地上钝钝的一声响，这只狗不必吩咐，就奔窜过去，一会儿便把橘子衔回来了。夭夭将橘子送给客人："吃吃看，这是老树橘子，不酸的!"

师爷在衣口袋中掏了一阵，似乎找一把刀子，末后还是用手来剥，两手弄得湿油油的，向裤子上只是擦，不爱干净处引得夭夭好笑。

队长一面吃橘子一面说："好吃，好吃，真好吃。"又说，"我先不久到你家里，和你爹爹商量买橘子，他好像深怕我不给钱，白要他的。不肯卖把我。"

　　夭夭说:"那不会的,你要买多少?"

　　师爷抢口说:"队长要买一船。"

　　"一船橘子你们怎么吃得了?"

　　"队长预备带下省里去送人。"

　　"你们有多少人要送礼?"

　　夭夭语气中和爹爹的一样,有点不相信。师爷以为夭夭年纪小可欺,就为上司捧场说天话:"我们队长交游遍天下,南京北京到处有朋友,莫说一船橘子,真的送礼,就是十船橘子也不够!"

　　"一个人送多少?"

　　"一个人送二十三十个尝尝。让他们知道湘西橘子原来那么好,将来到湘西采办去进贡。"

　　夭夭笑将起来:"二十三十,好。做官的,我问你,一船有多少橘子,你知道不知道?"

　　师爷这一下可给夭夭愣住了,话问得闷头,一时回答不来,只是憨笑。对队长皱了皱眉毛,解嘲似的反问夭夭:

　　"我不知道一船有多少,你说说看对不对。"

　　"你不明白我说来还是不明白。"

　　"九九八十一,我算得出。"

　　"那你算把我听听,一石橘子有多少。"

　　队长知道师爷咬字眼儿不是夭夭敌手,想为师爷解围,转话头问夭夭:"商会会长前几天到你家买一船橘子,出多少钱?"

　　夭夭不明白这话用意,老老实实回答说:"我爹不要他的钱,他一定要送两百块钱来。"

　　队长听了一惊:"怎么,两百块钱?"

　　"你说是不止——不值?"

　　队长本意以为"不值",但在夭夭面前要装大方,不好说不值,就说:"值得,值得,一千也值得。"又说,"我也花两百块钱,买一船橘子,要一般大,一般多,你卖不卖?"

"你可问我爹爹去！"

"你爹爹说不卖。"

"那一定不卖。"

"怎么不卖？怎么别人就卖，我要就不卖？难道是……"

"嗨，你这个人！会长是我爹的亲家，我的干爹，顶大橘子是我送他的。要买，八宝精，花钱无处买！"

队长方了然长顺对于卖橘子谈判不感兴趣的原因。更明白那一船橘子的真正代价，是多少钱，多少交亲。可是本来说买橘子，也早料到结果必半买半送，随便给个五六十元了事，既然是地方长官，孝敬还来不及，巴不上，岂有出钱买还不能买的道理？谁知长顺不识相，话不接头，引起了队长的火，弄得个不欢而散。话既说出了口，不卖吧，派弟兄来把橘子树全给砍了！真的到底不卖，还不是一个僵局？答应卖了呢，就得照数出钱，两百元，四百元，拿那么一笔钱办橘子，就算运到常德府，赚两个钱，费多少事！倒不如办两百块钱特货，稳当简便多了。

队长觉得先前在气头上话说出了口，不能收场，现在正好和夭夭把话说开，留个转圜余地。于是说："我先不久几几乎同你那个爹爹吵起来了。财主员外真不大讲道理。我来跟他办交涉，买一船橘子，他好像有点舍不得，又担心我倚仗官势，不肯把钱，白要你家橘子。他说宁愿意让橘子在树上地下烂掉，也不卖把我。惹我生气上火，不卖吗？我派人来把你这些橘子树全给砍了，其奈我何。你等等告你爹，我买橘子，人家把多少我同样把多少！我们保安队的军誉，到这里来谁不知道。凡事有个理，有个法……"

说到这里时，对师爷挤了一挤眼睛，那师爷就接下去说："真是的，凡事公正，公买公卖，沅陵县报上就说起过！"又故意对队长说，意思却在给夭夭听到，"队长，你老人家也不要生气，值不得。这是一点小误会。谁不知道你爱民如子？滕老板是个明白人，他先不体会你意思，到后亏我一说，他就懂了。限他五天办好，他一定会照办。这事有我，不要怄气，值不得！"说到末了，拍了那个瘦胸膛，意思是像只要有他，

310

天下什么事都办得妥当。

夭夭这一来，才知道这两个人，原来先不久还刚从家中与爹爹吵了嘴。夭夭再看看两人，便把先前那点天真好意收藏起来了，低下头去翻扒刺莓，随口回答说：

"好好的买卖，公平交易，那有不卖的道理。"

队长还涎着脸说："我要买那顶大的，长在树尖子上霜打得红红的，要多少钱我出多少。"

师爷依然带着为上司捧场神气，尽说鬼话："那当然，要多少出多少，只要肯，一千八百队长出得起。送礼图个面子，贵点算什么。"

队长鼻头嗡嗡的："师爷，你还不明白，我这人就是这种脾气，凡事图个面子，图个新鲜，要钱吗？有的是。"这话又像是说给自己听取乐，又像是话中本意并非橘子，却指的是玩女人出得起钱，让夭夭知道他为人如何豪爽大方。"南京沈万三的聚宝盆，见过多少希罕的好东西！"

师爷了解上司意思所指，因此凑和着说下去："那还待说？别人不知道你，队长，我总知道。为人只要个痛快，花钱不算回事。……长沙那个……我知道的！"

师爷正想宣传他上司过去在辰州花三百块钱为一个小婊子点大蜡烛的挥霍故事。话上了喉咙，方记起夭夭是个黄花女，话不中听，必得罪队长。因此装作错喉干呃了一阵，过后才继续为队长知识人品作说明。

夭夭听听两人说的话，似乎渐渐离开了本题，话外有话。语气中还带点鼻音，显得轻浮而亵渎。尤其是那位师爷，话越说越粗野，夭夭脸忽然发起烧来了，想赶快走开，拿不定主意回家去还是向河边走。

两人都因为夭夭先一时的天真坦白，现在见她低下头不作理会，还以为女孩子心窍开了，已懂了人事，有点意思。所以还不知趣说下去。话说得越不像话，夭夭感到了侮辱，倒拖竹扒拔脚向后屋竹园一方跑了。

队长待跳篱笆过去看看时，冷不防那只大白狗却猛扑过来，对两人大声狂吠。那边大院子里听到狗叫，有个男工走出来赶狗，两个人方忙匆匆的穿过那片橘子园，向河边小路走去。

两人离开了橘园，沿河坎向吕家坪渡口走。

师爷见队长不说话，引逗前事说："队长，好一只肥狗，怕不止四十斤吧。打来炖豆腐干吃，一定补人！"

队长带笑带骂："师爷，你又想什么坏心事？一见狗就想吃，自己简直也像个饿狗。"

"我怎么又想？从前并未想过！实在好，实在肥，队长，你说不是吗？"

"我可不想吃狗肉，不到十月，火气大，吃了会上火要流鼻血的。"

队长走在前面一点，不再说什么，他正想到另外一件事情。橘子园主人小女儿，眼睛亮闪闪的，嘴唇小小的，一看就知道是个香喷喷的黄花女。心中正提出一个问题："好一块肥羊肉，什么人有福气讨来到家里去？"就由于这点朦胧暧昧欲望，这点私心，使他对于橘子园发生了兴趣，橘子园主人对他的不好态度也觉得可宽容了。

同行的师爷是个饕餮家，只想象到肥狗肉焖在沙锅里时的色香味种种，眼睛不看路，打了个岔，一脚踏进路旁一个土拨鼠穴里去，身向前摔了一跤，做了个"狗吃屎"姿式，还亏得两手捞住了路旁一把芭茅草，不至于摔下河坎掉到水里去。到爬起身时，两手都被茅草割破了，虎口边血只是流。

队长说："师爷，你又发了瘾？鬼蒙你眼睛，走路怎不小心？你摔到河里淹死了，我还得悬赏打捞你，买棺木装殓你，请和尚道士超度你，这一来得花多少钱！"

师爷气愤愤的说："都是因为那只狗。"

队长笑着调弄师爷："你说狗，是你想咬它，还是怕它要咬你？"

"它敢咬我？咬我个鸡公。队长，你不信你看，我明天带个小棒棒来，逗它近身，鼻子上啷的一棒，还不是请这畜生回老家去！"

"师爷，小心走路，不要自己先回老家去！"

"队长，你放心，纵掉下河里去，我一个鹞子翻身就起来了。我学过武艺，不要小看我！"

"你样子倒有点像欧阳德。他舞旱烟杆，你舞老枪。"

"可是我永远不缴枪！禁烟督办来也不缴枪！"

且说夭夭走回家去，见爹爹正在院子里用竹篙子打墙头狗尾草，神气郁郁不舒。知道是为买橘子事和军官斗气，吵了两句，心不快乐。因此做个笑脸迎上去。

"爹爹，你怎么光着个头在太阳底下做这种事。我这样，你一定又要骂起我来了。那些野生的东西不要管它，不久就会死的！"

长顺不知夭夭在外边已同两个军人说了好久话，就告夭夭说：

"夭夭，越来越没有道理了。先前保安队队长同个师爷，到我们这里来，说要买一船橘子，装下省里去送礼。什么主席厅长委员全都要送。真有多少人要送礼？还不是看人发财红了眼睛，想装一船橘子下去做生意？我先想不明白，以为他是要吃橘子，还答应送他十担八担，不必花钱。他倒以为我是看穿了他的计策，恼羞成怒，说是现钱买现货。若不卖，派兵来把橘子树全给砍了再说。保安队原来就是砍人家橘子树的。"

夭夭想使爹爹开心，于是笑将起来："这算什么？他们要买，肯出钱，就卖一船把他，管他送礼不送礼！"

"他存心买那才真怪！我很怄气。"

"不存心买难道存心来砍橘子树？"

"存心马扁儿，见我不答应，才说砍橘子树！"

"大哥船来了，三哥船来了，把橘子落了树，一下子装运到常德府去，卖了它完事。人不犯法，他们总得讲个道理，不会胡来乱为的！"

长顺扣手指计算时日，以及家下两只船回到吕家坪的日子。想起老《申报》的时事，和当地情形对照起来，不免感慨系之。

夭夭因见爹爹不快乐，就不敢把在屋外遇见两个军人一番事情告给长顺。只听到侧屋磨石隆隆的响，知道嫂嫂在推荞麦粉，预备做荞粑。正打量过侧屋里去帮帮忙，仓屋下母鸡刚下个蛋，为自己行为吃惊似的大声咯咯叫着，飞上了墙头。夭夭赶忙去找鸡蛋，母亲在里屋却知会夭夭：

"夭夭，夭夭，你又忘记了？姑娘家不许捡热鸡蛋，容易红脸。你不要动它，等等再取不要紧！你刺莓晒好了？"

"那笋壳鸡又生蛋了。"

"是的！不用你管。做你事情去。"

"好，我不管。等等耗子吃了我也不管。"虽那么答应母亲，可是她依然到仓屋脚一个角落间草堆中发现了那个热巴巴的鸡蛋，悄悄的用手摸了一会后，方放心走开。

本篇收入1945年文聚版《长河》单行本前，曾在1938年10月10日至10月17日香港《星岛日报·星座》副刊上发表，连载序号43—50。署名沈从文。篇名《买橘子》为收入单行本时所拟。

一有事总不免麻烦

会长所有几只货船，全拢了吕家坪码头，忙坏了这个当地能人。先是听说邻县风声不大好，已在遭将调兵，唯恐影响到本地。他便派先前押船回来的那个庄伙沿河下行，看看船过不过了辰溪县。若还不进麻阳河在沅水里停泊，暂时就不要动，或者把货起去，屯集到县里同发利货栈上去，赶快把自己那一条船放空来吕家坪，好把镇上店中收屯的六百桶桐油，和一些杂货，一船橘子，装船下运。上行货搁到辰溪县货栈中，上下起落虽得花一笔钱，究竟比运来本镇稳当。船装货下行，赶到常德，就不会被地方队伍封船的。可是这管事动身不久，走向下游四十里，就碰见了本号第一只船。问问水手，才知道船拢辰溪县，谣言多不敢上行，等了两天。问问同发利栈上人，会长并无来信指示。公路局正在沿河岸做码头，拉船夫服务，挑土扛石头，用的人很多。只怕一停下来又耽搁事情，所以还是向上开。所有船只都来了，正在后面一点上滩。管事庄伙得到这个消息后，又即刻赶回吕家坪报告。

船既到了地，若把几船货物留在镇上，换装屯集的油类下行，万一有事，还依然是得彼失此，实不大经济。会长想，地方小，队伍一开拔，无人镇压，会出麻烦。县城到底是大地方，又有个石头城，城中住了个县长，省里保安队当不至于轻易放弃。并且一有了事，河上运输中断了，城里庄号上必特别需要货物，不如乘此把这几船货物一直向上拖，到了上游二百五十里的麻阳县城里去，这里另外找船装桐油下常德。因此货船一拢码头时，会长就亲自去河边看船。

几个船上舵把子过辰溪县时，业已听说风声不大好，现在又听说货物不起卸，另外还有办法，心中正自狐疑不定。会长到得河下时，看看货船很好，河水还不曾大落，船货若上运，至多到高村地方提提驳，减

315

轻一点载重，就可一直到麻阳县。

六七个弄船的正在河滩上谈下河新闻，一见会长都连声叫喊。

会长也带着友情向那边打招呼。"辛苦辛苦！我上前天还要周管事沿河去看你们的。还以为船不进小河，等等看也好。都来了，更好！"

一个老船主说："辰溪县热闹得很，我看风向不大对。大家赶回家去吧，好，你老信不来，我们就上来了。"

会长说："难为你，难为你。船老板，我看河里水还好，不怎么枯，是不是？"

那舵把子说："会长，水好，今年不比去年。九月初边境上有雨，小河水发大河水也发。洪江大河里，有好些木排往下放。洪江汉庄五舱子鲤鱼头船，也装满了桐油下常德府。天凑和人！"

会长咬耳朵问那老船主："老伙计，我听说时局不大好，你们到辰溪一定看得出来。你们怎么打算？"

那老舵把子笑着说："会长，一切有命，不要紧。他们要打打他们的，我还是要好好弄这条船。我们吃水上饭的人，到处是吃饭，不管什么地方我都去。"他以为会长是要把本地收买的桐子油山货向下运，怕得不到船，因此又说："会长，我们水上漂和水中摆尾子一样，有水地方都要去，我不怕的。要赶日子下常德府，我们在辰河里放夜船，两天包你到辰溪县。"

会长说："我想这几船货都不要起岸，大家辛苦辛苦，索性帮我运到麻阳县去吧，趁水好，明天验关，后天就上路。到了那里再看，来得及，就放空船下来，这里还有几船货要运常德府；来不及，下面真有了事情，你们就把船撑到高村小河里去，在岩门石羊哨避避风浪。你们等等商量看，再到我铺子上来告我。愿意去，明后天开头，不愿意去，也告我一声，我好另外找船补缺，盘货过驳。"

另外一个萝卜溪弄船的说："会长，你老人家的事，莫说有钱把我们，不把钱我也去，大家不会不去的。"

有人插口说："恐怕有人早说定了，船到了这里卸货，要装橘子下辰河。上县里再放空船来，日子赶不及。"

会长说："你们自己看吧，不勉强你们。能去的就去，不肯去不勉强，我不会难为你们，都是家边人，事情好商量。你们等等到我号上来回个信。"会长又对一个同行庄伙说："五先生，他们辛苦了，你一条船办十斤神符，廿碗酒，派人就送来，请船上弟兄喝一杯。你记着，赶快！"吩咐过后，就和几个船主分了手。会长想起亲家长顺委托的事情，转到下河街伏波宫保安队去拜会队长。

那队长正同本部特务长清算一笔古怪账目，骂特务长"瞒心昧己，人容天不容"。只听到那个保民官说："特务长，你明白，不要装痴！这六百块钱可不是肉丸子，吃下去恐怕梗在胸脯上不受用。你说不知道，那不成。这归你负责，不能说不知道。好汉做事好汉当，得弄个水落石出！"

特务长不服气。虽不敢争辩，心实在气恼不过。因为账目并不是他特务上应负责任的，队长却以为这是特务长不小心的过失。幸亏得会长一来，特务长困难的地位，方得到解围。

队长老不高兴神气，口中喃喃骂着，见来客是会长，气即刻便平了。

"会长，你这个忙人，忙得真紧，我昨天请你吃狗肉也不来！我们一共六个人，一人喝了十二两汾酒，见底干。到后局长唱起《滑油山》来了，回关上时差点滚到河里去。还嚷一定要'打十六圈牌，不许下桌子，谁离开桌子，谁就认输，罚请三桌海菜席'。金副官说：'谁下桌子谁是狗肏的。'幸好不醉死，醉了有人抓把狗毛塞到裤裆边，莫不有人当真以为他是狗肏死的。"队长一面形容一面说，不由得为过去事捧起腹来。

会长虽别有心事，却装作满有兴致的神气，随声附和打哈哈。

队长又说："会长，我听说你买了一船橘子，是不是预备运到武汉去发财？橘子在这里不值钱，到了武汉可就是宝贝！"

会长笑着说："那里发什么财？我看今年我们这里乡下橘子格外好，跟萝卜溪姓滕的打商量，匀了半船，趁顺水船带下去送亲戚朋友湿湿口！这东西吕家坪要多少有多少，不值钱的，带下去恐怕也不值钱吧。"

队长说："可不是！橘子这东西值多少钱，有多少赚头？有件事我正要同你说说，萝卜溪姓滕的听说是你干亲家，有几个钱，颈板硬硬的像个水牛一样。人太不识相，惹我生气！我上回也想送点礼给下河朋友，想不出送什么好。连上师爷说萝卜溪橘子好，因此特意到那里去看看，办个交涉，要他卖一船橘子把我。现钱买现货，公平交易。谁知老家伙要理不理，好像我是要抢他橘子神气。先问我要多少，告他一船，又说大船、小船得明白，不明白不好下橘子。告他大船小船总之要一船，一百石三百石价钱照算。又说不用买，我派人送十挑来吧。还当我姓宋的是划干龙船的，只图打发我出门了事。惹得我生了气，就告他：'姓滕的，放清楚些！你不卖橘子吧，好，我明天派人来砍了你的树，你到南京告我去。'会长，你是个明白人，为我评评理，天下那有这种不讲理的人，人都说军队欺人，想不到我这个老军务还得受土老老的气！"

队长说的正是会长要说的，既自己先提起这问题，就顺猫猫毛理了一理："队长，这是乡愚无知，你不要多心，不必在意！我这干亲家上了年纪，耳朵有点背，吃生米饭长大的，话说得生硬，得罪了队长，自己还不明白！这人真像你说的颈板硬硬的，人可是个好人。肠子笔直，不会转弯。"

队长说："不相信，你们这地方人都差不多——会长除你在外——剩下这些人，找了几个钱，有点小势力，成了土豪，动不动就说凡事有个理字，用理压人。可是对我们武装同志，就真不大讲理了。以为我们是外来人，不敢怎么样。这种土豪劣绅，也是在这个小地方能够听他称王作霸，若到……不打倒才怪！什么理？蚌壳李，珍珠李，酸得多久！……"

会长听过这种不三不四的议论后，依然和颜悦色："大人不见小人过，我知道你说的是笑话。乡下人懂什么理不理？那有资格做土豪，来让队长打倒他？姓滕的已明白他的过错了，话说得不大接榫，得罪了队长，所以特意要我来这里说句好话。他怕队长一时气恼，当真派人去砍橘子树。那地方把橘子树一砍，可不当真就只好种萝卜了吗？我和他说：'亲家，这是你的不是。可是不用急，不用怕，队长是受过高等教育的革命军人，（说到这里时两人都笑笑，笑的意思却不大相同。）气量大，宰相肚中好撑船，决不会这样子摧残我们地方风水的！我去说一声看，队长不看金面看佛面，会一笑置之。'队长，你不知道，大家都说萝卜溪的风水，就全靠那一片橘子树撑住，共产党前年过路，不放火烧房子，也亏得是风水好！"

会长见队长不作声，先还是装模作样的听下去，神气正好像是"你说你的，我预定要做的革命行为，你个苏秦张仪说客说来说去也是无用的"！可是会长提起风水，末后一句话却触动了他一点心事，想起夭夭那个黑而俏的后影子，不禁微笑起来。会长不明白就里，还说：

"队长看我巴掌大的脸，体恤这个乡下人，饶了他吧。"

队长说："是的，是的，就看会长的面子，这事不用提了。"等等又说，"会长，我且问你，那姓滕的有几个女儿？"

问话比较轻，会长虽听得分明，却装作不曾听到，还继续谈原来那件事情。因为"得罪官长"事虽不用提，橘子是要一船还是要几担？终得讲个清楚。委实说，队长自从打听明白一只小船两个舱装橘子送下常德去，得花个四百块钱左右时，就对于这种事不大发生兴趣，以为师爷出的计策并不十分高明了。只因为和长顺闹僵了，话转不过口，如今会长一来，做好做歹，总说乡下人不敢有意得罪官长，错处出于无心。队长也乐得借此收帆转舵，以为这事既由会长来解释，就算过去了。

会长因队长说买橘子只是送礼，就说长顺已摘下十挑老树"大开刀"，要队长肯赏脸收下，才敢送来。

这么一来，队长倒有点不好意思起来了。聊以解嘲的说："他不肯卖把我，我们革命军人自然不能强买民间东西。卖十挑把我也成，要多少钱请开个数目来，我一定照价付款。"

会长说："我的哥，你真是……这值几个钱？"并说曾将干亲家骂了一回，以为不懂是非好坏。且在这件事上把队长身份品性绰掇得高高的，等于用言语当成一把梳子，在这个长官心头上痒处一一梳去，使他无话可说。

谈到末了，队长不能不承认十担橘子送礼已足够用。会长见交涉办成功。就说号上来了几只船，要去照看照看，预备抽身走路。队长这时节却拉住了会长，眯笑眯笑，像有什么话待说，却有点碍于习惯，不便开口。许久方迟迟疑疑的问："会长，我有句话问你，萝卜溪那滕家小姑娘，有了对手没有？"

会长体会得出这个问话的意思，却把问题岔开，故意相左："队长，是不是你有什么好朋友看中了那个小毛丫头？可惜早有了人，在省里第三中学读书！"

队长心有所恶，不大好意思，便随口说："喔，那真可惜。我有个好朋友，军校老同学，是你们湘西人，父亲做过三任知事，家道富有，人材出众，托我做个媒，看一房亲事。我那天无意中看到你亲家那个女儿，心想和那朋友配在一处，真是郎才女貌……"

会长明白这不过是谈白话，信天乱说，就对队长应酬了几句不相干的闲话，不再耽延，走出了伏波宫。这一来总算解决了一件事情，心里觉得还痛快。到正街上碰着了号上一个小伙计，就要那人下萝卜溪，传语给长顺亲家，砍橘子树破风水事情，调停结果已解决了，不用再担心。明天一早送十担橘子到伏波宫来，一切了当。又说今天河下到了几只船，有事情忙，改天下萝卜溪来看他。

会长转回号上不多一会，船上舵把子一窝蜂到了，在会长家厅子里坐的坐站的站商谈上行事情。大家都乐意上麻阳县，趁水发不提驳原船上行。只有一个人因事先已答应了溪口人装萝卜白菜下辰河，不便毁约，恰好这只船上行时装棉纱，会长心里划算，县里存纱多，吕家坪镇上和附近村里寨里，十月来正是买棉纱织布时节，不如留下这一船花纱，一个月卖完它。边境时局虽有点紧，看情形一个月内还不会闹到这地方来。因此把话说妥当，来船明天歇一天，后天开头上麻阳县。装花纱那只船，在本地起货。

这一天就那么过去了。

第二天早饭后，萝卜溪橘子园主人，赶来看会长，给会长道谢，因为事情全得会长出面调停，逢凶化吉。又闻船上的货物多，并想办点年货，穿的吃的，看有什么可买。镇上的习惯，大庄号办货，不外花纱布疋，海带鱿鱼，黄花木耳，香烟炮竹，都是日常用品。较精贵的东西，办的本不多，间或带了点来，消息一传开，便照例被几个当地阔人瓜分了。尤其是十冬腊月的年货，和上好贵重香烟，山西汾酒，古北口的口蘑，南京杭州缎子宁绸，广东的荔枝干药品，来的稀少，要它的必占先一着，不落人后，方有机会到手。

长顺到了镇上，就看见会长正在码头边手持单据，忙着指挥水手搬运货物。有些卸下，有些又装上。问问才知道所有船只都不起货，准备上行。有些货物上去无销路，就盘舱把它移出来，留在吕家坪。鹅卵石河滩上，到处是巨大的包裹；用粗布装包外用铁皮约束的，成箱的，蒲席包的，竹篓装就的，无不应有尽有。还有好几十个水手，一面谈话一面工作。

长顺说："亲家，费你的口舌，把那事情办好了，真难为你！"

会长说："亲家这点小事算什么。你我多一事不如少一事。橘子送去就得了。我正想下半天到萝卜溪去看你，另外告你一件事情。"

"你来了多少货？"

一个管事的岔拢来和会长谈说关上事情。会长说："你就看到办吧，三哥。这事总少不了的。局长是面子上人，好说话。下边人要拿拿腔，少不了还是那个（作手式一把抓表示个数目）。这也差不多了，抓老官好，不能再多！"

长顺看看别的号上有几只船正在起货，会长的船向上行理由使人不明白，就问会长。"你这些货怎么回事？"

会长摇了摇头，两手一摊，依然笑着。"亲家，麻烦透了！这几船货物我打量要他们装上县城里去，不在这里起货。"

另外又走来个庄伙。手中拿了一扎单据，问会长办法，把话岔开了。会长向长顺说："亲家你等等，我这里事一会儿就办完的。到我家里去喝杯茶，我还有话和你商量。你有不有别的事要办？预备上街看人，还是就在这河边走走？"

长顺说："会长你有事只管去做，我没什么要紧事。我听说你和张三益号上货船到齐了，看看有什么要用的，买一点点。"长顺鼻孔开张，一个老水手的章法，在会长神气辞色间，和起运货物匆忙情形上，好像嗅出了一点特殊气味。他于是拉了会长一把，离开船上人稍远一点，轻轻的问：

"会长怎么回事，下面打起来了吗？湖北？湖南？"

会长笑着说："不是，不是。等等我们再说好了。我正想告给你，事情不大要紧。"

"会长你有事你忙你的。办完了事我们俩亲家再慢慢的谈。我只是来看看你，看看河边。你不用管我。"

会长见长顺有走去的意思："亲家，亲家，你不要走！我事完了就和你回号上去。我还有话要告你。"

长顺说："会长我不忙！你尽管做你的事情，完了再回家。等等我到你号上来，一会儿就来，我到那边看看去。"

———————

　　本篇收入1945年文聚版《长河》单行本前，曾在1938年11月3日至11月8日香港《星岛日报·星座》副刊上连载。署名沈从文。篇名《一有事总不免麻烦》为收入单行本时所拟。

枫木坳

　　萝卜溪橘子园主人滕长顺，过吕家坪去看商会会长，道谢他调解和保安队长官那场小小纠纷。到得会长号上时，见会长还在和管事商量事情，闲谈了一会儿，又下河边去看船。其时河滩上有只五舱四橹旧油船，斜斜搁在一片石子间待修理，用许多大小木梁柱撑住。有个老船匠正在用油灰麻头填塞到船身各部分缝罅中去。另外还有个工人，藏身在船胁下，锤子钻子敲打得船身蓬蓬作响。长顺背着手走过去看他们修船。老船匠认识萝卜溪的头脑，见了便打招呼："滕老板，你好！"

　　长顺说："好啊！吃得喝得，样样来得，怎么不好？可是你才真好！一年到头有工做，有酒喝，天坍下来有高个子顶，地陷落时有大胖子填，什么事都不用担心……"

　　老船匠似笑似真的回答说："一年事情做到头，做不完，两根老骨头也拉松了，好命。这碗衣禄饭人家不要的！"

　　"大哥你说得你自己这样苦。好像王三箍桶，这地方少不了你！你是个工程师！"

　　王三箍桶是戏文上的故事，老船匠明白，可不明白"工程师"是什么，不过体会得出这称呼必与专业有关，如像开机器油坊管理机器黄牛一般，于是皱缩个瘪嘴咕咕的笑，放下了锤子，装了袋草烟，敬奉给长顺。

　　另处那个年事较轻的船匠，也停了敲打工作，从船缝中钻出，向长顺说：

　　"老板，我听浦市人说，你们萝卜溪村子里要唱戏，已约好戏班子，你做头行人。滕老板，我说，你家发人发橘子多，应当唱三大本戏谢神，明年包你得个肥团团的孙子。"

长顺说："大哥你说得好，这年头过日子谁不是混！你们都赶我叫员外，那知道十月天萝卜，外面好看中心空。今年省里委员来了七次，什么都被弄光了，只剩个空架子，十多口人吃饭，这就叫作家发人口旺！前不久溪头开碾房的王氏对我说：'今年雨水好，太阳好，霜好。雨水好，谷米杂粮有收成，碾子出米多，我要唱本戏敬神。霜好就派归你头上，你那橘子树亏得好霜，颜色一片火，一片金。你作头行人，邀份子请浦市戏班子来唱几天戏，好不好？'事情推脱不得，只好答应了。其实阿弥陀佛，自己这台戏就唱不了！"

年青船匠是个唱愿戏时的张骨董，最会无中生有，因此笑着说：

"喔，大老板，你像怕我们是共产党，一来就要开借，先就嚷穷。什么人不知道你是萝卜溪的滕员外？钱是长河水，流去又流来，到处流，三十年河东，三十年河西。你们村子里正旺相，远远看树尖子也看得出。你家夭夭长得端正乖巧，是个一品夫人相。黑子的相五岳朝天，将来走运会做督抚。民国来督抚改了都督，又改主席，他会做主席；做了主席用飞机迎接你去上任，十二个盒子炮在前后护围，好不威风！"

这修船匠冬瓜葫芦一片藤，牵来扯去，把个长顺笑得要不得，一肚子闷气也散了。长顺说："大哥，过年还早哩，你这个张骨董就唱起来了，民国只有一品锅，那有一品夫人？三黑子做了都督，只怕是水擒杨么，你扮岳云，他扮牛皋，做洞庭湖的水师营都督，为的是你们都会划船！"

船匠说："百丈高楼从地起，怎么做不到？凤凰厅人田兴恕，原本卖马草过日子，时来运转，就做了总督。桑植人贺龙，二十年前是王正雅的马夫，现在做军长。八面山高三十里，还要从山脚下爬上去。人若运气不来，麻绳棕绳缚不住，运气一来，门板铺板挡不住（说到这里，那船匠向长顺拍了个掌）。滕老板，你不信，我们看吧。"

长顺笑着说："好，大哥你说的准账。我家三黑子做了官，我要他拜你做军师。你正好穿起八卦衣，拿个鹅毛扇子，做诸葛卧龙先生，下常德府到德山去唱《定军山》！"

老船匠搭口说笑话："到常德府唱《空城计》，派我去扫城也好。"

今天恰好是长顺三儿子的生日，话虽说得十分荒谬，依然使得萝卜溪橘子园主人感到喜悦。于是他向那两个船匠提议，邀他们上边街去喝杯酒。本地习惯攀交亲话说得投机，就相邀吃白烧酒，用砂炒的包谷花下酒，名"包谷子酒"。两个船匠都欣然放下活计，随同长顺上了河街。

萝卜溪橘子园主人，正同两个修船匠，在吕家坪河街上长条案边喝酒时，家里一方面，却发生了一点事情。

先是长顺上街去时，两个女儿都背好竹笼，说要去赶青溪坪的场，买点麻，买点花线。并打量把银首饰带去，好交把城里来的花银匠洗洗。长顺因为前几天地方风声不大好，有点心虚，恐怕两女儿带了银器到场上招摇，不许两人去。二姑娘为人忠厚老实，肯听话，经长顺一说，愿心就打消了。三姑娘夭夭另外还有点心事，她听人说上一场太平溪场上有木傀儡戏，看过的人都说一个人躲在布幕里，敲锣打鼓文武唱做全是一手办理，又热闹，又有趣。玩傀儡的飘乡做生意，这场算来一定在青溪坪。她想看看这种古里古怪的木偶戏。花银匠是城里人，手艺特别好，生意也特别兴旺，两三个月才能够来一次，洗首饰必需这一场，机会一错过，就得等到冬腊月去了。夭夭平时本来为人乖顺，不敢自作主张，凡是爹爹的话，不能不遵守。这次愿心大，自己有点压伏不住自己了，便向爹爹评理。夭夭说：

"爹，二姐不去我要去。我掐手指算准了日子，今天出门，大吉大利。不相信你翻翻历书看，是不是个黄道吉日，驿马星动，宜出行！我镯子，戒指，围裙上的银链子，全都乌趋抹黑。真不好看，趁花银匠到场上来，送去洗洗光彩点。十月中村子里张家人嫁女吃戴花酒，我要去做客！"

爹爹当真把挂在板壁上的历书翻了一下，说理不过但是依然不许去。并说天大事情也不许去。

夭夭自己转不过口气来，因此似笑非笑的说："爹你不许我去，我就要哭的！"

长顺知道小题大做认真不来，于是逗着夭夭说："你要哭，一个人走到橘子园当上河坎边去哭好了。河边地方空旷，不会有人听到笑你，不会有人拦你。你哭够了再回家。夭夭，我说，你这么只选好日子出行，不记得今天是什么人的生日？你三哥这几天船会赶到家的，河边看看去！我到镇上望望干爹，称点肉回来。"

夭夭不由得笑了起来。无话可说，放下了背笼，赶场事再不提一个字。

长顺走后，夭夭看天气很好，把昨天未晒干的一坛子葛粉抱出去，倒在大簸箕中去晒。又随同大嫂子簸了一阵榛子壳。本来既存心到青溪坪赶场，不能去，愿心难了，好像这一天天气就特别长起来，怎么使用总用不完。照当地习惯，做媳妇不比做女儿，媳妇成天有一定家务事，即非农事当忙的日子，也得喂猪放鸡，推浆打草。或守在锅灶边用稻草灰漂棉布，下河边去洗作腌菜的青菜。照例事情多，终日忙个不息。再加上属于个人财富积蓄的工作，如绩麻织布，自然更见日子易过。有时也赶赶场，多出于事务上必需，很少用它作游戏取乐性质。至于在家中作姑娘，虽家务事出气力的照样参加，却无何等专责，有点打杂性质，学习玩票性质。所以平时做媳妇的常嫌日子短，做女儿的却嫌日子长，赶场就成为姑娘家的最好娱乐。家中需要什么时，女儿办得了，照例由女儿去办，办不了，得由家中大人作，女儿也常常背了个细篾背笼，跟随到场上去玩玩，看看热闹，就便买点自己要用的东西。有时姊妹两人竟仅为上场买点零用东西，来回走三十里路。

嫂嫂到碾坊去了，娘在仓屋后绕棉纱。夭夭场上去不成，竟好像无事可作神气。大清早屋后枫木树上两只喜鹊喳喳叫个不息，叫了一阵便向北飞去。夭夭晒好葛粉，坐在屋门前一个倒覆箩筐上想心事。

有什么心事可想？"爹爹说笑话，不许去赶场，要哭往河边哭去。好，我就当真到河边去！"她并不受什么委屈，毫无哭泣的理由，河边去为的是看看上行船，逍遥逍遥。自己家中三黑子弄的船纵不来，还有许多铜仁船，高村船，江口船，和别个村庄镇上的大船小船，上滩下滩，一一可以看见。

到了河坎上眺望对河，虽相隔将近一里路。夭夭眼睛好，却看得出枫树坳上祠堂前边小旗杆下，有几个过路人坐在石条凳上歇憩。几天来枫树叶子被霜熟透了，落去了好些，坳上便见得疏朗朗的。夭夭看不真老水手人在何处，猜详他必然在那里和过路人谈天。她想叫一叫，看老水手是否听得到，因此锐声叫"满满"。叫了五六声，还得不到回答，夭夭心想："满满一定在和人挖何首乌，过神仙瘾，耳朵只听地下不听水面了。"

平常时节夭夭不大好意思高声唱歌，今天特别兴致好，放满喉咙唱了一个歌。唱过后，坳上便有人连声吆喝，表示欢迎。且吹卷桐木皮作成的哨子，作为回响，夭夭于是又接口唱道：

> 你歌莫有我歌多，
> 我歌共有三只牛毛多，
> 唱了三年六个月，
> 刚刚唱完一只牛耳朵。

但事极明显，老水手还不曾注意到河边唱歌的人就是夭夭。夭夭心不悦，又把喉咙拖长，叫了四五声"满满"，这一来，果然被坳上枫木树下的老水手听到了，跟跟跄跄从小路走下河边来。站在一个乌黑大石墩子上，招呼夭夭。人隔一条河，不到半里路宽，水面传送声音远，两边大声说话听得清清楚楚。

老水手嘶着个喉咙大叫夭夭。夭夭说：

"满满，我叫了你半天，你怎么老不理我？"

"我还以为河边扇把鸟雀儿叫！你爹呢？"

"到镇上去了。"

"你怎不上青溪坪赶场？不说是趁花银匠来场上洗洗首饰，好吃酒吗？我以为你早走了。"

"早走了？爹不让我去。我说，不让我去我要哭的！爹爹说：你要哭，好，一个人到河坎边去哭，好哭个尽兴。我就到河边来了。"

"真哭够了吗？"

"蒸的不够煮的够；为什么我要哭。我说来玩的。满满，你怎么不钓鱼?"

"天气冷,大河里水冷了,鱼都躲到岩眼里过冬了,不上钩的。夭夭,我也还在钓鱼;我坐在祠堂前枫树下,钓过坳人,扯住他们一只脚,闲话一说半天。你多久不到我这里来了,过河来玩玩吧。我这里枫木叶又大又红,比你屋后那个还好看,你来我编顶帽子给你戴。太平溪老爷杨金亭,送了我两大口袋油板栗,一个一个有鸡蛋大,挂在屋檐口边风干了半个月,味道又香又甜,快来帮我个忙,把它吃掉。一人吃不了,邀你二姊也过河来吧。"

夭夭说:"那好极了,我来帮你忙吃掉它。待一会儿我就来。"

夭夭回转家里,想邀二姑娘一起过河,并告给她:"满满有鸡蛋大栗子,要人帮忙吃完它。"

二姑娘正在院坝中太阳下篦头,笑着说:"我有事情做,不能去。夭夭你想去,答应了满满,你就去吧。"帮二姑娘梳头大嫂子,也逗夭夭说:"夭夭,满满为人偏心,格外欢喜你。栗子鸡蛋大,鸭蛋大。回来时带点吃剩下的,放在衣兜里,让我们也尝尝吧。"

夭夭不说什么,返身就走。母亲从侧屋扛着个大棉纱籰子走出来。却叫住了她。"夭夭,带点橘子送满满吧。外人要,十挑八挑派人送去,还怕人家不领情。自己家里人倒忘记了。堂屋里有大半箩顶好的,你自己背去送满满。"

夭夭当真就用她那个细篾背笼捡了一背笼顶大的橘子,预备过河。河边本有自己家里一只小船,夭夭不坐它,反而走到下游一点金沙溪溪口边去。其时村子里正有个年青小伙子在装菜蔬上船,预备到镇上去出卖。夭夭说:"大哥,我要渡河到坳上去,你船开头时,我坐你船过河,好不好?你是不是到镇上去?"

一村子人都认识夭夭,年青汉子更乐于攀话献殷勤,小船上行又照例从对河溶口走,并不费事,当然就答应了这件小差事。夭夭又说:"大哥,我不忙,你把菜装满船,要开头时再顺便送我过河。我是到坳上去玩的。我一点不忙!"

夭夭放下了背笼,坐在一堆南瓜上,来悠悠闲闲的看河上景致。河边水杨柳叶子黄布龙东，已快脱光了，小小枝干红赤赤光溜溜的，十分好看。夭夭借刀削砍了一大把水杨柳细枝，预备编篮子和鸟笼。溪口流水比往日分外清，水底沙子全是细碎金屑，在阳光下灼灼放光。玛瑙石和蚌壳，在水中沙土上尤其好看。有几个村中小孩子，在水中搬鹅卵石砌堤坝堵水玩，夭夭见猎心喜，也脱了袜子下溪里去蹚水，和小孩子一样，从沙砾中挑选石子蚌壳。那卖菜的青年，曾经帮夭夭家哥哥弄船下过常德府，想和夭夭谈谈话，因此问夭夭："夭夭，你家三黑子多久回来？"夭夭说："一两天就要拢岸了。今天喜鹊叫，天气好，我猜他船一定歇铜湾溪。"

"你三哥能干，一年总是上上下下，忙个不停。你爹福气好！"

"什么好福气？雨水太阳到头上，村子里大家不是一样！"

"你爹儿女满堂，又好又得力，和别人家不一样！"

夭夭明白面前一个人话中不仅仅是称羡爹爹，还着实在恭维她。可是话不会说，所以说得那么素朴老实。夭夭因此微微笑着，看那年青人搬菜，好像在表示："我明白你的意思，再说说看。"然而那汉子却似乎秘密已给夭夭看穿，有点害羞，不好意思再说什么，只顾作事去了。

菜蔬装够后，夭夭上了船，坐得端端正正，让那人渡她过河。船抵岸边时，夭夭说："大哥，真难为你！"从背笼里取出十个大橘子放置船头上，"大哥，吃橘子打口干吧。你到镇上去碰见我爹，就请告他一声，我在枫木坳上看船。"说完时，用手和膝部为把船头用力一送，推离了岸边，自己便健步如猿，直向枫木坳祠堂走去。

将近坳上时，只见老水手正躬着腰，用个长竹条帚打扫祠堂前面的落叶。夭夭人未到身边声音先到："满满，满满，我来了！"

老水手带笑说："夭夭，你平日是个小猴儿精，手脚溜快，今天怎么好像八仙漂海，过了半天的渡，还不济事，神通到那里去了？"

"我在溪口捡宝贝，满满，你看看，多少好东西！"她把围裙口袋里水湿未干的石子蚌壳全掏出来，塞到老水手掌心里，"全都把你！"

"嗨，把我！我又不是神仙，拿这个当饭吃？好礼物。"

夭夭自然也觉得好笑。"满满，这枫木叶子好，你帮我做顶大帽子，把这些石子儿嵌上去。福音堂洋人和委员见到，一定也称赞。"她指了指背笼里的橘子，"这是娘要我带来送你的。"

老水手说："唉呀，那么多，我吃得了？姐姐呢？怎不邀她来玩玩。"

夭夭还是笑着："姐姐说，满满栗子多，当真要人帮忙才吃得完，怎不送我们一口袋，让我们背回家慢慢的嚼。"

老水手也笑将起来："那好的，那好的。你有背笼，回家时就背一口袋去，请大家帮忙。你们不帮忙，搁到祠堂里，就只有请松鼠帮忙了。"

"满满，是不是松鼠帮不了你的忙，你才要我们帮忙？"

"那里，那里，我是好心好意给你留下的。若不为你，早给过路人吃光了。你知道，成天有上百两只脚的大耗子翻过这山坳，大方肯把他们吃，什么不吃个精光，生毛的除了蓑衣，有脚的除了板凳，他们都想吃！都能吃！"

两人一面说笑一面向祠堂走去。到了里边侧屋，老水手把背笼接过手，将橘子倒进一个大簸箕里："夭夭，这橘子真大，我要用松毛盖好留下，托你大哥带到武昌黄鹤楼下头去卖，换一件西口大毛皮统子回来。这里橘子不值钱，下面值钱。你家园里的橘子树，如果生在鹦鹉洲，会发万千洋财，一家人都不用担心，住在租界上大洋楼里，冬暖夏凉，天不愁地不怕过太平日子，那里还会受什么连长排长欺压。"

夭夭说："那有什么意思？我要在乡下住。"

老水手说："你舍不得什么？"

"我舍不得橘子树。"

"我才说把橘子树搬过鹦鹉洲！"

"那么，我们的牛，我们的羊？我们的鸡和鸭子？我知道，它们都不愿意去那个生地方。路又不熟习，还听人说长年水是黄浑浑的，不见底，不见边，好宽一道河！满满，你说，鱼在浑水里怎么看得见路，不是乱撞？地方不熟习我就有点怕。"

"怕什么？一到那里自然会熟习的。当真到那里去，就不用养牛养猪了。"

"我赌咒也不去。我不高兴去。"

"你不去那可不成！说好了大家去，连家中小花子狗也得去，你一个人不能住下来的。"

两人把话说来，竟俨然像是一切已安排就绪，只差等待上船神气。争持得极其可笑。到后两人察觉园里那一片橘子树，纵有天大本领也绝无办法搬过鹦鹉洲时，方各在微笑中叹了一口气，结束了这种充满孩子气的讨论。

老水手为把一大棕衣口袋栗子，从廊子前横梁上叉下来，放到夭夭背笼中去。夭夭一时不回家，祠堂里房子阴沉沉的，觉得很冷，两人就到屋外边去晒太阳。夭夭抢了个条帚，来扫除大坪子里五色斑斓的枫木叶子。半个月以来，树叶子已落掉了一半，只要一点点微风，总有些离枝的木叶，同红紫雀儿一般，在高空里翻飞。太阳光温和中微带寒意，景物越发清疏而爽朗，一切光景静美到不可形容。夭夭一面打扫祠堂前木叶，一面抬头望半空中飘落的木叶，用手去承接捕捉。老水手坐在石条上打火镰吸旱烟，耳朵里听得远村里锣鼓声响。

"夭夭，你听，什么地方打锣打鼓。过年还愿早咧。镇上人说：萝卜溪要唱愿戏，一共七天，派人下浦市赶戏班子，要那伙行头齐全角色齐全顶好的班子，你爹是首事人。若让我点戏，正戏一定点《薛仁贵考武状元》，杂戏点《王婆骂鸡》。浦市人迎祥戏班子，好角色都上了洪江，剩下的两个角色，一个薛仁贵，天生的；一个王婆，也是天生的！"

夭夭说："桃子李子，红的绿的，螺蛳蚌壳，扁的圆的；谁不是天生的？我不欢喜看戏。坐高抬凳看戏，真是受罪。满满，你那天说到三角洲去捉鹌鹑，若有撒手网，我们今天去，你说好不好？我想今天去玩玩。"

老水手把头摇了摇，手指点河下游那个荒洲："夭夭今天不去，过几天再去好。你看，对河整天有人烧山，好一片火！已经烧过六天了。烧来烧去，芭茅草里的鹌鹑，都下了河；搬到洲上住家来了。我们过些日子去罱它不迟。到了洲上的鹌鹑，再飞无处飞，不会向别处飞去的。"

"为什么它不飞?"

老水手便取笑夭夭,说出个希奇理由:"为的是和你一样,见这里什么都好,是个洞天福地,再也舍不得离开。"

夭夭说:"既舍不得离开,我们捉它做什么?这小东西一身不过四两重,还不如一个鸡膊腿。不捉它,让它玩玩,从这一蓬草里飞到那一蓬草里,倒有意思。"

"说真话,这小东西可不会像你那么玩!河洲上野食多,水又方便,十来天就胀得一身肥脂脂的,小翅膀儿举不起自己身子。发了福,同个伟人官官一样,自然就只好在河洲上养老了。"

"十冬腊月它到那儿去?"

老水手故意装作严重神气,来回答这个问题:"到那里去了,十冬腊月就躲在风雪不及草窝里,暖暖和和过一个年。过了年,到了时候,跳下水里去变蛤蟆,三月清明落春雨,在水塘里洗浴玩,呱呱呱整天整夜叫,吵得你睡不着觉!"

夭夭看着老水手,神气虽认真语气可不大认真。"人人都那么说,我可不相信。蛤蟆是鹌鹑变的,科斗鱼有什么用?"

"唉,世界上有多少东西,都是无用的。譬如说,你问那些东西,为什么活下来?它照规矩是不理会你的。它就这么活下来了!这事信不信由你。我往年有一次捉到一只癞蛤蟆,还有个鹌鹑尾巴未变掉,我一拉那个尾巴,就把它捉住了。它早知道这样,一定先把尾巴咬掉了。九尾狐狸精被人认识,不也正是那条尾巴?变不去,无意中被人看见,原形就出现。"

老水手说的全是笑话,那瞒得了夭夭。夭夭一面笑一面说:"满满,我听人说县里河务局要请你做局长,因为你会认水道,信口开合(河)!"

老水手舞着个烟杆说:"好,委任状一来,我就走马上任。民国以来,有的官从局长改督办,有的官从督办改局长,有人说,这就是革命!夭夭你说这可像革命?"

枫木叶子扫了一大堆时,夭夭放下了条帚,专心一志去挑选大红和

332

明黄色两种叶子，预备请老水手编斗笠。老水手却用那一把水杨柳枝，先为夭夭编成一个篮子，一个鸟笼。这件事做得那么精巧而敏捷，等到夭夭把木叶子拣好时，小篮子业已完成，小鸟笼也快编好了。

夭夭一见就笑了起来："满满，你好本事！黄鹤楼一共十八层，你一定到过那里搬砖抬木头。"夭夭援引传说，意思是说老水手过去必跟鲁班做过徒弟。这是本地方夸奖有手艺一句玩笑话。

老水手回答说："黄鹤楼十八层，什么人亲眼看见？我有一年做木排上桡手，排到鹦鹉洲后，手脚空了，就上黄鹤楼去。到了那里，不见楼，不见吕洞宾，却在那个火烧过的空坪子里被一个看相的拉住我袖子，不肯放手。我以为欠了他钱，他却说和我有缘。他名叫'赛洞宾'。说我人好心好，遇好人，一辈子不愁吃不愁穿。到过了五十六岁，还会做大事情。我问他大事情是带兵的督抚，还是出门有人喝道的知县？那看相的把个头冬冬鼓一般只是摇，说，都不是，都不是。并说，你送我二两银子，我仔细为你推算，保你到时灵验，不灵验你来撕我这块招牌。我看看那招牌，原是一片雨淋日晒走了色的破布，三十年后知道变成什么样子。只送了他三个响榧子。那时我二十五岁，如今整三十年了，这个神仙大腿骨一定可当打鼓棒。说我一辈子遇好人，倒不差多少。说我要做大事，夭夭你想想看，有什么大事等我老了来做？怕不是两脚一伸，那个'当大事'吧。"

夭夭说："人人都说黄鹤楼上看翻船。没有楼，站在江边有什么可看的。"

老水手说："好看的倒多咧。汉口水码头泊的火龙船，有四层楼，放号筒时比老水牛叫声还响，开动机器一天走八百里路，坐万千人，真好看！"

夭夭笑了起来："哈哈，我说黄鹤楼，你有四层楼。我说看翻船，你有火龙船。满满，我且问你，火龙船会不会翻？一共有几条龙？"

乡下习惯称轮船为龙船，老水手被封住了嘴，一时间回答不来，也不免好笑。因为他想起本地的"旱龙船"，条案大小一个木架子，敬奉有红黑人头的傩公傩母，一个人扛起来三山五岳游去，上面还悬系百十

333

个命大孩子的记名符，照传说拜寄傩公傩母做干儿子，方能长命富贵。这旱龙船才真是一条龙！

其时由下水来了三个挑油篓子的年青人，到得坳上都放下了担子，坐下来歇憩。老水手守坳已多年，人来人往多，虽不认识这几个人，人可认识他。见老水手编制的玩意儿，都觉得十分灵巧。其中之一就说：

"老伙计，你这篮子做得真好，省里委员见到时，会有奖赏的！"

老水手常听人说"委员"，委员在他印象中可不大好。就像是个又多事又无知识的城里人，下乡来虽使得一般乡下人有些敬畏，事实上一切所作所为都十分可笑。坐了三丁拐轿子各处乡村里串去，搅得个鸡犬不宁，闹够了，想回省去时，就把人家母鸡腊肉带去做路菜。告乡下人说什么东西都有奖赏，金牌银牌，还不是一句空话！如今听年青油商说他编的篮子会有奖赏，就说：

"大哥，什么奖赏？省里委员到我们镇上来，只会捉肥母鸡吃，懂得什么天地玄黄，宇宙洪荒？"

另一个油商信口打哇哇说："怎么不奖赏？烂泥人送了个二十六斤大萝卜到委员处请赏，委员当场就赏了他饭碗大一面银牌，称来有十二两重，上面还刻得有字，和丹书铁券一般，一辈子不上粮，不派捐，不拉夫，改朝换代才取消！"

"你可亲眼看见过那块银牌？"

"有人看过摸过，字清清楚楚，分分明明。"

夭夭听到这种怪传说，不由得不咕喽咕喽笑将起来。

油商伙里中却有个人翻案说："那里有什么银牌？我只听说烂泥乡约邀人出份子，一同贺喜那个去请赏的，一人五百钱，酒已喝过了，才知道奖牌要由县长请专员，专员请委员，委员请主席，主席请督办——一路请报上去，再一路批驳公文下来，比派人上云南省买金丝猴还慢得多！"

原先那个油商，当生人面前输心不输口："那会有这种事，我不信？有人亲眼看过那块大银牌，和召岳飞那块金字牌一个式样，是何绍基字体，笔画肥肥的。"

"你不信，倒相信那奖牌和戏上金字牌一样。奖牌如果当真发下来，烂泥人还要出份子搭牌坊唱三天大戏，你好看三天白戏。"

"你知道个什么，狗矢柑，腌大蒜，又酸又臭。"

那伙计喜说笑话，见油商发了急，索性逗他说：

"我还听人说戏班子也请定了，戏码也排好了，第一天正戏，《卖油郎独占花魁》，请你个不走运的卖油郎坐首席。你可预备包封赏号？莫到时丢面子，要花魁下台来问你！"

老水手插嘴说："一个萝卜能放多久？我问你。委员把它带进县里去，老早就切碎了它，焖牛肉吃了。你不信才真怪！"

几个人正用省里来的委员为题目，各就所见所闻和猜详到的种种作根据，胡乱说下去。夭夭从旁听来，只抿着个小嘴好笑。

坳前有马项下串铃声响，繁密而快乐，越响越近，推测得出正有人骑马上坳。当地歌谣中有"郎骑白马来"一首四句头歌，夭夭心中狐疑：

"什么人骑了马来？莫非是……"

本篇收入1945年文聚版《长河》单行本前，曾在1938年11月8日至11月18日香港《星岛日报·星座》副刊上连载。署名沈从文。篇名《枫木坳》为收入单行本时所拟。

巧而不巧

夭夭心中正纳闷，且似乎有点不吉预感。

坳下马项铃声响，越响越近，可以想象得出骑马上坳的人和那匹马，都年青而健康。

不一会，就见三个佩枪的保安队兵士上了坳，异口齐声的说：

"好个地方！"

都站在枫树下如有所等待。一会儿，骑马的长官就来了，看见几个兵士有要歇憩的样子，就说"不要停耽，尽管走"。瞥眼却见到了夭夭，一身蓝，葱绿布围裙上扣了朵三角形小小黄花，"喜鹊噪梅"，正坐在祠堂前石坎子上，整理枫树叶。眼珠子光亮清洁，神气比前些日子看来更活泼更美好。一张小脸黑黑的，黑得又娇又俏。队长便故意停下马来，牵马系在一株枫木树下，摸出大司令纸烟，向老水手接火。一面吸烟一面不住望夭夭。

夭夭见是上回买橘子和爹爹闹翻脸的军官，把头低下捡拾枫木叶，不作声，不理会，心下却打量，"走了好还是不动好？"主意拿不定。

队长记起在橘子园谈话情节，想撩她开口："你这叶子真好看！卖不卖？这是红叶！"

老水手认识保民官，明白这个保民官有点风流自赏，怕夭夭受窘，因此从旁答话："队长，你到那里去？是不是下辰溪县开会？你忙！"语气中有点应酬，有点奉承，可是却不卑屈。因为他自觉不犯王法，什么都不怕，队长在吕家坪有势力，可不能无故处罚一个正经老百姓。

队长眼睛依然盯住夭夭，随口回答老水手说："有事去！"

老水手说："队长，萝卜溪滕大爷送你十挑橘子，你见到了没有？"

队长说："橘子倒送去了，我还不曾道谢。你们这地方真是人杰地灵……这姑娘是萝卜溪的人吧？"说到这里，又装作忽然有所发现的神气，"嗨，我认识你！你是那大院子里的，我认识你。小姑娘，你不认识我吗？"

夭夭想起那天情形，还是不作声，只点点头，好像是说："我也认识你。"又好像说，"我记不起了。"共通给队长一个印象，是要理不理，一个女孩儿家照例的卖弄。

队长见人多眼睛多，不便放肆，因此搭搭汕汕向几个挑油担的乡下人，问了一些闲话。几个商人对于这个当地要人，不免见得畏畏缩缩，不知如何是好。到后看队长转了方向，把话向老水手谈叙，就挑起担子，轻脚轻手赶路去了。队长待他们走下坳后，就向老水手夸赞夭夭，以为真像朵牡丹花，生长在乡下，受委屈。又说了些这一类不文不武不城不乡的话语。夭夭虽低着头用枫木叶子编帽子，一句一句话都听得清清楚楚。只觉得这个人很讨厌，不是规矩人。但又走不开，仿佛不能不听下去。心中发慌，脸上发烧。

老水手人老成精，一眼就看明白了。可是还只以为这"要人"过路，偶然在这里和夭夭碰头，有点留情，下马来开开心，一会儿便要赶路去的。因此明知夭夭在这种情形下，不免受点窘，却不给她想法解围。夭夭呢，虽讨厌这个人，可并不十分讨厌人家对于她的赞美。说的话虽全不是乡下人耳朵熟习的，可是还有趣受用。

队长因有机会可乘，不免多说了几句白话。听的虽不觉得如何动心刺耳，说的却已为自己带做作性话语所催眠，好像是情真意挚，对于这个乡下女孩子已发生了"爱情"。见到夭夭式样整齐的手脚，渐渐心中不大自在。故意看看时间，炫耀了一下手腕上那个白金表，似乎明白"天气还早不忙赶路"，即坐在石条凳上向老水手攀谈起来了。到后且唱了一个歌，唱的是"桃花江上美人多"，见老水手和夭夭都抿着嘴巴笑，好像在仔细欣赏，又好像不过是心不在乎，总之是隔了一层。这保民官居然有点害羞，因此聊以解嘲的向老水手说：

"老舵把子，你到不到过益阳县？那个地方出好新妇娘，上了书，登过报。上海人还照过电影戏，百代公司机器戏就有王人美明星唱歌！

比起你们湘西桃源县女人，白蒙蒙松沓沓像个粉冬瓜，好看得多了。比麻阳县大脚婆娘，一个抵三个，又美又能干！"

老水手不作声，因为说的话他只有一半明白，所明白那一半，使他想起自己生活上摔的跟头，有一小部分就是益阳县小婊子作成的。夭夭是个姑娘家，近在身边，不好当着夭夭面前说什么，所以依然只是笑笑。笑中对于这个保民官便失去了应有尊敬。神气之间就把面前一个看成个小毛伙，装模作样，活灵活现，其实一点不中用，只知道要几个钱。找了钱，不是吃赌花尽，就是让老婊子和小婊子作成的圈套骗去。凡是找了造孽钱的，将来不报应到自己头上，也会报应到儿女头上。

夭夭呢，只觉得面前一个唱的说的都不大高明，有点傻相，所以也从旁笑着。意思恰恰像是事不干己，乐得看水鸭子打架。本乡人都怕这个保民官，她却不大怕他。人纵威风，老百姓不犯王法，管不着，没理由惧怕。

队长误会了两人的笑意，还以为话有了边，冬瓜葫芦一片藤，总牵得上篱笆。因此又向老水手说了些长沙女学生的故事，话好像是对老水手说，用意倒在调戏夭夭，点到夭夭小心子上，引起她对于都市的歆羡憧憬，和对于个人的崇拜。

末后话说忘了形，便问夭夭，将来要不要下省里去"文明结婚自由结婚"？夭夭觉得话不习惯听，只当作不曾听到，走向滨河一株老枫木树下去了。

恰好远处有些船只上滩，一群拉船人打呼号巴船上行，快要到了坳下。夭夭走过去一点，便看见了一个船桅上的特别标志，眼睛尖利，一瞥即认识得出那是萝卜溪宋家人的船。这只船平时和自己家里船常在一处装货物，估想哥哥弄的船也一定到了滩脚，因此异常兴奋，直向坳下奔去。走不多远，迎面即同一肩上挂个纤板的船夫碰了头，事情巧不过，来的正是她家三哥！原来哥哥的船尚在三里外，只是急于回家，因此先跟随宋家船上滩。照规矩船上人歇不得手，搭便船也必遇事帮忙，为宋家船拉第二纤。纤路在河西，萝卜溪在河南，船上了三里牌滩，打量上坳歇歇憩，看看老水手再过河。不意上坳时却最先碰到了夭夭。

夭夭看着哥哥晒得焦黑的肩背手臂，又爱又怜。

"三哥，你看你，晒得真像一个乌牛精！我们算得你船今天会拢岸，一看到宋鸭保那个船桅子，我就准知道要见你！早上屋后喜鹊叫了大半天！"

三黑子一面扯衣襟抹汗水，一面对夭夭笑，同样是又爱又怜。"夭夭，你好个诸葛亮神机妙算，算到我会回来！我不搭宋家人的船，还不会到的！"

"当真的！我算得定你会来！"

"唉，女诸葛，怎不当真？我问你，爸爸呢？"

"镇上看干爹去了。"

"娘呢？"

"做了三次观音斋，纺完了五斤棉花，在家里晒葛粉。"

"嫂嫂呢？"

"大嫂三嫂都好，前不久下橘子忙呀忙。"

"满满呢？"

"他正在坳上等你，有拳头大干栗子请你吃。"

"你好不好？"

"……"夭夭不说了，只咬着小嘴唇露出一排白牙齿，对哥哥笑。神气却像要说"你猜看"。

于是两兄妹上了坳，老水手一见到，喔喔嗨嗨的叫唤起来，一把揪住了三黑子肩上的纤板，捏拳头打了两下那个年青人的胸脯，眼睛眯得小小的：

"说曹操，就是曹操。三老虎，你这个人，好厉害呀！不到四十天，又是一个回转。我还以为你这一次到辰州府，一准会被人捉住，直到过年还不放你走路的！"

那年青船夫只是笑，笑着分辩说："那个捉我这样老实人？我又不犯王法。满满，你以为谁会捉我？除了福音堂洋人看见我乌趋抹黑，待捉我去熬膏药，你说谁？"

"谁？你当我不知道？中南门尤家巷小婊子，成天在中南门码头边看船，就单单捉拿像你这样老实人。我不知道？满满什么事都知道。我还知道她名字叫荷花，今年十九岁，属鼠，五月二十四生日，脸白生生的，细眉细眼，荷包嘴……年青人的玩意儿，我闭上眼睛也猜得出！"

"满满，他们那会要我的？洪江码头上坐庄的，放木牌的，才会看得上眼。我是个空老官！"

老水手装作相信不过神气："空老官，我又不是跟你开借，装穷做什么？荷包空，心子实在，就成了。她们还要送你花荷包，装满了香瓜子，都是夜里在床上嗑好了的。瓜子中下了闹药，吃了还怕你不迷心？我敢同你打个赌，输什么都行……"老水手拍了个巴掌，一面轻声咬住三黑子耳朵说，"你不吃小婊子洗脚水，那才是怪事！"

三黑子笑着分辩说："满满，你真是老不正经，总说这些事。你年青时一定吃过，才知道有这种事情。这是二十年前老规矩，现在下面可不同了。现在是……"

两个人说的自然都是笑话。神情亲密处，俨然见外了身旁那个保民官。队长有点不舒服，因此拿出作官的身份来，引起新上坳的水手对他应有的尊敬。队长把马鞭子敲着地面，挑拨脚前树叶子，眼光凝在三黑子脸上："划船的，我问你，今天上来多少船？你们一帮船昨天湾泊什么地方？"

直到此时那哥哥方注意及队长，赶忙照水上人见大官礼数，恭敬诚实回答这个询问。夭夭有点不惬意，就说：

"三哥，三哥，到满满祠堂里去吧，有饭碗大的橘子，拳头大的栗子，等你帮忙！"

队长从神气之间，即已看出水手是夭夭的亲戚，且看出夭夭因为哥哥来到了身边，已不再把官长放在眼里心上，不仅先前一时所说所唱见得毫无意义，即自己一表人材加上身份和金表，也完全失去了意义。感觉到这种轻视或忽视，有一星一米还是上次买橘子留下的强梁霸道印象所起反感，因此不免有点恼羞成怒。还正想等待两人出来，在划船的身上，找点小岔子，显显威风，做点颜色给夭夭看。事不凑巧，河边恰好走来七八个一身晒得乌黑精强力壮的青年水手，都上了坳，来到祠堂前歇憩，有几个且向祠堂走去，神气之间都如和老水手是一家人。队长知道这一伙儿全是守祠堂的熟人，便变更了计划，牵马骑上，打了那菊花青骟马两鞭子，身子一颠一颠的跑下坳去了。

老水手在祠堂中正和三黑子说笑，见来了许多小伙子，赶忙去张罗凉水，提了大桶凉水到枫木树下，一面向大家问长问短。船夫都坐在枫木下石条凳上和祠堂前青石阶砌上打火镰吸烟，谈下河新闻。这些人长年光身在河水里，十冬腊月也不以为异，却对于城里女学生穿衣服无袖子，长袍子里边好像不穿裤子，认为奇迹，当成笑话来讨论，谈笑中自不免得到一点错综快乐。到夭夭兄妹从祠堂里走出来时，转移话题，谈起常德府的"新生活"。一个扁脸水手说：

"上回我从辰州下桃源，弄滕五先生的船，船上有个美国福音堂洋人对我说：日本人要拿你们地方，把地下煤炭铁矿朱砂水银一起挖去。南京负责的大官不肯答应。两面派人办交涉，交涉办不好，日本会派兵来，你们中国明年一定要和他们打仗。打起仗来大家当兵去，中国有万千兵打日本鬼子，只要你们能齐心，日本鬼子会吃败仗的。他们人少，你们人多，打下去上算，吃点苦，到后来扳本！洋人说的是道理，要打鬼子大家去！"

"鬼子要煤炭有什么用？我们辰溪县出煤，用船运到辰州府，三毛钱一百斤还卖不掉。烧起来油烟子呛心闷人，怪不好受。煮饭也不香。火苗绿阴阴的，像个鬼火。煤炭有什么用？我不信！"

"他们机器要烧煤才会动！"

一个憨憨的小水手插嘴说："打起仗来，我们都去当兵，那来多少枪？"

原来那个扁脸水手，漂过洞庭湖，到过武汉，就说："汉阳兵工厂有十多里路宽，有上千个大机器，造枪造炮，还会造机关枪！高射炮！"

另外一个又说，"怎么没有枪？辰溪县那个新办兵工厂，就会造机关枪，叭打叭打一发就是两百响子弹。我明天当兵去打仗，一定要抬机关枪。对准鬼子光头，打个落花流水！"

"大家都当兵，当保安队？当了保安队，派谁出饷出伙食？"

"那自然有办法，军需官会想办法！"

"有什么办法？还不是就地……忙坏了商会会长！"

"那里，中央政府总会有办法的！有学问有良心的官长，就不会苛刻乡下人。官长好，弟兄自然就也好，不敢胡来乱为的。"

"我们驻洪江就好，要什么有什么。下河街花姑娘是扬州来的，脸白白的，喉咙窄窄的，唱起好戏来，把你三魂七魄都唱上天！吹打弹唱，样样在行，另外还会说京话，骂人'炖蛋'，可不敢得罪同志。"

大家说着笑着，都觉得若做了保安队，生活一定比当前好得多。一切天真的愿望，都反映另外一种现实，即一个乡下人对于"保安队"的印象，如何不可解。总似乎又威风，又有点讨人嫌，可是职务若派到自己头上时，也一定可以做许多非法事情，使平常百姓奈何不得，实在不是坏差事！

"我们这里保安队队长——刚骑马走去那一位，前几天还正恃势霸蛮要长顺大爷卖一船橘子，说要带下省城去送礼，什么主席军长都有交情，一人送几挑。不肯卖，就派弟兄下萝卜溪把他家橘子园里的橘子树全给砍了，破坏了吕家坪风水。幸亏会长打圆全解围，说好做歹，要夭夭家爹爹送十挑橘子了事。你们明天都做了保安队，可是都想倚势压人？云南省出金子，别向人说，要个大金饭碗，装个金蛤蟆，送枫木坳看祠堂的大叔，因为和大叔有交情！纵有只金蛤蟆我也无用处，倒是顺便托人带个乌铜嵌银烟嘴子，一个细篾斗笠，三月间我好戴了斗笠下河边钓杨条鱼，一面吸烟一面看鱼上钩！"

一个水手拍拍胸脯说："好，这算我的事。我当真做了保安队长，一定派个人上云南去办来。"

"可是要记好，不许倚势压人，欺老百姓。要现钱买现货，公平交易，不派官价我才要！"

大家都觉得好笑，一齐笑将起来。至于当地要人强买橘子，滕长顺如何吃闷菜，话说不出，请商会会长说好话，送了十挑橘子方能了事，正和另外一回因逃兵拐枪潜逃，逼地方缴赔枪款，事情相差不多，由本地人说来，实并不出奇，不过近于俗话说的"一堆田螺中间多加几个田螺"罢了，所以大家反而轻轻的就放过去了。就中只三黑子听到这件新闻，因为关乎他的家中的利益和面子，有点气愤不过，想明白经过情形。

三黑子向夭夭说："夭夭，这里没有什么事，我们过河回家去吧。等等船来了，我还得赶到镇上去办交代。我船上装的是大吉昌货物，海带鱿鱼一大堆，我要去和他们号上管事算账。"

夭夭说："好，我们就走。满满，我们要回去了。"

老水手为把那装满栗子的细篾背笼，和枫木叶编成的篮子鸟笼，一齐交给了夭夭。夭夭接过手来时，笑着说："满满，哎哟，我今天真发了洋财！"三黑子见背笼分量相当重，便交手拎起来试了一试，"我看看有多重"，把背笼一提，不顾夭夭，先自走了。夭夭跟在哥哥身后赶去，一面走一面向三黑子辩理："不成的，不成的，青天白日，清平世界，可不能打抢人的。"话中本意倒是"三哥，三哥，你太累了，不用你拿，我自己背回去好"！可是三黑子已大踏步走下了枫木坳，剩个背影在枫木树后消失了。夭夭只好拿着那个枫木叶子编成的玩意儿，跟着走去。老水手在后面连声叫唤：

"夭夭，夭夭，过两天带你花子狗来，我们到三里牌河洲上捉鹌鹑去！"

夭夭停到一个大石头边回答说："好的，好的，满满。过三天我们一定去！今天你过河到我家里吃夜饭去吧。我忘记告你，三黑子今天生日，一定要杀鸡！杀那只七斤半重的肥母鸡。你等等就来！我留鸡肫肝给你下酒！"

老水手说："道谢你，夭夭。我等一会儿还要到镇上去，看三黑子的船，吃他从常德府带来的冰糖红枣！杀了鸡，留个翅膀明天我来吃，吃不了你还是帮我个忙吃掉就是！"

夭夭说："满满，你还是来吃饭好！先到镇上看船，和三黑子一起回来。夜里我撑船送你过河。你千万要来！"

本篇收入1945年文聚版《长河》单行本前，曾在1938年11月18日至11月19日香港《星岛日报·星座》副刊连载，连载序号66—67。署名沈从文。本篇未连载完，此后也未见该报再续载过。篇名《巧而不巧》为收入单行本时所拟。

社　戏

萝卜溪邀约的浦市戏班子，赶到了吕家坪，是九月二十二。一行十四个人，八个笨大衣箱，坐了只辰溪县装石灰的空船，到地时，便把船靠泊在码头边。唱大花面的掌班，依照老规矩，携带了个八寸大的朱红拜帖，来拜会本村首事滕长顺，接洽一切。商量看是在什么地方搭台，那一天起始开锣，等待吩咐就好动手。

半月来省里向上调兵开拔的事情，已传遍了吕家坪。不过商会会长却拿定了主意：照原来计划装了五船货物向下游放去。长顺因为儿子三黑子的船已到地卸货，听会长亲家出主意，也预备装一船橘子下常德府。且因浦市方面办货的人未到，本地空船多，听说下河橘子起价钱，还打量另雇一只三舱船，同时装橘子下行。为摘橘子下树，几天来真忙得一家人手脚不停。住对河祠堂里的老水手，每天都必过河来帮忙，参加工作，一面说一面笑，增加了每个人不少兴趣。摘下树的橘子，都大堆大堆搁在河坝边，用晒谷簟盖上，等待下船落舱。两只空船停泊在河边，篷已推开，船头搭一个跳板，随时有人把黄澄澄的橘子挑上船，倒进舱里去。戏班子乘坐那只大空船，就停靠在橘子园边不多远。

两个唱丑角的浦市人，扳着船篷和三黑子说笑话，以为古来仙人坐在斗大橘子中下棋，如今仙人坐在碗口大橘子堆上吸烟，世界既变了，什么都得变。可是三黑子却想起保安队队长向家中讹诈事情，因此一面听下去，一面只向那个做丑角的戏子苦笑。

三黑子说："人人都说橘子树是摇钱树，不出本钱，从地上长起来，十冬腊月上树摇，就可摇出钱来。那知道摇下来的东西，衣兜兜不住，倒入了别人的皮包里去了。人无横财不富，马无夜草不肥，这些人发了横财，有什么用，买三炮台烟吸，好了英美烟公司！"

一个丑角说："哥，你还不知道我们浦市，地方出胖猪肥人，几年来油水都刮光了，刮到什么地方去？天晓得。信口打哇哇，说句话吧，好，光天化日之下，治你个诬告父母官的罪，先把你这刁顽在脚踝骨上打一百个洛阳棒再说。再不然，枪毙你个反动分子！都说天有眼睛，什么眼睛，张三李四脚上长的鸡眼睛。"

"葫芦黄瓜一样长，有什么好说。"

"沙脑壳，沙脑壳，我总有天要用斧头砍一两个！"

另外一个丑角插嘴说："斫你个癞鼋头！"

长顺因演戏事约集本村人在伏波宫开会，商量看这戏演不演出。时局既不大好，集众唱戏是不是影响治安？这事既是大家有分，所以要大家商量决定。末了依照多数主张，班子既然接来了，酬神戏还是在伏波宫前空坪中举行。凡事依照往年成例，出公份子演戏六天，定二十五开锣。

戏既决定演出，所以那船上八个大衣箱和一些行头家私，当天就由十多个年青乡下人告奋勇，吆吆喝喝扛上了岸，搁到伏波宫去。起衣箱时还照规矩烧了些香纸，放一封五百响小鞭炮。衣箱上岸后，当天即传遍了萝卜溪，知道两三天后就有戏看了。发起演戏的本村首事人，推出了几个负责人来分头办事，或指挥搭台，或采办杂项物事。并由本村出名，具全红帖子请了吕家坪的商会会长，和其他庄口上的有名人物，并保安队队长，排长，师爷，税局主任，督察，等等，到时前来看戏。还每天特别备办两桌四盘四碗酒席，款待这些人物。又另外请队长派一班保安队士兵，来维持场上秩序，每天折缴二十块茶钱。事实上弟兄们可不在乎这个钱，小地痞在场上摆了十张桌子，按规矩每张桌子缴纳五元，每天有额外收入五十元。赌桌上既抽了税，因此不再有叫朋友和部队中伙夫押白注，在桌边胡闹欺侮乡下人。即发生小小纠纷，也可立刻解决。

到开锣那天，本村子里和附近村子里的人，都换了浆洗过的新衣服，荷包中板带中装满零用钱，赶到萝卜溪伏波宫看大戏，一面看戏一面就掏钱买各种零食吃。因为一有戏，照习惯吕家坪镇上卖大面的，卖豆糕米粉的，油炸饼和其他干湿甜酸熟食冷食的，焖狗肉和牛杂碎的，无不挑了锅罐家私来在庙前庙后搭棚子，竞争招揽买卖。妇女们且多戴上满头新洗过的首饰，或镀金首饰，发蓝点翠首饰，扛一条高脚长板凳，成群结伴远远的跑来看戏，必到入晚最后一幕杂戏看完，把荷包中零用钱花完，方又扛起那条凳子回家。有的来时还带了饭箩和针线，有的又带了香烛纸张顺便敬神还愿。小孩子和老妇人，尤其把这几天当成一个大节日，穿上新衣赶来赴会。平时单纯沉静的萝卜溪，于是忽然显得空前活泼热闹起来。

长顺一家正忙着把橘子下树上船，为的是款待远来看戏亲友，准备茶饭，因此更见得热闹而忙乱。家中每天必为镇上和其他村子里来的客人，办一顿过午面饭。又另外烧了几缸热茶，供给普通乡下人。唱戏事既是一乡中公众庄严集会，包含了虔诚与快乐，因此长顺自己且换了件大船主穿的大袖短摆蓝宁绸长衫，罩一件玄青羽绫马褂，舞着那个挂有镶银老虎爪的紫竹马鞭长烟杆，到处走动拜客。见远来客人必邀约过家中便饭或喝茶。家中在戏台前选定地方，另外摆上几张高台凳，一家大小每天都轮流去看戏，也和别的人一样，从绣花荷包中掏零用钱买东西吃。

第一天开锣时，由长顺和其他三个上年纪的首事人，在伏波爷爷神像前磕头焚香，杀了一只白羊，一只雄鸡，烧了个申神黄表，把黄表焚化后，由戏子扮的王灵官，把那只活生公鸡头一口咬下，把带血鸡毛粘在台前台后，台上方放炮仗打闹台锣鼓。戏未开场空坪中即已填满了观众，吕家坪的官商要人，都已就坐，座位前条桌上还放了盖碗茶，和嘉湖细点黑白瓜子。会长且自己带了整听的炮台烟，当众来把盖子旋开，敬奉同座贵客。开锣后即照例"打加官"，由一个套白面具判官，舞着个肮脏的红缎披巾，台上打小锣的检场人叫一声，"某大老爷禄位高升！"那判官即将披巾展开，露出字面。被尊敬颂祝的，即照例赏个红包封，有的把包封派人送去，有的表示豪爽，便把那个赏金用力直向台上掼去，惹得在场群众喝彩。且随即就由戏班中掌班用红纸写明官衔姓名钱数，贴到戏台边，用意在对于这种当地要人示敬和致谢，一面向班中表示大公无私。当天第一个叫保安队队长。第一出戏象征吉祥性质，对神示敬，对人颂祷。第二出戏与劝忠敬孝有关。到中午休息，匀出时间大吃大喝。休息时间一些戏子头上都罩着发网子，脸上颜料油腻也未去净，争到台边熟食棚子去喝酒，引起观众另外一种兴趣，包围了棚子看热闹。顽皮孩子且乘隙爬上戏台，争夺马鞭子玩，或到台后去看下装的旦角，说两句无伤大雅的笑话。多数观众都在消化食物，或就田坎边排泄已消化过的东西。妇女们把扣双凤桃梅大花鞋的两脚，搁在高台凳踏板上，口中嘘嘘的吃辣子羊肉面，或一面剥葵花子，一面并谈论做梦绩麻琐碎事情。下午开锣重唱，戏文转趋热闹活泼。

掌班的耳根还留下一片油渍和粉彩，穿着唱天官时的青鹅绒朝靴，换了件不长不短的干净衣服，带了个油腻腻的戏摺子，走到坐正常几位要人身边，谦虚而愉快的来请求赏脸，在排定戏目外额外点戏。点戏的花个一百八十，就可出点小风头，引起观众注意。

大家都客气谦让，不肯开口。经过一阵揶掇，队长和税局主任是远客，少不了各点一出，会长也被迫点一出；队长点《武松打虎》，因为武人点英雄，短而热闹，且合身分；会长却点《王大娘补缸》，戏是趣剧，用意在与民同乐。戏文经点定后，照例也在台柱边水牌上写明白，给看戏人知道。开锣后正角上场，又是包封赏号，这个包封，却照例早由萝卜溪办会的预备好，不用贵客另外破钞。客人一面看戏也一面看人，看戏台两旁的眉毛长眼睛光的年青女人。

最末一出杂戏多是短打，三个穿红裤子的小花脸，在台上不住翻跟斗，说浑话。

收锣时已天近黄昏，天上一片霞，照得人特别好看。自作风流的船家子，保安队兵士，都装作有意无心，各在渡船口岔路边逗留不前，等待看看那些穿花围裙扛板凳回家的年青妇女。一切人影子都在地平线上被斜阳拉得长长的，脸庞被夕照炙得红红的。到处是笑语嘈杂，为前一时戏文中的打趣处引起调谑和争论。过吕家坪去的渡头，尤其热闹，人多齐集在那里候船过渡，虽临时加了两只船，还不够用。方头平底大渡船，装满了从戏场回家的人，慢慢在平静河水中移动，两岸小山都成一片紫色，天上云影也逐渐在由黄而变红，由红而变紫，太空无云处但见一片深青，秋天来特有的澄清。在淡青色天末，一颗长庚星白金似的放着煜煜光亮，慢慢的向上升起。远山野烧，因逼近薄暮，背景既转成深蓝色，已由一片白烟变成点点红火……一切光景无不神奇而动人。可是，人人都融和在这种光景中，带点快乐和疲倦的心情，等待还家。无一个人能远离这个社会的快乐和疲倦，声音与颜色，来领会赞赏这耳目官觉所感受的新奇。

这一天，夭夭自然也到场参加了这种人神和悦的热闹，戴了全副银首饰，坐在高台凳上，看到许多人，也让许多人看到她。可是上午太沉闷，看不完两本，就走回橘子园工作去了。下午本想代替嫂嫂看厨房，预备待客菜饭，可不成功，依然随同家中人过伏波宫去，去到那个高台凳上坐定。台上演王三姐抛打绣球时，老觉得被官座上那个军官眼光盯着。那军官意思正像是在向她说："自古美人识英雄，你是中华民国王三姐！"感受这种眼光的压迫，觉得心中很不自在。又知道家里三哥在赶装橘子下船，一个人独在河边忙做事，想看看哥哥，因此趁空就回了家。回家后在厨房中张罗了一下，于是就到橘园尽头河坎边去看船，只见三黑子正坐在河边大橘子堆上歇憩，面对河水，像是想什么心事。

"哥哥，哥哥，你怎么不看戏，大家都在看戏，你何必忙？"

"戏有什么可看的，还不是红花脸杀进，黑花脸杀出，横蛮强霸的就占上风！"

三黑子正对汤汤流水，想起家里被那个有势力的人欺压讹诈故事，有点火气上心。夭夭像是看透了他的心事，因此说：

"横蛮强霸的占上风，天有眼睛，不会长久的！戏上总是一报还一报，躲闪不得！"

"一报还一报，躲闪不得！戏上这样说，真事情可不是这样。"

三黑子看看夭夭，不再说话，走到装浦市人戏班子来那条广舶子边上去。有个小妇人正在船后梢烧夜火煮饭，三黑子像哄夭夭似的，把不看戏的理由转到工作上来，微笑说："夭夭，我要赶快把橘子装满舱，好赶下常德府，常德府有的是好戏，不在会馆唱，有戏园子，日夜都开锣，夜间唱到三更天才收场。那地方不关城门，半夜里散了戏，我们打个火把出城上船，兵士见到时问也不问一声！"

夭夭说："常德府兵士难道不是保安队？"

三黑子说："怎么不是？大地方规矩得多，什么都有个'理'字，不像到我们乡下来的人，欺善怕恶……什么事都做得出。还总说湘西人全是土匪，欺压我们乡下人。下面兵士同学生一样，斯文老实得多，从不敢欺侮老百姓！……"

夭夭一瞥看到橘子园树丛边有个人影子晃荡，以为是保安队上的人，因此制止住了哥哥："你们莫乱说，'新生活'快来了，凡事都会慢慢的变，慢慢的转好的!"三黑子也听到树边响声，却看见是老水手，因此快乐的呼唤起来："满满，是你？我还以为是一个——"

老水手正向兄妹处走来，一面走一面笑："三黑子，你一定以为又是副爷来捉鸡，是不是？"且向夭夭说，"夭夭，夭夭，你不去看王三姐抛打绣球招亲，倒来河边守橘子，姑娘家么小气，咦，金子宝贝谁要你这橘子！"

夭夭知道老水手说的是笑话，因此也用笑话作答："满满，你怎么也来了？我看你又手坐在台下边那张凳子上，真像个赵玄坛财神样子，今天打加官时他们不叫你，我猜你一定生了气。你不生气我替你生气，难道叔叔这点面子都没有!"

老水手说："生什么气？这也生气，我早成个气包子，两脚一伸回老家了。你问我怎么也来这里，如果我问你，你一定会说，'我来陪你'，好个乖巧三姑娘。说真话我倒想不起你会在这里。我是来陪三哥的，他不久又要下常德府去，板凳还坐不热，就要赶路。三哥呀，三哥，你真是——"说时把大拇指翘起，"萝卜溪这一位。"

三黑子受了老水手恭维，觉得有点扭怩，不便说什么，只是干笑。

远远的听见伏波宫前锣鼓响声，三黑子说："菩萨保佑今年过一个太平年，不要出事情就好，夭夭，你看爹爹这场戏，忙得饭也不能吃，不知他许下有什么愿心！"

老水手莞尔而笑，把短旱烟斗剥啄着地面："你爹当然盼望出门的平安，一路吉星高照，在家的平安，不要眼痛牙痛。上树上山入水入土的平安，鸡呀狗呀牛呀羊呀不发瘟，田里的鱼不干死，园里的橘子树不冻死！"

天天说："我就从不指望这些事情。可是我也许愿看戏。"

三黑子就说："你欢喜看戏。"

天天故意争辩着："我并不想看戏！"

老水手装作默想了一会儿，于是忽然若有所悟似的："我猜得着，这是什么事。"

天天头偏着问："你试猜猜看，猜着什么事？"

老水手说："我猜你为六喜哥许了愿。他今年暑假不回来了，要发愤勤学，将来做洋博士，补萝卜溪的风水。你许的愿是……"

天天因为老水手说到这件事，照例像装作没有听到，却向河边船上走去。到船边时上了跳板，看见下面溪口还停了几只小船，有的是装橘子准备下行，有的又是三里牌滩头人家为看戏放来的，另外还有本村特意为对河枫木坳附近村子里人预备的一只小渡船，守船的正是上次送天天过河那个年青汉子。人住在对河三里牌滩下村子里的，因为路较远，来不及看完杂戏，就已离开了戏场，向溪头走趁船过渡；另外有坐自己船来的，恐怕天气晚不好漂滩，这时节也装满了人，装满了船上人的笑语，把船只缓缓向下游划去。这一切从天天所站立的河坎边看来，与吕家坪渡口所见相比，自然又另外是一番动人景象。

红紫色的远山野烧，被风吹动，燃得越加热烈起来。

老水手跟随天天身后到了河坎边，也上了那只橘子船："天天，天天，你看山上那个火，烧上十天了，还不止息，好像永远不会熄。"

天天依随老水手烟杆所指望去，笑着说："满满，你的烟管上的小火，不是烧了几十年还不息吗？日头烧红了那半个天，还不知烧过了千千万万年，好看的都应当长远存在。"

老水手俨然追问似的说："怎么，好看的应当长远存在，这事是归谁派定的？"

天天说："我派定的。——只可惜我这一双手，编个小篮子也不及你在行，还是让你来编排吧。天下归你管，一定公平得多！"

老水手有所感触，叹了一口气："却又来！夭夭，依我想，好看的总不会长久。好碗容易打破，好花容易冻死，——好人不会长寿，恶汉活千年，天下事难说！那一天当真由你来作主，那就好了，可是，夭夭你等着吧。总有一天有些事会要你来作主的。天下事难说的，我年青时那料到会守祠堂养老！我只打算在草军道绿营里当个管带，扛一杆单响猪槽枪，穿件双盘云大袖号褂，头上包缠一丈二尺青绉绸首巾，腰肩横斜围上一长串铅头子弹，去天津大沽口和直脚干绿眼睛洋人打仗立功名。像唱戏时那黑胡子说的名在青史，留芳百世。可是人有十算天有一算，革命一来，我的愿心全打破了。绿营管带当不成，水师营管带更加无分，只好在麻阳河里划只水上漂。漂来又漂去，船在青浪滩一翻身，三百个桐油篓子在急水里浮沉，这一下，就只好来看祠堂了。明天呢？凡事只有天知道，人不会知道的。你家三哥这时节只想装一船橘子下常德府，说不定将来会作省主席。你看他那个官样子！"老水手指着坐在橘子堆上看水面景致的三黑子说，"要是归我作主，我就会派他当主席。"两人为这句话都笑将起来。

三黑子不知船上两人说什么，笑什么，也走到河坎边来。"满满，不要回去，就住到我家里，我带得有金堂叶子烟，又黄又软和，吸来香喷喷的，比大炮台烟还好，你试试看！"

老水手挥舞着那个短烟杆："夭夭，你说说看，我还不曾派他当主席，他倒赏给我金堂烟叶来了。好福气！"

三黑子正想起队上小官仗势凌人处，不明白老水手说的是什么意思，也跟着笑。"我当了主席，一定要枪毙好多好多人！做官的不好，也得枪毙。"

夭夭笑着："三哥，得了，轮到你做村子里龙船会主席，还要三十年！"

老水手也笑着，眼看河上的水鸭子成排掠水向三里牌洲上飞，于是一面走一面说："回家吃饭去，水鸭子都回寨了。明天不看戏，我们到三里牌洲上捡野鸭蛋去，带上贵州云南省，告那些有钱的人说是仙鹅蛋，吃了补虚生血，长命百岁，他们还信以为真！世界上找了钱不会用钱的人很多，看相算命卖药卖字画骗个千八百不是罪过，只要脸皮厚就成！"

夭夭向三黑子说："三哥，你做了主席，可记着，河务局长要派归满满！"

本篇收入1945年文聚版《长河》单行本前，曾以《秋收和社戏》为篇名，发表于1942年5月1日《自由中国》论丛第2卷第1、2期合刊。署名从文。收入单行本时，篇名为《社戏》。

《长河》自注

秋（动中有静）

满家人发羊痫风，田里长了个大萝卜，也大惊小怪，送上衙门去讨好。　△意以为非发疯便不会如此。

保长派人打锣到处知会人　△此为一切事发生时通知人的方法。

笋壳色肥母鸡　△灰中黄如笋箨色。此种鸡特别肥，能生蛋。

那乡下人说："委员是个会法术的人……'你有千里镜吗?'我用险危(显微)镜。'我猜想一定就是电光镜，洋人发明的。"　△乡下人似通非通，反从此等问题上取笑城中人。

他是我舅娘的大老表。　△意即亲戚的亲戚。有无根传说意。

人都说江口天王菩萨有灵有验　△在麻阳县城下游四十里，吕家坪上游百里不到。

六子连，七子针，十三太保，什么都有。　△手枪名称。

把村子里母鸡吃个干净后　△通常是杀鸡待官长待客人。

"新生活"来了，吕家坪人拔脚走光了，我也不走。三头六臂能奈我何。　△指蓝脸魔王。意以为即或是魔王也不怕!

"你来吧，我偏不走。要我作伕子，挑伙食担子，我老骨头，做不了。要我引路，我守祠堂香火。"　△此自问自答语。

输送队，慰劳队，等等名色　△共产党过路时派平民男女做事的名称。

"……大嫂子好本事，压得再重一些也经得起。"　△双关话。

我说你本事好，经得起压，不怕重，不怕大。　△双关话。

我舌子好像差点就被一只发了疯的母狗咬掉过……你轻点咬!咬掉

353

可不是玩的！　　△双关话。

十月你不寄钱来，我完不了会，真是逼我上梁山。　　△借水浒语，意非抢人不可。

桃源县的三只角迷了他的心　　△桃源娼妓。

会写几个字，便自以为是"智多星"　　△以为是吴用军师。

其实只是装秀才　　△充斯文也。

满满　　△小叔叔通称。

二姑娘嫁妆有八铺八盖　　△八床盖被，八床垫被，为最丰盛的陪嫁物。有的还应送一百双鞋，名"百年偕老"。

夭夭，你一个夏天绩了多少麻？我看你一定有二十四匹细白麻布了。　　△按规矩新嫁娘表示能勤，多用自绩细麻织布作帐子。

夭夭长大了，一定是个观音。　　△美丽通称。

人老成精，我知道的事情多咧。　　△自嘲意。

大伙儿取乐，你唱歌，可值得？　　△言你一个人胡说乱扯。

你真是拗手扳臂，我不同你说了。　　△言故意扭着。

挂一条写有扁阔红黑大字体的长幡信，在秋阳微风中飘荡。△税局多用此种长幡标识。

橘子园主人和一个老水手

吕家坪离辰溪县约一百四十里　　△事实上只七十里。

有几所庙宇，敬奉的是火神，伏波元帅，以及骑虎的财神，外帮商人集会的天后宫，象征当地人民的希望和理想。　　△各地差不多，都是这几种神庙。

依赖盐乡为生的江西、宝庆小商人，且带了冰糖、青盐……以及其他百凡杂货，就地搭棚子做生意。　　△卖布的多江西人，卖纸的多宝庆人，卖烟的多福建人。

麻利　　△敏捷溜刷意思。

因为橘子庄口整齐　　△件数大小。

三舱四橹小鳅鱼头船　　△岳珂《金陀粹编》上即道及此船名。头方而微圆，像鳅鱼头形状。船身坚实，深舱高桅，在沅水称大船。

较大的一个，十七岁时就嫁给了桐木坪贩朱砂的田家作媳妇去了　　△桐木坪在黔湘边境，出朱砂，多田杨二姓。

在一家兄弟姊妹中年龄最小，所以名叫夭夭。　　△水擒杨幺，江湖上的小伙计称老幺，均最小的称呼。

正常的如粮赋，粮赋附加捐，保安附加捐……　　△删去甚多。

几只"水上漂"又从不失事　　△船只通称。

青浪滩　　△沅水最险滩水。

真正是一点老根子都完了。　　△老本钱。

烧个包谷棒　　△玉米。

记起过去一时镇上人和三黑子对水上警察印象的褒贬。因为事情不大近人情，话有点野，说不出口，说来恐犯忌讳，所以只是笑笑。△删去了一大段。

翁子洞　　△在桃源上游。

这些不要脸家伙到我们这里洋财也发够了　　△系非分之财形容词。

吊起骡子讲价钱　　△俗语。意以为到了手，逃不脱也。

该死的，发瘟的　　△骂为畜生也。

不赶快跑就活捉张三　　△用戏文上俗语。

大爷，等一会儿吧。　　△哥哥意思。

用鸡脚黄连封住我的口　　△鸡脚黄连味极苦。

天塌了有高长子顶，地陷了有大胖子填。　　△言一切大事都有人负责，不必担心。

铜湾溪　　△快到辰河与沅水会流处一个码头，去吕家坪甚远。

茅包　　△胡涂也。

齐梁桥洞　　△能容上万人的洞。

老舵把子　　△称老掌舵的，系尊敬称呼。

吕家坪的人事

在小码头作大老板太久，因之有一点隐逸味，有点泥土气息。
△因为事情不多。

会长把这个收据过目后，轻轻的叹了一口气："作孽！"便把收据还给了管事。　　△因为想起保安队的敲诈。

桃花油　△三月开榨的油名称。

好在橘子树多，总挤不干。　　△指官方敲诈借故要钱。

都有背脊骨　△有后台意。有人撑腰意。

比那一位皮带带强　△指队长。

牙齿不太长　△不太贪多意。

半串儿　△五千。

丁拐儿　△三千。

听他说××来的那一位，才真有手段！什么什么费，起码是半串儿，丁拐儿，谁知道他们放了多少枪，打中了猫头鹰，九头鸟？
△借名剿匪用子弹费。

"二方"　△二万故意说二方以见俏皮。

尤家巷　△沅陵妓女住处。

老总　△指蒋。

手气　△指玩牌气运。

当裤子　△言输到把裤子当去。

包票　△保证胜利的文件。

敲边鼓　△从旁说话也。

这畜生一出现，就搅得个庄稼人睡觉不安　　△本有挖苦意，隐而不显。

税局凡是用船装来运去的，上税时经常都有个一定规则，对于橘柚便全看办事人兴致，随便估价。　　△本地多不上税。

特货的售款，临时开借　△烟款与其他借故捐款。

周管事，你怎么就回来了？好个神行太保。　　△借小说上的戴宗称呼。

箱子岩　　△在沅水中部辰溪县下游。

算盘珠子怎么划的？　　△意思是怎么打算。

"拉屎抢头一节"　　△俚语，言一切事都应占先。

差不多去了个"抓老官"数目，才免带过。　　△五百元。

我们这里那一位，这一年来会不会找上五串了吧。　　△五千元故用说五串制钱。

会长微笑点点头："怕不是协叶合苏？"　　△切口语。

横石滩　　△在沅陵下数十里大滩。

末了自然还是那个玩意儿一来就了事。　　△指贿赂。

我们来到你这鬼地方受罪，为什么？不是为……！　　△这里被删扣甚多。

闷糊子　　△酒。

双台席面　　△吃花酒。

家中倒不用管，自有办法。天有眼睛，自然一报还一报。　　△此言家中女人又让人嫖。

纵上河要办，一定是大城里先办，乡下不用办。　　△指沅水上游。

以为夭夭在家里耳朵会红。　　△俗谓被人说及本人耳热。

"嗨，伢俐，个么朽，放大炮，伤脑筋！"　　△长沙话。

叫雀儿　　△意为善叫而无用之鸟。

所以商会会长照例便成了当地"小孟尝"　　△指好客如孟尝君。

吸鸦片烟在当地已不时髦　　△因为时髦的烟是三五字香烟、大司令、吉士。

公事上人　　△出差的军警政。

副爷　　△对于兵士的通称。

船还在潭湾，三四天后才到得了，大小一共六只。　　△事实距离只数十里，一天多点可到达。

大乌开　　△大海参。

买橘子

吃闷盆　　△上当通称。意谓如吃一盆冲菜，不受用又说不出口。

打圆成　　△撺串成就其事。

磨牙巴骨　　△说空话。

真是个在石板上一跌两节的人　　△此本指脆而实心的甘蔗，通借喻人不圆通的形容。

你倒拿羊起来了　　△装模作样。

你难道还到南京大理院去告他?　　△意即天高皇帝远，你奈何不得他。

三尾子　　△太监丑角，跟班丑角。

刺莓果　　△野蔷薇果子，可吃，可泡酒。味极浓香。

中了毒要灌粪清才会吐出来的! 说不得还派人来讨大便讲人情，多费事!　　△因为俗说中某家蛊毒，得向某家讨粪清汁作解毒剂。

那些野生的东西不要管它，不久就会死的!　　△双关语。

存心马扁儿　　△作骗子。

一有事总不免麻烦

到了上游二百五十里的麻阳县城里去　　△事实上只百三十里左右。

汉庄五舱子鳅鱼头船　　△汉口号上五舱大船，这些船因载重大，必水发方能下行。

我们水上漂和水中摆尾子一样，有水地方都要去　　△鱼俗称。

岩门石羊哨　　△辰河上游支流二码头，去凤凰只二十里。

那队长正同本部特务长清算一笔古怪账目　　△指贩烟土蚀本损失。

海菜席　　△席面主菜用海参，在乡下当为贵重一等席。

划干龙船的　　△乞丐中一种，负傩父傩母二神到处乞讨，到人家必敲小门唱神曲，有打发方走开。

土老老　　△乡巴老也。

就顺猫猫毛理了一理　　△附和下去，言如理猫毛。

队长是受过高等教育的革命军人，（说到这里时两人都笑笑，笑的意思却不大相同。）　　△会长有讽刺意，队长却以为是尊敬。

"大开刀"　　△橘子中最大一种，乡下通名"开刀"，或指可以切开吃。

抓老官好，不能再多！　　△纳贿五百元。

枫木坳

田兴恕　　△同治元年云贵总督。

八面山　　△在湘川边境，四面壁立，上有平田沃野，有水井，唯缺盐，常为土匪所据。

说的准账　　△说的话算话意思。

乌趋抹黑　　△一片黑的形容词。

园当上　　△园尽头处。

葛粉　　△用凤尾草根捣碎，沉淀出来，比藕粉粗些，然而浓些。可作粉皮及其他食物。即伯夷叔齐度日子所吃！

绩麻织布　　△乡村中妇女工作之余，所有绩麻织布成绩，多属私财。未嫁的属于妆奁，已嫁的属于儿女添补。

铜仁船　　△辰河尽头黔属船。

蒸的不够煮的够　　△以蒸谐真，故意说笑。

籆　　△绕棉纱用的八角形竹器。

溶口　　△行船总水道。

黄布龙东　　△黄色形容词。意即一片黄。

水杨柳　　△水杨柳叶黄干赤而细软。

铜湾溪　　△在辰河近沅水处，去吕家坪真正距离约六十里，一天

359

可达。

成天有上百两只脚的大耗子翻过这个山坳　△指过路人。

派人下浦市赶戏班子　△因为浦市系沅水一码头，离吕家坪真正距离约百里不及。地方出戏子，炮竹，肥人。

这个神仙大腿骨一定可当打鼓棒了。　△言早已死去多日。

有什么大事等我老了来做？怕不是两脚一伸，那个"当大事"吧。　△死时门前多写此三字。

老水手常听人说"委员"，委员在他印象中可不大好。就像是个又多事又无知识的城里人，下乡来虽使得一般乡下人有些敬畏，事实上一切所作所为都十分可笑。坐了三丁拐轿子多处乡村里串去，搅得个鸡犬不宁，闹够了，想回省去时，就把人家母鸡腊肉带去做路菜。　△事实上各厅委员下乡就只能给人这么一个印象。

省里委员到我们镇上来，只会捉肥母鸡吃，懂得什么天地玄黄，宇宙洪荒？　△言千字文首二句就不懂！

巧而不巧

你这叶子真好看！卖不卖？这是红叶！　△双关意。

意思恰恰像是事不干己，乐得看水鸭子打架。　△此语意为不问胜败自己终是个旁观者。

队长误会了两人的笑意，还以为话有了边，冬瓜葫芦一片藤，总牵得上篱笆。　△俗语，意即接上了头，不落空，如船泊岸有边也。

除了福音堂洋人看见我乌趋抹黑，待捉我去熬膏药，你说谁？△俗语，黑得可以熬膏药。

中南门尤家巷小婊子，成天在中南门码头边看船，就单单捉拿像你这样老实人。我不知道？满满什么事都知道。我还知道她名字叫荷花，今年十九岁，属鼠，五月二十四生日，脸白生生的，细眉细眼，荷包嘴……　△老水手故意开玩笑，编成一套故事。似乎既有名有姓，三黑子就抵赖不过。

我是个空老官！　　△俗语。老官二字亦不尽用在形容人，数目如"抓老官"亦可以。

闹药　　△毒药迷药。

有一星一米还是上次买橘子留下的强梁霸道印象所起反感△一点儿。

幸亏会长打圆全解围　　△成全其事，解除困难。

社　戏

治你个诬告父母官的罪，先把你这刁顽在脚踝骨上打一百个洛阳棒再说。　　△在脚踵螺丝骨上敲打，重的约三十下即可将骨髓敲出。

沙脑壳　　△本地人称长沙人及一般下湖南人。

长顺因演戏事约集本村人在伏波宫开会，商量看这戏演不演出。　　△此伏波宫系萝卜溪的，不是吕家坪保安队那个庙。

赌桌上既抽了税，因此不再有叫朋友和部队中伙夫押白注△流氓。

大戏　　△通称木傀儡为小戏，人唱的为大戏。

口中嘘嘘的吃辣子羊肉面　　△因为照例加许多辣子。

点戏的花个一百八十，就可出点小风头，引起观众注意。　　△这是个虚数，意即花个百十元钱。

广舶子　　△辰溪人装石灰船通称广舶子，深舱大腹。

副爷　　△兵士通称。

金堂叶子烟　　△四川草烟叶，极佳。

夭夭向三黑子说："三哥，你做了主席，可记着，河务局长要派归满满！"　　△还是说他信口开河以谐"长于开河"。

十二月十五校毕，去《边城》完成刚满十年。时阳光满室。长荣、子和、老三等战死已二年。陈敬摔车死去已一年。得饶离开军职已三年，季韬、君健两师部队在湘中被击溃亦已四个月。重读本文序言，

"骤然而来的风雨,说不定会把许多人高尚的理想,卷扫摧残,弄得无踪无迹。然而一个人对于人类前途的热忱,和工作的虔敬态度,是应当永远存在,且必然能给后来者以极大鼓励的!"这热忱与虔敬态度,唯一希望除了我用这支笔来写它,谁相信,谁明白?然而我这支笔到当前环境中,能写些什么?纵写出来又有什么意义?逝者如斯,人生可悯。

从文　桃源新村第八栋茅屋中

卅四年一月四日注

　　1944年12月间,沈从文先生校读文聚版土纸本《长河》,十分细致地为自己这一作品加批了大量注释。如此作法,就沈来说,属绝无仅有,惜未见出版。五十年过去,此校读本竟得以保留,沈先生用毛笔写下的如蚁批注亦尚能辨认,幸甚!现一一照录,单列为篇,以飨读者。

　　原校读本1至24面(内容应为《题记》《人与地》及《秋》之开端部分)缺失;又,89至122面(内容应为《摘橘子》《大帮船拢码头时》)缺失,原因不明。

　　《〈长河〉自注》,篇名为编者整理时所拟。

编后记

凌　宇

　　在创作完《边城》后，沈从文"沉默"了一段时期，[①]其小说创作数量明显下降。但正如他所言，"沉默并不等于自弃"，他实际是在寻求创作上新的突破。本卷所收的《主妇》《王谢子弟》《贵生》《大小阮》《生存》就是他这一时期的作品。与前期相比，这些小说在思想内涵上的确发生了细微的变化。乡下人在时代风云变幻下的生存境遇成了作者关注的重心。《三三》《萧萧》中具本然存在形态、与自然谐和存在的乡下人逐渐消失，代之而来的是贵生这类处在湘西朝现代转型时期的乡下人。而《王谢子弟》《大小阮》《生存》所写的既非典型的湘西人事，也不同于《八骏图》之类的都市作品。这些作品中的人物被直接置于二三十年代现实政治背景下，在风起云涌的现实中勾勒出形形色色的人物灵魂。同一时期的《主妇》则是沈从文以自己婚后家庭生活为蓝本创作的。

　　自抗战爆发至昆明时期，沈从文的小说创作有了更进一步的变化。一方面，"乡下人"概念开始泛化。沈从文这一时期创作的乡土小说，除了与湘西有关的《小砦》《长河》《雪晴》系列外，也有以昆明乡下生活为题材的《王嫂》等。更为重要的是，沈从文这一时期的部分创作开始呈现出他所说的"抽象"意味。本卷所收的《看虹录》《摘星录》《虹桥》就是属于这类"抽象"作品。

　　《小砦》《乡城》《长河》都是沈从文抗战爆发时期的创作，其中蕴含着沈从文直面战争现实，对湘西及"乡下人"的思考。《长河》是后期湘西作品的代表作。一方面，《长河》以湘西特殊的政治历史为背景，

[①]　沈从文:《沉默》,《沈从文全集》第14卷，第108页。

花大量篇幅描写一国民党保安队长在吕家坪欺压敲诈的丑陋行径，从中不难看出沈从文对外来恶势力在湘西横行霸道的愤怒和忧虑。不过，对处在湘西的外来势力的强烈不满又并不意味着沈从文持狭隘的地方主义立场。小说开篇就描写了一个生动的事例，即外来者将橘子"不卖"误解为"不许吃"，以说明外来者对湘西的误会，并非湘西本身的问题，实出于对湘西的不理解，其目的正在于如何更好地使湘西与民族国家的抗战需要结合起来。湘西的问题同时也是被当作普遍性问题看待的。一如沈从文在《长河·题记》中所言："虽然这只是湘西一隅的事情，说不定它正和西南好些地方差不多。虽然这些现象的存在，战争一来都给淹没了，可是和这些类似的问题，也许会在别一地方发生。"[①]与此同时，《长河》也对"战争中人与人关系的重造"进行了思考。沈从文对此的思考包括两方面，其一是对"现代"的进一步反思。两次返乡，沈从文目睹了"现代"给湘西带来的巨大变化。"现代"进入湘西，呈示出的是物质与精神的双重堕落。不仅"新生活"、保安队这些外来物严重影响着湘西，更可怕的是，这一外来势力正在日益腐烂着乡下人的精神灵魂。他说：

> 　　表面上看来，事事物物自然都有了极大进步，试仔细注意注意，便见出在变化中那点堕落趋势。最明显的事，即农村社会所保有那点正直素朴人情美，几几乎快要消失无余，代替而来的却是近二十年实际社会培养成功的一种唯实唯利庸俗人生观。敬鬼神畏天命的迷信固然已经被常识所摧毁，然而做人时的义利取舍是非辨别也随同泯没了。[②]

与对湘西发生的"变"极度焦虑一致的是，沈从文在《长河》中继续肯定并试图保留湘西传统的古典素朴的人生形式。《长河》中的老水

---

① 沈从文：《长河·题记》，《沈从文全集》第10卷，第7页。
② 沈从文：《长河·题记》，《沈从文全集》第10卷，第3页。

手是湘西传统人生形态的象征。而在夭夭、三黑子身上，则体现了这一传统的延续。这集中体现在他们与以保安队长为代表的外来势力的抗争上。面对保安队长在吕家坪仗势欺人，调戏夭夭，他们表现出勇敢的抗争情绪。对自身及湘西的命运，他们则充满自强自主的精神。《长河》中这些思考显然都是《边城》中隐而未显的。

《雪晴》系列则是沈从文在创作"抽象"遭到挫折后对湘西故事的重新回归。这几篇小说在内容上相连接，以沈从文二十多年前的亲身经历为蓝本，讲述的是"我"在被调回家乡的途中歇高枧村时的所见所闻。小说所写的虽然还是湘西传奇，但其中意蕴又明显不同于早期湘西题材的作品。换言之，《雪晴》系列中所表达的"乡下人"生命形式与早期虽然是一脉相承的，但在表现方式上两者又呈现出很大的差异。早期湘西文本中的叙述者或"我"很少以外在立场介入故事，而在《雪晴》系列中，叙述者"我"表现为一"玄思者"，"我"的哲学思考经常插入故事的进程中，甚至超越了故事人事本身。如在《赤魇》中，人皈依于自然的情感就是直接通过"我"的思考呈现出来的。对生命、自然所作的"抽象"思考与对具体人事的描写交织在一起，使《雪晴》系列染有"抽象"的色彩，与之前的湘西作品有一定的差异。

收入本卷的《看虹录》则是沈从文后期"抽象"类创作的代表作。小说不仅在形式上特别，同时也预示着沈从文在思想上的新探索。小说将"身体"置于生命的本体地位，既呈现出身体释放自身的"悦乐"过程，又通过文本的特殊结构将身体受压抑的现实存在表现出来。"压抑—反压抑—回归压抑"的身体出场全程，蕴含着沈从文对"身体"的现代存在以及现代人存在境遇的思考。另一方面，《看虹录》又以身体体验悬置身体实在，使身体表达由具象走向抽象，由形而下走向形而上，而其中所折射的正是沈从文在20世纪40年代关于"美"与"爱"的思考。40年代，沈从文曾明确提出要建立"一种美和爱的新的宗教"[1]，以抽象观念为工具，在"神之解体"时代重建生命的神性。《看虹录》

---

① 　沈从文：《美与爱》，《沈从文全集》第14卷，第359页。

即是他在这方面探索的实验性文本。

《青色魇》是沈从文在20世纪40年代创作的一组以"魇"为题的作品中的一篇。40年代沈从文继续保持对佛教的兴趣。继早年的《月下小景》集后，他在《青色魇》中又继续讲述佛教故事。小说讲述的是"爱"与"信仰"让王子重获光明的故事。40年代的《主妇》则是沈从文为纪念结婚十年创作的一部小说。

从本卷所收入的小说不难看出，沈从文20世纪40年代的创作与前期相比发生了一定的变化，从中体现的是沈从文对人的文化存在方式的思考的嬗变。40年代沈从文推崇"思想"，极言"全面重造"，他这一时期的小说创作无疑也表现出他在这一方面的努力。

为了尊重并保持沈从文作品文字的风格和原貌，只要不是明显的错漏，这套文集一律不作改动，特此说明。

出版说明

为尊重并保持沈从文作品文字的原貌和风格，只要不是明显的错漏，本书一律不作改动，特此说明。

图书在版编目 (CIP) 数据

长河 / 沈从文著. — 北京：北京十月文艺出版社，
2024.6
（沈从文集）
ISBN 978-7-5302-2364-2

Ⅰ. ①长… Ⅱ. ①沈… Ⅲ. ①中篇小说—小说集—中
国—现代②短篇小说—小说集—中国—现代 Ⅳ.
①I246.7

中国国家版本馆 CIP 数据核字 (2024) 第 049724 号

长河
CHANGHE
沈从文　著

出　　版　北京出版集团
　　　　　北京十月文艺出版社
地　　址　北京北三环中路 6 号
邮　　编　100120
网　　址　www.bph.com.cn
发　　行　新经典发行有限公司
　　　　　电话 010-68423599
经　　销　新华书店
印　　刷　河北鹏润印刷有限公司
版　　次　2024 年 6 月第 1 版
印　　次　2024 年 6 月第 1 次印刷
开　　本　850 毫米 × 1168 毫米 1/32
印　　张　11.75
字　　数　328 千字
书　　号　ISBN 978-7-5302-2364-2
定　　价　52.00 元
如有印装质量问题，由本社负责调换
质量监督电话　010-58572393